o Diabo ataca em Wimbledon

LAUREN WEISBERGER

O Diabo ataca em Wimbledon

Tradução de
Val Ivonica

EDITORA RECORD
RIO DE JANEIRO • SÃO PAULO
2017

CIP-BRASIL. CATALOGAÇÃO NA PUBLICAÇÃO
SINDICATO NACIONAL DOS EDITORES DE LIVROS, RJ

W452d

Weisberger, Lauren, 1977-
O diabo ataca em Wimbledon / Lauren Weisberger; [tradução Val Ivonica]. – 1ª ed. – Rio de Janeiro: Record, 2017.
392 p.; 23 cm.

Tradução de: The singles game
ISBN: 978-85-01-11030-5

1. Romance americano. I. Ivonica, Val. II. Título.

17-41323

CDD: 813
CDU: 821.111(73)-3

Título original:
THE SINGLES GAME

Copyright © 2016 by Lauren Weisberger

Texto revisado segundo o novo Acordo Ortográfico da Língua Portuguesa.

Todos os direitos reservados. Proibida a reprodução, no todo ou em parte, através de quaisquer meios. Os direitos morais do autor foram assegurados.

Direitos exclusivos de publicação em língua portuguesa somente para o Brasil adquiridos pela
EDITORA RECORD LTDA.
Rua Argentina, 171 – Rio de Janeiro, RJ – 20921-380 – Tel.: (21) 2585-2000, que se reserva a propriedade literária desta tradução.

Impresso no Brasil

ISBN 978-85-01-11030-5

Seja um leitor preferencial Record.
Cadastre-se no site www.record.com.br e receba informações sobre nossos lançamentos e nossas promoções.

Atendimento e venda direta ao leitor:
mdireto@record.com.br ou (21) 2585-2002.

Para Sydney, Emma, Sadie e Jack
Amo muito vocês.

1

nem tudo são morangos com creme de leite

WIMBLEDON
JUNHO DE 2015

Não é todo dia que uma mulher de meia-idade, com um coque elegante e um tailleur de poliéster roxo, manda você levantar a saia. A voz da mulher era ritmada, tipicamente inglesa. Perfeitamente profissional.

Depois de olhar de relance para Marcy, sua treinadora, Charlie levantou a barra da saia preguada branca e esperou.

— Levante mais, por favor.

— Garanto que está tudo em ordem aqui embaixo, senhora — respondeu Charlie, o mais educada que conseguiu.

A juíza estreitou os olhos com firmeza, mas não disse uma palavra.

— Suba tudo, Charlie — disse Marcy, séria, mas era óbvio que tentava não sorrir.

Charlie puxou a saia até revelar o cós do short de *Lycra* branca que usava por baixo.

— Estou sem calcinha, mas o short tem forro duplo. Posso suar o quanto quiser, ninguém vai ver nada.

— Muito bem. Obrigada. — A juíza fez uma anotação em seu bloco. — Agora, a camiseta, por favor.

Pelo menos mais uma dezena de piadas veio à sua mente — é como ir ao ginecologista, só que com roupa de ginástica; não é para qualquer um que ela levanta a saia no primeiro encontro; etc. —, mas Charlie se conteve. O povo de Wimbledon estava sendo simpático e educado com ela e com toda a sua equipe, mas ninguém podia acusá-los de ter senso de humor. Ela levantou tanto a camiseta que cobriu parte do rosto.

— Meu sutiã é do mesmo material. Totalmente opaco, não importa o que aconteça.

— Sim, estou vendo — murmurou a mulher. — É só essa faixa de cor aqui na parte de baixo.

— O elástico? É cinza-claro. Não sei se isso conta como cor — interveio Marcy. A voz dela saiu inalterada, mas Charlie conseguiu perceber um traço de irritação.

— Sim, mas devo medi-lo. — A juíza pegou uma fita métrica amarela de uma pequena pochete que usava sobre o uniforme e passou-a cuidadosamente ao redor da caixa torácica de Charlie.

— Já acabamos? — perguntou Marcy à juíza, sua irritação agora bem aparente.

— Falta muito pouco. Senhorita, a viseira, as munhequeiras e as meias são aceitáveis. Há apenas um problema — disse a juíza, comprimindo os lábios. — Os calçados.

— Que calçados? — perguntou Charlie. A Nike havia se esforçado ao extremo para assegurar que os tênis dela fossem modificados e se adequassem aos rígidos padrões de Wimbledon. Suas roupas, normalmente vibrantes e alegres, foram trocadas por outras totalmente brancas. Não creme, nem marfim, nem *off-white*. Brancas. O couro no bico do tênis era branco total. Os cadarços eram brancos, brancos, brancos.

— Seus calçados. A sola é quase inteira cor-de-rosa. Isso é uma violação.

— Uma violação? — perguntou Marcy, incrédula. — As laterais, atrás, em cima e os cadarços são inteiramente brancos, seguindo estritamente o regulamento. O logotipo da Nike é até menor que o exigido. Não acredito que você vai encrenlar com as solas!

— Lamento informar que faixas de cor desse tamanho não são permitidas, nem nas solas. A regra é uma faixa de um centímetro.

Charlie virou-se em pânico para Marcy, que ergueu a mão.

— O que a senhora sugere que façamos? Esta jovem deve entrar na Quadra Central em menos de dez minutos. Está me dizendo que ela não pode usar os tênis?

— Claro que ela deve usar tênis, mas, segundo as regras, ela não pode usar estes.

— Obrigada pelo esclarecimento — retrucou Marcy irritada. — Nós vamos dar um jeito. — Marcy pegou Charlie pelo pulso e a puxou para uma das salas de aquecimento nos fundos do vestiário.

Vendo Marcy nervosa, Charlie se sentiu como se estivesse em um avião no meio de uma turbulência. Quando você olha para as comissárias de bordo esperando se tranquilizar, mas quase fica nauseada ao vê-las em pânico. Marcy era treinadora dela desde que Charlie tinha quinze anos, quando havia finalmente ultrapassado o alcance da capacidade de treinamento do pai. Marcy fora escolhida por sua perspicácia como treinadora, claro, mas também por ser mulher. A mãe de Charlie havia morrido de câncer de mama poucos anos antes.

— Espere aqui. Faça uns alongamentos, coma uma banana e não pense nisso. Se concentre em como vai destruir o jogo da Atherton ponto a ponto. Volto num minuto.

Nervosa demais para se sentar, Charlie andou pela sala de aquecimento e tentou alongar as panturrilhas. Será que elas já estavam se contraindo? Não, impossível.

Karina Geiger, a quarta cabeça de chave com o corpo do tamanho de uma geladeira que lhe garantira o apelido tosco mas carinhoso de Alemã Gigante, colocou a cabeça para dentro da sala de aquecimento.

— Você está na Central, certo? — perguntou ela.

Charlie assentiu.

— Está uma loucura lá fora — ribombou a moça com um forte sotaque alemão. — O Príncipe William e o Príncipe Harry estão no camarote real. Com a Camilla, o que não é comum, porque eu acho que eles não se gostam, e o Príncipe Charles e a Princesa Kate não estão lá.

— Sério? — perguntou Charlie, embora já soubesse disso tudo.

Como se jogar na Quadra Central de Wimbledon pela primeira vez na carreira não fosse estressante o suficiente, ainda tinha que jogar contra a única cabeça de chave britânica nas simples. Alice Atherton só estava na posição cinquenta e três do *ranking*, mas era jovem e considerada a próxima grande esperança britânica, então o país inteiro estaria torcendo para que ela acabasse com Charlie.

— Sim. David Beckham também, mas ele está em todas. É figurinha fácil. E um dos Beatles também, qual deles ainda está vivo? Não lembro. Ah, e eu ouvi a Natalya dizer que viu...

— Karina? Desculpe, estou no meio do alongamento. Boa sorte hoje, ok? — Charlie odiava ser antipática, principalmente com uma das poucas mulheres legais do circuito, mas ela não aguentaria nem mais um segundo de falação.

— *Ja*, claro! Boa sorte para você também.

Quando Karina estava saindo, cruzou com Marcy, que reapareceu porta adentro com uma sacola cheia de tênis todos brancos.

— Rápido — disse ela, pegando o primeiro par. — Achei esses em número 40, seu tamanho certinho, por milagre. Experimente.

Charlie se sentou no chão, a trança preta acertando sua bochecha com força suficiente para machucar, e calçou o pé esquerdo.

— Mas isso é Adidas, Marce — disse ela.

— Não estou nem um pouco interessada no que a Nike acha de você usar Adidas. Eles que acertem nos tênis da próxima vez, e ninguém terá que se preocupar com isso. Mas agora você vai usar o que servir melhor.

Charlie se levantou e ensaiou um passo.

— Coloque o outro — disse Marcy.

— Não, ficou muito grande. Meu calcanhar está saindo.

— Próximo! — grunhiu Marcy, jogando outro tênis Adidas.

Charlie experimentou o direito desta vez e balançou a cabeça.

— Está um pouco apertado no dedão. E já está esmigalhando meu dedinho. Acho que podemos colocar esparadrapo no dedão e tentar...

— De jeito nenhum. Aqui — disse Marcy, desamarrando um par de tênis K-Swiss e colocando-os aos pés de Charlie. — Estes devem resolver.

O esquerdo entrou com facilidade e pareceu servir. Esperançosa, Charlie calçou e amarrou o cadarço do tênis direito. Eles eram feios e estranhos, mas serviram.

— Serviram — disse Charlie, embora parecesse estar com blocos de cimento nos pés. Ela deu alguns saltos, depois uma corridinha e um desvio rápido para a esquerda. — Mas é como se fossem um par de tijolos. São tão pesados!

Quando Marcy ia pegar o último par na sacola, ouviu-se um anúncio nos alto-falantes do teto. "Atenção, atletas. Alice Atherton e Charlotte Silver, por favor compareçam ao balcão da organização do torneio para serem acompanhadas à quadra. Sua partida está programada para começar em três minutos."

Marcy se ajoelhou e apertou os tênis na altura dos dedos do pé de Charlie.

— Você tem algum espaço aí, definitivamente. Mas não muito, né? Eles vão funcionar?

Charlie deu mais um ou dois saltos. Eram pesados, não havia como negar, mas eram os melhores dos três. Ela provavelmente deveria experimentar o último par, mas olhou para cima a tempo de ver Alice passar toda de branco pela sala de aquecimento a caminho do balcão da organização. Estava na hora.

— Eles vão funcionar — disse Charlie, demonstrando mais convicção do que sentia. *Eles têm que funcionar,* pensou.

— Muito bem. — O alívio no rosto de Marcy foi imediato. — Vamos.

Marcy jogou a enorme raqueteira de Charlie sobre o ombro e se dirigiu à porta.

— Lembre-se: o máximo de *spin* que conseguir. Ela tem dificuldade quando a bola quica alto. Aproveite que é mais alta do que ela e a force a rebater bolas altas, principalmente no *backhand* dela. Calma, regularidade e persistência vão ganhar este jogo. Você não precisa de excesso de força nem de velocidade. Guarde isso para as próximas rodadas, ok?

Charlie assentiu. Mal haviam chegado ao balcão da organização e suas panturrilhas já estavam rígidas. O calcanhar direito roçava um pouco? É, definitivamente roçava. Com certeza iria acabar com bolhas.

— Acho que eu deveria experimentar aqueles últimos...

— Charlotte? — Outra juíza de Wimbledon, também usando o mesmo tailleur roxo, pegou Charlie pelo cotovelo e a conduziu pelos últimos dez passos até o balcão. — Por favor, apenas uma assinatura bem aqui e... obrigada. Sr. Poole, as duas moças estão prontas para serem acompanhadas à Quadra Central.

Os olhos de Charlie se cruzaram com os de sua adversária por um breve segundo, e elas se cumprimentaram com um meneio de cabeça. Bem sutil. A única outra vez em que haviam se enfrentado tinha sido na primeira rodada de Indian Wells, dois anos antes, e Charlie vencera por 6–2, 6–2.

Todo o grupo — Charlie, Marcy, Alice e sua treinadora — seguiu o Sr. Poole pelo túnel que levava à quadra de tênis mais lendária do mundo. Em ambos os lados havia enormes fotos acetinadas em preto e branco de lendas do tênis que saíram vitoriosas da Quadra Central: Serena Williams, Pete Sampras, Roger Federer, Maria Sharapova, Andy Murray. Segurando e beijando o troféu, erguendo a raquete com vigor no ar, comemorando. Exultantes. Vencedores, todos eles. Alice também olhava de um lado para o outro enquanto andavam até a porta que as levaria à Central, à vista de todos.

Um apertão de Marcy em seu braço a trouxe de volta à realidade. Ela pegou a raqueteira e a jogou sobre o ombro como se não pesasse nada, apesar de lá dentro haver seis raquetes, um rolo de fita *grip*, duas garrafas de Evian, uma garrafa de Gatorade, duas mudas de roupa idênticas à que ela estava usando, meias extras, munhequeiras, bandagens terapêuticas elásticas para ombro e joelho, Band-Aids, um iPod, fones de ouvido, duas viseiras, colírio, uma banana, um sachê de vitamina C e a foto plastificada de sua mãe que vivia no bolsinho lateral com zíper e que acompanhava Charlie em todos os treinos e torneios.

Marcy e a treinadora de Alice saíram para assumir seus lugares no camarote dos jogadores. Embora as duas mulheres estivessem entrando na quadra ao mesmo tempo, o público gritou mais alto para Alice, a favorita da casa. Mas não importava muito para quem estivessem torcendo: a pulsação de Charlie começou a acelerar da mesmíssima forma que fazia antes de cada partida, importante ou não. Mas, desta vez, ela sentiu uma onda de emoção no peito, uma palpitação de ansiedade e uma empolgação tão forte que achou que ia passar mal. *Quadra Central de Wimbledon*. Ela se permitiu uma olhada rápida para as arquibancadas, um instante para absorver aquilo tudo. À sua volta, uma multidão bem-vestida de pé, aplaudindo educadamente. Pimm's. Morangos com creme de leite. Roupas em tons pastel. Ela havia jogado em Wimbledon antes, cinco maravilhosas vezes, mas esta era a Quadra Central.

As palavras reverberavam em sua cabeça sem parar enquanto ela tentava se concentrar. Normalmente, a rotina de Charlie quando chegava à sua cadeira na lateral da quadra a ajudava a manter o foco: posicionava a raqueteira no local exato, dispunha as garrafas de água lado a lado, colocava as munhequeiras, ajustava a viseira... Ela fez todas essas coisas na mesma ordem de sempre, mas, hoje, não conseguia se controlar. Hoje, registrava tudo que deveria desaparecer em segundo plano: a apresentadora na quadra repetindo o nome da adversária para a câmera, o locutor da partida apresentando a juíza de cadeira, e, acima de tudo, a forma como os tênis estavam comendo suas meias, algo que nunca acontecia quando usava seus próprios calçados. Charlie tinha experiência suficiente para saber que nada disso era bom sinal — não conseguir controlar os pensamentos antes do começo da partida normalmente não acabava bem —, mas ela simplesmente não conseguia bloquear todos aqueles estímulos.

O aquecimento passou voando. Distraída, Charlie castigava a bola no *forehand* e no *backhand* de Alice, depois mandava voleios e bolas altas. Ambas recuaram para lados opostos e deram alguns saques. Alice parecia relaxada e à vontade, suas pernas magras movendo-se com fluidez pela quadra, o torso estreito, quase de menino, girando sem esforço para acertar a bola. Charlie ficou tensa só de olhar para ela. Embora os tênis novos tecnicamente servissem, eles estavam causando dor nos arcos, e o calcanhar direito já começava a ficar sensível. Várias e várias vezes ela se forçou a voltar ao presente, para a empolgação natural que sentia sempre que acertava a bola no ponto certo e a fazia cair exatamente onde queria. E então, de repente, as duas estavam jogando. Charlie perdeu o cara e coroa, e a adversária quicava a bola na linha de base oposta. Elas tiraram cara e coroa, não tiraram? É, ela achava que sim. Por que Charlie não se lembrava de nenhum detalhe? *Zuuuum!* A bola passou como uma bala perto do seu ombro esquerdo. Ela nem conseguiu fazer contato.

Ace. Primeiro ponto da partida para Alice. A multidão vibrou tanto quanto a etiqueta britânica permitiu.

Alice levou quatro minutos e trinta segundos para ganhar o primeiro *game*. Charlie fez apenas um ponto, e isso porque Alice cometeu dupla-falta.

Foco!, gritou ela mentalmente. *Esta partida toda vai terminar antes que você perceba se não se controlar, caramba! Você quer se queimar na Quadra Central de Wimbledon sem nem ao menos tentar? Só uma anta faria isso! Anta! Anta! Anta!*

Os gritos e o xingamento mental funcionaram.

Charlie conseguiu confirmar o próprio serviço e quebrar o de Alice. Ela chegou a 2–1 e sentiu que começava a entrar no jogo. A adrenalina nauseante que a incomodara antes da partida estava se transformando naquele estado maravilhoso de fluidez no qual Charlie não sentia mais a irritação das meias comidas pelos tênis, não via os rostos famosos no camarote real, nem ouvia os aplausos contidos da torcida britânica extremamente bem-comportada. Nada existia além de sua raquete e da bola, e nada importava além do contato entre as duas, ponto após ponto, *game* após *game*, firme, poderoso e intencional.

Charlie ganhou o primeiro *set*, 6–3. Ela ficou tentada a se parabenizar, mas tinha experiência suficiente para reconhecer que a guerra da partida estava longe de terminar. Nos noventa segundos da troca de lado, ela bebeu água calmamente em golinhos comedidos. Até isso exigiu disciplina mental — seu corpo inteiro gritava por goles enormes de água gelada —, mas ela se controlou. Depois de se reidratar e dar três mordidas em uma banana, Charlie abriu a raqueteira e pegou o par de meias de reserva. Elas eram idênticas às que estava usando e, mesmo sem motivo para acreditar que mudariam alguma coisa, Charlie decidiu tentar. Quando tirou as meias usadas, seus pés eram um show de horrores: inchados, vermelhos, em carne viva. Os dedinhos estavam sangrando, e a pele dos calcanhares se soltava em bolhas estouradas. Os tornozelos estavam cobertos de marcas roxas por causa do couro duro da parte superior e da língua dos tênis. Os pés doíam por inteiro, como se tivessem sido atropelados por um ônibus.

As meias novas tiveram o efeito de uma lixa, e ela precisou de cada pingo de força de vontade para enfiar os pés mutilados nos tênis. A dor irradiava dos dedos e dos calcanhares, dos tornozelos e dos arcos, e do osso da base do pé que nem havia doído até então. Charlie teve de se forçar a puxar e amarrar os cadarços, e, assim que terminou, a juíza de cadeira encerrou o intervalo. Em vez de correr vigorosamente na volta até a linha de base, para se manter relaxada e atenta, ela se viu caminhando e mancando de leve.

Eu devia ter tomado um Advil quando tive a chance, pensou ela enquanto recebia duas bolas de um boleiro adolescente. *Droga, eu tinha que estar com os tênis certos, para começo de conversa!*

E *bum!* Foi só o que precisou para abrir as comportas da raiva e, pior, da distração. Por que raios ninguém tinha previsto que os tênis dela seriam considerados inapropriados? Onde estavam seus patrocinadores da Nike? Não era possível que nunca tivessem vestido jogadores em Wimbledon. Charlie jogou primeiro uma, depois outra bola no ar e errou os dois saques. Dupla-falta. De quem era a responsabilidade, afinal? Ela trocou de lado, deu um saque mais fraco do que o normal e ficou lá parada enquanto Alice mandava um *winner* de *forehand* bem ao seu lado. *Tenistas são supersticiosos. Usamos a mesma roupa íntima em todas as partidas. Comemos as mesmas coisas, entra dia, sai dia. Carregamos amuletos da sorte e talismãs, rezamos e entoamos mantras e qualquer outra coisa doida que ajude a convencer quem quer que esteja ouvindo que, por favor, só desta vez, se nós conseguíssemos ganhar este ponto/game/set/jogo/torneio seria ótimo e ficaríamos tããããão agradecidos.* O primeiro serviço de Charlie foi forte e bem-colocado, mas, de novo, ela ficou plantada no lugar e despreparada para a devolução de Alice. Ela chegou à bola, mas não conseguiu corrigir a postura para evitar a rede. 0–40. Esperavam mesmo que ela usasse os tênis de outra pessoa na primeira partida na Quadra Central, o maior e mais intimidador palco esportivo no qual já havia jogado? Sério mesmo? Ela e sua equipe passavam horas selecionando e experimentando tênis novos quando era hora de trocar de modelo, mas, veja só, pegue aqui, use este par aleatório. Eles vão servir direitinho. Onde você acha que está, Wimbledon ou coisa parecida? *Ploft!* A raiva atravessou seu corpo e foi direto para a bola, que Charlie acertou pelo menos meio metro depois da linha de base, e, assim, sem mais nem menos, ela perdeu o primeiro *game* do segundo *set*.

Charlie olhou de relance para seu camarote e viu Marcy, seu pai e seu irmão, Jake. Num reflexo, o Sr. Silver abriu um sorriso quando percebeu que ela estava olhando, mas Charlie conseguiu ver lá de onde estava, no fundo da quadra, a preocupação dele. Os *games* seguintes passaram muito rápido, e Charlie conseguiu confirmar só um. De repente, Alice vencia por 5–2, e algo dentro de Charlie subitamente entrou em foco: *Ai, meu Deus. É agora.* Ela estava prestes a perder o segundo *set* na Quadra Central para uma jogadora trinta posições abaixo no *ranking*. Jogar um terceiro *set* agora seria um inferno. Simplesmente não era uma opção. O público britânico extremamente educado estava bem ruidoso para seus padrões, com aplausos leves e até um grito ocasional para animar. Esqueça as bolhas, esqueça os tijolos nos pés, esqueça a raiva de todas as pessoas na equipe que deviam ter evitado que isso acontecesse. Nada mais importa agora.

Rebata com força, com inteligência, com regularidade, pensou ela, apertando a raquete com força, algo que Charlie costumava fazer para relaxar. *Aperte, solte. Aperte, solte. Esqueça todas essas bobagens e ganhe o próximo ponto.*

Charlie ganhou o *game* seguinte e o *game* depois dele. Mais uma vez ela se recompôs, forçou a mente a não pensar em nada além de acertar a bola e fazer o ponto. Quando empatou o segundo *set* em 5–5, ela soube que ganharia a partida. Sua respiração era profunda e ritmada, invocando enormes reservas de força mental para ignorar a dor que agora irradiava dos pés e subia pelas pernas. Cãibras. Ela podia lidar com aquilo, lidara com aquilo mil vezes antes. *Foco. Acerte. Espere. Acerte. Espere.* Em um instante, estava 6-5 no segundo *set,* e Charlie tinha de garantir só mais um *game* para vencer. Estava tão perto agora que conseguia até sentir.

O primeiro serviço de Alice veio com muito *spin* e pouca velocidade, e Charlie foi para cima. *Winner!* O seguinte foi muito mais forte e direto, e Charlie reagiu com um *smash* bem na linha. Elas trocaram algumas bolas no ponto seguinte, antes de Alice largar uma bem junto à rede. Charlie percebeu a jogada e começou a se deslocar, correndo o mais rápido que conseguia em direção à rede, sua raquete já estendida e toda a parte superior do corpo curvada para a frente. Ela conseguiria chegar, sabia que conseguiria. Estava quase lá, a literalmente poucos centímetros de acertar o topo da cabeça da raquete na bola, precisando só dar um toquinho para devolvê-la sobre a rede, quando seu pé direito — que parecia estar preso a um pacote de dois quilos de arroz — deslizou como um esqui. Se estivesse usando os próprios tênis, leves e devidamente ajustados, talvez tivesse conseguido controlar a derrapagem, mas o tijolão pesado seguiu pela quadra de grama como se ela fosse feita de gelo, levando Charlie junto. Ela balançou os braços sem um pingo de elegância, largando a raquete para poder usar as duas mãos a fim de aparar a queda, e então... *pop.* Ela ouviu antes de sentir. Ninguém mais ouviu? Foi tão alto que todo o estádio deve ter ouvido aquele horrível estalo, mas, na improvável hipótese de não terem escutado, o grito de Charlie atraiu a atenção deles.

Ela despencou com força no chão, como uma criança caindo do beliche. Cada milímetro do seu corpo doía tanto que era quase impossível identificar a origem daquele estalo assustador. Do outro lado da rede, Alice estava parada observando Charlie, com uma expressão de preocupação cuidadosamente ensaiada. Pressionando as mãos contra a grama impecável, Charlie tentou se sentar, mas seu pulso se dobrou como papel. A juíza de cadeira cobriu o microfone e se inclinou para a quadra para perguntar se Charlie precisava de um tempo médico.

— Não, eu estou bem — respondeu Charlie, quase num sussurro. — Só preciso de um minuto para me recompor.

Ela sabia que precisava se forçar a levantar e reassumir sua posição. Ela podia pedir tempo médico, mas aquilo seria praticamente trapacear: a menos que o jogador estivesse realmente sangrando pela quadra toda, o consenso era de que eles deviam engolir a dor. *Engula*, pensou ela, tentando de novo se levantar. Desta vez, sentiu uma dor que começou na palma da mão esquerda e subiu direto pelo pulso até o ombro. Só mais dois pontos para empatar. *Engula. Levante-se e ganhe o jogo!*

Os espectadores começaram a aplaudi-la, timidamente no começo, depois com mais entusiasmo. Ela não era a favorita do público, mas aqueles britânicos sabiam bem o que era espírito esportivo. Charlie ergueu a mão direita num gesto de agradecimento e esticou o braço pela grama para pegar a raquete. O esforço fez sua cabeça girar, e mais dor — desta vez vinda do pé, do tornozelo ou da canela, era impossível dizer — subiu pela perna. *Essas porcarias de tênis!*, gritou ela para si mesma, o pânico começando a dominá-la. Sua lesão era séria? Ela precisaria abandonar a partida? *Meu Deus, o que foi aquele som terrível? Será que a fisioterapia vai ser difícil? O US Open é daqui a dois meses...*

A voz da juíza interrompeu seus pensamentos, e o som de seu próprio nome a trouxe de volta à realidade.

— Estou concedendo um tempo médico de três minutos para a Srta. Silver. Por favor, ligue o cronômetro... agora.

— Eu não pedi tempo médico! — protestou Charlie, irritada, embora sua voz claramente não passasse irritação. — Estou bem.

Em um esforço para evitar a pessoa da equipe médica que se aproximava rapidamente, Charlie mexeu as pernas sob o corpo e reuniu até a última gota de energia para se levantar. Ela ficou de pé e conseguiu olhar à sua volta, notando o sorriso praticamente imperceptível de Alice e a juíza observando cuidadosamente o relógio televisionado da partida, pronta para anunciar o término do tempo médico. Na primeira fila do camarote real, Charlie podia ver David Beckham olhando para o celular, sem o menor interesse em sua lesão, e à direita, em seu próprio camarote, o olhar de preocupação e pânico no rosto de Marcy; ela estava tão inclinada para a frente em sua cadeira que parecia que ia cair na quadra. Seu pai e Jake tinham expressões igualmente graves. À sua volta, as pessoas conversavam animadas, bebericavam seus Pimm's e esperavam a partida recomeçar. O médico estava agora de pé ao lado de Charlie e tinha acabado de botar a mão forte e gelada em seu pulso latejante quando, sem qualquer aviso, o mundo todo ficou preto.

2

o campo amoroso

TOPANGA CANYON
JULHO DE 2015

A primeiríssima coisa que passou pela cabeça de Charlie quando acordou depois da cirurgia no tendão de aquiles foi: *Já era. Minha carreira acabou. Gostando ou não, é hora de me aposentar, porque não tenho a menor chance de me recuperar dessa lesão.* Parecia que alguém havia atropelado seu pé direito, colocado os pedaços de volta no lugar com uma faquinha de cozinha, amarrado tudo com arame enferrujado e, por fim, adicionado um pouco de cola de sapateiro. A dor era indescritível; a náusea, insuportável. Ela vomitara duas vezes na sala de recuperação e uma na cama do seu quarto no hospital.

— É só a anestesia — informou com voz estridente uma enfermeira corpulenta, verificando os sensores e monitores de Charlie. — Logo você vai se sentir muito melhor.

— Você pode deixar um pouco de morfina gotejando aí? Para ela ficar quieta? — perguntou Jake, de sua cadeira sob a janela.

A enfermeira não respondeu. Em vez disso, avisou a Charlie que voltaria com o jantar e saiu.

— Ela me ama — disse Jake.

— Obviamente. — Charlie sentiu uma onda de náusea assolá-la e agarrou a cuba rim para vomitar.

— Quer que eu, tipo, segure seu cabelo?

Charlie tossiu.

— Estou bem, já passou.

Ela deve ter caído no sono, porque, quando acordou, o céu que aparecia pela minúscula janela do quarto havia escurecido e Jake estava comendo um hambúrguer do In-N-Out.

— Ah, oi. Fui buscar uma comida decente. Tenho um sanduíche a mais aqui, se o seu estômago aguentar. — Jake mergulhou duas batatas fritas em um potinho de molho especial e jogou-as dentro da boca.

Charlie se surpreendeu ao perceber que estava morrendo de fome. Ela assentiu, e Jake desembalou um cheeseburger, fritas e uma Coca na mesa de refeição com rodinhas ao lado da cama. Ele colocou um canudinho no refrigerante, abriu alguns sachês de ketchup e posicionou a mesinha na frente dela.

— Isto aqui é basicamente a única vantagem de romper o tendão de aquiles e ter que abandonar a partida na primeira rodada de Wimbledon, na Quadra Central, na frente do mundo inteiro, bem quando estava prestes a ganhar o jogo — comentou Charlie, enfiando o sanduíche na boca com uma só mão, porque o braço esquerdo estava engessado do dedão até o cotovelo. A primeira mordida foi quase orgástica. Desde o Bloody Mary que ela bebera de um só gole no voo de volta para casa, de Londres para a Califórnia, antes da cirurgia na UCLA, o único consolo de Charlie era a comida.

— Pode ser que tenha valido a pena, então? — perguntou Jake, de boca cheia.

— Ouvi um TED Talk outro dia sobre os fundadores do In-N-Out. Sabia que é uma empresa familiar e que eles nunca pretendem vender nem franquiar?

— Fascinante.

— Não, é mesmo. Aposto que você nunca reparou que eles imprimem discretamente versículos da Bíblia nos copos e nas embalagens dos sanduíches.

— Não, nunca mesmo.

— Bom, eu achei isso interessante. — Charlie não fazia ideia do que significava, mas viu que o fundo do seu copo de Coca dizia JOÃO 3:16.

Jake revirou os olhos.

— Papai me pediu para te avisar que ele vai voltar assim que estiver livre. Tem um evento especial no clube hoje à noite, alguma angariação de fundos, então ele está dando uma aula depois da outra. Tive que prometer mil vezes que não sairia do seu lado nem por um segundo.

— Então eu vou ficar com babá 24 horas por dia, é isso? — resmungou Charlie.

— Vai. Ele estava convencido de que você ia acordar achando que sua carreira acabou e se jogar da primeira ponte que encontrasse. Mas teria que pular na frente de um trem, acho, porque não há pontes por aqui...

— O que deu nele? Você não acha que ele ficaria feliz se eu parasse de jogar? Quantos trilhões de vezes ele disse que o tênis não é jeito de viver a vida?

— Muitos trilhões de vezes. Mas ele sabe que você quer isso, Charlie. Ele é um pai tão bom que consegue odiar a mera sugestão de alguma coisa e, ainda assim, nos apoia quando queremos essa coisa.

Como você se profissionalizar, e eu dormir com homens. Acho que é justo dizer que papai não gosta de nenhuma dessas duas coisas, mas entrou na onda. Ele é bom assim.

Os dois comeram o restante dos sanduíches em silêncio enquanto Charlie tentava imaginar o que seu pai estaria fazendo naquele momento. Ele dava aulas no Birchwood Golf and Racket Club havia mais de vinte anos. A família toda se mudara do norte da Califórnia para Topanga Canyon quando Charlie tinha três anos porque o clube prometera a seu pai mais responsabilidades e um salário melhor do que seu emprego como instrutor de tênis para meninos em um internato de elite. Alguns anos depois foi promovido a chefe e agora dirige os programas de tênis e golfe, apesar de saber pouco sobre golfe. Ele passava a maior parte do tempo verificando estoques, contratando profissionais e resolvendo rusgas entre os sócios, e Charlie sabia que o pai sentia falta das aulas. De vez em quando, ele ainda dava algumas, geralmente para o pessoal da velha guarda ou para crianças pequenas, mas, aos sessenta e um anos, não conseguia mais acompanhar o ritmo de adolescentes ou jovens profissionais que se deslocavam com muita agilidade e batiam forte. Ninguém admitia isso, mas as requisições de aulas eram encaminhadas para os professores mais jovens, e o Sr. Silver podia ser encontrado na maior parte do tempo na loja, na secretaria ou na máquina de encordoamento. Se o de hoje fosse como os outros eventos beneficentes do clube, seu pai estaria lançando bolas no treino infantil que servia de creche enquanto os pais exibiam as melhores roupas de gala e comiam canapés no salão com vista para o buraco nove. Ele nunca reclamava, mas Charlie ficava desanimada ao pensar no pai coordenando um jogo de ataque-defesa com um grupo de crianças de oito anos enquanto seus colegas bebiam e dançavam lá dentro.

— Por que você acha que o papai ainda faz isso? — perguntou Charlie, afastando a mesinha. — Quer dizer, já faz quanto tempo? Uns vinte e cinco anos?

Jake arqueou a sobrancelha.

— Porque ele nunca fez faculdade. Porque ele é orgulhoso e nunca aceitaria um centavo de nenhum de nós. Porque ele foi, no fim das contas e por conta própria, um babaca mulherengo durante seus anos como profissional até conhecer a mamãe, e, quando eu nasci, já era tarde demais para ele voltar a estudar. Você sabe de tudo isso, não preciso falar.

— Não, eu sei, mas às vezes me pergunto por que ele nunca se mudou. Desde que a mamãe morreu, não temos mais nada que nos prenda aqui. Por que não tentar a sorte em outro lugar? Arizona ou Flórida? Marin? México, talvez? A vida dele em LA nem é tão boa assim, nem sentiria tanta falta.

Jake olhou para o celular e pigarreou.

— Não conheço lugares que estejam ansiosos para contratar um professor sessentão com alguns poucos anos de experiência no circuito de quatro décadas atrás. Um que... Detesto falar assim, mas vamos dar nome aos bois... Um que dorme com qualquer mulher solteira que aparece pedindo ajuda com o *backhand*. Birchwood o trata muito bem, se você parar para pensar.

— Acho que acabei de vomitar por dentro.

Jake revirou os olhos.

— Ele já é bem grandinho, Charlie.

— Você acha que ele é feliz? — perguntou ela. — Quer dizer, eu sei que ele teve várias oportunidades de se casar de novo e claramente escolheu outro caminho, mas será que ele *gosta* dessa vida que leva?

O pai deles havia trabalhado sem parar para sustentar os dois, para que tivessem as mesmas oportunidades que seus colegas de escola muito mais privilegiados: acampamento de verão, aulas de música, viagens todo ano para acampar em parques nacionais. E, claro, aulas de tênis. Ele dera aula a ambos desde que tinham quatro anos. Jake logo perdeu o interesse, e o Sr. Silver nunca o pressionou. Charlie, por outro lado, tinha o dom: ela adorava sua pequena raquete cor-de-rosa, os treinos de corrida e de equilíbrio, o tubo que usava para ajudar a recolher as bolas. Adorava encher aqueles conezinhos de papel com água gelada da geladeira de Gatorade, de raspar o saibro da sola dos tênis nas escovinhas giratórias presas ao chão e do cheiro das bolas de tênis quando abria uma lata nova. Mas, acima de tudo, ela amava a atenção exclusiva do pai, a forma como ele se concentrava inteiramente nela e como seu rosto se iluminava sempre que ela entrava em quadra com o rabo de cavalo trançado e o agasalho roxo listrado. O olhar que normalmente reservava para qualquer mulher que estivesse namorando na época — um desfile quase interminável de divorciadas de meia-idade espremidas em vestidos justos demais e curtos demais, que se penduravam no braço dele e faziam a Charlie elogios pouco sinceros sobre seu quarto, suas tranças ou sua camisola, antes de seguirem seu pai noite afora em uma nuvem forte de perfume.

Não que todas fossem assim. Às vezes, eram mais jovens, ainda não tinham filhos e falavam com Charlie e Jake com voz aguda, como se fossem animais de zoológico, ou traziam presentes legais, mas inadequados para a idade deles: um coala de pelúcia para Charlie quando ela estava com quinze anos; um porta-lata da Heineken para Jake, aos dezessete. Algumas mulheres, o Sr. Silver conhecia no clube; outras, no Fish Shack, na praia de Malibu, que ele frequentava havia vinte anos e onde era conhecido por todo mundo; algumas estavam só passando por Los Angeles, indo de Nova York para o Havaí ou de São Francisco para San Diego, e elas sempre, de alguma forma, acabavam na casa dos Silver. O pai de Charlie nunca esperou que seus filhos fizessem nada além de dar um oi amigável durante o café da manhã com torradas, mas também nunca pareceu perceber que não estava dando o melhor dos exemplos com o desfile interminável de namoradas diferentes no café com a família. Umas poucas duraram algumas semanas. Charlie tinha lembranças vívidas de Ingrid, uma mulher delicada e muito magra que parecia genuinamente interessada nos irmãos Silver, mas a maioria delas sumia logo.

Porém, na hora do tênis, o Sr. Silver se concentrava apenas em Charlie. Era a única hora em que não estava trabalhando, nem pescando, nem atrás de seu mais novo interesse amoroso, como ele gostava de chamá-las. Quando os dois entravam na quadra em Birchwood, quase sempre à noite, sob as luzes das lâmpadas, quando os sócios pagantes estavam em casa com a família, a atenção do Sr. Silver se estreitava como um feixe de laser que aquecia Charlie no momento em que focava nela. Isso era a única coisa que não havia mudado depois da morte da sua mãe: o deleite óbvio em ensinar a Charlie o jogo que ele tanto amava. Todos aqueles anos de trabalho foram de puro amor para ele, desde a época em que ela o seguia como uma patinha pela quadra enquanto ele indicava a linha de base, os corredores, a linha de serviço e o mata-burro, até a primeira vez que ela conseguiu ganhar um *game* dele na raça, quando tinha treze anos, e o Sr. Silver comemorou tão alto que um zelador foi ver se estavam bem. Nada atrapalhou as aulas deles: nem a morte da mãe de Charlie, nem as mulheres que o acompanharam nos anos seguintes. Ele ensinara a Charlie tudo o que ela sabia — rebatidas, posicionamento dos pés, estratégia e, claro, espírito esportivo — até ela vencer o Orange Bowl sub-16 aos quinze anos, o Grand Slam dos torneios júnior, e o Sr. Silver insistir que não tinha mais o que lhe ensinar.

Jake alongou os braços acima da cabeça na cadeira ao lado dela e expirou forte.

— Se papai gosta da vida que leva? — Jake esfregou o queixo com o indicador e o polegar. — Acho que sim. Ele está mais devagar no trabalho, verdade, mas não no campo amoroso.

— No *campo amoroso*? — Charlie ajeitou o travesseiro sob a cabeça. — Eca, que nojo.

— Ah, Charlie, para com isso. Você tem vinte e quatro anos, já tem idade suficiente para reconhecer que o seu pai é um galinha. Existem coisas piores.

— Como o quê?

— Como sua mãe ser uma.

Charlie não conseguiu conter um sorrisinho.

— Justo.

O telefone dela apitou. Charlie se virou tão rápido para pegá-lo do criado-mudo que torceu um pouquinho o pé, o suficiente para sentir a dor irradiando pela perna.

Vai jogar em new haven?, dizia a mensagem de texto. Marco.

Ela sorriu, apesar da dor e do fato de que não, não ia jogar o Connecticut Open. Nem o US Open, nem nenhum dos torneios asiáticos pelo resto do verão e do outono. Ela teria sorte se ficasse pronta para a Austrália no início do ano.

Ei! Acabei de fazer cirurgia. Depois fisio. Dedos cruzados para austrália janeiro...

Pobrecita! Sinto muito, bella. Vc tá bem?

— Arrumou um boy e não me contou? — perguntou Jake, parecendo subitamente interessado.

Obrigada! Boa sorte em cincy. Saudade!, digitou ela com os polegares, e se arrependeu no momento em que tocou no "enviar". *Saudade?* Ela nem percebeu que prendia a respiração, desejando que ele respondesse, até Jake voltar a falar.

— Ei? Charlie? Sério, Não aperta o telefone tanto assim. Vai acabar partindo o celular ao meio.

Ela relaxou a pegada. Nada ainda.

— Quer ver alguma coisa? Eu trouxe o cabo para conectar o iPad à TV do quarto, então podemos ver *Shark Tank*, se você quiser.

O telefone apitou de novo. Essa mensagem tinha só duas letras, mas as únicas que importavam: *bj*.

Charlie colocou o celular de lado.

— Ah, ótimo — disse ela, incapaz de tirar o sorriso do rosto. — Manda ver.

— V amos lá, Charlie. Mais uma! Você não é tão covarde a ponto de não fazer mais uma! É? — gritou Ramona. Ninguém mais na academia de fisioterapia sequer piscava.

Charlie estava deitada de barriga para cima em um aparelho de *leg-press*, mas não conseguia reunir forças para empurrar o peso só com o pé direito lesionado, como Ramona pedira. Em vez disso, ela protegeu o pulso quebrado contra o peito e usou o pé saudável para ajudar o outro. Ramona deu um safanão na sua perna esquerda.

— Confie nele! — gritou ela. — O tendão foi restaurado, mas você nunca vai conseguir fortalecê-lo se não *confiar* nele, porra!

— Estou tentando, juro que estou — murmurou Charlie entredentes.

Ramona sorriu e estapeou a própria coxa, que mais parecia um tronco de árvore, com a mão masculina e carnuda.

— Bom, tente com mais vontade!

Charlie sorriu, apesar da dor. Ramona e sua boca suja eram as únicas coisas que compensavam aquilo que estava começando a parecer uma fisioterapia sem-fim. Ela fez mais três, só para provar que era durona, antes de desabar no colchonete azul.

— Ótimo. Você até que fez um trabalho decente hoje. — Ramona chutou Charlie de brincadeira. — Mesma hora, mesmo lugar, amanhã. Venha preparada — gritou ela sobre o ombro enquanto ia para o próximo cliente, um jogador do Lakers que estava tratando uma lesão no ombro.

— Mal posso esperar — resmungou Charlie enquanto se levantava.

— Ótimo trabalho hoje — disse Marcy, seguindo-a até o vestiário. — Você está mesmo mostrando uma melhora enorme em apenas cinco semanas.

— Você acha? Parece que estou indo devagar, quase parando. — Charlie tirou a camiseta e o short suados e se enrolou em uma toalha.

Marcy foi na frente até a banheira e se sentou no banco enquanto Charlie entrava devagar na água quente.

— Você está fazendo tudo certo e exatamente de acordo com o cronograma. Não é pouca coisa voltar de um tendão de aquiles rompido e de um pulso fraturado em seis meses. Cinco, na verdade, se contar o treinamento de que vai precisar para o Aberto da Austrália em janeiro. A maioria das pessoas comuns teria dificuldade com isso, que dirá um atleta profissional que precisa competir em nível de elite. Paciência é essencial aqui.

Charlie reclinou a cabeça para trás. De olhos fechados, ela flexionou os pés para alongar o tendão no calor da água. Doía, mas a dor lancinante com a qual acabou se acostumando logo após a cirurgia felizmente sumira.

— Mal consigo me imaginar andando sem mancar de novo. Como vou usar o pé para pular, virar e correr?

O rabo de cavalo loiro de Marcy estava tão certinho e bem-preso que mal se mexeu quando ela apoiou os cotovelos nos joelhos e olhou para Charlie.

— Você já considerou a possibilidade de que talvez demore mais? Que talvez a Austrália não seja uma meta totalmente realista?

Charlie abriu os olhos e fixou-os em Marcy.

— Sinceramente? Não. O Dr. Cohen disse que era possível uma recuperação completa em seis meses, e é exatamente o que eu pretendo fazer.

— Eu te entendo, e respeito isso, Charlie. Só acho que pode ser bom conversar sobre um plano B para se, por qualquer motivo, isso não acontecer.

— O que tem para conversar? Vou ralar até não aguentar mais e, com sorte, vou estar pronta para a Austrália em janeiro. Se for totalmente impossível, tipo, se eu for piorar ainda mais se tentar jogar, então claro que vou esperar um pouco mais. Qual a pior alternativa? Começar com Doha em fevereiro? Não é o ideal, mas, se precisar, faço isso.

Marcy ficou em silêncio. Ela juntou as mãos.

Charlie fazia pequenos círculos na água com a mão direita, enquanto cuidava para manter seco o gesso do braço esquerdo. Todo santo dia ela agradecia pela sorte de não ter machucado o braço que usava para jogar. Todos os médicos garantiram que aquilo não afetaria seu *backhand*.

— Por que você está tão nervosa?

— Nada, é só que... — Marcy parou de falar e ficou olhando para o piso molhado.

— Desembucha. Sério, já nos conhecemos há tempo suficiente para você não precisar medir as palavras. No que está pensando?

— Estou só me perguntando... Faz parte do meu trabalho considerar todas as possibilidades, prever qualquer possível complicação ou eventos inesperados... você sabe.

Charlie sentiu uma pequena onda de irritação se formar por dentro, mas respirou fundo e se forçou a parecer neutra.

— E?

— E, bom, acho que devemos pelo menos conversar, por mais hipotético e improvável que seja, sobre como ficam as coisas se essa lesão acabar se mostrando mais... intratável.

— Se eu não me recuperar, é isso?

— Claro que você vai se recuperar, Charlie. O Dr. Cohen é o melhor, e ele certamente já tratou isso antes. Mas é claro que cada pessoa é diferente, e não há como garantir nada quando estamos falando de alguém que precisa de um desempenho no seu nível. É bem mais complicado.

— Então, o que você está dizendo? Porque eu acho que entendi, mas não quero acreditar que esteja sugerindo isso.

Não era novidade para ninguém o fato de as duas mulheres discutirem — elas passavam mais de trezentos dias por ano juntas —, mas, normalmente, era por coisas bobas: assentos no avião, a que horas se encontrar para o café da manhã, se iam assistir a *House Hunters International* ou *Irmãos à Obra*. Mas, de repente, aquela conversa parecia cheia de algo que Charlie não conseguia identificar.

Marcy ergueu as mãos.

— Não estou sugerindo nada além de considerarmos todas as possibilidades. Se você fizer parte do percentual pequeno, mas real, de atletas que não conseguem uma recuperação completa dessa lesão muito séria, acho que precisamos falar a esse respeito.

— Entendi.

— Charlie, não fique assim. Acredito na sua capacidade, mas algumas coisas fogem do nosso controle.

— Esta não é uma delas — respondeu Charlie baixinho.

— Eu sei que você pensa assim, e, acredite em mim, ninguém mais do que eu deseja que você esteja certa, mas existe uma possibilidade muito real de que uma lesão como essa possa ser... persistente.

— Que possa acabar com a minha carreira. Pode dizer, é isso que você está pensando.

— Tudo bem. Vou dizer, então. Pode acabar com a sua carreira. Agora, estamos as duas desejando loucamente que isso não seja o seu caso, e provavelmente não vai ser, mas *é* algo que precisamos discutir.

Charlie se levantou da água e Marcy lhe entregou uma toalha. Charlie não ligava nem um pouco para sua nudez, nem agora, depois daquela conversa. Era como ficar nua na frente da própria mãe. Novamente ela se enrolou na toalha e sentou-se ao lado de Marcy no banco.

— Eu discordo. Não quero mesmo falar disso.

— Tudo bem, mas eu acho...

— E, se é para sermos totalmente honestas uma com a outra, estou chateada por você até mesmo considerar essa hipótese.

Marcy pigarreou.

— Não tem nada a ver com a minha opinião sobre você, nem sobre o seu jogo ou sua capacidade de superar tudo isso. São estatísticas, Charlie. Nem mais, nem menos. Algumas pessoas voltam depois de uma lesão dessas, outras, não.

— Qual é a alternativa, então? — perguntou Charlie enquanto secava uma gota de suor que escorria pela testa. — Desistir? É isso que você está me sugerindo?

— É claro que não. Precisamos ir com calma. Com sorte, vai ficar tudo bem.

— Bem? Essa é a sua grande meta? Tudo ficar bem? — Charlie sabia que soava impertinente, mas não conseguia evitar.

A irritação de poucos minutos antes estava rapidamente se transformando em pura raiva.

— Charlie. — A voz de Marcy era calma e controlada, como ela. Como Charlie, também, até a malfadada queda em Wimbledon que acabou não só com seu tendão, mas com toda a sua vida. As últimas semanas haviam sido o período de tempo maior, desde que tinha quatro anos, que não pegava em uma raquete. Ela sempre se perguntara como seria ter uma folga, tirar umas férias de verdade do tênis, ter uma vida normal. Agora ela sabia, e era horrível. Claro, ir para a fisioterapia e ficar deitada no sofá da casa do seu pai não era exatamente como tomar margaritas numa praia do Caribe, mas Charlie se espantou ao perceber o quanto sentia falta de jogar. Estava ansiosa para voltar. Mais do que ansiosa, desesperada, e a última coisa que precisava ouvir era sua querida amiga e treinadora sugerindo que talvez tivesse de abandonar o tênis.

— Marcy, quero deixar uma coisa muito clara aqui: eu *vou* me recuperar dessa lesão. Eu *vou* ficar entre as dez melhores. Eu *vou* vencer um Grand Slam. E eu preciso que você acredite nisso. Tenho vinte e quatro anos, Marce. Não estou velha, mas obviamente não estou ficando mais nova. Se eu quiser fazer alguma coisa grande, tem que ser agora. Não daqui a dois anos, nem três. Já, neste momento. Eu me esforcei demais para desistir agora, e espero que você não desista também.

— Claro que eu não vou desistir de você! Ninguém mais do que eu acredita no seu potencial. Mas ser profissional significa conseguir ter conversas sinceras e racionais sobre a realidade da situação, e é só isso que eu estou tentando fazer aqui.

— Você está supondo que eu vá desistir por causa da minha lesão porque foi o que você fez — explodiu Charlie, e se arrependeu imediatamente.

Marcy se encolheu como se tivesse apanhado, mas não perdeu a compostura.

— Você sabe que a situação era completamente diferente.

Foi a vez de Charlie ficar em silêncio. Era mesmo diferente? Marcy rompeu o manguito rotador não uma, mas duas vezes. Na primeira, ela escolheu fisioterapia em vez de cirurgia, e a lesão não se curou completamente. Na segunda, houve a suspeita de que talvez fosse tarde demais para ser resolvido com cirurgia. Ela devia ter pelo menos tentado, todos os médicos achavam que devia, mas, em vez disso, aos vinte e sete anos, Marcy anunciou sua aposentadoria.

— Se você diz...

— Se eu digo? Charlie, eles declararam que a minha chance de recuperação completa, suficiente para voltar a jogar, era de dez por cento. Por outro lado, a cirurgia podia ter piorado as coisas, e a recuperação levaria um ano ou mais. O que exatamente eu poderia fazer depois de uma notícia dessas? Subir no *ranking* que não era, com certeza!

As duas tinham voltado para a parte do vestiário com ar condicionado, e Charlie estava começando a tremer. Ela pegou outra toalha e jogou sobre os ombros antes de se virar e olhar bem nos olhos de Marcy. Era estimulante falar tão diretamente, algo que quase nunca fazia.

— Preciso que você me encoraje agora, que me diga que vou sair dessa mais forte do que nunca. Sem questionar se vou ou não jogar de novo — disse ela delicadamente.

— Você sabe que eu não estou questionando isso.

— Mas é o que parece.

— É óbvio que temos muito o que conversar. Vamos resolver tudo isso, querida, eu prometo, mas preciso correr. Vou me encontrar com o Will no Dan Tana's. Hoje é nosso aniversário de casamento.

Charlie ergueu o olhar.

— É? Nem sabia que ele estava aqui com você.

— Pois é, foi uma boa desculpa para um fim de semana prolongado. Nós dois voltamos para a Flórida amanhã.

— Bom, dê feliz aniversário de casamento para ele por mim.

— Vai ficar tudo bem, Charlie. Bem não, ótimo. Você está fazendo um trabalho estupendo com a fisioterapia aqui, está mesmo. Volto para te ver em três semanas e, enquanto isso, vou preparar tudo nos bastidores para você estar prontinha para a Austrália em janeiro. Está bem assim?

— Está ótimo — respondeu Charlie, embora a conversa a tivesse deixado indisposta e toda gelada.

Ela deu um beijo na bochecha de Marcy.

— Divirta-se hoje à noite.

— Obrigada. Falo com você amanhã.

Charlie ficou observando Marcy sair pela porta. Ela tomou uma chuveirada rápida e vestiu uma regata e calças brancas. Depois de ter certeza de que estava sozinha no vestiário, ligou para Jake.

Quando ele atendeu, Charlie ouviu pessoas falando alto ao fundo.

— Onde você está? — perguntou ela.

— Adivinha? Uma chance.

— Você está *stalkeando* aquele professor de novo? Como é mesmo o nome dele? Era um nome ridículo. Herman?

— Nelson. E, se você fizesse só uma aula com ele, se converteria para sempre.

— Você sabe o que eu acho de *spinning*. E lembra quando você me arrastou para aquela aula na SoulCycle? Quase morri.

— Você é uma atleta profissional, Charlie. Eles são um monte de caras de Wall Street que bebem demais e mães que comem de menos. Você foi bem.

— Não foi isso que eu quis dizer, e você sabe. Mas, olha, você tem um segundo?

Charlie ouviu Jake cumprimentar alguém e depois gritar um tchau, e o imaginou jogando uma toalha no pescoço e saindo para a movimentada calçada novaiorquina.

— Tudo bem, sou todo seu. O que foi? — Jake ainda estava ofegante, e ela estremeceu, se perguntando se ele havia feito várias aulas seguidas.

— Lembra que você me contou que Todd Feltner estava se aposentando? Quando foi isso, uns dois meses atrás?

— É, mais ou menos. Ele anunciou pouco antes de Wimbledon. Disse que tinha feito tudo o que queria, então ia se afastar por um tempo antes de decidir o próximo passo. Por quê?

— Porque eu quero ser o próximo passo dele. — Charlie ficou surpresa com a própria confiança.

— Como é que é?

— Quero contratar Todd Feltner, e quero que você me ajude a conseguir isso.

Sua declaração foi seguida pelo silêncio.

— Charlie? Que tal me contar o que está acontecendo? — Havia uma pontada de preocupação, se não de pânico, na voz de Jake. Ele não era só irmão dela, era também seu agente, e não havia decisão mais importante na vida de uma tenista profissional do que quem a treinaria.

— Olha, eu estou indo encontrar o papai, então não tenho tempo para explicar tudo agora. Mas basta dizer que ando tendo dúvidas com relação à Marcy já faz algum tempo. E hoje essas dúvidas se cristalizaram. Sabe o que ela me falou?

— Diga.

— Ela me perguntou qual seria o meu plano B para quando o meu tendão não ficasse bom e eu não pudesse mais jogar.

— Por que ela diria isso? O Dr. Cohen está confiante de que vai ficar cem por cento perfeito. Ela sabe de alguma coisa que eu não sei?

— Não, não mesmo. Ela estava só especulando. Sem parar. Estava meio que insistindo nesse assunto. Não preciso dizer o que isso faz com o meu estado mental, preciso?

O silêncio de Jake confirmou que ele havia entendido.

— Eu fui compreensiva quando ela disse que não queria mais viajar tanto por causa dos tratamentos de fertilidade. Não é fácil para mim nem melhor para minha carreira que ela não esteja nos torneios menores, mas é claro que eu entendo por que ela precisa de mais tempo agora. Eu tentei não culpá-la pela queda em Wimbledon, mas nós dois sabemos que era responsabilidade dela conferir com antecedência se os meus tênis estavam de acordo com o regulamento. Eu ser forçada a usar os tênis de outra pessoa é uma loucura. E veja o que aconteceu.

— Humm — disse Jake. Charlie sabia que ele estava prestando muita atenção.

— Mas uma coisa que eu não consigo suportar é a dúvida. Quebrar o pulso, estourar o tendão de aquiles e ser forçada a sair do circuito por seis meses já é ruim o suficiente. Nem sei dizer o quanto. Mas a minha própria treinadora especulando se um dia eu vou me recuperar o suficiente para voltar a jogar? *Insistindo* para conversarmos sobre o que vai acontecer se eu não melhorar? Isso eu não posso deixar barato.

— Eu te entendo — disse Jake. — De verdade.

— Essa dúvida é um veneno. Cada vez que eu olhar para Marcy, de agora em diante, vou saber que ela acha que eu não vou conseguir. Talvez *exista* uma chance de eu não me recuperar, de nunca mais jogar em nível de elite. Mas eu obviamente não posso ficar pensando assim, não agora. Nem minha treinadora deveria pensar. Adoro a Marcy, você sabe disso. Ela tem sido como uma mãe para mim esses anos todos. Mas tenho quase vinte e cinco, Jake. Não estou velha, mas estou ficando sem tempo se quiser conquistar alguma coisa aqui, e eu quero. Conquistar alguma coisa. Sei que não posso jogar para sempre, e nem quero, necessariamente, mas quero que todos esses anos de sacrifício e trabalho árduo tenham valido a pena. Quero ganhar um Slam, e cada dia fica mais claro que não vai ser a Marcy quem vai me levar até lá.

— Não discordo de você — disse ele calmamente. — Mas Feltner? Quer mesmo ir por esse caminho?

— Eu sei que ele parece ser um idiota de proporções épicas. Ouvi todas as histórias. Mas ele é o melhor, sem sombra de dúvida, e eu quero o melhor.

— Ele nunca treinou uma mulher antes.

— Talvez ele não tenha conhecido a mulher certa! Foi você mesmo quem me disse que ele está entediado com a aposentadoria. Ele é muito jovem! O que está fazendo agora? Passa o dia se bronzeando em Palm Beach? Você consegue me colocar em contato com ele? Só preciso de cinco minutos. Vou convencê-lo a trabalhar para mim.

— Claro que eu consigo te colocar em contato com ele, mas acho que as chances de ele aceitar são ínfimas. E não pense que ter Todd Feltner como seu treinador vai ser mamão com açúcar, Charlie. Eu te apoio cem por cento. Se você o quer, vou fazer tudo o que puder para conseguir o cara, mas, por favor, não se iluda nem pense que ele é algum tipo de unicórnio mágico que vai te levar até o topo do *ranking*. Ele é um matador, puro e simples.

Charlie sorriu.

— Estou sabendo. Nos coloque em contato, tá? Eu amo a Marcy de todo o coração, mas preciso fazer o que é melhor para a minha carreira. Eu quero que ele seja o *meu* matador.

3

nem mesmo uma fofoca das boas

BIRCHWOOD GOLF AND RACKET CLUB
AGOSTO DE 2015

Charlie enrolou o cabelo molhado num coque e mancou o mais rápido que conseguiu até seu jipe. Ela levaria pelo menos quinze minutos para chegar até Birchwood, e já deveria estar encontrando seu pai naquele exato momento. Ela resmungou uma mensagem de voz rápida se desculpando e dizendo que estava a caminho e engatou a primeira. Assim que saiu do estacionamento, o telefone tocou. Supondo que fosse Jake retornando a ligação, ela apertou o botão do viva-voz no volante sem olhar o número. Uma voz masculina estranha soou pelos alto-falantes do carro.

— Charlotte? Charlotte Silver?

— É ela. Posso perguntar quem está falando, por favor? — *Belo jeito de parecer ter nove anos,* pensou. Era assim que sua mãe insistia que ela atendesse o telefone de casa.

— Charlotte, aqui é Todd Feltner. — Charlie ficou tão embasbacada que nem conseguiu responder. Ela dissera a Jake minutos antes que queria conversar com Todd e imaginou que levaria dias, se não semanas, até que conseguisse.

— Olá, Sr. Feltner. Muito obrigada por me ligar. Jake disse que o senhor devia...

— Ouvi dizer que você acabou de fazer uma cirurgia.

Charlie estava exultante com a ligação e tentou não pensar em como ele soara ríspido depois de apenas dez segundos.

— Sim, ainda tenho meses pela frente antes de poder voltar a jogar, mas estou chegando lá. Acabei de sair da fisioterapia, para falar a verdade.

— Por quê?

Charlie chegou a olhar para o celular, que estava no banco do carona ao lado dela, como se ele pudesse revelar algo sobre o estranho telefonema de Todd.

— Por quê? Como assim?

— Por que está se dando ao trabalho de fazer fisio? Talvez eu esteja confuso, mas seu irmão me disse que você rompeu o tendão de aquiles. Tive um jogador em 2006 com a mesmíssima lesão, e ele nunca se recuperou. E ele não tinha também uma lesão no pulso, que, pelo que soube, você tem?

Que audácia! Se fosse qualquer outra pessoa na linha, Charlie teria dito calmamente que não era da conta dele e desligado. Mas ela não podia esquecer que Todd era uma lenda viva: mais vitórias em Grand Slams para seus jogadores do que qualquer outro treinador; mais jogadores em primeiro no *ranking*; reputação de recuperar jogadores de lesões, vícios, colapsos nervosos e até quimio, para jogarem melhor do que nunca. Se o tênis masculino tinha uma celebridade, um mágico e um guru, tudo combinado, esse era Todd Feltner.

Charlie pigarreou:

— Tive uma fratura no pulso, sim, nada complicado, mas felizmente foi no pulso esquerdo. Eles esperam uma recuperação total, e dizem que não deve afetar em nada o meu *backhand*. Logo vou tirar o gesso.

— Você faz um belo *backhand* com uma só mão — comentou Todd. — Preciso e forte, tão bom quanto o seu *forehand*. Coisa rara para uma mulher. Coisa rara para qualquer um, na verdade.

— Obrigada — agradeceu Charlie, inflando de orgulho. — Isso significa muito para mim, vindo do senhor.

— E é por isso que é uma pena que você talvez tenha que desistir. Não completamente, veja bem, mas com certeza no primeiro escalão de competição. Você pode ter os ossos e tendões consertados pelo melhor ortopedista que o dinheiro pode pagar, mas, mentalmente, vai ficar ferrada. Já vi isso muitas vezes.

— Não sei por que o senhor está dizendo isso — disse Charlie, escolhendo as palavras com cuidado. — O senhor treinou Nadal depois daquela lesão terrível no joelho, e ele venceu o US Open. Um ano depois!

— Você está se comparando ao Rafael Nadal?

Charlie pôde sentir o rosto ficar vermelho.

— Não, claro que não. Mas o senhor, melhor do que ninguém, sabe que jogadores se recuperam de lesões o tempo todo, e voltam jogando melhor do que nunca. Eu sei que vai ser um desafio, mas não é impossível. E eu estou disposta a batalhar por isso.

Charlie olhou os retrovisores e entrou na via expressa. Sentia o coração acelerar. Quem ele achava que era, ligando só para dizer que ela estava destinada a falhar? Porém, mais do que isso: será que significava que era verdade? Se tanto Marcy quanto Todd Feltner achavam que ela nunca se recuperaria da lesão, estaria ela se iludindo ao pensar que conseguiria?

— Bom, conselho de amigo, de quem sabe o que está falando: poupe-se da desilusão e pense em se aposentar logo — disse Todd.

— Vai sair com elegância, por cima. Qual era sua posição no *ranking* antes da lesão? Vinte e dois? Vinte e cinco? Isso é bom demais, melhor do que a maioria dos tenistas sequer sonha em conquistar. Despeça-se agora, cuide bem das suas lesões, e poderá jogar fora do circuito profissional pelo resto da vida. Diabos, você pode até se casar e ter filhos se parar agora. Poucas das outras meninas podem dizer o mesmo.

Charlie agarrou o volante com a mão agora suada e logo esqueceu todas as qualificações e conquistas de Todd Feltner. Jake tinha razão: aquilo não ia dar certo. Ela manteve a voz calma e controlada.

— Ouça, Sr. Feltner. Não sei por que está dizendo essas coisas horríveis para mim, mas vamos deixar uma coisa bem clara: eu vou me recuperar dessa lesão. Eu vou voltar entre as dez melhores. Eu vou vencer um Grand Slam. Acho até que posso ser a número um. E quer saber por quê? Porque não desisto fácil como aquele bebezão que o senhor costumava treinar, Sr. Feltner. Eu não saí da escola todo dia ao meio-dia para treinar por seis horas e então fazer o dever de casa à luz do porta-luvas no caminho de casa depois dos torneios para agora *desistir*. Eu não perdi filmes, viagens, bailes, passeios no shopping, festas do pijama, bebedeiras e amassos com meninos para jogar "todos contra todos" no Country Club. E, por falar em clubes, não pedi para o meu pai trabalhar noite e dia dando aula para mulheres ricas de meia-idade, crianças mimadas e banqueiros grossos para *arregar* na primeira vez que a coisa ficou um pouco mais difícil. E com certeza não saí da UCLA, o melhor ano da minha vida, para *desistir*. Então, embora eu tenha um respeito incrível pelo que o senhor conquistou na sua profissão, e eu estava planejando perguntar se consideraria me treinar, vou pedir com toda a educação que, de agora em diante, o senhor guarde as suas opiniões para si. Desculpe ter feito o senhor perder o seu tempo, Sr. Feltner, mas cometi um grande erro. Nós dois claramente não combinamos.

— Charlotte? Não desligue. — O tom de Todd foi firme, mas ela pôde sentir que também foi conciliador.

— Eu já disse tudo o que havia para dizer.

— Mas *eu*, não. Digamos apenas que você me convenceu.

— Como é?

— Você me convenceu. A treinar você. Eu estava com medo de que você não tivesse garra por trás dessas belas rebatidas e desse lindo rostinho, mas agora vejo que tem. Sou todo seu.

Charlie ficou muda de espanto. Todd Feltner queria ser treinador dela? Nada disso fazia sentido.

— E me chame de Todd, pelamordedeus. Você quer muito vencer, e só eu posso te dar isso. Você sabe, e eu sei. Precisamos nos encontrar para combinar todos os detalhes. Vou passar pelo sul da Califórnia na semana que vem a caminho do Havaí, então vou pedir para minha secretária te ligar para marcar. Gostei da conversa, Silver. Vamos arrasar juntos.

E desligou. Charlie estava tão chocada que precisou frear bruscamente para não bater na traseira do carro da frente. Ela dirigiu como uma vovozinha na pista da direita por mais de um quilômetro antes de usar o comando de voz e ligar para o celular de Jake.

— Você não vai acreditar em quem falou comigo agora — disparou ela, sem nem dizer alô. Ela sabia, pelo ruído de fundo, que Jake estava caminhando da SoulCycle para o metrô, onde pegaria a linha 1 até o Harlem, trocaria de roupa, faria a barba e iria para o escritório.

— Humm, deixa eu pensar. Será que foi o Feltner em pessoa, considerando que eu falei com ele e desliguei há quatro minutos, depois de ele dizer que ia ligar para você em seguida?

— Você nem me avisou!

— Quando Todd Feltner concorda em ligar para alguém logo em seguida, não vou ser eu a pedir que ele espere enquanto nós dois temos uma conversinha a respeito. Você parecia bem segura de que era a escolha certa quando desligamos há dez minutos. Como foi?

— Ele disse que seria meu treinador. — Charlie não conseguia acreditar no que estava dizendo.

— Ele disse o quê?

— Que vai me treinar. Todd Feltner disse que eu o convenci, que eu tenho garra, ou o que é preciso para vencer, ou algo assim. Não lembro direito, mas ele começou sendo um grande babaca, e então eu meio que o critiquei, educadamente, claro, e aí ele disse que estava convencido.

— Ai. Meu. Deus.

— Está mesmo tão surpreso assim? Fico quase ofendida.

— Charlie, tem certeza de que ele disse isso? Tem certeza de que é isso que você quer? Quer dizer, eu entendo o apelo, entendo mesmo, mas esse cara não é brincadeira.

A verdade é que a tática cruel e os modos ríspidos de Todd pegaram Charlie de surpresa. Ele era claramente o oposto de Marcy, cuja calma havia tranquilizado Charlie por quase uma década. Mas ela estava pronta para uma mudança. Não, era mais do que isso: ela precisava dessa mudança.

— Não vou mentir, Jake, ele parece ser um monstro. E é claro que vou precisar de um tempo para me acostumar. Mas acho que essa é uma daquelas oportunidades que podem realmente mudar a minha vida. Essa pode até ser *a* oportunidade. Não podemos nos enganar, precisamos enxergar o todo aqui. Eu só acho que posso ter conseguido uma chance de deixar de ser boa e virar excelente. De vencedora a campeã. Faz diferença para você se eu for campeã ou não? Não. Para o papai? É claro que não. Eu sei que vocês dois vão continuar me amando se eu resolver me aposentar amanhã e me tornar cabeleireira. Mas faz diferença para *mim*, Jake. Mais do que eu jamais vou conseguir explicar. Esta pode ser a minha chance, e fico me perguntando se eu seria louca de não agarrá-la.

— Ele é o melhor que há — disse Jake, baixinho.

— Ele é até melhor que isso. Detesto falar o óbvio, e é uma triste verdade para as mulheres nos esportes, com certeza, mas é praticamente uma honra pensar que ele aceitou trabalhar para uma mulher quando existem dezenas de homens de primeiro escalão que o contratariam num piscar de olhos. É uma triste verdade: os homens normalmente ganham prêmios maiores, atraem públicos maiores e conseguem contratos melhores de patrocínio, e, em troca, todo mundo quer trabalhar com eles.

— E agora? — perguntou Jake. — O que vocês combinaram?

— Ele está vindo para LA. Vamos nos encontrar. Você também vem, certo? Não posso fazer isso sem você.

— Claro — respondeu Jake sem hesitação. — Vou comprar a passagem assim que você mandar.

Charlie seguiu com o jipe pela rampa de saída e reduziu a velocidade na placa de "Pare". Ela estava a pouco mais de um quilômetro do clube quando subitamente se lembrou com quem iria se encontrar.

— Não conte nada para o papai, tá? Nós dois sabemos como ele vai ficar, então não quero que ele saiba até eu ter certeza absoluta.

— Pode deixar. Preciso correr, C. Me ligue depois que terminar com o papai. E, Charlie? Concordo com você. Acho que pode ser uma oportunidade incrível.

— Obrigada. Torça por mim, tá? — Ela apertou o botão de desligar enquanto parava em frente ao manobrista do clube.

— Oi, Charlie — disse o diretor de operações do clube, que supervisionava os manobristas adolescentes. — Como está o pé?

Ela saiu do carro e acenou.

— Melhorando — respondeu ela, entregando as chaves. — Meu pai está lá dentro?

— Está. Ele disse que ia esperar por você na sua mesa.

Ela agradeceu e foi mancando em direção ao restaurante. O maître a acompanhou até o canto direito do salão, nos fundos, de onde a melhor mesa da casa tinha vista para o espetacular buraco nove. Antes de Charlie se profissionalizar, ela e o pai jamais haviam usado aquela mesa — aliás, na época, seu pai raramente comia no salão dos sócios. Desde o sucesso dela, ambos eram tratados como realeza.

— Desculpe o atraso — disse ela, enquanto se sentava com cuidado. O anti-inflamatório ainda não fizera efeito, e a dor pós-cirúrgica combinada com a dor muscular da fisioterapia deixava a área toda latejando.

O pai se inclinou para beijar seu rosto.

— Tudo bem. Não foi tão ruim ficar aqui olhando pela janela, principalmente num dia como este. Como foi a fisio?

Mesmo estando com sessenta e um anos, o Sr. Silver tinha uma cabeleira de dar inveja. Estava começando a ficar grisalho nas têmporas, o que dava margem a muitas piadinhas sem graça sobre a "prata da casa", mas Charlie o achava bonito como sempre. Era bem bronzeado, mas, de alguma forma, evitara a aparência de couro curtido que aflige a pele de tantos homens que passam a vida ao sol, e seus olhos ainda eram maravilhosamente verdes ou azuis, dependendo da cor da camisa. Tudo bem, ele ganhara alguns quilos na região abdominal — e começara a usar roupas ridículas, como bermudas até o meio da canela com cintos de couro marrom —, mas tinha quase um metro e noventa e estava razoavelmente em boa forma, e isso compensava muito; era óbvio que nenhuma das amigas dele parecia se preocupar com o peso extra nem com a falta de gosto para roupas.

Charlie puxou o cós da calça jeans, que ficara perceptivelmente mais apertada nos últimos meses.

— Ramona pega no meu pé, mas acho que é boa.

— Ela é a melhor, todos concordam. — O Sr. Silver tossiu. — Charlie, tem uma coisa que eu queria te...

— Falei com Todd Feltner. Ele quer me treinar — soltou ela, antes mesmo de colocar o guardanapo no colo.

Ela não planejava abrir o bico sobre sua conversa com Todd, mas a familiaridade do clube no qual praticamente fora criada, combinada com o abraço carinhoso e os olhos ternos do pai abriram a porteira. Ela se arrependeu assim que abriu a boca.

— Como é que é? — Seu pai ergueu o olhar com uma expressão alarmada. — Todd Feltner, o treinador do masculino?

— Não é mais do masculino. Ele quer *me* treinar, sua primeira e única jogadora. Ele acha que eu dou conta.

— Claro que dá! Você não precisa daquele babaca para te falar isso — disse o pai. Ele respirou fundo e fez o que pareceu ser um esforço concentrado para se acalmar. — Perdão, você me pegou de surpresa.

Charlie segurou a mão dele sobre a mesa.

— Eu sei que Todd não tem a melhor reputação como pessoa, mas como treinador... bom, ele é o melhor.

O Sr. Silver tomou um gole de água.

— Sabe quantas multas ele pagou à USTA por seus chiliques? Você lembra o que ele fez ao Eversoll, não lembra? Foi filmado, se precisar refrescar a memória. Ele é grosso e violento com os jogadores. Por que raios você iria querer trabalhar com alguém assim?

— Não estou procurando um amigo nem um empresário — retrucou ela, a temperatura subindo.

— Da última vez que verifiquei, você tinha uma treinadora.

— Ainda tenho, e você sabe o quanto eu amo a Marcy.

Seu pai puxou a mão, delicadamente mas de propósito.

— Ela tirou você dos juniores e a colocou com os profissionais. Ela é hábil. Educada. E, sem querer chover no molhado, ela não é uma idiota. O mundo do tênis está cheio deles, e Marcy é uma das pessoas mais genuínas e honestas que já conheci. Não sei você, mas isso significa muito para mim.

Charlie sentiu uma breve onda de raiva.

— Significa muito para mim também, pai. *Óbvio*.

Ambos sorriram para o garçom adolescente que lhes trouxe salada de frango grelhado, sem tomate, com molho à parte. Charlie sabia que seu pai teria pedido o sanduíche de filé com fritas se estivesse jantando com qualquer outra pessoa, e ficou grata pela atitude solidária.

— Ele entende o seu jogo? Seus pontos fortes, seus pontos fracos, sua personalidade? Ele tem um bom relacionamento com os diretores de torneio e com os juízes e organizadores do circuito? Ele tem um histórico comprovado de ajuda na melhoria do seu jogo?

Foca em estratégia e no uso da quadra? Protege você de todo o ruído dos negócios, que devem ser administrados por outros? Todd Feltner pode planejar o melhor cronograma de viagens e treinamento para maximizar o desempenho sem sacrificar a sanidade?

Charlie se forçou a respirar fundo. O pai havia jogado profissionalmente por menos de três anos, mais de quatro décadas atrás. Por que estava pegando tão pesado com ela? Charlie mastigava a comida devagar, encarando o prato.

— Estou surpreso só de você considerar a hipótese de despedir Marcy e contratar Feltner — disse seu pai.

— Eu quero vencer — respondeu Charlie por fim. — E acho que, para isso, preciso de uma mudança. Marcy é minha treinadora há quase dez anos. Eu tinha quinze quando você a contratou para trabalhar comigo.

— Você tinha acabado de vencer o Orange Bowl. Com quinze anos! Naquele ponto, você tinha superado em muito minha capacidade como treinador.

— Não estou criticando. Ela foi uma ótima escolha para mim na época. Mas, sejamos sinceros: você não a contratou porque ela era a melhor treinadora disponível. Você a escolheu porque ela era jovem e facilmente influenciável, e você sabia que ela não iria contra a sua vontade e não pressionaria para eu me profissionalizar.

— Tudo isso são águas passadas, Charlie. E acho que não há como negar que Marcy foi perfeita para você em uma idade muito vulnerável, e...

— Concordo, pai, ela foi perfeita. Literalmente perfeita. Tinha só vinte e oito anos, tinha acabado de se aposentar por causa da lesão no ombro, era simpática. Parecia mais uma irmã mais velha do que alguma ogra intimidante de meia-idade que me faria odiar o jogo. Eu agradeço por isso, juro. Acho que ela foi uma escolha excelente. Ainda acho.

— Mas?

— Mas eu já estou no circuito há anos. Joguei todos os torneios, viajei para todos os lugares. Marcy me fez melhorar sempre, não há como negar, mas estou começando a achar que não está indo rápido o suficiente. Tenho quase vinte e cinco anos! Sabe quantas mulheres conseguiram os principais títulos com vinte e cinco anos ou mais? Dez. Em toda a Era Aberta! Dez. E isso sem considerar o fato de que estou me recuperando de uma lesão tão feia que a imprensa está dizendo que nunca mais vou vencer um torneio grande. Até a Marcy sugeriu isso.

— Você chegou às quartas de final do Aberto da Austrália e de Roland-Garros. Duas vezes. Você chegou às semifinais em Indian Wells e Cingapura. Não tem como achar que você está indo mal.

— Não é isso que eu estou dizendo, e você sabe. Quero vencer um Slam. Treinei a vida toda para isso, e agora parece que tenho a oportunidade de trabalhar com alguém que pode me levar até lá.

— Não tenho muita certeza...

— Se todo o resto fosse igual, se a sua meta fosse vencer o US Open nos próximos dois anos, quem você contrataria? Marcy Berenson ou Todd Feltner? Sem levar em conta o estilo como treinador ou a simpatia nem nada mais.

Seu pai ficou em silêncio.

— É, eu também — disse Charlie, baixinho.

— Isso não quer dizer necessariamente que ele seja a escolha certa para você — retrucou o Sr. Silver, tomando um gole de cerveja.

Charlie sustentou seu olhar.

— Parece que Todd não é a escolha certa para *você* — disse ela.

O Sr. Silver olhou fixamente para Charlie.

— Tem mais coisas no mundo além de vencer, papai, e é claro que eu sei disso. A cada ano, o circuito feminino está mais e mais dependente do preparo físico. Quinze anos atrás, esperava-se que, se você fizesse musculação uma hora por dia, aguentaria mais do que suas adversárias num jogo de três *sets*. Agora, tudo mudou. As mulheres passam quase tanto tempo na preparação física quanto na quadra, e Marcy não acompanhou totalmente essa tendência. Eu já te falei que ela não está mais disposta a viajar tanto, e isso também tem sido difícil.

— Ela está tentando engravidar, Charlie. Eu sei que você entende isso.

— Claro que eu entendo! Ela ainda é minha amiga, pai. Passo mais tempo com ela toda semana do que com qualquer outra pessoa. Eu fui uma das madrinhas de casamento dela! E é natural que o Will não queira que ela viaje tanto. Quarenta e tantas semanas por ano é um inferno, principalmente para quem está tentando engravidar por fertilização *in vitro*. Eu compreendo, de verdade. Espero, de coração, que ela consiga. Mas, e aí? Você acha que ela vai querer entrar num avião a cada três dias e ir para Dubai? Xangai? Melbourne? Toronto? Londres? E quando ela, o que seria muito compreensível, não quiser, ou não puder, mais viajar tanto? Eu sei que estou parecendo insensível, mas como é que eu fico?

Seu pai assentiu.

— É um dos riscos de contratar uma treinadora. Mas eu gosto de pensar que nós permanecemos fiéis aos amigos quando...

— Não sei bem por que você está fazendo isso comigo. — A voz de Charlie saiu quase como um sussurro.

— Estamos só conversando, Charlie.

— Não parece uma conversa, papai, parece mais que você está tentando fazer com que eu me sinta culpada, e muito. E nem mencionamos o que aconteceu em Wimbledon. No fim das contas, ela era a responsável pelos meus tênis. Ela diminuiu muito o ritmo nos últimos tempos, tentando engravidar. E você devia ter ouvido a nossa conversa, hoje de manhã, sobre o meu futuro.

O garçom, um adolescente da região que, segundo seu pai, estava tentando uma bolsa de estudos para jogar tênis por uma escola da primeira divisão, trocou os pratos de salada por tigelinhas de frutas vermelhas.

— Parece que você já se decidiu. Posso não concordar com você, mas vou apoiar sua decisão — disse o Sr. Silver, colocando um pouco de chantilly nas suas frutas.

Vai me *apoiar enquanto eu concordar com você,* pensou ela. E, embora Charlie ainda não tivesse certeza de que contratar Todd fosse a atitude certa, isso foi ficando muito mais claro enquanto desfiava todos os motivos para seu pai, gostasse ele ou não.

— Sim, já me decidi — disse Charlie, soando mais convicta do que realmente estava.

— Bom, então tá. Não concordo, mas tudo bem.

Essas foram exatamente as mesmas palavras que o Sr. Silver usara mais de cinco anos antes, quando, durante o verão anterior ao segundo ano de faculdade, Charlie decidira se profissionalizar. Ela sempre soube que não teria como terminar quatro anos de faculdade e competir nos escalões superiores do circuito feminino. Claro que o Sr. Silver também sabia disso, mas sua desaprovação beirara o ultraje.

Charlie ia mencionar que a conversa estava tomando um rumo familiar, mas foi salva por Howard Pinter, o dono do clube. Howard era gorducho e careca, tinha a língua presa e cuspia ao falar, e sempre usava suspensórios que pareciam se esticar de um jeito doloroso pela sua enorme barriga. Ele adorava os dois e dizia isso sempre que podia, principalmente agora que Charlie era famosa.

— Peter. Charlie! Por que vocês não me contaram que iam almoçar aqui hoje?

— Howie — disse seu pai, já de pé. — Que bom vê-lo! — Os dois homens se cumprimentaram.

Charlie ia se levantar, mas Howard delicadamente a forçou a permanecer sentada.

— Sente-se, querida, por favor. Estão gostando do almoço? Sua amiga também vem?

A princípio, Charlie achou que Howie estivesse falando com ela, mas então percebeu a expressão do pai. *Cala a boca, caramba,* dizia o rosto dele enquanto encarava Howie intensamente. Nunca na vida ela vira seu pai com uma cara tão de... do quê? Pânico? Fosse o que fosse, Howie entendeu a mensagem.

— Perdão, eu me enganei. Sabem como é na minha idade: já estou praticamente gagá. Vou dizer uma coisa para vocês, mal consigo me lembrar de como me vestir todo dia. Vocês acreditam que houve uma época em que eu sabia o nome de todos os jovens que trabalhavam na lojinha ou na cozinha? Hoje, fico feliz se lembrar quem são os meus próprios filhos. — Ele forçou uma risada.

A tensão sumiu do rosto do pai tão rapidamente quanto surgira.

— Só estou atualizando a Charlie nas fofocas do clube — disse ele, sorrindo.

Howard se largou em uma cadeira à mesa com uma agilidade surpreendente.

— Aaaaaah, me conte, conte tudo! Ninguém me conta mais uma fofoca das boas. Acha que eu me importo com quem está batendo boca por causa de alocação de quadras ou com a manutenção do campo de golfe? Claro que não! Quero saber quem está pegando quem na chapelaria!

Todos riram, e Charlie ficou aliviada por seu pai parecer mais relaxado, mas ela não conseguia deixar a irritação que sentia de lado. Os três bateram papo por alguns minutos, Charlie inteirando Howard sobre fofocas aparentemente escandalosas, mas totalmente inofensivas sobre o circuito: rumores sobre Natalya estar namorando um *quarterback* famoso; o bilionário saudita que supostamente havia feito uma proposta milionária para que cada um dos três melhores tenistas do mundo jogasse uma única partida com ele em seu complexo em Jeddah; a número cinco do *ranking* que fora pega em um exame-surpresa de *doping*. Ele aplaudia e sorria. *E essas nem são fofocas das boas*, pensou Charlie. Imaginou como ele reagiria à notícia sobre Todd Feltner. Ou ao fato de ela estar saindo, sem compromisso, com o jogador mais gato do circuito. Ela sorriu por dentro só de pensar nisso.

— Bom, eu vou deixar vocês dois terminarem o almoço — disse Howard, olhando para o Sr. Silver, e um silêncio desconfortável se seguiu. Howard pigarreou e afastou sua cadeira. — Então, se vocês me dão licença, o dever me chama. Com certeza alguma dona de casa entediada está repreendendo um dos funcionários do vestiário neste exato momento. Charlie, é sempre um prazer. Venha nos visitar mais vezes, viu? — Ele se inclinou para beijá-la no rosto. Charlie se controlou para não limpar o beijo molhado.

— Obrigada por vir dar um oi, Sr. Pinter — disse ela. — E nada de sair espalhando segredos do circuito por aí, ok?

Ele deu uma risada *à la* Papai Noel e se afastou devagar. Charlie virou-se para o pai.

— Do que ele estava falando? Quem é a sua "nova amiga"? E o que você tinha para me contar?

— Não é nada de mais, Charlie. É só que Howie deu um jeitinho, e vou me mudar para um dos três chalés que eles mantêm nos limites da propriedade, lá perto da piscina olímpica, sabe? São bem bonitos.

— Os chalés não foram construídos, tipo, no começo do século passado? Eles têm aquecimento, pelo menos? Por que raios você iria querer morar em um deles? Acho que ninguém fica num daqueles chalés há décadas!

— Eles são um tanto rústicos, verdade, mas pense no tempo que eu vou economizar se não precisar vir de Topanga todo dia. O trânsito tem mesmo...

— E a *nossa* casa? Mamãe adorava a nossa casa! — Charlie não pretendia falar da mãe naquela hora, mas ela nunca imaginara que o pai venderia a casa onde ela passara a infância. Afinal, aquele fora o último lugar no qual sua mãe vivera. Ela morrera lá. Parecia inimaginável que ele um dia sairia dali.

— Eu sei disso, querida. Todos nós adoramos a casa. Mas você precisa entender que as coisas mudam, as situações mudam. Eu não tenho mais tempo nem energia para cuidar de uma casa daquele tamanho a esta altura da vida.

— Então você prefere viver *aqui*? Você já passa tempo demais aqui. — Charlie sentia o pânico aumentar. — O problema é dinheiro, não é?

O pai sustentou seu olhar.

— O problema não é dinheiro. Isso não é absolutamente da sua conta, você me entendeu?

— Por que mais você faria isso? Não entendo por que você não me deixa ajudar! De que adianta tudo isso se não posso ajudar a minha própria família?

— Ainda sou seu pai — disse ele, ríspido, depois mais delicado. — Ninguém mais do que eu entende o quanto você precisa investir na sua carreira. Um salário razoável para sua treinadora, e todas as viagens para você e Jake, e nem quero imaginar o quanto Todd Feltner vai exigir a mais do que Marcy. Você precisa investir em si mesma, Charlie.

— Eu só não entendo por que você se mudaria...

Ele ergueu a mão.

— Chega. Vai ser ótimo, para mim, ter um lugar menor e não pegar mais trânsito. Sim, vai ser difícil também. Mas está na hora.

Charlie forçou um sorriso, apesar do frio na barriga.

— Está certo, então. Talvez nós dois tenhamos concordado em discordar de alguma coisa.

4

a vigésima terceira melhor

**LOS ANGELES
AGOSTO DE 2015**

Era quase como se a placa "VENDE-SE. TRATAR COM O PROPRIETÁRIO" estivesse toda enfeitada com luzinhas de Natal, porque era a primeira coisa que Charlie via sempre que olhava pela janela do quarto. Fazia duas semanas que o pai declarara a intenção de se mudar para Birchwood, e ela ainda não tinha conseguido digerir essa ideia. A casa de três quartos, perto do Topanga Canyon Boulevard, estava longe de ser idílica. A entrada para veículos tinha pedras soltas, e o exterior precisava desesperadamente de uma pintura (sem falar de portas e janelas novas), mas o que lhe faltava em atrativos externos sobrava em recordações: os churrascos de do-

mingo à noite no quintal dos fundos cercado pelo bosque, andar de bicicleta com Jake até o Topanga State Park e parar no caminho para tomar Coca-Cola no posto de gasolina que depois se tornou mercado orgânico, ajudar a mãe a cuidar das floreiras de não-me-
-toques que plantavam todo ano. Sua família nunca foi de fazer muitas festas nem de receber montes de convidados, mas Charlie se recordava de uma infância feliz naquela casa, uma casa que sua mãe amou e da qual cuidou com muita alegria, o lugar onde fechou os olhos pela última vez. Fazia sentido Charlie não ter modificado nada em seu quarto desde a infância — nem mesmo os pôsteres de Justin Timberlake — e ainda considerar aquela a sua casa, até porque, convenhamos, por que ela pagaria aluguel em outro lugar se ficava fora viajando durante onze meses por ano? O que não fazia sentido era a ideia de seu pai vender aquele pedaço da história deles e se mudar para um chalé de hóspedes. Em Birchwood. Em *Palisades*. Ela não se conformava com isso.

No aplicativo da ESPN no iPad, ela assistia a um documentário sobre a complicada vida de Todd Feltner, que mostrava momentos de sua carreira como treinador. Ela deu um *fast forward* nos anos iniciais, de Todd crescendo em Long Island e jogando os primeiros torneios de simples pela escola Great Neck North. Ela avançou o filme também pela época em que ele jogara pela Universidade de Michigan, sua breve passagem pelo programa de treinamento da Morgan Stanley e sua descoberta, durante as férias na Flórida, de um prodígio do tênis de treze anos que ganhava um dinheirinho extra carregando os tacos de golfe de Todd. Alguma coisa nesse menino, Adrian Eversoll, inspirou tanto Todd que ele largou o criticado trabalho burocrático, mudou-se para Tampa e se dedicou a aprender tudo o que precisava para treinar um jovem com um dom antes de torná-lo o número um do mundo em apenas oito anos, apesar de ele mesmo não ter nenhuma experiência como tenista profissional. A reportagem incluía muitas cenas de Todd gritando com Adrian e o repreendendo e, depois, de outros homens que ele havia treinado e transformado em campeões. Em uma semifinal particularmente tensa do US Open, a segurança do torneio fora forçada a retirar Todd do camarote de Adrian depois que ele xingara o jogador tão alto e com palavrões tão feios que as emissoras de TV tiveram de interromper momentaneamente a transmissão ao vivo. Mas então, minutos depois, outra cena: Adrian levantando o troféu de campeão acima da cabeça, beijando-o, enquanto o mundo inteiro o aclamava. Charlie assistiu àquilo prendendo a respiração, quase *sentindo* o peso daquele troféu, ouvindo a multidão gritar empolgada, sentindo o suor e o ar saturado de saibro do Queens enquanto ela era declarada a melhor. Apesar de tudo, apesar da atitude aterrorizante de Todd, ela soube naquele exato instante que queria isso. Ela o queria.

E como se ele já tivesse acesso aos recônditos privados da sua mente, o celular tocou, e ela ouviu a voz esganiçada de uma mocinha.

— Charlotte Silver? Estou com Todd Feltner na linha. — Charlie sentiu a pulsação acelerar e tocou no botão de pausa do iPad.

— Charlotte? Aqui é Todd Feltner. Desculpe meu linguajar, mas estou de saco cheio de ficar trocando essas merdas de mensagens de texto. Meu voo para Long Beach é na sexta-feira ao meio-dia. Às oito sai o meu voo para o Havaí, e eu prefiro não ir para o subúrbio, então o que me diz de nos encontrarmos no lobby do Standard Hotel, no centro? Eu vendo o meu peixe, você pode repassar toda a sua lista de perguntas, e resolvemos esse assunto. Às duas horas?

Várias coisas passaram pela cabeça dela. Charlie não gostou da presunção dele, mas, antes de responder, respirou fundo, se lembrou da urgência de Jake e de seu próprio surto de empolgação.

— Combinado. Às duas horas, Sr. Feltner. Nos vemos lá.

— Excelente! — disse ele, conseguindo fazer a palavra soar sarcástica. — E é Todd. Sr. Feltner me faz pensar no meu pai, e, se você tivesse tido o prazer de conhecer aquele fracassado, saberia que isso é uma merda.

— Todd, então — corrigiu Charlie.

Antes que ela pudesse se sentir constrangida, Todd anunciou que sua assistente confirmaria os detalhes por e-mail e desligou.

Ela mandou uma mensagem de texto para Jake dizendo: "*Foi dada a largada*", com hora e local, e desligou o celular.

Quando Charlie entrou no Standard usando jeans e um blazer ajustado, estava propositalmente adiantada quinze minutos. Aliviada por ter um tempinho para pedir uma água com gás e organizar suas anotações, ela garantiu para si mesma que nada a desviaria do seu roteiro. Tinha organizado e imprimido nada menos que dezenove itens — algumas perguntas, alguns assuntos sobre os quais queria conversar — em uma folha de papel azul-claro. Mas, quando se aproximou do balcão da recepcionista à entrada do restaurante para pedir uma mesa, Todd berrou de seu banco perto do bar, nos fundos.

— Silver! Aqui.

Todd não se levantou quando ela se aproximou da mesa.

— Sente-se — disse ele, sinalizando para os assentos restantes. — Você não se importa se eu te chamar de Silver, não é?

— Prefiro Charlie, para falar a verdade — respondeu ela, sentando-se na cadeira mais distante de Todd, apesar de ter ficado de frente para a parede. — Você chegou cedo.

— Regra número um de Todd Feltner: se não estiver adiantado, você está atrasado. — Sua risada foi um misto de gargalhada e escárnio. Charlie não soube dizer do que mais havia desgostado: da "regra" estúpida ou de ele estar falando de si mesmo na terceira pessoa.

Com pouco mais de um metro e setenta de altura, sua potência como jogador universitário viera exclusivamente dos ombros musculosos e das coxas fortes e muito grossas, que lhe davam uma aparência estranha, quase quadrada. Agora que estava na meia-idade, o físico antes musculoso, que lembrava um armário, assumira o formato de uma pera: ombros quase atrofiados e um tronco que se ampliava em bunda e barriga enormes, tudo isso equilibrado em pernas finas e brancas.

— O que você vai querer? — perguntou Todd, empurrando o cardápio para ela.

Uma mulher com calças de couro e botas de salto alto se aproximou da mesa, e Charlie demorou um instante para entender que se tratava da garçonete. Ela verificou o celular e viu que Jake ainda demoraria quinze minutos, talvez mais.

— Humm... só uma xícara de café por enquanto, por favor — pediu ela. Pretendia almoçar, mas queria esperar por Jake.

— Descafeinado — resmungou Todd. A garçonete e Charlie se voltaram para ele. Todd queria um descafeinado, ou estava exigindo um para Charlie? — Para ela — esclareceu.

Charlie se forçou a sorrir.

— Obrigada, mas não. Prefiro o normal. — Ela se virou para a garçonete. — Com cafeína, por favor. Extraforte, se tiver.

Todd riu, sua língua ferina em ação:

— Aproveite enquanto pode, querida. Se vai trabalhar comigo, pode dar tchauzinho para o café, além de para tudo que seja até mesmo remotamente apetitoso. Mas já já chegamos lá.

Charlie sabia que, se fosse Marcy ali em vez de Todd, elas já teriam pedido sanduíches enormes com batatas fritas e estariam se esbaldando com as últimas fofocas das celebridades. Charlie estava vasculhando o cérebro à procura de algum assunto qualquer para passar o tempo quando Jake apareceu diante dela como uma visão.

— Espero não ter perdido nada — disse ele, inclinando-se para cumprimentar Charlie com um beijo na bochecha. Todd também não se levantou para ele, mas Jake deu a volta na mesa e lhe deu um tapinha nas costas. — Todd, que bom ver você. Obrigado por conseguir um tempo para nós hoje.

Charlie sempre se surpreendia um pouco ao ver o irmão mais velho assim tão profissional. A camisa impecavelmente branca realçava seu bronzeado, e todo o seu visual — paletó azul-marinho modelo europeu sem gravata, relógio e sapatos caros — era de um bem-sucedido agente de talentos de Hollywood. Ninguém jamais imaginaria que ele morava numa quitinete num prédio sem elevador no Harlem, nem que seu único cliente na agência de atletas na qual trabalhava era a própria irmã. Eles ainda nem tinham pedido o almoço quando Todd deu um tapa na mesa.

— Nenhum de nós tem tempo a perder aqui, então vamos direto ao ponto. Silver, ou melhor, Charlotte, você é uma jogadora das boas, com muito potencial. Mas, por enquanto, é só isso. Você está no circuito há quase cinco anos e não tem nenhum Slam, só dois títulos de simples importantes, e nunca passou de vinte e três no *ranking*. E também fez uma cirurgia. Tenho certeza de que muita gente recomendou que se aposentasse.

— Com todo o respeito, Sr. Feltner, ser a vigésima terceira melhor tenista do mundo não é assim tão ruim — interveio Jake.

Charlie sorriu para ele agradecida, mas o som do punho fechado de Todd golpeando a mesa a assustou tanto que ela quase derrubou o café.

— Resposta errada! — disse quase gritando, sua língua a mil por hora. — Era com isso que você sonhava quando tinha treze anos e vencia todos os torneios de que participava, quando mostrava perseverança e determinação incríveis e eliminava suas adversárias como a porra de um *rolo compressor*? Ser a vigésima terceira melhor? Acho que não. Espero mesmo que não, porque essa não é a atitude de uma campeã. Você acha que Steffi Graf costumava sonhar e rezar para estar entre as vinte? Ou que Evert, Navratilova, Sharapova e uma das irmãs Williams alguma vez viraram para o treinador ou para o pai delas ou até para o espelho e disseram: "Nossa, espero que eu possa ser a vigésima terceira melhor algum dia"? — Esta última parte foi dita numa irritante imitação esganiçada de voz de mulher. — Por favor, me poupe!

Charlie ficou vermelha de vergonha — e de algo mais. O Todd Feltner estava certo. Ela *queria* mais. Não queria ser uma notinha na história do tênis, não depois de se esforçar tanto.

— Entendi seu argumento — disse Charlie, calmamente.

— Se eu vou largar a aposentadoria para treinar uma *garota*, só vou fazer isso por uma que tenha instinto assassino. Essa é você, Charlotte Silver? Você tem sede de sangue? Ou está satisfeita em ir de quadra em quadra com sua sainha branca e trancinhas fofas e um sorriso tão grande que todo mundo simplesmente te adora?

Todd abriu a capa magnética do iPad, virou-o para Charlie e começou a mostrar fotos dela ao longo dos anos. Sempre as tranças. Sempre o sorriso. Sempre quase chegando à final.

— Estamos sentados aqui agora porque *eu* acho que, por baixo dessa aparência de menina boazinha, você quer muito, muito mesmo chegar lá no topo. Nas dez melhores. Em um título de Slam. E, pessoalmente, estou aqui porque acho que você tem a porra do melhor *backhand* com uma só mão que eu já vi em uma mina... é... em uma garota. Você tem uma noção instintiva de posicionamento em quadra. Acredite, não dá para ensinar isso. E, pelo menos do que eu vi em vídeo, a obstinação para voltar quando está por baixo. É por isso, Charlotte Silver, que estamos aqui.

Charlie tentou não sorrir. Todd Feltner *tinha* resumido seus pontos fortes, muito bem até, em sua opinião. Ele tinha feito o dever de casa. Ainda assim, a sequência de fotos mostrando-a como uma amadora simpática e feliz a deixara arrasada.

— Se formos fazer mesmo isso, antes de mais nada você vai deixar de lado essa porcaria de imagem de mocinha sensível. Agora mesmo eu estou vendo seus olhos lacrimejando. Não podemos ficar preocupados com seus sentimentos o tempo todo, senão ninguém faz mais nada. Vou ser direto com você, e você vai ser direta comigo.

Nada de baboseiras, ok? Em segundo lugar, precisamos mudar a sua imagem. Vamos acabar com a menina simpática de tranças e substituí-la pela adversária feroz e implacável que as outras jogadoras temem e respeitam. Vamos contratar uma consultora de imagem, porque essa claramente não é a minha especialidade, mas acho que é importante, neste caso. Ela pode nos dar dicas do pessoal certo de RP, estilistas, consultores de mídias sociais e o que mais for preciso para endireitar você. Não quero que se preocupe demais com isso. Vou cuidar de seus treinos e cronograma de viagens, e garanto que nada vai atrapalhar o que realmente importa: seu jogo. Essas coisas são importantes, mas, no fim das contas, ninguém vai dar a mínima para o que você veste se não estiver vencendo.

Charlie concordou. Todd era ríspido, sim, mas também era justo.

— Vamos contratar imediatamente um parceiro de treino em tempo integral. — Quando Charlie abriu a boca para protestar, Todd a interrompeu com um gesto. — Sei que você vai dizer que não precisa de um, que é perfeitamente adequado bater bola com outras garotas em aquecimentos e treinos, e eu estou aqui para lhe dizer que está errada. Redondamente enganada. E não me venha com a baboseira de "sou só número vinte e sei lá quantos, o que não justifica um parceiro de treino em tempo integral e blá blá blá". É aquela história do ovo e da galinha, e eu já vi muitas vezes o desempenho de tenistas ir lá nas nuvens quando têm alguém bom do lado, trabalhando juntos o dia inteiro, todo dia. Isso não é negociável.

— Certo — disse Charlie.

Ela havia pensado a mesma coisa muitas e muitas vezes, mas não podia justificar os custos. Não estava vencendo o suficiente para contratar um parceiro de treino e ainda bancar as viagens dele.

— Não acho ruim você usar os fisioterapeutas e preparadores físicos dos torneios, contanto que eu veja que seu condicionamento está melhorando e que você está cumprindo os programas que eles definirem. Além disso, nutricionista. Não por muito tempo, só até você perder uns cinco quilos nos membros inferiores e encorpar um pouco mais os ombros. Isso tudo não vai ser muito difícil, mas eu não vou mentir, Charlie: vai custar uma grana. O bom é que você vai vencer mais, e esse gasto inicial vai parecer uma merreca se fizermos tudo certo. Está ouvindo?

Charlie estava se esforçando para não se ater ao comentário sobre os cinco quilos. Ele estava certo, claro, só que não era fácil ouvir aquilo. Ela assentiu.

— Seu irmão vai supervisionar a parte comercial da coisa, como conseguir um belo contrato de patrocínio, algo além da Nike, cujos termos vamos renegociar assim que você ficar entre as dez melhores, e depois... bom, digamos que o caminho vai estar revestido de ouro.

Todd cruzou os braços e abriu para a Charlie um sorriso presunçoso, enquanto, ao seu lado, Jake concordava. Ela e Marcy nunca tiveram uma reunião parecida com esta em todos os anos em que trabalharam juntas. Tudo com que elas lidavam estava diretamente relacionado ao jogo de Charlie: aperfeiçoar o *slice*, ficar mais à vontade na rede, acertar o *spin* no segundo serviço, ajustar o posicionamento em suas aproximações. Quando não estavam de fato na quadra, elas geralmente estavam rindo no restaurante dos jogadores, ou compartilhando exemplares da *US Weekly* no avião, ou assistindo aos programas da HGTV em quartos de hotéis aleatórios, em algum lugar do mundo. Nunca houve menção à "imagem" de Charlie além da relacionada à importância do espírito esportivo. Marcy esperava que Charlie assumisse a responsabilidade pela própria alimentação saudável, que incluía muitas frutas e hortaliças frescas, proteínas e carboidratos pesados antes das partidas. Ela consultava regularmente os preparadores físicos do torneio para criar uma boa rotina de exercícios, mas não ficava em cima de Charlie com uma prancheta e um cronômetro obrigando-a a seguir qualquer tipo de programa. Elas eram treinadora e jogadora, antes de mais nada, mas também eram amigas, confidentes e, às vezes, quando Charlie ficava cansada de viajar ou deprimida pela solidão do esporte, mais como mãe e filha.

— Você está certo sobre eu não sonhar em ser a vigésima terceira do mundo e analisou bem meus pontos fortes na quadra. Quero vencer, Sr. Feltner. Todd. Quero voltar mais forte e melhor do que antes. Você acha mesmo que consegue me dar isso?

Do outro lado da mesa, Todd a encarou.

— Eu trouxe Nadal de volta depois de uma lesão horrorosa no joelho. Consegui quatro Slams para Adrian Eversoll. Eu treinei Gilberto até chegar a número um, e ele era um covarde antes de me conhecer. Minha moeda é *vencer*. — Ele deu uma olhada no relógio. — Ah, merda, tenho que correr. Olha, pensa direitinho e me dá um retorno até o fim da semana. Podemos fazer coisas incríveis juntos, Silver — disse ele, olhando para Charlie. — Rá, te peguei! Brincadeirinha. *Charlie*.

Jake riu. Charlie forçou um sorriso.

— Só mais uma coisa: para eu fazer isso, você precisa estar livre e desimpedida. Não me ligue dizendo que aceita antes de se desvincular daquela sua treinadora. *Capisce?*

Todd se levantou e abriu a carteira, mas Jake fez que não.

— Por favor, é por nossa conta. Muitíssimo obrigado por vir nos encontrar. Vamos conversar sobre tudo isso e entraremos em contato em breve.

Todd acenou para ambos, sem perceber que Jake havia estendido a mão sobre a mesa.

— Você tem futuro, menina, e eu sei como garantir que vá atingir esse potencial. O que você decidir, vou te apoiar a partir de agora. Até.

Charlie observou enquanto ele saía rapidamente pela porta.

— Isso foi incrível! — Jake suspirou, como se Michael Jackson tivesse acabado de sair da mesa deles.

— Acabei não fazendo muitas das minhas perguntas para ele — resmungou Charlie.

— Acho que ele falou praticamente tudo o que precisava, não acha? Quer dizer, a diferença entre Todd Feltner e Marcy Berenson é inequívoca, né? Eles operam em universos diferentes.

Charlie não tinha como discordar.

— Eu quero Todd — disse ela. — Tenho certeza absoluta de que odeio a personalidade dele, mas adorei o plano, a ambição e a atitude vencedora. Além disso, reconheço que esta é uma daquelas bifurcações no caminho, e é possível que eu me arrependa amargamente no futuro se não agarrar essa oportunidade. Lendas vivas não entram todo dia na sua vida pedindo para te treinar.

Jake levantou as mãos indicando ter sido convencido, justamente quando a garçonete-modelo chegava com a comida deles.

— Vocês servem champanhe aqui? — perguntou ele.

A mulher olhou para Jake como se ele fosse louco.

— Claro.

Jake pareceu não perceber o tom dela.

— Ótimo! Queremos duas taças, então. — Ele olhou para Charlie e sorriu. — Parece que temos algo a comemorar.

Charlie havia acabado de pôr a mesa da cozinha para dois quando o telefone tocou. Ela demorou um minuto para perceber que se tratava do telefone fixo.

— Oi, papai — disse ela no aparelho antigo.

— Como sabia que era eu?

— Quem mais ligaria para cá? — respondeu ela, e logo se deu conta de que não falou exatamente da forma mais delicada. — Quer dizer, aposto que suas amigas ligam para o seu celular.

— Charlotte, desculpe avisar em cima da hora, mas não vou jantar em casa hoje.

Ela esperou, mas o pai não deu mais explicações.

— Encontro romântico?

— Planos de última hora.

Charlie planejara servir uma bela refeição semicaseira e pedir com calma e confiança o apoio do Sr. Silver para a contratação de Todd. Ela o contrataria de qualquer forma, mas tudo ficaria muito melhor se soubesse que podia contar com o apoio do pai.

— Eu ia cozinhar para você.

— Obrigado, querida, mas não precisa se preocupar. Só chego mais tarde. Ou amanhã.

— Amanhã? — perguntou Charlie, incrédula. Seu pai nunca, *nunca* marcava encontros românticos quando ela estava em casa, menos ainda passava a noite na casa de uma mulher qualquer. Ela pensou em perguntar a Jake se havia alguém especial.

— Agora preciso correr — respondeu ele. — Te amo.

E desligou.

Charlie tirou um pão de alho congelado do freezer e procurou as instruções de aquecimento na embalagem. Quando estava colocando o pão no forno surpreendentemente sofisticado do pai, o celular dela tocou.

Era Marcy. Assim que Charlie chegara em casa depois do encontro com Todd, enviara um e-mail para Marcy pedindo sugestão de datas para uma visita. Marcy morava em St. Petersburg, na Flórida, e fazia uma eternidade que Charlie não ia à casa dela. Os escritórios da WTA ficavam lá perto, e Charlie planejava aproveitar a viagem para encontrar juízes e discutir a troca de treinador. Seria uma conversa terrível, mas Charlie sabia que precisava ser pessoalmente. No território de Marcy. Era o mínimo que devia a ela. Charlie atendeu o telefone.

— Oi, Marce! — disse ela, animada. Embora as duas se comunicassem diariamente, era quase sempre por mensagem ou por e-mail.

— Oi, Charlie, como você está?

— Ah, muito bem. Ramona estava simpática como sempre hoje. Mas, tenho que admitir, ela sabe o que está fazendo. Meu pulso não dói mais, e acho mesmo que o pé está melhorando um pouquinho a cada dia. Não sinto mais dor. Agora preciso só trabalhar no fortalecimento dele.

Marcy fora visitá-la duas vezes durante a reabilitação, mas, com o tratamento de fertilidade dela e a impossibilidade de Charlie de jogar, era besteira ficar indo e vindo mais vezes.

— Fico muito feliz em ouvir isso — disse Marcy.

— É, ela tem sido ótima.

Houve uma pausa desconfortável.

— Charlie, espero que não se importe se eu for direto ao assunto, mas acho que nos conhecemos há tempo suficiente para sermos sinceras uma com a outra, né?

Instantaneamente, Charlie sentiu um nó na garganta.

— Claro — conseguiu murmurar, torcendo para ter soado normal.

— Por que você quer vir me ver em St. Petersburg esta semana? — Marcy soou calma e como se perguntasse por perguntar, mas Charlie pensou ter ouvido uma pontinha de suspeita.

— Eu já disse, Marce, faz uma eternidade que não vou até aí. Estou me sentindo melhor, e uma mudança de ares viria a calhar. Eu adoraria ver você e Will, e claro que vou dar uma passada pelo escritório da WTA para talvez resolver algumas...

— Você disse que seria direta comigo, Charlie.

Marcy estava certa, ela merecia a verdade, mas este não era o tipo de conversa que Charlie queria ter por telefone. Por mais difícil que fosse, Charlie estava determinada a fazer as coisas do jeito certo.

— Charlie, eu não quero tornar isso mais difícil para você do que acho que já está sendo. E talvez eu esteja muuuuito enganada aqui, então vou fazer uma pergunta simples, de sim ou não, e gostaria muito que você fosse sincera.

— Tudo bem...

— Você quer vir até aqui para me demitir? — O silêncio de Charlie foi a confirmação de que Marcy precisava. — Achei mesmo que era isso — disse ela, calma.

A palavra "demitir" era tão forte, tão fria, que Charlie quis argumentar com ela, mas não havia como negar a verdade em questão. Em vez disso, o nó na garganta ficou ainda mais apertado, e só se desfez quando as lágrimas começaram a correr por seu rosto.

— Sinto muito, Marcy. Eu queria ter esta conversa cara a cara — disse ela, odiando-se por deixar a coisa se desenrolar assim.

— Sei que queria, Charlie. E eu agradeço por isso, sério. Mas nunca tivemos essas formalidades antes, e não acho legal começar com isso agora. Não quero que você atravesse o país inteiro só para me dizer algo de que eu já suspeitava.

— Você suspeitava? — Um soluço escapou, e Charlie cobriu a boca com a mão.

— Sim, eu sei que você não gostou de eu não querer viajar tanto no ano passado. Claro que você sabe que Will e eu estamos tentando engravidar, e tenho certeza de que você se pergunta como isso vai te afetar.

— Não, Marcy, não é...

— Você não precisa se desculpar, é natural. É sua carreira, claro que eu entendo suas preocupações. Há tempos eu sinto que você me culpa pelo que aconteceu em Wimbledon. Nós duas sabemos que foi azar, e você estava a poucos pontos de vencer aquele jogo, mas eu aceito que tive minha parcela de culpa naquele que foi um desastre completo, e peço desculpas por isso.

— Marcy, por favor, se você só...

A voz da treinadora soava forte e firme.

— Eu só queria que tivéssemos sido mais abertas sobre essas coisas. Debatido o assunto e resolvido tudo, antes de você sentir a necessidade de procurar uma alternativa. — Ela fez uma breve pausa.

— Meu sogro está em LA a negócios. Ele é um grande fã de tênis, como você pode imaginar, e viu você e Todd no lobby do Standard. Depois disso, não foi difícil juntar as peças.

Charlie sentiu como se tivesse levado um soco.

— Sinto muito, Marce. Foi uma coincidência sinistra. Estou voltando, ele quer largar a aposentadoria... — Ela não sabia mais o que dizer.

— Ele tem uma senhora reputação.

— Eu sei. Ainda não o contratei. Queria... é... conversar com você primeiro.

— Fico grata por isso, Charlie. Você tentar vir até aqui e tudo o mais. Eu só... só espero que saiba no que está se metendo.

Charlie não soube o que dizer, provavelmente porque ela *não sabia* mesmo no que estava se metendo. Tudo estava começando a parecer real demais.

— Olha, não quero que isso acabe mal — disse Marcy. — Imagino que não seja fácil para você também, e quero que saiba que, antes de mais nada, somos amigas. Foi uma honra ter sido sua treinadora estes últimos anos. Porém, mais do que isso, eu tive o privilégio de conhecer você como pessoa.

— Marcy.... — Charlie não conseguia mais disfarçar o choro.

— Você merece o melhor, C. Você se dedicou muito, desde sempre. Eu queria que as coisas tivessem terminado de um jeito diferente, claro, mas espero que saiba que vou estar torcendo por você da beira da quadra. Com aquele tendão curado e o toque de Midas de Todd Feltner, o céu é o limite...

Charlie não conseguia falar agora, e se odiava por isso.

— Preciso correr — disse Marcy, soando tão constrangida quanto Charlie. — Isto não é um adeus, ok? Ainda temos muitas coisas de trabalho para resolver nas próximas semanas. Me coloque em contato com a assistente de Todd, e eu vou garantir uma transição sem entraves. E temos muitas coisas pessoais para resolver, também. Ei, você ainda está com aquele vestido de chiffon horroroso que pegou emprestado para aquele jantar, lembra? Não pense que vai simplesmente *ficar* com aquela coisa feia.

As duas riram. Foi uma risada tímida, mas ajudou, pelo menos por um segundo.

— Marcy? Eu sinto muito. Adorei trabalhar com você todos esses anos. Eu não estava planejando... eu nem pensei, só... Sinto muito.

— Eu sei, também sinto. Nos falamos em breve.

E, antes que qualquer uma delas pudesse dizer mais alguma coisa, Marcy desligou.

Charlie ficou encarando o celular na sua mão por alguns segundos. Mesmo com todos os voos, os quartos de hotel anônimos, todas as cidades e todos os países, Charlie normalmente não se sentia sozinha. Era estranha essa sensação de estar à deriva, de certa forma, sem uma das únicas constantes em uma vida definida por movimento e mudança.

Pronta ou não, pensou ela, enquanto sentia o cheiro de queimado e o alarme de fumaça soava na cozinha. *Aqui vamos nós.*

5

quartos conjugados

**MELBOURNE
JANEIRO DE 2016**

O som do celular vibrando acordou Charlie de um sono profundo, e ela o puxou para baixo do pesado edredom de pena de ganso, onde se protegia do ar condicionado. Quem disse que só os americanos gostam de ar condicionado? Os australianos também parecem ser fãs dele.

— Alô? — Sua voz soou rouca, como se tivesse fumado um maço de cigarros. Desnecessário dizer que não tinha.

— Charlotte? Que *porra* você acha que está fazendo? — ressoou Todd pelo viva-voz que Charlie ligara acidentalmente quando se atrapalhou com o celular. — Já são sete horas, e estou sozinho na quadra.

— Ele parecia irado, o que não era novidade nenhuma, mas, ainda assim, toda vez Charlie ficava ansiosa. Como se ela sempre estivesse fazendo algo errado. Charlie afastou o telefone para ver a tela.

— São só sete horas, Todd. Nosso treino é às oito — murmurou, já colocando os pés no chão.

Charlie deu uma olhada no pé direito e respirou aliviada quando viu que ele parecia completamente normal. Claro que ia parecer normal — o tendão de aquiles e a fratura no pulso haviam sarado completamente meses antes —, mas examinar aquelas áreas tinha se tornado um hábito.

— Trate de levantar essa bunda da cama. Assistiu às fitas que eu deixei com você ontem à noite? Pedi uma omelete de claras, deve chegar aí no seu quarto em dez minutos. Quero você na quadra em meia hora. Acha que Natalya está largada na cama vendo TV? Não é isso que os melhores jogadores fazem. E, não esqueça: se você não estiver adiantada, está atrasada. — Sem esperar uma resposta, ele desligou.

Se você não estiver adiantada, está atrasada. Charlie mordeu a lateral da boca. Ouviu um ruído ao seu lado na cama. Tinha quase esquecido que Marco estava ali.

— Você disse para ele que não é preguiçosa, que só está muito cansada de tanto transar? — perguntou ele.

— Não, eu não falei isso para ele — respondeu ela, dando um tapa no peito dele.

— É sempre bom falar a verdade — disse Marco, apoiando-se nos cotovelos. — O que foi? Você está me olhando e pensando que eu sou, como se diz... Adônis? Sim, eu tenho esse problema com as mulheres o tempo todo.

Charlie riu, mas sabia que Marco não estava mesmo brincando: ele era absurdamente lindo. Ele sabia, ela sabia, toda a população feminina do planeta Terra sabia — no mínimo, qualquer uma que tivesse ligado a TV para ver uma partida de tênis nos últimos cinco anos e tido a chance de ver Marco trocar de camisa entre os *sets*.

Aqueles míseros dez segundos de peito à mostra haviam garantido a Marco Vallejo o prêmio de Homem Vivo Mais Sexy da *People Magazine*. Seu corpo perfeito bombara em *outdoors* do mundo todo anunciando moda íntima, tênis, relógios e perfumes, e ele costumava aparecer nos tapetes vermelhos com atrizes, modelos e cantoras. Ele sempre estivera entre os quatro melhores tenistas do mundo nos últimos três anos. Vencera o último US Open em uma final fácil de três *sets*, então era o favorito para vencer o Aberto da Austrália. Ganhara milhões em prêmios, dezenas de milhões em patrocínio e mantinha casas e apartamentos espalhados pelo mundo. Era quase consenso que Marco Vallejo era um dos melhores jogadores da Era Aberta. E ele estava na cama de Charlie.

Bateram à porta. Charlie olhou ao redor e, não encontrando nenhuma de suas peças de roupa, nem mesmo um roupão, puxou o lençol de baixo do edredom e se enrolou nele.

— Igualzinho aos filmes — murmurou ela, abrindo a porta.

O garçom do serviço de quarto não parecia ter mais do que dezenove anos. Ele deu uma olhada rápida em Charlie, evidentemente nua sob o lençol, e ficou vermelho como um pimentão do pescoço à raiz dos cabelos. Então olhou para a cama, onde os lençóis e travesseiros amarrotados confirmavam tudo, mas Marco era experiente demais para ser pego de forma tão amadora. Anos dormindo em quartos de hotel com diferentes mulheres haviam lhe ensinado todos os truques, e nem mesmo Charlie conseguiu entender como ele foi da cama para o banheiro sem ninguém perceber.

— Bom dia, Srta. Silver. Eu trouxe uma omelete de claras com cogumelos, cebola e espinafre, com feta à parte. Frutas em vez de batatas. Um Americano descafeinado com leite desnatado. E água gelada. Posso trazer mais alguma coisa para a senhorita?

— Descafeinado, sério? — Charlie já estava acostumada com a política de cafeína zero de Todd, mas continuava se irritando sempre que ele a reforçava.

— É o que diz o pedido. Quer que eu traga o normal? — perguntou o menino, os olhos inquietos, com medo de perder qualquer detalhe.

— Não, não, tudo bem — respondeu Charlie, apesar de querer dizer o oposto.

Ela estava oficialmente com Todd desde agosto passado, e os quase cinco meses de fisioterapia, preparação física e treino estratégico haviam conseguido exatamente o que ele lhe prometera: ela estava forte e confiante, pronta para a Austrália. Era verdade que Marcy jamais lhe pediria para abrir mão do café. Droga, Marcy nunca a teria obrigado a fazer dieta. Mas não havia como contestar a barriga chapada e as coxas tonificadas, nem os braços mais musculosos e um melhor condicionamento cardiovascular.

Charlie assinou a conta e, depois de dar a gorjeta para o funcionário ainda ruborizado, fechou a porta.

— Você já pode sair — gritou ela para Marco.

Ele saiu do banheiro com os cabelos ondulados molhados, vestindo nada além de uma toalha.

— Tenho treino na quadra às oito — disse ele. — E você?

— Eu também — respondeu Charlie. — Desculpe, Todd pediu o meu café da manhã, então não tem nada aqui para você. Quer que eu ligue e peça para trazerem um pouco de aveia ou algo assim?

— Não, vou encontrar o treinador no restaurante dos jogadores em vinte minutos. Como por lá. — Ele ajustou a toalha ao redor da cintura. Um metro e noventa e três, noventa quilos de puro músculo. A tez mediterrânea era quase um bônus. Quase.

Ela olhou a hora no celular.

— Temos sorte pelo pessoal do *doping* não ter aparecido hoje às seis da manhã. Um dia desses, ainda vamos ser flagrados juntos.

Trezentos e sessenta e cinco dias por ano, não importava em que lugar do mundo ela estivesse ou o que estivesse fazendo lá, Charlie precisava fornecer um endereço no qual pudesse ser encontrada, pessoalmente, por uma hora em cada período de vinte e quatro horas. Ela poderia escolher se essa hora era ao meio-dia, quatro da tarde ou nove da noite, e poderia mudar esse horário diariamente, mas o cronograma tendia a ficar tão confuso e a atrapalhar tanto que quase todos os jogadores escolhiam das seis às sete da manhã. Era cedo o suficiente para ainda não estarem em outro lugar, e tarde o suficiente para não ser devastador para o sono, se os examinadores realmente aparecessem. E eles apareciam, às vezes oito ou dez vezes por ano. Em compensação, em alguns anos, não apareciam nem uma vez. Nunca se sabia.

— Contanto que me peguem por causa de sexo, e não de esteroides, eu não ligo — disse Marco, beijando-a na boca e pegando a chave do quarto dele. — Tchau, linda. Bom jogo.

— Você também — disse ela, embora soubesse que nunca conversavam sobre as respectivas partidas. — Boa sorte.

— Isto é muito conveniente — disse Marco, sorrindo, enquanto abria a porta de comunicação entre os quartos. — Acho que sempre vou pedir quartos assim de agora em diante. — Ele passou pela porta e a trancou pelo outro lado.

Charlie fechou os olhos. Uma cena da noite anterior surgiu na sua cabeça: eram umas oito e meia, e ela havia acabado de vestir a camisola e pedir chá de hortelã ao serviço de quarto. Ainda estava empolgada por causa da vitória na primeira rodada, mais cedo, e do jantar de comemoração com seu pai e Jake, que haviam chegado a Melbourne a tempo de ver seu jogo. Ela precisava ir dormir às dez, o que lhe daria umas boas nove horas de sono antes de o despertador tocar às sete da manhã. Nove horas era o ideal, oito era aceitável, sete era complicado, seis era um desastre completo: disso ela sabia por experiência própria. Ao longo dos anos, Charlie se tornara uma disciplinada máquina de dormir. Com o chá de hortelã, ruído branco, uma máscara e tampões de ouvido, ela conseguia dormir em qualquer lugar: área de descanso dos jogadores, avião, carro do torneio, hotel, qualquer casa na qual estivesse hospedada. Era só adicionar um pouco de melatonina para o pior *jet lag*, e ela ficava bem. Foram necessários vários anos de ajustes para que ela aperfeiçoasse o sono, mas a questão era crucial para o programa, e ela fez disso uma prioridade.

A reprise de um episódio de *Scandal* tinha acabado de começar. Charlie entrou debaixo das cobertas com sua caneca e um exemplar da *US Weekly*. Melhor ver Olivia e Fitz em mais uma semana de "te amo mas não posso ficar com você" do que pensar em tênis por mais um minuto. Sua cabeça ficava repassando as críticas que Todd havia feito depois da sua partida da primeira rodada ("Pare de ser tão sensível, porra! Você já é crescidinha. Trate de levar esse seu corpo até a rede e acerte a droga da bola! Até se esforçar de verdade para desenvolver um segundo serviço melhor do que razoável, você não vai a lugar nenhum!"), mas, naquele momento, ela se forçou a prestar atenção na TV. Nas roupas de Livy. Na presença dominadora de Fitz. E, durante os comerciais, voltava à revista e às fotos das últimas aventuras de Angelina e Brad em Nova Orleans. Ela havia começado a relaxar quando, subitamente, ouviu música no quarto adjacente.

Rapidamente, ligou para a recepção.

— Alô? Oi, eu sei que ainda não são nem nove horas, mas achei que este andar era apenas para tenistas.

— Sim, Srta. Silver, está correto. Há algo que possamos fazer pela senhorita? — O recepcionista era simpático, mas estava claramente cansado de lidar com as exigências dos tenistas.

— Bom, estou ouvindo música no quarto ao lado do meu. O que fica mais perto do elevador. Está bombando agora. Tipo, com um baixo violento. Você pode ligar para o quarto e pedir para baixarem o volume? Ou, de preferência, desligarem?

— Certamente, Srta. Silver. Vou lembrar ao ocupante do quarto a regra de vinte e quatro horas de silêncio para os jogadores.

— Obrigada — disse Charlie.

Ela desligou e prestou atenção. As paredes eram finas, então ouviu o volume diminuir por um minuto quando o telefone tocou no quarto ao lado, mas, um segundo depois, estava ainda mais alto do que antes. Enrique Iglesias? Sério?

Jogando longe as cobertas, Charlie marchou pelo corredor e esmurrou a porta do quarto. Certamente era algum adolescente de quinze anos que ganhara um passe livre no torneio e que não fazia ideia do protocolo para o andar dos jogadores. Estava ávida para começar o monólogo ensaiado quando a porta se abriu e Marco sorriu para ela.

— Charlotte Silver — cantarolou ele, com o que apenas poderia ser descrito como sotaque de galã canastrão. — Olha só quem veio fazer uma visitinha.

Ele, naturalmente, usava apenas cuecas boxer e uma pulseira de couro com fecho de anzol. Um cheiro de fumaça — Maconha? Vela? Incenso? Ela não conseguiu identificar — vinha do quarto, e a música *dance* horrenda emanava dos alto-falantes do iPod no criado-mudo. Um brilho de suor cobria todo o seu belo corpo.

Ela sentiu o rosto enrubescer.

— Marco? Oi, desculpe... interromper. Não sabia que era você. Óbvio. Quer dizer, não tinha ideia de que você estava neste quarto, e eu nunca, jamais teria batido se soubesse que você estava... ah...

Não é todo dia que você acidentalmente interrompe alguém com quem havia feito sexo antes enquanto ele está fazendo sexo com outra pessoa. Qual era o protocolo para isso? Charlie não fazia ideia, mas tinha certeza de que não deveria estar ali de pé (ainda!) para reclamar do barulho.

Marco jogou a cabeça para trás e riu. Charlie só prestou atenção em como o abdome definido dele se contraiu.

— Charlie, Charlie. Entre — disse ele, indicando o quarto.

Um *ménage*. Ela estava se esforçando ao máximo para ser cabeça aberta com relação ao sexo casual com Marco (a voz de Piper, sua melhor amiga, não saía de sua cabeça: "Se solte! Só se vive uma vez! Estamos no século XXI, ninguém liga mais!"), mas um *ménage* não ia rolar.

— Não posso, preciso ir dormir. Só queria perguntar se você não se importaria de baixar o volume da música, mas deixa pra lá. Tenho tampões de ouvido. — *Tenho tampões de ouvido?*, gritou ela mentalmente. *Não tinha nada mais idiota para dizer?*

Charlie chegou à própria porta no exato momento em que percebeu duas coisas. Um, que se trancara do lado de fora. Dois, que estava com uma camisola que mal cobria sua bunda — e sem calcinha.

— Agora você precisa entrar — disse Marco. — Venha, você pode ligar para a recepção daqui.

No fim das contas, Marco não estava escondendo nenhuma fã escultural no quarto. Estava só fazendo uma série de flexões e abdominais com um acompanhamento musical horroroso.

— E eu danço um pouquinho, ok? Admito — disse ele com o sorriso mais bonito e malicioso que Charlie já vira.

Ele lhe ofereceu água do frigobar enquanto esperavam o mensageiro com uma chave. Marco sinalizou para que ela se sentasse na cama, mas Charlie não conseguiria fazer isso sem expor toda a virilha nua. Então ficaram ambos de pé, conversando sobre a disponibilidade de quadras para treino e outros assuntos neutros. Quando ouviram uma batida na porta e Marco lhe deu boa-noite, ela ficou quase ofendida por ele não ter tentado nada. A última vez em Londres, pouco antes de Wimbledon, tinha sido incrível, não tinha? Certo, já fazia seis meses, mas ele mandara várias mensagens enquanto ela se recuperava da lesão. Ele devia ter partido para outra, pensou Charlie, tentando se convencer de que não ligava. Ela era uma mulher moderna, capaz de lidar com um flerte casual sem que toda sua autoestima dependesse de ele entrar em contato de novo ou não. Mas, só para garantir, Charlie voltou logo para seu quarto e vestiu uma calcinha fio-dental de renda. Não daria para trocar de roupa e colocar uma camisola mais bonita sem parecer que estava se esforçando para agradar, mas ela podia fazer ajustes menores e, com sorte, imperceptíveis: enxaguante bucal, *gloss* clarinho com sabor, hidratante perfumado. Uma escovada nos cabelos e, certo, tudo bem, uma rápida passada de pinça na linha do biquíni. Não é a coisa mais fácil do mundo manter a depilação em dia quando se passa mais de quarenta e cinco semanas por ano na estrada. De volta à cama e fingindo assistir ao seu programa, Charlie estava começando a se sentir ridícula e totalmente rejeitada quando ouviu uma batida na porta que ligava os dois quartos. Claro que ela abriu.

A noite tinha sido louca e divertida, e, embora ela soubesse que ia acabar exausta por ter ficado acordada até tão tarde, naquele momento estava se sentindo incrível.

Charlie comeu depressa e bebeu de um gole só o café sem graça. Alguém da recepção ligou avisando que seu carro tinha chegado para levá-la até o Melbourne Park. Ela vestiu rapidamente o short de elastano, um sutiã esportivo e um moletom, parando apenas para enfiar os pés em chinelos de dedo. Sua raqueteira já estava arrumada com tudo o que precisava para um dia de treinamento. Ela podia ter ficado acordada até tarde com Marco, mas nunca, nunca se esqueceria de arrumar a bolsa.

Charlie se acomodou no banco traseiro da SUV Lexus e esticou as pernas. O sexo tinha sido bom, sim. Ok, tinha sido ótimo. Era sempre ótimo com Marco, e isso era parte do problema. Eles já se conheciam há anos. Se conheceram quando tinham dezesseis, mas não tinham dormido juntos até o início do ano anterior, quando Charlie havia perdido nas primeiras rodadas de Indian Wells e Marco havia sido eliminado antes das semifinais. Por coincidência, ambos tinham tirado uma extremamente rara noite de folga do treinamento antes do próximo torneio e se registraram, separados, no Parker Méridien de Palm Springs para relaxar um pouco. Charlie estava lendo uma revista no spa, esperando ser chamada para a massagem, quando ouviu um homem chamar seu nome.

Hesitante, quase de má vontade, ela ergueu o olhar. A última coisa que ela queria no mundo era ser reconhecida por algum fã de tênis que quisesse conversar sobre seu desempenho nada estelar no dia anterior. Ou, pior, alguém que ela já conhecesse, então seria forçada a conversar e perguntar sobre a vida e então — Deus a livre — jantar para pôr a conversa em dia. Ela ficou chocada quando olhou para cima e viu Marco Vallejo sorrindo do outro lado da silenciosa sala do spa, com um roupão tão pequeno que mal fechava.

— Oi, linda — disse ele com um sorriso que literalmente fez o coração dela parar.

Mas, de alguma forma, Charlie conseguiu se acalmar. Eles se conheciam desde sempre, sim, mas nunca tinham passado nenhum tempo juntos assim. Certamente não sozinhos e sem roupa.

— Oi — respondeu ela, rezando para ter soado mais casual do que se sentia. — Vai fazer pedras quentes ou aromaterapia?

Depois do tratamento, eles se encontraram para o jantar, que foi cheio de flertes e divertido e, por sugestão de Marco, tomaram uma garrafa de champanhe na piscina externa, que estava deserta. Já fazia três meses que ela não bebia, talvez mais, mas Charlie não hesitou quando Marco lhe serviu uma taça. Uma taça virou duas, que viraram três, e, antes que ela percebesse o que estava acontecendo, os dois estavam nus na parte funda da piscina, nadando e apreciando o céu noturno. Parecia que ela estava no corpo de outra pessoa, de uma personagem de um livro ou de um filme sem nada com que se preocupar no mundo, alguém que ria, piscava e endireitava os ombros com confiança. O efeito do champanhe foi incrível, potencializado por sua raridade e pelos estímulos externos: o brilho das estrelas, a sensação de completa liberdade de não vestir nada que a prendesse ou restringisse, a forma como a água morna envolvia todo o seu corpo quando ela boiava e a rapidez com que seus mamilos ficavam duros ao entrar em contato com o ar frio do deserto. Parecia que cada neurônio estava trabalhando em dobro.

Nadaram até ambos começarem a tremer e pularam na banheira de água quente, onde se revezaram para terminar o champanhe bebendo no gargalo. Nenhum dos dois pensou em pegar toalhas antes de tirarem a roupa, então voltaram para a *casita* de Marco à beira da piscina pelados, congelando, agarrados às roupas e rindo como adolescentes. Não que eles tenham tido muitas oportunidades de fazer algo louco ou imprudente quando eram adolescentes. Charlie pegou um roupão no banheiro. Quando saiu, Marco havia acendido duas velas na cabeceira da cama, enrolado um tecido tipo sarongue ao redor da cintura e apontava o controle remoto para a lareira a gás. Um fogo perfeito crepitou das toras falsas.

— Bem, o que temos aqui? — perguntou ele, abrindo o frigobar. Pegou duas garrafinhas de Absolut e uma lata de água tônica.

— É sério isso? — perguntou Charlie, fingindo surpresa. — Tônica? Sabe quanto açúcar refinado tem na água tônica?

Os dois caíram na risada, pelo menos até os coquetéis estarem misturados. Era um ato quase inconcebível, ingerir bebida alcoólica casualmente assim: ela sabia que, até aquela noite, nenhum dos dois havia consumido mais que uma dose de bebida alcoólica por vez em meses.

Marco sentou-se no chão em frente à lareira e fez um gesto para Charlie se juntar a ele.

— Como eu queria que isto fosse pele de urso — disse Charlie, acariciando o tapete com padronagem ziguezague debaixo deles.

Marco empurrou-a de forma firme, mas delicada, até ela se deitar de costas. Deitou-se sobre ela, seu peito contra o dela.

— Vou fazer você esquecer o tapete.

Em vinte e quatro anos, Charlie nunca tinha feito sexo casual. Tinha dado uns amassos com outros jogadores nos torneios júnior, mas não perdera a virgindade até conhecer Brian no primeiro ano na UCLA. Desde então, havia ficado com uns poucos caras, e todos tinham acabado naquele lugar nebuloso entre o lance casual e o relacionamento sério: ela namorava com eles, sim, mas sem nunca discutir exclusividade, provavelmente porque ela nunca estava em um lugar por mais do que algumas poucas noites. Ou pelo menos era isso que sempre dizia para si mesma. Sendo bem honesta, ela costumava questionar por que os homens ficavam de quatro declarando seu amor por ela, mas sumiam assim que viam como era realmente o lado não glamoroso do seu estilo de vida. Questionava se estava só usando suas viagens constantes como desculpa para não ter um namorado de verdade em seis anos. Questionava se algum dia encontraria alguém interessado em algo além de sua aparência com as saias de tênis e do seu desempenho no torneio anterior. E, acima de tudo, questionava se seria possível um dia ter um relacionamento normal enquanto colocasse o tênis em primeiro lugar.

Mas, naquela noite, Charlie não estava questionando nada. Naquela noite estava bêbada, livre e dando amassos no jogador de tênis mais famoso do mundo. Ou, na pior das hipóteses, no mais bonito. Ele beijou seu pescoço e se apoiou nela; os dois rolaram, abraçados, alternando beijos e risadas e mais beijos. Quando Marco magicamente puxou uma camisinha e arqueou as sobrancelhas, Charlie nem precisou pensar antes de concordar.

— Srta. Silver? — A voz do motorista interrompeu a deliciosa recordação. Charlie demorou um instante para se lembrar de onde estava.

— Hein?

— Chegamos. Tudo bem se eu a deixar na entrada mais próxima do vestiário?

— Sim, está ótimo, obrigada — disse Charlie, fechando as pernas, como se o motorista soubesse no que ela estivera pensando.

Charlie puxou a raqueteira para fora do carro e agradeceu ao motorista mais uma vez. Apresentando sua credencial para pelo menos mais meia dúzia de pessoas conferirem, Charlie tentou voltar sua atenção para o treinamento. A primeira rodada fora mais fácil do que ela tinha esperado — mais fácil do que ela tinha sequer o direito de esperar —, mas seria tolice supor que isso voltaria a acontecer. Todas essas meninas de hoje eram capazes de vencer as outras a qualquer momento, mesmo as de *ranking* mais baixo ou que não eram cabeças de chave. E, claro, sua chave tinha ficado exponencialmente mais difícil agora que ela perdera tantas posições no *ranking* depois da queda em Wimbledon: sua lesão a mantivera longe de todas as quadras de piso duro no verão e de todos os torneios asiáticos no outono, e sua trigésima sexta posição no *ranking* refletia isso. Ela chegara tão perto de uma chance de jogar um Grand Slam como cabeça-de-chave, e *bam*! Tudo acabado por causa de um par de tênis.

— Com licença? Você poderia autografar o meu boné, por favor?

Charlie ergueu o olhar e viu uma menina de doze ou treze anos de pé na porta do vestiário feminino. Ela trazia uma credencial no pescoço que dizia CONVIDADO DE JOGADOR, e Charlie soube imediatamente que devia ser filha de algum treinador. Nenhum dos jogadores teria uma filha daquele tamanho, e quase nenhuma das jogadoras tinha filhos. A menina falava com um sotaque australiano (sul-africano?) leve. Parecia estar ali esperando há dias.

— Eu? — perguntou Charlie, parando para olhar ao redor.

Algumas crianças pediam o autógrafo dela depois de cada partida, mas costumavam ser fãs de tênis dedicados que colecionavam autógrafos de todo e qualquer jogador, não importando quem fossem ou como tivessem jogado.

— Você é Charlotte Silver, não é?

Charlie assentiu.

— Amo tanto a sua trança! — exclamou a menina, depois pareceu envergonhada. — E eu te vi outro dia no *First*, e você mandou bem.

— Você viu aquilo?

Por insistência de Todd, Charlie concordara em apresentar um episódio de *First*, da MTV, para "ajudar a melhorar sua imagem entre os adolescentes". A estilista do programa a vestira com calças de couro pintadas, uma regata de seda decotada e aquelas sandálias Valentino de mil dólares cravejadas de pequenas pirâmides douradas que ela tinha visto em todas as revistas. Ela dançou, dublou uma música, morreu de rir com os apresentadores adolescentes e, sim, sendo sincera e nada modesta, ela tinha *mesmo* mandado bem. Todd chamara a coisa toda de "só o começo". Charlie tinha ficado um pouco empolgada, na verdade — a noite tinha sido divertida —, mas também estava aliviada de voltar ao seu vestido de jogo, seus tênis confortáveis e sua trança de sempre com fita cor-de-rosa.

— Vi, eu adorei! Aqui. — A menina entregou para ela uma caneta e um boné azul-bebê com AUSTRALIAN OPEN escrito em *strass*. Charlie deu um autógrafo na lateral.

— Aqui está, querida.

— Muito obrigada! Meu pai treina o Raj Gupta, mas ele nunca faz coisas legais como você — disse a menina, radiante.

Charlie riu.

— O que posso dizer? As garotas são simplesmente melhores. — Ela dirigiu-se à porta do vestiário. — Obrigada por vir me ver. — As duas se despediram com um *high five,* e Charlie entrou no vestiário. Quando saiu, Todd estava esperando por ela.

— Você parece animada — disse ele, pegando a raqueteira. Sempre que os dois estavam juntos em qualquer lugar, Todd insistia em carregar a bolsa. Era mais medo de ela distender alguma coisa do que cavalheirismo e, embora achasse isso um tanto ofensivo, Charlie estava mais forte, tinha certeza absoluta, acabava cedendo.

— Uma gracinha de menina me reconheceu e perguntou do jeito mais fofo se eu podia autografar seu boné. Ela estava parada do lado de fora do vestiário só me esperando.

— Vá se acostumando — disse Todd, andando rapidamente pelo corredor subterrâneo do estádio em direção à saída para a quadra de treino. — Com a mudança de imagem que estamos fazendo, você vai ser a Beyoncé do tênis feminino.

Como para confirmar sua declaração, um punhado de garotos adolescentes parou de conversar e se virou para olhar quando ela e Todd passaram.

— Viu? — disse ele, incapaz de esconder o sorriso. — Então... esse é o *único* motivo para seu sorriso de quem comeu e gostou hoje?

Alarmes soaram instantaneamente na cabeça dela. Como Todd poderia saber sobre Marco? Nenhum dos dois tinha nem sequer flertado em público. Não conversavam nas festas para os jogadores, nem davam mais do que um aceno obrigatório na área de descanso ou no restaurante. Charlie só tinha contado para Piper, que representava baixo risco no quesito sigilo: Piper jogara apenas tênis universitário com Charlie, então não fazia parte do circuito profissional. Em vez disso, estava feliz escondida em um fabuloso bangalô perto de Venice Beach com o namorado, que era médico, e sua empresa de design de interiores estava começando a decolar. Piper ficara empolgada ao ouvir os detalhes picantes, mas de jeito nenhum sairia contando isso para alguém. Charlie tinha certeza de que Marco não contara para ninguém. Eles nunca se atrasavam para os treinos nem para as partidas. Exceto por aquela primeira noite em Palm Springs, eles nunca mais beberam nem foram para a farra. Ambos tomavam muito cuidado para manter seus encontros fortuitos em segredo: nenhum dos dois queria a atenção da mídia nem, o que era pior, dos outros jogadores, se a notícia se espalhasse. Além disso, não era como se estivessem namorando. Era tudo muito esporádico. Muito casual. Era com isso que Charlie se acostumara a esperar do tipo de cara que conhecia, e Marco certamente não era uma exceção.

Charlie atravessou o portão que Todd segurava e foi direto para os bancos ao lado da cadeira do juiz. Tirou os chinelos, colocou as meias e começou a amarrar metodicamente os tênis.

— Que outro motivo poderia haver? — perguntou ela, tentando manter a voz calma.

— Ah, não sei, talvez um *hola* um pouco mais entusiasmado de um certo espanhol?

Em choque, Charlie se esqueceu completamente de desconversar.

— Como você sabe?

— Ora, ora... Então aconteceu mesmo alguma coisa. Eu esperava que sim, mas não tinha certeza. — O sorriso de satisfação de Todd foi inquietante.

— Você *esperava*? Como assim? — O que ela quis dizer foi *Minha vida sexual não é da sua conta*, mas, ironicamente, sentiu que não se conheciam o suficiente para ser tão direta.

— Comece a se alongar — disse Todd, conferindo o relógio. — Dan vai chegar em dez minutos, e eu quero você pronta para começar.

Imediatamente Charlie entrou na quadra e começou sua rotina de alongamento das coxas e das panturrilhas.

— Sério, por que você esperaria que acontecesse algo com o Marco? Ele começou a rir.

— Não consigo pensar em um casal melhor do que você e Marco. Todo aquele cabelo preto sedoso, os olhos azuis e as pernas longas e bronzeadas? Ele é o rei do tênis masculino, porra, e você pode ser a rainha. É como Steffi e Andre juntos, só que com duas pessoas deslumbrantes. A realeza do tênis. Pense nas capas de revista!

— Não foi você quem me proibiu explicitamente de namorar? Que disse que, se eu quisesse jogar a sério de novo, tinha que prometer não ter nenhum relacionamento?

Charlie quase caíra na risada quando Todd dissera isso durante a negociação da sua contratação: ela ficara lisonjeada por ele pelo menos ter pensado ser possível que ela tivesse um namorado. Ele claramente não sabia como tinham sido os últimos cinco anos da vida dela.

Todd empurrou sua lombar enquanto ela levava o peito às coxas e apoiava ambas as palmas no chão.

— E quem falou em relacionamento? Estou falando de "ficar". Ou seja lá como você quiser chamar. Chegar e sair de eventos juntos. Um tapete vermelho aqui e ali. Alguns artigos sobre como vocês dois combinam tão bem.

— Que romântico — respondeu Charlie secamente, embora a definição de relacionamento falso dele até que fosse boa.

— Vocês dois viajam demais para poder ter alguma coisa séria, você sabe bem disso. Eu sei disso. E Marco definitivamente sabe disso também. Mas sorriam para as câmeras quando estiverem no mesmo lugar, deem as mãos, mostrem o corpo, e o que decidirem fazer entre quatro paredes é decisão de vocês, contanto que não interfira no treinamento. Só não pode sexo na noite anterior a uma partida, ok?

— Você quer que eu namore Marco porque isso vai ser bom para a minha imagem? — perguntou Charlie, incrédula.

— Eu quero que você namore o Marco porque vai ser *ótimo* para a sua imagem — corrigiu Todd. Ele olhou a hora no celular. — Cadê aquele garoto? Está dois minutos atrasado.

Charlie teve vontade de perguntar se Todd sabia da história toda dela com Marco e se sabia que a noite passada não tinha sido a primeira vez, mas não quis revelar nada que ele não soubesse.

— Por que Marco? — perguntou ela, tentando sondá-lo. — Ele não é o único jogador bonito entre os dez melhores.

Todd sinalizou para que ela começasse a alongar a parte superior do corpo.

— Verdade. Mas é o que se destaca mais. E digamos que eu tive um pressentimento de que vocês... como posso dizer? Se dariam bem.

— Como assim?

— Assim. Desse jeito. E eu estava certo. Uma simples requisição ao hotel de quartos conjugados, e parece que vocês dois cuidaram do resto. Claro, nada disso é da minha conta, mas devo dizer que você parece de ótimo humor hoje.

— Você não fez isso! — disse Charlie, quase incapaz de digerir o que ele acabara de contar.

— Ah, claro que fiz. Dan! Aqui! Você está atrasado!

— Foi mal — disse Dan, olhando de relance o relógio. — Mas foi só um minuto.

Todd olhou feio, mas felizmente poupou ambos da ladainha do "se não está adiantado, está atrasado", e todos assumiram suas posições: Dan e Charlie em linhas de base opostas, Todd na lateral, junto à rede.

— Troquem de lado! — grunhiu Todd no momento em que começaram a saltar no lugar.

Charlie suspirou e correu para o lado ensolarado da quadra. Todd insistia que ela sempre treinasse no lado com as piores condições — sol, vento, sombras —, já que ela não teria o luxo de escolher durante as partidas.

Dan bateu alguns *forehands* e *backhands* fáceis para aquecê-la, mas, cinco minutos depois, as bolas eram fortes e rápidas. Ela sempre se surpreendia em ver como um cara dois centímetros mais baixo conseguia bater na bola tão mais forte que ela. Ainda estava se acostumando a ter um parceiro de treino. Marcy, como já tinha sido profissional, era sua treinadora e parceira nos treinos, e, mesmo tendo passado dos trinta, ainda fazia valer o quanto ganhava. Dan tinha vinte três e era recém-formado pela Duke, onde tinha jogado os primeiros torneios de simples. Por insistência de Todd, Charlie contratara Dan para viajar com ela, e com certeza já percebia seu jogo melhorar por bater bola com um homem todos os dias. Nas poucas semanas que treinaram juntos, Charlie já estava melhor na devolução de bolas de fundo.

Eles passavam a maior parte do treino trabalhando no famoso *backhand* de uma só mão de Charlie. Todd achava que ela não estava sendo agressiva o suficiente com o *backhand* depois da lesão, e tinha razão. Em dado momento, ele gritou com ela por dar um *slice* na bola com uma só mão.

— Preguiçosa! — gritou ele. — Seu pulso já sarou completamente. Se estiver sentindo alguma dor e precisar me contar, então diga. Caso contrário, comece a mexer a porra dos pés! — A coisa continuou assim por quase três horas: Charlie ralando, forçando, correndo, deslizando, girando; Dan devolvendo cada golpe como um paredão; Todd gritando até ficar rouco, o suor escorrendo pela sobrancelha. — Foi para isso que me contratou? — gritava ele muitas e muitas vezes. — Isso é o máximo que você consegue fazer? Porque, minha nossa, isso está muito ridículo!

Quando ela finalmente conseguiu um descanso, Dan encheu sua garrafa de água.

— Ele é bem duro com você.

— É — disse Charlie, olhando de relance para Todd, que tinha ido para o outro lado da quadra atender uma ligação. — Mas é bom. Eu preciso disso.

Dan pigarreou.

— O que foi? Você não acha? Eu tive a treinadora mais legal do mundo antes dele, e veja aonde cheguei. Vinte e três. Todd pode não ser o cara mais simpático do mundo, mas é o melhor.

— É, com certeza. Não foi ele quem deu mais títulos de Grand Slam aos seus jogadores? — Dan tomou um grande gole de água; não que ele parecesse precisar, porque quase não estava suando.

— Sem dúvida. Ele levou Adrian Eversoll da obscuridade para três Slams em um ano. Sou a primeira mulher que ele concordou em treinar — disse Charlie com orgulho.

— Legal. Isso é muito legal. — Era óbvio que Dan pensava exatamente o contrário.

O celular de Charlie vibrou com uma mensagem de texto.

Que horas são aí? Me liga. Tenho novidades.

Não posso ligar. Conta agora.

Charlie sorriu. Piper estava sempre arrumando confusão, e poucas coisas agradavam mais a Charlie do que aproveitar a vida indiretamente através dela. As duas quase nunca se viam, mas isso não parecia fazer diferença: a conversa sempre corria como se nunca tivesse parado.

Sem chance, vagaba. Me liga.

Quem vc tá chamando de vagaba? Só pq eu transei c M ontem depois de topar c ele no corredor?

Adorei! Finalmente te convenci?
Vc expulsaria esse cara da sua cama???
Justo. Me liga quando puder.

— Charlie! Alongue-se e nos encontre no carro em vinte minutos. Dan, venha comigo — resmungou Todd, já a meio caminho da porta.

Sem uma palavra, Dan jogou o copo no lixo e trotou atrás de Todd. Charlie deu uma olhada no relógio e tentou ver se tinha tempo de ligar para Piper, mas decidiu esperar até voltar para o hotel. Usou uma toalha para secar a testa e o pescoço e fez alguns alongamentos. O calor do fim da manhã estava começando a piorar, e, quase sem pensar, Charlie borrifou outra camada de bloqueador solar fator setenta em toda a pele exposta. A maior parte escorreu pela testa, direto nos olhos. As rugas eram inevitáveis — o cronograma do circuito literalmente perseguia o sol pelo mundo onze meses no ano —, mas Charlie lera em algum lugar que setenta por cento dos atletas profissionais que treinavam e jogavam ao ar livre tinham câncer de pele aos cinquenta anos. Marcy sempre fora obcecada em manter Charlie protegida com viseiras, protetor solar especial para o rosto e roupas com proteção UV nos treinos, mas Charlie não era mais tão diligente com isso agora que estava com Todd.

Teve vontade de mandar para Marcy uma foto dela com o frasco gigante de La Roche-Posay e alguma legenda ridícula que sabia que a faria rir, mas claro que não podia fazer isso. Quando seu celular tocou novamente, por um segundo achou que Marcy tinha lido seu pensamento e ligado para dizer oi, mas Charlie sabia, sem nem mesmo olhar para a tela, que isso era impossível: você não despede alguém para depois bater papo como velhas amigas.

— Alô?

Ela prendeu a respiração enquanto esperava a resposta. De todos os aspectos negativos de viajar tanto — aeroportos, atrasos, *jet lag*, quartos de hotel estranhos, dificuldade de manter uma relação viável, para citar só alguns —, um dos mais irritantes era não poder contar com o identificador de chamadas. Ele quase nunca funcionava em outros países, então atender cada ligação era uma aposta.

— Charlie? Sou eu. — A voz de Jake soava como se estivesse a um milhão de quilômetros, e não a oito.

— Oi, estou indo para o chuveiro. Tudo bem?

— Só queria confirmar se vamos todos jantar hoje. Dan vem? Eu sei que Todd vem. Preciso saber quantos são para fazer a reserva. Só para avisar, papai quer comemorar o seu aniversário hoje.

— Humm, acho que somos só nós: você, eu, papai e Todd. Dan deixou bem claro que, quando não está trabalhando, prefere fazer as coisas dele. A menos que haja alguém especial que você queira levar. Por ser uma comemoração do meu aniversário e tal.

Charlie jogou uma toalha limpa em volta do pescoço e saiu da quadra. Natalya Ivanov, a russa escultural que era a atual número um do mundo, se espremeu para passar por ela na entrada da quadra. A raqueteira da moça bateu na coxa de Charlie com um baque forte.

— Ei — disse Charlie com o máximo de educação que conseguiu.

— O que foi? Está falando comigo? — perguntou Jake.

— Não, não é com você. Só trombei com alguém saindo da quadra. Nada de mais.

Irritantemente, isso fez Natalya rir.

— Por que você não se preocupa com os bons modos, e eu me preocupo em vencer? — Ela se inclinou e chegou tão perto quando disse isso que Charlie conseguiu sentir o cheiro do xampu.

Antes que Charlie pudesse pensar numa resposta, Natalya se virou e seguiu sua treinadora e o parceiro de treino para a quadra, conversando com eles em uma glamorosa mistura de francês, russo e inglês.

— Ah, como eu a odeio! — sibilou Charlie ao telefone, esfregando o arranhão já vermelho na coxa. — Por que ela é tão desagradável? Eu ignoro as provocações, mas ela é sempre uma megera comigo.

— Deixa eu adivinhar: Natalya? Bom. Canalize essa raiva e use-a para vencê-la. Eu gostaria de ver vocês duas na final. O mundo inteiro gostaria, e certamente todos os seus patrocinadores também.

Charlie sentiu as unhas se enterrando nas palmas da mão. A final. De um Grand Slam. Contra Natalya. Ela faria qualquer coisa — qualquer coisa — por uma oportunidade dessas. Todos aqueles anos de treinamento, musculação, suor e sacrifício — tudo valeria a pena se ela tivesse uma chance de vencer Natalya na frente do mundo inteiro. Pronto, ela admitiu.

Ainda se lembrava claramente de quando conhecera Natalya. Charlie participara de competições por todo o oeste dos Estados Unidos, mas seu pai ainda não tinha contratado Marcy para treiná-la e viajar com ela para além da região próxima de casa. Natalya treinava há anos em uma das academias da Flórida, mas sua mãe (e agente) não estava contente com a instrução que recebia, então transferira Natalya para uma pequena academia de prestígio perto de Sacramento. A primeiríssima vez que se enfrentaram foi num torneio sub-14, no qual ambas haviam chegado às semifinais, e Charlie ficara embasbacada ao ver Natalya trapaceando descaradamente nas marcações de linha. Não havia juízes de linha na maioria dos torneios juniores, só um monte de conversa sobre espírito esportivo, honestidade e integridade. Natalya ganhara naquele dia, e continuara a ganhar todas as partidas que as duas jogaram nos dois anos seguintes. Finalmente, com o apoio de Marcy, Charlie fizera uma queixa formal para o diretor de um torneio sub-16 que as meninas estavam jogando em Boulder, no Colorado, e um juiz fora enviado para a quadra. Charlie vencera pela primeira vez naquele dia, e não precisava fazer muita força para lembrar o olhar de ódio que Natalya lhe lançara quando ela erguera o troféu do torneio.

Nascia uma rivalidade, pelo menos por parte de Natalya. Charlie odiava conflitos, e recusava-se terminantemente a revidar. Sua mãe sempre insistira para que tomasse a atitude mais honrada, então ela fazia o possível para ficar fora do caminho da menina, para enchê-la de gentilezas, para manter uma distância educada e profissional sempre que possível. Mas Natalya não facilitava: falava mal de Charlie sempre que tinha chance, tentara contratar Marcy, dava em cima de qualquer cara por quem Charlie demonstrasse um pingo de interesse. Charlie não era a única que Natalya atacava — ela era desagradável e vingativa com todos no circuito —, mas era especialmente implacável com as mulheres atraentes mais ou menos da mesma idade, em especial quando um desempenho particularmente bom ameaçava seu número um absoluto no *ranking*.

— Charlie? Você está aí? — perguntou Jake. O som da voz dele a trouxe de volta.

— O quê? Sim, desculpe. Tenho que correr. Vou encontrar Todd para almoçar e discutir estratégias e depois tenho musculação da uma às três. Espero conseguir encaixar uma massagem antes de voltar para o hotel. Jantar às seis?

— Combinado. Vou confirmar com papai. Ele está passeando pelo centro de Melbourne agora, praticando seu sotaque de Crocodilo Dundee com lojistas desavisados.

Charlie forçou uma risada, o que fez Natalya se virar e fuzilá-la com os olhos.

— Silêncio na quadra! — gritou ela da linha de base oposta.

— Não se preocupe — murmurou Charlie, caminhando em direção ao carro. — Eu já estava de saída.

6

chega de ser boazinha

MELBOURNE
JANEIRO DE 2016

Um cara usando um terno modelo europeu justo quase se jogou em cima de Charlie no momento em que ela cruzou a porta.

— Charlotte! Estamos tão felizes por você estar aqui conosco!

Charlie vasculhou a mente tentando localizar aquela figura. Era marido de alguma jogadora? Ele parecia gay, então isso era improvável, mas, hoje em dia, nunca se sabe. Colega de trabalho de Jake no Elite Athlete Management? Amigo de Todd? Alguém com quem ela já se encontrara dezenas de vezes e que certamente ficaria ofendido se ela não lembrasse seu nome?

— Oi, que ótimo ver você também! — disse ela, exagerando no entusiasmo e rezando para não precisar apresentá-lo a ninguém.

— Ótima primeira partida! — O entusiasmo dele refletiu o dela. Ainda nem uma pista.

— Obrigada, eu definitivamente dei sorte. Dedos cruzados para amanhã.

— Você joga amanhã à tarde? Vamos te liberar daqui rapidinho.

— Isso seria ótimo... — Certo, ele com certeza trabalhava no restaurante. A assistente de Todd havia reservado a mesa no Botanical semanas antes. Ele insistia em comer nos restaurantes mais badalados de cada cidade que visitavam. "Melhor visibilidade", dizia sempre que Charlie perguntava por que não iam a algum lugar mais tranquilo.

— Seu pai e seu irmão já estão sentados. Todd ainda não chegou, mas ligou avisando que está a caminho.

Se você não estiver adiantado, está atrasado, pensou Charlie, sem conseguir evitar.

— Você conhece Todd? — perguntou. Isso não era nem um pouco surpreendente, mas Charlie não sabia mais o que dizer.

— Querida, aquele homem trouxe todos os tenistas para comer aqui desde que abrimos. Todos os melhores. Eles vinham comemorar vitórias e chorar sobre a água com gás quando perdiam.

— Puxa, eu nem fazia ideia.

Charlie seguiu o maître ainda sem nome pelo moderno salão decorado em couro e aço. Ela reparou numa grande festa no canto, um grupo de tenistas eslovacos, homens e mulheres, com seus treinadores, mas fez de conta que não os viu. Quando chegaram à mesa, Charlie ficou aliviada em ver seu pai e Jake já sentados.

— Feliz aniversário, querida! — disse o Sr. Silver, levantando-se para abraçar Charlie.

Ela sentiu o perfume sutil da mesma loção pós-barba que ele usava desde sempre. E tênis. Aquele cheiro combinado com bolas de tênis novas, sol e piso de quadra Har-Tru que qualquer homem que passou a vida nas quadras, ou perto delas, parecia emanar de cada poro. Ele tinha cheiro de lar.

— Obrigada — falou Charlie, dando um abraço apertado no pai. — Mas é só semana que vem.

— Bem, pensamos em comemorar hoje porque estamos todos juntos. É uma comemoração dupla: primeira grande partida do retorno.

— Vinte e cinco anos parece muito, não parece? — Charlie aceitou a cadeira que seu pai puxou para ela e se virou a tempo de ver o maître apertar a mão de Jake e depois colocar um pedaço de papel em seu bolso.

Quando o homem lhes desejou bom jantar e saiu, Charlie virou-se para Jake.

— Ele acabou de te passar o número do telefone dele?

— Cuide da sua vida — respondeu Jake.

Um ajudante de garçom apareceu e serviu-lhes água de uma jarra. Jake bebeu sua água de um gole só e pediu mais.

— Não tem um jeito mais moderno de fazer isso? Ele não pode, tipo, enviar o número para o seu celular, ou encontrar você em algum aplicativo baseado em localização no qual ele possa ver seus peitorais antes de se comprometer? — provocou Charlie.

— Você é um encanto.

— É que os gays costumam ser tão modernos com essas coisas...

— Ok, ok, calma, todo mundo. — O Sr. Silver tossiu, abrindo ainda mais o colarinho da camisa. Ninguém deu mais apoio (ou se surpreendeu menos) quando Jake se assumiu na faculdade, mas o pai de Charlie ainda ficava repentinamente calado e nada à vontade com qualquer referência ao fato de o filho dormir com homens. E isso naturalmente divertia Jake e Charlie até não poder mais.

— Saudações, família Silver — disse Todd para a mesa.

O jeans e o blazer de marca não conseguiam disfarçar seu tamanho. A exposição ao sol havia envelhecido prematuramente a pele do seu rosto, fazendo com que parecesse ter pelo menos uma década além dos seus quarenta e quatro anos, e seus olhos viviam lacrimejando. Ele piscava e passava a língua pelos lábios quase o tempo todo, de um jeito bem reptiliano. A aparência dele sempre causara repulsa em Charlie, mas, agora que ele era seu treinador, isso era quase um consolo. Em um mundo de pessoas extremamente — quase artificialmente — atraentes, era bom ter alguém por perto cuja beleza não fosse ofuscante. Alguém que não flertasse com ela, nem passasse a mão sem querer querendo na sua bunda, ou que não fizesse piadas toscas e nem comesse com os olhos outras mulheres. Ele tinha tomado providências para que seu quarto fosse conectado ao de Marco na esperança de que dormissem juntos, sim, mas, no grande cenário dos comportamentos inadequados de um treinador para com sua atleta, Todd era um sonho.

Seu pai e Jake se levantaram para cumprimentar Todd.

— Olá, Sr. Feltner — disse o Sr. Silver, formal. Seu pai não era nada formal nem afetado, mas vinha se comportando de um jeito estranho diante de Todd desde que se conheceram.

— Me chame de Todd! Peter. Jake. Charlotte. Que bom ver todos vocês. — Ele se sentou e imediatamente fez sinal para chamar um garçom. — Senhores, que tal um pouco de tequila? Eles têm uma ótima variedade.

Charlie tentou não sorrir quando o pai e o irmão concordaram. O pai bebia cerveja e Jake preferia vodca, mas ninguém falou nada.

— Excelente. Vamos querer a régua de degustação com seis — pediu Todd à garçonete. Seu pai ficou pálido, Jake fitou a mesa. — E uma água gasosa com limão-siciliano para a senhorita.

Limão-taiti, pensou Charlie, mas também ficou calada.

Houve um momento de silêncio antes de Jake parecer acordar.

— Bom, vamos ao que interessa, pessoal. Coisas emocionantes estão acontecendo com a Equipe Silver, então vamos repassá-las. Todd, por que você não começa? — Charlie gostou de ver Jake assumir o controle do jantar. Quando ela o contratara oficialmente como agente/empresário, anos antes, o bochicho foi geral. Atitude de amador. Parentes empresários eram para estrelas de cinema adolescentes, e não para atletas profissionais de alto nível. Havia dezenas de agentes no mundo todo, homens e mulheres experientes que literalmente brigariam para assinar contrato com Charlie, e, quando ela preferiu Jake, na época com apenas vinte e seis anos e mal saído do estágio de assistente, todos reviraram os olhos numa objeção coletiva. Depois de algum tempo e de alguns erros, valeu a pena para Charlie ter alguém na equipe em quem podia confiar cegamente, alguém que não tinha segundas intenções além do que seria melhor para ela. E agora isso parecia especialmente importante, com Todd no comando.

A garçonete voltou com a régua de tequila deles, e todos fizeram seus pedidos. Depois que os demais apenas bebericaram – e Todd virou sua dose de uma só vez —, o treinador pigarreou.

— Então, atualizando. Antes de mais nada, acabei de receber o resultado oficial do exame de Charlotte semana passada no HSS, e o Dr. Cohen confirmou que o pé direito e o pulso esquerdo dela estão totalmente curados. Todos os exames de imagem estavam perfeitos.

Jake e seu pai aplaudiram, enquanto Charlie fazia uma minirreverência à mesa.

— Dino, o fisio que eu recomendo enfaticamente, é o melhor. Se ele conseguiu fazer o Federer melhorar da lesão no ombro, pode fazer qualquer coisa por Charlie. Idealmente, ele viajaria conosco para todos os Slams e torneios do Premier Mandatory. Isso vai ter um custo, claro. — Todd fez um movimento amplo com ambas as mãos. — Deixo a decisão com vocês.

— Os fisioterapeutas que eles oferecem nos torneios costumam ser muito bons — comentou Charlie. — Você mesmo disse isso em nossa primeira reunião em LA.

A nova equipe que Todd havia montado era ótima, mas cara. O dinheiro estava entrando, claro, tanto das vitórias como dos patrocínios, mas também parecia estar indo embora aos borbotões. Com Todd, Dan e Jake, Charlie tinha agora três pessoas na equipe em tempo integral e pagava acomodações e transporte para todos nas viagens, além de suas próprias despesas.

— Você recebe aquilo pelo que paga — retrucou Todd, recostando-se na cadeira como se o tamanho da estupidez de todos fosse exaustivo.

— Isso com certeza é algo que podemos discutir melhor. Mas, se Charlie está à vontade com os fisioterapeutas dos torneios, estou inclinado a tentar esse caminho primeiro e usar Dino quando necessário — disse Jake, com mais confiança do que Charlie sabia que ele sentia. — O que mais você tem para nos contar?

— Bom, como todos vocês sabem, desenvolvi uma abordagem totalmente nova para Charlie. Graças em grande parte ao seu bom trabalho, Peter, ela tem uma base sólida. Ótima no bate-pronto, tranquila jogando no fundo. O serviço é muito sólido, e o jogo dela na rede é um dos mais fortes entre as meninas.

O uso da palavra "meninas" a irritou, mas, de novo, Charlie ficou calada.

— Na minha opinião, Charlotte precisa concentrar toda a sua energia e atenção no jogo mental. É possível ser uma jogadora razoável com golpes como os dela, mas nunca será campeã sem mais força mental. Chega da Charlie boazinha com um sorriso no rosto e pedindo desculpas para todo mundo. — A voz dele subiu algumas oitavas numa imitação irritante de mulher. — Desculpe mesmo por bater tão aberto. Desculpe por andar na sua frente. Desculpe, mas é minha vez de treinar na quadra. *No más*, pessoal. A partir de agora, vamos trabalhar numa remodelação mental, por assim dizer. Quero agressividade. Ambição. Intimidação. Vocês acham que os homens andam por aí se desculpando por tudo e se abraçando? Claro que não! E as meninas também não deviam fazer isso.

Todd pegou outra dose da régua, cheirou-a e virou goela abaixo. Todos na mesa observaram a língua dele dar uma volta nos lábios.

O Sr. Silver olhou para Charlie, mas ela não o encarou. Todd estava certo: ela era boazinha demais.

— Entendi — disse Charlie. — Eu definitivamente poderia ser mais agressiva.

— Você acha? Porque *eu* tenho certeza, porra. Chega de ser a boazinha com a fita cor-de-rosa e o sorrisão cheio de dentes. Esse é um negócio sério, com coisas sérias em jogo, e é hora de você agir de acordo.

O pai de Charlie pigarreou.

— Respeito tudo o que você está dizendo, Todd, e concordo até certo ponto. Mas você acha que é prudente gastar tanta energia para tentar mudar a personalidade de Charlie? Pode me chamar de antiquado, mas ainda vejo algum valor no espírito esportivo, especialmente num esporte como o tênis.

Todd esmurrou a mesa.

— Claro! Não estou dizendo para ela ser uma *babaca* em quadra, mas acredite quando digo que também não seria de todo ruim. As meninas de hoje são duronas. Têm músculos como os dos homens, batem forte na bola e vão fazer o que for preciso para vencer. Repare naquelas que estão no topo do *ranking*: são boas *e* duronas. Competidoras de verdade, todas elas. É *disso* que estou falando.

Charlie ficou aliviada quando a garçonete chegou com os pratos deles. Ela pediu salmão porque foi o que comeu na noite anterior à vitória na primeira rodada. Era uma superstição ridícula e, claro, nem um pouco melhor do que interpretar cartas de tarô ou do que não pisar nas rachaduras da calçada, mas ela não conseguia evitar: comeria salmão todas as noites até perder. Ela também usaria o rabo de cavalo trançado com uma fita, beberia exatamente duas canecas de chá de hortelã depois do jantar e apagaria as luzes às dez em ponto. *Como o sexo com Marco se encaixaria nisso?*, perguntou-se. Ela havia dormido com ele na noite seguinte à vitória, então, tecnicamente falando, ela provavelmente devia fazer isso de novo...

— E o condicionamento físico? — perguntou o pai de Charlie entre garfadas no bife.

Todd mastigou, engoliu e virou outra dose de tequila.

— O que tem ele?

— Bom, Charlie acha que esse seria um bom caminho para ela avançar. Que antigamente era mais fácil, mesmo poucos anos atrás, estar em boa forma, mas que o jogo das mulheres evoluiu nos últimos tempos e agora depende muito mais da força e do condicionamento.

— Por que você acha que eu mudei a dieta dela? Charlie é estonteante, não me entenda mal, mas ainda precisamos eliminar alguns quilos. Alta, magra, forte. Vamos chegar lá.

Charlie tomou um gole da água com gás e olhou para seu peixe grelhado com legumes. (Ela podia comer carboidratos específicos nos dias de jogo — aveia em flocos finos, macarrão integral, algumas barrinhas de proteína —, mas os dias de treino eram um saco.) Quando foi que passou a ser normal ouvir um grupo de pessoas discutindo seu peso e seu corpo bem na sua frente? A única coisa estranha naquilo era: depois de duas partidas oficiais no esquema de Todd, não parecia mais estranho.

— Bom, eu acho que ela está ótima exatamente com este peso — disse o pai de Charlie, e ela pôde sentir o rosto corando. — Digo, no que se refere ao vigor dela.

Fazia provavelmente só dois ou três anos que sua mãe havia morrido quando Charlie encontrou dois livros no porta-luvas do carro do pai: *Criando filhas com dignidade e respeito: um guia para os pais* e *Iniciação do pai solteiro em tudo sobre as meninas*. Havia cantos de páginas dobrados e parágrafos sublinhados, e seu pai tinha até feito anotações nas margens, coisas como: "Não elogie sempre a aparência, elogie as qualidades inatas" e "Sempre diga que ela é boa do jeitinho que é". Ela chorara por quase meia hora naquele dia, sentada sozinha no banco do motorista do velho jipe que sempre a envergonhara, e se perguntara onde ele havia encontrado aqueles livros. Só de pensar no pai na livraria, procurando alguma coisa, qualquer coisa, que o ajudasse a dar conta da tarefa hercúlea de criar dois filhos sozinho, até hoje sentia um nó na garganta.

— Claro que ela está ótima! — Todd só faltou cantar de ironia. — Confie em mim. Fiz Adrian baixar de noventa para menos de oitenta e cinco, e o que aconteceu? Ele venceu Roland-Garros naquele ano.

— Sim, mas deixando de lado o peso de Charlotte, que, por sinal, pessoalmente, acho perfeito, e voltando para o condicionamento: ela está convicta de que mais tempo fora da quadra, na academia, podia valer muito a pena do ponto de vista de...

— Com todo respeito, Peter. — Todd baixou o garfo e se virou para o pai de Charlie. — Claro que Charlotte precisa estar em boa forma. Mas isso não quer dizer merda nenhuma sem o pacote completo. Sim, o *backhand* dela é ótimo, blá, blá, blá. Eu repito, não é suficiente. Ela precisa de um corpo que possa cobrir a quadra e que não desmonte durante partidas com três *sets* difíceis e golpes matadores, mas e aí? Atitude. É isso que falta. Ela quer vencer? Ela quer mesmo vencer, de verdade? Ela quer tanto que quase consegue *sentir o gostinho*? Se a resposta for sim, então Charlie precisa demonstrar isso. Não basta só aparecer na quadra: ela precisa pisotear as adversárias. E foi para ajudá-la com isso que você me contratou.

Charlie lançou um olhar de gratidão ao pai por ele não ter argumentado naquele momento que Todd não fora escolha dele.

— Fracotes não vencem Slams. É a mesma coisa no tênis e na vida: os bonzinhos perdem. Demorou um tempo, mas conseguimos endurecer um pouco o Adrian, o deixamos motivado e pronto para vencer, e adivinha só? Ele começou a vencer. Aquele ursinho fofinho da roça. *O tempo todo. Em todos os torneios de que participou.* Porque quando ele entrava naquela quadra, seus adversários sabiam, conseguiam sentir, que ele não queria mais nada na vida além de esmagá-los. E isso tem um valor real.

— Com certeza — concordou Charlie.

Ela não sabia ao certo se concordava plenamente, mas não tinha como discutir com o histórico de Todd. E aonde, exatamente, a insistência de Marcy pelo *fair play* e pelas boas maneiras a tinham levado? A uma lesão dupla e a uma queda no *ranking*, isso sim.

— A novas estratégias e futuros brilhantes — disse Jake, erguendo o copo.

Ele podia estar aprendendo ainda os ossos do ofício, mas a vida inteira soube desarmar uma situação constrangedora, e isso nunca foi tão útil.

Charlie pegou sua água com gás enquanto seu pai levantava o copo de tequila ainda cheio, e os dois brindaram com Jake e Todd.

— A Charlotte, que vai assumir seu novo lado durão e detonar a concorrência. Começando por aquela croatinha reclamona amanhã — disse Todd com um sorriso.

— E que tal a um aniversário muito feliz de vinte e cinco anos? Que este seja seu melhor ano até hoje — disse o pai, sorrindo para Charlie.

— É seu aniversário, menina? Eu nem fazia ideia. Parabéns, parabéns — disse Todd, tomando outra dose.

Charlie não se deu ao trabalho de corrigi-lo nem de informar a data certa. Não era difícil ver que seu pai o desprezava, mas Charlie sabia — com certeza — que Todd Feltner era exatamente aquilo de que precisava. Ela ia completar vinte e cinco anos, estava na melhor forma de sua vida, e nunca tinha chegado às finais de um Slam. Tinha que ser agora.

— Podemos discutir essas questões de imagem outra hora — disse Todd, procurando alguma coisa no celular. — Mas já temos muito em que pensar.

— Questões de imagem? — perguntou o Sr. Silver, as sobrancelhas arqueadas.

— A nova Charlie precisa de um visual mais sensual. Sexy e glamorosa. Não se preocupe, não vamos deixá-la com pinta de lésbica nem nada, só muito mais sofisticada que toda essa coisa de "menininha com tranças e vestidinho de tênis" dela. É difícil levar alguém a sério quando parece ter doze anos. Especialmente com um corp... com uma silhueta como a de Charlie. É quase um crime não tirar vantagem disso. — Todd deve ter notado o olhar assassino do Sr. Silver, porque se apressou em emendar. — Não se preocupe nem por um minuto: todo o foco de Charlie será no tênis, aperfeiçoando seu jogo físico e mental. Tenho boas ideias para a coisa da imagem. Roupas, cabelo, publicidade, essas merdas. Mas vou garantir que Charlie gaste só o mínimo do mínimo de energia com isso. Vou arrumar pessoas que cuidem de tudo. Ela só vai ter que pensar em ritmo, precisão, intimidação. E *em vencer.*

A impressão que deu foi que todos na mesa ficaram aliviados quando a garçonete trouxe um bolo de chocolate com uma vela. Seu pai e Jake começaram a cantar, mas Charlie, envergonhada na frente de Todd, fez sinal para que eles parassem. Normalmente ela gostava de dedicar alguns segundos para pensar, fazer um pedido com vontade, depois assoprar a vela com os olhos bem fechados, para garantir que o desejo se realizasse, mas percebeu a impaciência de Todd. Assoprou a vela sem desejar absolutamente nada e se virou para Jake.

— Nós precisamos ir — disse ela, e Jake na mesma hora entendeu que ela queria encerrar o jantar.

— Infelizmente não temos tempo para o café — anunciou Jake. — A festa obrigatória para os jogadores já começou, e Charlie precisa dar as caras antes que ela acabe. — Jake pegou a conta, assinou o recibo e guardou o cartão de crédito corporativo na carteira.

— Agradeço pelo jantar, família Silver. Foi esclarecedor, como sempre — disse Todd, levantando-se antes de todos. — Charlotte, me encontre no saguão amanhã de manhã às oito. Vou mandar o café para o seu quarto às sete e meia. Treinamento leve por duas horas e almoço cedo. Durma um pouco.

Charlie concordou, fazendo uma anotação mental para estar pronta para o café da manhã às sete e no saguão às sete e meia, enquanto Todd saía. Seu pai deu a volta na mesa para abraçá-la.

— Confie em mim, papai. Sei o que estou fazendo, e Todd é o melhor, de verdade — disse ela junto ao peito dele.

— Claro que eu confio em você, só não gosto de como ele é durão. Sei que sou só seu pai, e admito ser um pouco tendencioso, mas acho mesmo que você é ótima do jeito que é.

— Ele vai me levar até a posição que preciso ocupar — disse Charlie com convicção, desejando mais do que nunca que isso fosse verdade. — Marcy não conseguiria fazer isso.

— Marcy levou você até o vigésimo terceiro lugar. Eu diria que ela conseguiu fazer alguma coisa.

— Mas ela era ingênua! E, como consequência, eu era ingênua. Sem mencionar o fato de que perdi em Wimbledon porque ela pisou na bola com o detalhe do tênis.

— Todo mundo pisa na bola, Charlie. Deus sabe que eu pisei na bola de todas as formas imagináveis durante todos aqueles anos em que criava vocês dois. Você não demite uma boa pessoa por um erro — disse ele delicadamente, segurando a mão da filha.

Charlie afastou a mão da dele.

— Eu não tenho como ser a melhor de todas com uma treinadora que não me força a cada minuto de cada dia.

— Bom, parece que você escolheu o cara certo para isso. Não estou falando que sei tudo sobre tênis profissional, mas o bom senso diz que são ótimos golpes, condicionamento físico e dedicação que ganham torneios. E não roupas nem patrocínios. Ou intimidação, por falar nisso, o que me soa como uma outra palavra para designar o ato de agir como um idiota.

— É, bem, quando cinco dos caras que você treinou vencerem Grand Slams, acho que aí você vai poder me dizer o que acha. Mas, até lá, eu diria que Todd sabe o que está fazendo.

Seu pai se encolheu como se tivesse levado um tapa.

— Perdão — murmurou ela.

Foi a vez de seu pai puxar a mão.

— Não, você está certa. Eu não devia ter falado nada.

— Claro que devia, papai. Eu é que não devia ter dito aquilo. Ninguém fez mais por mim do que...

Jake apoiou as mãos vigorosamente nos ombros deles, parecendo que tinha acabado de voltar para contar que havia ganhado na loteria.

— Pronta, Charlie? Vamos dar uma passada rápida na festa dos jogadores. Pai, chamei um táxi para te levar de volta ao hotel.

— Espere, podemos conversar sobre isso um minutinho? Papai, eu não quis mesmo dizer...

— Vamos lá, pessoal, já passa das oito. Como a festa acaba às dez, isso não nos deixa muito tempo. — Jake conduziu os dois em direção à porta, e Charlie tentou não se importar com o fato de que as pessoas no restaurante a observavam.

O Sr. Silver se inclinou para beijar Charlie na bochecha.

— Feliz aniversário, Charlie, e desculpe por me meter. Sou seu pai, me preocupo. Mas você não precisa disso, sempre tomou as melhores decisões na sua vida, e eu sei que agora não vai ser diferente.

Enquanto o carro deles se afastava, Charlie se virou para ver pela janela traseira o pai observando os dois. Ela se lembrava muito bem da alegria incontida dele quando, aos quatro anos, ela pareceu levar jeito para o jogo. Nos primeiros anos, ele a havia levado para as quadras de saibro, onde dava aulas desde os vinte e dois anos, e a treinado. Quando Charlie queria passar as tardes com os colegas na piscina da cidade ou brincando no balanço em vez de ir para o clube, o Sr. Silver lhe dava sermões sobre como a filha tinha sorte de começar tão cedo. Ela teria a vida toda para nadar e brincar com os amigos, dizia ele, mas só tinha uma chance de aprender os fundamentos, desenvolver os movimentos e o estilo de jogo assim tão nova, para que se tornassem instintivos, e depois que tivesse dominado essas habilidades, nem o tempo nem outros competidores poderiam tirá-las dela.

— Você tem um talento — dizia ele, muitas e muitas vezes. — Você deve ver aonde ele a levará.

E, embora houvesse momentos em que Charlie se cansava de tantas horas na quadra, ela também adorava ouvir a admiração na voz de seu pai. Ele nunca falava assim com Jake, e nunca falava das outras crianças que ele treinava no clube com uma fração do nível de respeito com que falava de Charlie. Ela amava o jeito como o pai analisava sua forma física e lhe comprava equipamentos e gastava horas elaborando aulas e treinos para ensinar melhor as habilidades de que, em sua opinião, ela precisava.

No ensino fundamental, as exigências dele aumentaram: primeiro exigiu uma, depois duas, depois três horas de treino por dia. Charlie raramente brincava com os amigos depois da escola, nunca fez balé nem jogou futebol. Ela amava o tênis, de verdade, mas a monotonia do jogo começou a desgastá-la. Sua mãe muitas vezes tentou intervir, e às vezes até convidava duas ou três colegas de Charlie para brincar com ela no porão ou ver filmes na sala sem que o Sr. Silver soubesse, mas ele sempre dava um jeito de levá-la de volta para a quadra. Foi assim por anos, esse estranho esquema no qual ele a pressionava continuamente a treinar, e Charlie o amava e se ressentia por causa disso, e a situação teria continuado adolescência adentro se sua mãe não tivesse dado a cartada final: o pedido, em seu leito de morte, para que o pai recuasse um pouco e oferecesse mais apoio e menos instrução. A mãe havia pedido e feito o pai repetir: Charlie, e apenas ela, decidiria se iria querer jogar tênis. Aquela tarde de fim de outubro, quando Charlie tinha onze anos, com o calor fora de época e o céu azul lindo de doer, não foi só o dia em que ela perdeu a mãe: foi o dia em que seu pai parou de pressioná-la de uma vez por todas.

Charlie só percebeu que estava chorando quando sentiu a mão de Jake em seu ombro.

— O que foi? É o papai? Não dê bola para o velho. Ele anda estranho ultimamente.

— Eu fui péssima com ele — disse Charlie. Ela enxugou as lágrimas e olhou para o irmão. — Mas o que você quer dizer com isso?

— Ele está bem, Charlie. Está tudo bem. Você precisa começar agora mesmo a se concentrar na partida de amanhã. Está se sentindo bem?

— Estou bem. Essa parece ser a palavra de ordem desses dias.

— Não fique assim. Papai está aqui para ver você vencer esse torneio porque ele te ama e porque você é e sempre será o centro do universo dele, mesmo se disser algo desagradável no jantar uma vez. Que tal deixar isso tudo pra lá?

Charlie esfregou os olhos, tentando não borrar o rímel.

— Ok.

— Ótimo. Agora, eu não ia falar nada até depois do torneio, mas estou superperto de fechar um contrato para você. Um contrato grande.

— É mesmo? De que tamanho?

— O maior até agora. — O sorriso de Jake não deixava dúvida.

— Mercedes?

— Maior.

— Ralph Lauren?

— Maior.

— O que é maior que Ralph Lauren?

— Você quer adivinhar ou quer que eu conte?

— Achei que você estivesse conversando com o pessoal da Ralph Lauren — disse Charlie. — Eles estavam bem animados para assinar com uma americana, mas você estava tentando se acertar com a Nike para garantir que não haveria nenhum conflito em quadra. Estou inventando tudo isso? — Charlie tentava acompanhar todas as oportunidades que Jake buscava para ela, de verdade, mas eram sempre muitos detalhes.

— Swarovski.

— Swarovski? Sério? Você não está falando sério.

— Muitíssimo sério.

— Eles nunca assinaram com um tenista. Você mesmo me disse isso!

— Eu disse, sim. Eles ainda não tinham encontrado alguém que considerassem glamoroso o suficiente. Mas eles gostaram de verdade da nova Charlie que Todd e eu planejamos. Toda a nova imagem para o público: mais forte, mais confiante. Você, só que mais fabulosa. Eles provavelmente acham que vão conseguir barganhar, também, porque você caiu no *ranking* depois da lesão, mas eu obviamente não vou permitir.

O carro encostou no Park Hyatt justamente quando Natalya saía de um Lamborghini conversível vermelho. Ela estava com um vestido Valentino vermelho com miçangas, decotado nas costas e expondo mais de um palmo de coxas, além de sandálias prateadas de salto 12.

— Aquilo ali funciona — disse Jake com admiração.

— Você viu como o cabelo dela está comprido? Da noite para o dia? Quem diabos consegue manter aplique de cabelo durante os torneios? — sussurrou Charlie. — Tenho sorte se conseguir lavá-los!

— Charlie, Charlie, Charlie, tão ingênua. — Jake colocou a mão em sua lombar e a guiou em direção ao tapete vermelho. — Ela leva o próprio cabeleireiro e maquiador quando viaja.

— Não acredito!

Jake a guiou até passarem pelo pequeno grupo de fotógrafos ocupados em fotografar Natalya. Estavam quase entrando quando ela ouviu chamarem seu nome. Quando se virou, Natalya sorria para ela com o charme de um gato selvagem.

— Charlotte! Não estava esperando ver você aqui — disse Natalya com uma risada.

Charlie respirou lentamente e se disciplinou a manter a calma.

— Ah, bem, como é uma festa obrigatória para os jogadores, e eu sou, né, uma jogadora...

O sorriso de Natalya se estreitou.

— Talvez você arranje um homem hoje. Coisas estranhas têm acontecido!

Tudo o que Charlie não podia fazer era contar sobre Marco. Quase, quase valeria a pena, só para ver a reação de Natalya. Mas, antes que pudesse pensar em uma resposta, sentiu Jake lhe dar um leve empurrão para o lado.

— Oi, Natalya — disse Jake, aproximando-se para cumprimentá-la com um beijo na bochecha. — Que bom vê-la.

Natalya voltou o olhar para Jake, sem fazer esforço nenhum para disfarçar a avaliação flagrante.

— Ah, olá — ronronou ela, flertando.

Ele gosta de homens!, Charlie teve vontade de gritar.

Natalya jogou para trás um punhado de cabelos oxigenados.

— Nossa, que mal-educada eu sou! — exclamou ela. — Já conhecem o meu acompanhante? Benjy, esta é Charlotte Silver e seu irmão Jake. Charlotte e eu nos conhecemos desde pequenas, jogando na categoria júnior. Ela está voltando depois de um desastre em Wimbledon no ano passado. Como estão as suas lesões, por falar nisso?

Charlie foi poupada de responder quando o acompanhante de Natalya se adiantou e estendeu a mão.

— Benjy Fuller, prazer em conhecê-la — disse ele.

Era quase tão alto quanto os tenistas, tinha mais ou menos um metro e noventa e cinco, mas devia pesar pelo menos uns dezoito ou vinte quilos a mais. Seus cabelos castanho-claros eram bem curtos, e os ombros quase não cabiam no paletó esportivo. E então ela se deu conta: aquele não era um cara enorme qualquer chamado Benjy. Parado à sua frente estava o lendário *quarterback* do Miami Dolphins, o homem que tinha quebrado quase todos os recordes dos *quarterbacks* em sua carreira de oito anos, com duas vitórias no Super Bowl.

— Benjy Fuller? — disse Charlie, a mente acelerada. — Peraí, hoje é quarta-feira na Austrália, então é terça-feira em Miami... Você não joga no domingo? Como pode estar aqui agora?

Benjy riu, enquanto Natalya se agarrava, numa atitude protetora, ao imenso braço dele.

— Fã de futebol americano, hein? Adorei!

Natalya deu uma risadinha, e seu vestido subiu ainda mais.

— Ele é um amorzinho! Não tem jogo esta semana, então ele conseguiu um dia a mais de folga. Mandei um avião, e ele viajou até aqui só para ficar comigo por duas noites! Não tenho muita sorte?

Benjy deu um tapinha nas costas quase nuas de Natalya.

— Consigo dormir mais naquele avião do que em casa. Não podia deixar passar essa chance de vir desejar boa sorte para esta moça aqui pessoalmente. Vê-la detonar a mulherada.

Mais risadinhas e apalpações.

Charlie deu uma olhada em seu próprio vestido, que agora mais parecia uma cortina de banheiro.

— Bom, isso é ótimo, mas precisamos entrar. Prazer em conhecê-lo, Benjy. E boa sorte, Natalya.

Natalya fez biquinho e se inclinou para dar um beijinho na bochecha de Charlie. Ela cheirava a perfume caro.

— Você está com espinafre ou algo parecido nos dentes — sussurrou ela, solícita até demais. — Melhor avisar, não é?

E, sem mais uma palavra, Natalya e Benjy acenaram para a multidão de admiradores e entraram na festa.

— Ela é detestável — disse Charlie, entrando pela porta que Jake abrira para ela. Passou a língua pela boca toda, mas não conseguiu sentir nada entre os dentes. Mesmo assim, pegou um espelho da bolsa para conferir. — Se nossa querida mãezinha não tivesse insistido mil vezes para que eu fosse educada e simpática com todo mundo, juro que já teria matado a Natalya.

— É, Natalya é mesmo desagradável. Mas Benjy é ainda mais bonito pessoalmente do que pela TV.

Da relativa segurança do bar, Charlie observou o ambiente e percebeu que todos os jogadores estavam reunidos em pequenos grupos.

Um punhado deles bebia vinho ou cerveja — os homens, principalmente, mas Charlie sabia que só tomariam um copo — e se dividiam basicamente por nacionalidade: italianos com italianos, espanhóis com espanhóis, atletas do Leste Europeu todos juntos, apesar de falarem idiomas diferentes. Era um grupo universalmente bonito. Embora houvesse exceções, os homens tendiam a ter mais de um metro e oitenta, com cintura fina e ombros largos, enquanto as mulheres tinham pernas quilométricas e nem sinal de celulite. Todos tinham dentes tão brancos que ofuscavam e cabelos fartos, e estavam vestidos como se fossem passar a noite na cerimônia de premiação do MTV Video Music Awards. Preparadores físicos, técnicos, massagistas, agentes, empresários e juízes de torneio se misturavam, parecendo decididamente menos fabulosos; em compensação, eles só destacavam ainda mais o quociente geral de atratividade dos tenistas. Charlie, instintivamente, procurou Marco pelo ambiente, mas ele não estava em lugar nenhum.

Jake lhe entregou uma taça de Pellegrino. Algo ou alguém pareceu atrair sua atenção.

— Ei, você fica numa boa sozinha por uns minutos? Tem alguém que eu preciso cumprimentar.

— Que tal se eu for junto? Aqui não é o lugar mais propício para se andar sozinho.

— Vou ficar bem — riu Jake, afastando-se.

— Eu estava falando de mim! — Mas ele já tinha sumido na multidão.

Ela resistiu à tentação de pegar o celular e ficar num canto. Disse alguns ois para os jogadores por quem passava, mas não conseguia entrar no clima. As festas dos jogadores eram muito mais divertidas quando ela era mais nova. Em quase todas, acabava na pista de dança, flertando, batendo papo com os jogadores mais animados e com seus amigos. Era empolgante conhecer pessoas do mundo todo e ouvir suas histórias; era uma das coisas de que ela mais gostava em ser profissional. Mas, nos últimos tempos, Charlie se sentia estranha: encolhida num canto do bar, batendo papo com o pessoal de sempre, matando o tempo até poder voltar para o quarto do hotel para ler e relaxar. Depois de cinco anos no circuito, os rostos agora eram quase todos conhecidos, e era melhor deixar a dança para os adolescentes. Além disso, agora havia Marco. Os torneios masculinos e femininos nem sempre eram simultâneos, e os dois estavam no mesmo lugar em menos da metade das vezes, mas, quando estavam, Charlie não conseguia parar de pensar nele, imaginando se, quando, onde e como se veriam.

Ela podia contar nos dedos da mão os encontros deles: a primeira vez espetacular em Palm Springs, seguida imediatamente por uma segunda rodada ainda melhor no Miami Open; depois a tortura de esperar algumas semanas até que os circuitos masculino e feminino se reencontrassem em Madri; uma noite muito divertida antes de o torneio seguinte começar em Roma; e então a noite da festa dos jogadores antes de Roland-Garros, que, por sinal, Marco venceu. A próxima vez que estiveram no mesmo lugar ao mesmo tempo foi um mês depois, no fatídico torneio de Wimbledon, no qual Charlie rompera o tendão de aquiles só um dia depois de ela e Marco ficarem juntos na extravagante festa pré-torneio de Richard Branson. Na casa dele. Em um banheiro, para ser mais precisa. Os encontros dos dois quase sempre aconteciam nos dias que antecediam um torneio, ou na primeira fase, porque nenhum deles queria distrações quando a competição se aproximava do fim. Charlie estava começando a sentir uma reação quase pavloviana às festas obrigatórias para os jogadores: na cabeça dela, os eventos agora estavam associados a sexo com Marco. Em todos os torneios só femininos, ela acabava muito mais relaxada. Não havia nenhuma menção a Marco com qualquer mulher na mídia nem nos circuitos de fofoca normais dos jogadores, mas isso não queria dizer nada. Marco podia estar na competição e, sem fazer alarde, dormir com qualquer uma: uma filha adulta visitando o pai treinador; uma das RPs do torneio masculino, qualquer uma das treinadoras ou nutricionistas que trabalhavam com os atletas, ou, a opção mais provável de todas, qualquer uma das centenas de fãs de tênis em cada cidade que apareciam nas festas dos jogadores e nos torneios em bandos, com saltos altos, cabelos longos e cheirando a *stripper*. Charlie poderia vomitar só de pensar nisso.

— Você parece tão feliz — comentou Karina Geiger ao se aproximar de Charlie.

Charlie riu.

— Exultante. Dá para perceber?

Como sempre, Karina havia ignorado as indicações de traje para a festa e estava usando calças de moletom e um casaco com zíper e capuz.

— Ei, acho que estou te devendo boas-vindas, *ja*? Seu primeiro torneio desde...

— Wimbledon. Primeira rodada.

— *Ja*, isso, lembrei. Está melhor agora?

— De acordo com os especialistas, está tudo resolvido — confirmou Charlie.

— Estou feliz por você estar de volta. Como está a sua chave? Não lembro em que chave você... — Karina foi interrompida por uma morena baixa, atraente, se não realmente bonita, que chegou e lhe deu um beijo na boca.

— *Hallo, süsse*! Quero que você conheça Charlotte. Ela não é uma vaca, coisa rara entre as jogadoras. Charlotte, esta é minha namorada, Annika.

As duas se cumprimentaram com um aperto de mão.

— Prazer em conhecê-la — disse Charlie.

Houve uma comoção na outra ponta do bar, e as três se viraram e viram Natalya e Benjy numa dança sensual no meio de um enorme círculo de admiradores. Ela estava com o corpo inclinado para a frente, mãos quase tocando o chão, e ele se esfregava nela por trás; com um braço, ele a segurava pela cintura e a pressionava contra sua pelve. Começou a tocar *Single Ladies* nos alto-falantes, e todo mundo bateu palmas em uníssono.

— Ela é sempre tão... como se diz... classuda assim? — comentou Karina. — Uma verdadeira dama, dentro e fora das quadras.

Charlie riu.

— Ah, as histórias que eu poderia contar...

— Eu gostaria de ouvir algumas delas, algum dia — disse Annika. — Venha, Kari, vamos pegar alguma coisa para comer.

Elas se despediram, e Charlie observou as duas andando até o bufê de sushi e saladas de macarrão variadas. Mais uma vez, ela observou o ambiente, procurando por Marco sem nem se dar conta do que estava fazendo. Irritada consigo mesma, pegou o celular para poder olhar para alguma coisa — qualquer coisa — e percebeu que acabou não enviando uma resposta para Piper.

Ainda tá acordada? Que horas são aí? Nem sei q dia é hoje. Quero saber dos babados, escreveu ela.

A resposta chegou imediatamente.

Ronin e eu noivos. Pediu ajoelhado e tudo. Anel gigante. Como manda o figurino.

O quê? Sério?

Charlie sentiu um desconforto estranho no peito. Não chegava a ser uma surpresa, já que eles estavam namorando há quase um ano, mas, mesmo assim. Piper ia se *casar*? Enquanto isso, Charlie estava sozinha em um bar em Melbourne, imaginando quando faria sexo supersecreto com um cara que provavelmente tinha dez outras garotas exatamente como ela espalhadas pelo mundo.

Sério. Mt animada. Mal posso esperar p vc passar mais tempo c ele. Parece q mal se conhecem.

Do q eu conheço, adoro!!!! Charlie desejou poder apagar alguns dos pontos de exclamação depois que apertou o "enviar". *Tô mt feliz por vc.*

Preciso correr. Te amo, querida. Boa sorte amanhã. Bj Bj

Aaaaah! Parabéns de novo. Mais amanhã. Bj

Charlie ficou ali parada, olhando para as mensagens de Piper, até que Jake apareceu ao seu lado.

— Tudo bem?

— Piper e Ronin ficaram noivos — disse Charlie.

— Bom para eles. Ela está feliz? — perguntou Jake com voz de "nem ligo".

— Sim.

— Então qual é o seu problema com isso?

— Não tenho nenhum problema com isso.

— Charlie, por favor.

— Não, claro que estou feliz por ela. Por que não estaria? É que... quando sua melhor amiga está prestes a se casar e você ainda está solteira e dormindo sozinha em um quarto de hotel diferente toda noite, isso faz você pensar na vida, sabe?

— Eu diria que você ficou com a melhor parte. São quartos muito bons, e não é como se você nunca saísse com ninguém. Talvez qualquer dia desses até me conte quem é seu caso secreto.

Charlie ergueu o olhar. Jake sorriu e tomou um gole de sua bebida.

— Como assim?

— Você me ouviu.

— Não sei do que você está falando.

— Ah, me poupe, Charlie. Eu sei que você está saindo com alguém. Todd sabe que você está saindo com alguém. Droga, é provável que até o Dan saiba disso. Eu sei que você acha que está sendo superdiscreta e tal, mas não somos cegos. Todas as mensagens secretas, o uso escondido do celular e aqueles olhares de "vou morrer se não o encontrar *neste segundo*" que você dá toda hora aqui na festa? Por favor. Só quero saber quem é. Não vai demorar: ou você abre o jogo, ou as fofocas vão dar conta do recado. Ninguém consegue manter segredos no circuito, nós dois sabemos disso.

Charlie não sabia nem explicar por que hesitava em contar a Jake sobre Marco, principalmente porque ela costumava torturar Jake com os mínimos detalhes quando se tratava de outros caras. Mas ela sabia que não seria necessário consultar um psicanalista para identificar sua ambivalência: a combinação de vergonha e empolgação de ter um caso secreto, a falta de rótulos definindo o relacionamento deles, a sensação eletrizante das escapadas que davam, combinada com o tormento de não saber ao certo o que tinham. Ela ainda não estava pronta para falar nisso e ouvir opiniões alheias, especialmente do seu irmão superprotetor.

— Se é o que você diz, meu irmão. — Charlie beijou Jake na bochecha. Ainda era estranho sentir a barba dele nos lábios. — Vou voltar para o hotel. Todd está deixando uma fita de jogo para eu assistir toda noite, e me faz perguntas na manhã seguinte. Além disso, estou cansada e preciso me concentrar para amanhã.

Jake assentiu.

— Tudo bem, faça isso. Dormir é uma boa ideia. Vamos, vou acompanhar você até o carro.

— Não, tudo bem, obrigada. Fique e beba uma taça por mim. — Charlie apertou o braço dele. — Obrigada por tudo, Jakey.

Charlie saiu do bar e pegou o primeiro carro do torneio que estava na fila. E então fez o que nunca, jamais havia feito antes. Sem pensar na impressão que isso passaria, ou em como ele reagiria, ou no que representaria para as partidas deles no dia seguinte, Charlie pegou o telefone e procurou na sua lista de "recentes" até encontrar o nome de Marco. Antes que pudesse se convencer de que a ideia era muito ruim, escreveu: *Quarto 635, voltando agora. Vejo você lá.* Ela desligou o celular e o guardou na bolsa. Estava feito.

7

os americanos adoram uma mudança de imagem

SUL DA CALIFÓRNIA
FEVEREIRO DE 2016

— Isto é que é vida — suspirou Piper, e Charlie sorriu com o rosto enfiado no vão do apoio para cabeça da mesa de massagem.

— Então você não vai me odiar para sempre por perder a sua festa de noivado? — perguntou Charlie.

Ela quase gemeu de prazer quando a massagista apertou a parte de trás das suas coxas, exercendo uma pressão perfeita.

— Massagens me ajudam a te odiar menos. Eu sugeriria me pagar um pacote delas se quiser mesmo continuar sendo minha amiga — disse Piper.

As duas estavam deitadas de bruços, lado a lado, na suíte para casais no spa do Four Seasons Santa Barbara. As venezianas estavam abertas, deixando entrar o som das ondas; embora o ar estivesse frio, o sol do início da manhã de fevereiro tornava o ambiente ameno. As mesas aquecidas, a lareira crepitante e a aplicação de parafina quente nas mãos e nos pés delas ajudavam na sensação de prazer.

— Sugestão anotada — riu Charlie.

— Você pode me ajudar depois a procurar uns sapatos? Finalmente parei de resistir e quero comprar um par de tênis plataforma.

— Bem que eu queria, mas Todd já está me esperando. Vamos nos encontrar no Ivy para almoçar e discutir estratégias. Minha partida de exibição é às três, depois tenho treino por duas horas. Até para fazer xixi eu vou ter que pedir permissão hoje. Comprar sapatos está fora de cogitação, infelizmente.

— Não vai ser estranho voltar? Tipo, agora, como profissional? Acho que eu teria uma crise de ansiedade daquelas só de entrar nessas quadras.

— Bom, você passou muito mais tempo nelas do que eu — disse Charlie, e se arrependeu no momento em que abriu a boca. — Foi mal, não foi isso que eu quis dizer.

— Não, você está certa. Quatro longos anos. O mais esquisito é que não sinto um pingo de saudade.

— Por que sentiria? Você não gostava.

— Ei, aquilo me tirou da zona que era a minha casa, não tirou? E não teríamos nos conhecido se eu não tivesse jogado, então não foi de todo ruim.

Parecia a ironia das ironias que Charlie, que nunca frequentara nenhuma das academias de tênis de prestígio, algo raro entre os tenistas de elite, tivesse se tornado profissional, e Piper, que passara toda a infância e a adolescência em uma, não desse a mínima para o esporte. Quando Piper contara a Charlie que os pais dela a tinham enviado para a academia Bollettieri, na Flórida, aos nove anos, Charlie quase não acreditara.

— Você devia ser muito boa — disse Charlie com os olhos arregalados quando Piper lhe contou isso enquanto almoçavam juntas pela primeira vez no refeitório dos calouros na UCLA. *Você já conseguia se vestir sozinha quando tinha nove anos?*, se perguntou Charlie. Ela quase não conseguia se lembrar de nada dessa idade.

— Boa em quê? Em tênis? — A risada de Piper não carregava nenhuma alegria. — Tirando o acampamento caro para onde tinham me mandado no verão anterior, eu mal tinha segurado uma raquete. Meus pais disseram para todos os amigos que estavam me mandando para lá para "cultivar o meu talento", mas só porque parecia muito melhor despachar a sua filha de nove anos para uma academia de tênis famosa do que para outro colégio interno. Mas era só isso mesmo, pelo menos para mim.

Piper explicara como famílias super-ricas do mundo todo despachavam os filhos para essas academias de tênis como um tipo de serviço de babá chique. Por centenas de milhares de dólares por ano, filhos e filhas da realeza saudita, de ricaços europeus, reis do petróleo do Texas e empresários sul-americanos podem garantir que seus filhos aprendam inglês, todas as matérias escolares, tenham os melhores treinadores do mundo do tênis e só precisem ir para casa por uma semana no Natal e duas no meio do ano. Além disso, era legal contar para os amigos que os filhos estavam "treinando na Bollettieri" junto com as crianças que demonstravam potencial genuíno para o tênis e haviam sido mandadas para a academia porque precisavam de um nível de treinamento que já não podiam mais ter no país de origem. O que ninguém esperava, claro, era que de vez em quando algumas das crianças riquinhas que estavam lá para não ficar em casa acabassem se tornando tenistas decentes. Piper foi uma delas.

Ela jogara duplas nos primeiros três anos na UCLA e simples no último ano, mas seu *ranking* nunca passara de número quatro na equipe. Charlie fora a número um desde o dia em que chegara ao campus até o dia em que abandonara tudo para se profissionalizar um ano depois, mas, por algum motivo, as coisas nunca foram competitivas entre elas. Talvez porque fosse óbvio que Piper não se comprometia com o tênis. Ela aparecia para os treinos obrigatórios e parecia curtir as partidas, mas nunca, jamais, participou das sessões opcionais de musculação logo cedo, nem dos bate-bolas extras nos fins de semana, como o restante do grupo. Piper ficava fora até tarde, namorava um milhão de caras diferentes e viajava nos fins de semana com os amigos não tenistas. Charlie *nem tinha* amigos não tenistas. Nas poucas vezes que discutiram o assunto, Piper foi sempre meio vaga.

— Adoro tênis — dizia ela com uma risada. — Também adoro beber, viajar, namorar, dormir, ler e fazer compras. De jeito nenhum vou abrir mão da minha vida por um *esporte*.

Mesmo hoje, Piper só jogava uma vez por semana com um grupo de ex-tenistas universitárias que batiam melhor do que 99% das tenistas de fim de semana que viam o esporte apenas como hobby, algo para encaixar entre o trabalho e a vida social. Um bom exercício com alguma diversão. Para Charlie, isso era uma coisa impossível de imaginar.

— O treinador Stephens se foi, e nunca conheci o cara novo. Não conheço mais ninguém — disse Charlie.

A massagista pediu para ela virar de barriga para cima e colocou uma compressa com essência de lavanda sobre seus olhos.

— Que seja. Pelo menos assim você veio para LA. Faz quanto tempo, dois meses?

Charlie ficou feliz por ela ter insistido para passarem o dia no spa, mas isso não compensava todo o tempo perdido.

— Conte mais sobre Ronin — pediu ela, expirando lentamente.

— Por que ele?

Charlie conseguia ouvir o sorriso na voz da amiga.

— Por que ele? — Ela riu. — Porque ele me quis.

— Ah, por favor... Metade de LA quereria você, Pipes. Caramba, metade de LA *quis* você...

— Epa, devagar aí. Não sou eu que tenho como pau amigo ninguém menos que...

— Piper!

Felizmente, a amiga percebeu que não devia terminar a frase. Não era muito provável que a massagista soubesse quem era Charlie, mas ela não precisava de fofocas sobre ela e Marco, principalmente fofocas que incluíssem a expressão "pau amigo", espalhadas pela internet. Não, obrigada.

— Ronin. Conte tudinho.

— Tudo? Bom, vejamos. Ele foi criado em St. Louis, mas a família se mudava muito quando ele era criança.

— De onde ele é, originalmente? — perguntou Charlie.

— St. Louis, acabei de falar.

— Não, quero saber de onde são os pais dele.

— Você está perguntando só porque ele é oriental? Você sabe que ele pode ser oriental e de St. Louis, né?

— Ah, me poupe, por favor. Falo isso porque ele tem sotaque. Ou você nunca percebeu?

— Os pais dele são japoneses. Ele nasceu lá e passou alguns períodos da infância lá, mas é americano.

— Entendi. Americano. Com uma noiva na defensiva. Pronto. O que mais?

Piper riu.

— Desculpe, mas é que a minha mãe é muito racista. Ela está obcecada por ele ter ascendência asiática. Tipo, isso não entra na cabeça dela, que fica falando desse assunto o tempo todo. Acho que estou só de saco cheio de ser o centro de to-das-as-con-ver-sas.

— Sua mãe não ficaria à vontade se você chegasse em casa com um católico. Nem com um moreno. É a sua cruz por ser a filha liberal de protestantes ricos.

— Verdade. Então, você sabe que ele é médico na emergência...

— O médico que só quer surfar o dia inteiro, não é isso?

— Tem tantas pranchas na nossa garagem neste exato momento que nem dá pra contar. Quando é que alguém passa da idade de querer ser surfista em tempo integral? — perguntou Piper.

— Aparentemente, não com vinte e nove anos. Ele deve ter ficado alucinado com a casa dos seus pais em Maui...

Piper riu.

— Totalmente. Se ele descobrisse um jeito de se livrar dos meus pais, então... Eles estão indo muito mais para lá agora que o meu pai está aposentado. Na última vez que fomos todos juntos, minha mãe disse, acredite se quiser, alguma coisa sobre não saber que "descendentes de orientais" surfavam. Você pode imaginar como foi legal.

Foi a vez de Charlie rir.

— Ela só precisa de netinhos metade orientais para calar a boca.

— É engraçado. Eu tentei explicar para ela que a mãe do Ronin também não estava lá muito feliz com o nosso relacionamento, que a vida toda ela sonhou com uma moça budista boazinha que soubesse fazer um *udon* decente, e acabou com uma mina protestante-ateia de uma família tradicional com mais casos *per capita* de alcoolismo do que uma clínica de reabilitação inteira, mas você não a vê reclamar. Não. Ela simplesmente me acolheu e me ensinou como montar um *bento* mais ou menos decente. Minha mãe não conseguiria entender isso, nem se fosse para salvar a própria vida.

Charlie imediatamente tentou imaginar como seria poder apresentar sua mãe ao futuro noivo. Sua mãe tinha perdido tudo, claro: a primeira menstruação de Charlie, a formatura, o quarto no alojamento da faculdade, a primeira vez competindo num Grand Slam. Os pais de Charlie casaram escondidos no fim dos anos oitenta, quando a mãe descobriu que estava grávida de Jake, então nunca tiveram um noivado oficial nem um casamento como manda o figurino. Será que era por isso que Charlie se sentia cada vez menos à vontade com as amigas começando a se casar?

O som de um sininho trouxe Charlie de volta à massagem.

— Já acabei. Não precisa ter pressa para se sentar e se vestir — sussurrou a terapeuta. — Vamos esperar lá fora.

— Nossa, isso foi ótimo — disse Piper, esfregando os olhos.

Mesmo com as marcas no rosto e os olhos vermelhos, Piper parecia uma *top model*. Ela vestiu um roupão, enquanto Charlie tentava não ficar encarando.

Piper ergueu o olhar para Charlie, como que aproveitando a deixa.

— Você está com uma aparência ótima.

Charlie revirou os olhos.

— A-rá. Por isso que Todd não para de falar destes últimos dois quilos. — Charlie segurou as coxas com as duas mãos. — Quer trocar?

As garotas saíram da suíte e se dirigiram ao vestiário.

— Você acha que Marco Vallejo está pensando em qualquer coisa além de como você está gostosa quando te pega sempre que pode? Sério, Charlie. Chega desse complexo de patinho feio. Você podia ser mais fortinha anos atrás, mas agora está oficialmente gostosa. Só quero saber como é que você está lidando com essa coisa de sexo casual, porque a Charlie que eu conheço não é exatamente de sair dormindo com qualquer um por aí.

— Bom, acho que para tudo há uma primeira vez.

— Pelo que você descreveu, ele não é seu namorado. Nem é seu amigo, na verdade. Você precisa estar de boa com isso para dar certo. Você está de boa?

— Claro.

— Não está!

— Tenho que estar. Esse é o acordo.

As garotas levaram seus lanches para o pátio externo, onde se sentaram em frente a uma pequena lareira.

— Eu não *sinto* nada por ele — disse Charlie calmamente, percebendo a verdade pela primeira vez. — Só gosto de ter alguém.

— Ele é muito melhor do que só *alguém* — respondeu Piper, tomando um gole de chá.

— Você me entendeu.

— Sim, eu entendo que você se sente sozinha por viajar tanto. Você fica fora o tempo todo. Não tem nada nem parecido com uma vida normal. E, historicamente, você é uma monogâmica convicta. Acredite, eu já pensei muito nisso. Ronin e eu comentamos sempre como deve ser difícil para você.

Charlie se virou para encarar Piper.

— Sério mesmo? Essas são suas sábias palavras? "Meu noivo e eu comentamos sempre como sua vida é uma grande merda"?

Piper se aproximou e deu um cutucão no braço de Charlie.

— Qual é, você sabe que não foi isso que eu quis dizer. Eu só fico preocupada com você.

— Ah, bom, agora me sinto muito melhor.

— Bem, devia mesmo, porque eu me preocupo *mesmo* com você. Talvez ter um namorado não seja a pior coisa do mundo. Talvez você e Marco devessem tentar ir ao cinema ou jantar ou fazer algo que as pessoas normais fazem. Conversar. Falar de si mesma para ele. Perguntar coisas. Ele deve ter outros interesses além do tênis, talvez você descubra quais são...

— Você imagina o bafafá que a mídia faria com isso? Se sairmos juntos como pessoas normais de verdade? Haveria câmeras para todo lado.

— Ah, para com isso, quem liga? Dois adultos que por acaso praticam o mesmo esporte começam a sair juntos por livre e espontânea vontade. Isso é tão escandaloso assim?

Charlie parou para pensar. Ao ouvir Piper, ela percebeu que era verdade: não parecia tão absurdo. Durante as pouquíssimas vezes em que ficaram juntos e se esforçaram muito para esconder, não havia nem mesmo lhe ocorrido que talvez não precisassem de todo aquele segredo. O que podia acontecer de pior? Eles tentarem namorar e não dar certo? E daí? Alguns repórteres fariam perguntas irritantes, alguns comentaristas soltariam um "mas eu avisei", como faziam sempre que relacionamentos entre atletas profissionais — ou atores ou músicos ou qualquer celebridade — não davam certo, e quem ligava? Por que eles se preocupavam tanto em manter segredo? Quem, exatamente, estava ganhando com isso?

— Você está certa — concordou Charlie, meneando lentamente a cabeça.

— Como é?! — Piper simulou uma expressão incrédula.

— Qual o problema se começarmos a namorar de verdade? Como você disse, ele é um dos poucos caras no mundo que entende a minha vida.

— Além do mais, ele é magnífico.

— Enquanto nós dois entendermos que nossas carreiras têm prioridade, não sei como pode não dar certo.

— Sem falar na aparência espetacular dele.

— Quer dizer, não tenho nada parecido com um relacionamento desde... ai, meu Deus... desde a faculdade. Brian foi o último. — Charlie contemplava o céu enquanto calculava.

— Já debatemos sobre como o cabelo dele é incrível?

— O lance de poucos meses com o jornalista de tênis? Não foi o meu melhor momento, mas pelo menos ele era um cara legal.

— Até o nome dele é sexy.

— Ah, e o esquiador de *downhill* que eu conheci no voo para Mônaco. Aquelas é que eram agendas conflitantes.

— Você acharia esquisito eu contar que já fantasiei com a barriga de tanquinho dele?

— Credo, Piper, como eu sou ridícula! Tá ligada que desde o primeiro ano da faculdade eu não tenho um relacionamento que dure mais do que poucos meses? Eu tenho vinte e cinco anos e sou praticamente virgem.

Piper sorriu e deu um tapinha na mão de Charlie.

— Não vamos exagerar. Você namorou, só não... como posso explicar? Só não sabe escolher muito bem. E as suas circunstâncias são bem complicadas, todo o seu estilo de vida e tal, mas isso não quer dizer que não haja mais esperança.

— Obrigada. — Charlie olhou para o celular. — Ah, tenho que correr. Preciso estar de volta em LA em uma hora e meia. Se pegar trânsito, não vou conseguir chegar a tempo.

— Te amo, C. Obrigada pelo dia delicioso. Agora só estou um tiquinho puta da vida por você perder a minha festa de noivado.

Charlie deu um beijo na bochecha de Piper.

— Viu? Lição do dia: o dinheiro *pode* comprar uma amizade.

— Esse podia ser o mantra da minha mãe. Nada que eu não tenha ouvido desde que nasci. — Piper enrolou um cachecol de cashmere em volta do pescoço, e, pela milésima vez, Charlie se perguntou como a amiga podia ser tão chique sem fazer esforço. — E não se esqueça de comprar para si mesma um presente bem legal de Dia dos Namorados, tá? Eu sugeriria chocolate, mas você está na dieta da fome, então talvez uma joia. Nada de porcarias de tênis!

Elas se despediram com um aceno, e Charlie entregou seu tíquete ao manobrista. Mais uma vez desejava poder ficar e sair à noite com o restante de seus amigos de faculdade, mas precisava estar em LA às quatro. Ela entrou com seu Audi conversível alugado na 405 e aumentou o volume da música. Era o tipo de dia de inverno perfeito que só os californianos entendiam: vinte graus, sol quentinho, brisa fresca. Literalmente o tipo de dia para o qual inventaram os conversíveis. Perto de Malibu, ela calculou que estava adiantada e saiu para a PCH. Demoraria mais, mas valia a pena dirigir ao longo da costa. Charlie sintonizou a rádio via satélite na *Blend* e cantou junto com Rachel Platten, Taylor Swift e Ed Sheeran até sentir a garganta arranhar e os olhos lacrimejarem com o vento. Quantas vezes dirigira pela PCH no primeiro ano da faculdade? Ela e Brian saíam para passear nas tardes de domingo e disputavam o rádio: ela sempre queria as *"top 40"*, ele sempre queria outra coisa. Ela inclusive contou para ele que estava largando a faculdade — e ele — para se profissionalizar, no Fish Shack em Malibu.

Brian sabia, com uma sabedoria que não era normal aos dezenove anos, que um relacionamento de longa distância com alguém que estaria viajando trezentos dias por ano não era realista. A separação foi terrível. Charlie só precisou de poucos meses no circuito para ver que, na verdade, manter um relacionamento era algo impossível apenas para as mulheres. Para os homens, era um mundo totalmente diferente: eles tinham namoradas que os acompanhavam nas viagens, vestidas com jeans de marca e saltos altos, maquiagem e cabelos perfeitos todo santo dia, largadas como gatas nas várias áreas de descanso dos jogadores espalhadas pelo mundo, esperando seus homens suados saírem da quadra. Quatro dos cinco melhores tenistas do mundo eram casados. Com filhos. Charlie ficara boquiaberta quando Marcy uma vez comentara sobre isso e logo depois mostrara o número de mulheres casadas entre as vinte melhores do *ranking*: uma. Quantas tinham filhos entre as vinte melhores? Nenhuma. Os homens não ficavam exatamente ansiosos para seguir as namoradas tenistas pelo mundo, esquentar a cama delas à noite e tomar café com elas às seis da manhã em cafeterias de Dublin a Dubai, esperando para abraçar as mulheres suadas e exaustas quando finalmente saíam da quadra exultantes ou enraivecidas, dependendo do dia. Uns poucos homens tentaram por algum tempo, mas não durara muito: treinadores e jogadores e mesmo outras jogadoras sussurravam sobre eles não trabalharem e sobre todo o tempo livre que tinham, chamando-os de manés, vagabundos e paus-mandados. Mas e as várias modelos e atrizes e carinhas bonitas anônimas que viajavam para todo lado para apoiar os namorados? Todos pareciam entender que elas só estavam fazendo aquilo de que os homens precisavam.

O carro da frente freou bruscamente, e Charlie precisou fazer a mesma coisa para não bater na traseira da enorme Suburban preta.

Ela havia seguido o GPS, sem pensar, por Malibu, Santa Monica, atravessado Brentwood e as ruas cheias de folhas de Beverly Hills até o Peninsula, onde a Suburban havia parado bem na sua frente.

Notificação no telefone, mensagem de texto. Todd. *Trinta minutos, Ivy, Robertson. Não se atrase.*

Ela digitou uma única letra, *k*, e entregou as chaves para o manobrista. Dois carregadores estavam ocupados tirando malas e mais malas Goyard coordenadas das profundezas da Suburban; Charlie não resistiu e esperou na calçada para ver que celebridade sairia dela. A julgar pelas malas, provavelmente uma Kardashian. Possivelmente uma estrela pop do naipe de Rihanna ou Katy Perry. Definitivamente não se tratava de um ator qualquer, considerando a quantidade absurda de bagagem. Essa pessoa tinha trazido a casa inteira e estava aqui para ficar. Quando já ia desistir e entrar, o motorista tirou uma raqueteira Wilson do tamanho de um cão dinamarquês de cima do banco do carona. Pendurado nela havia um "pingente" do tamanho de uma lata de refrigerante, uma coruja incrustada de diamantes, com batom e cílios longos, que Charlie sabia serem feitos de bigodes de coelho de verdade. Ela reconheceria aquela coruja berrante em qualquer lugar.

— Olha só quem está aqui! — cantarolou Natalya para Charlie do banco traseiro da Suburban.

Cada pessoa que estava na fila aguardando os manobristas ou esperando na área de estacionamento do Peninsula Beverly Hills parou de ler suas mensagens de texto no celular, de olhar para as chaves e de discutir com os filhos e se virou para ver sair languidamente pela lateral do carro uma loira de um metro e oitenta com um short tão minúsculo que mostrava a calcinha cor-de-rosa fluorescente para quem quisesse ver. Charlie podia jurar ter ouvido um suspiro coletivo quando a sandália de Natalya tocou o chão.

— Que fofo você me esperar. Aqui, segure isto. — Natalya jogou uma frasqueira coberta de logotipos nos braços de Charlie. — Obrigada, querida.

Chocada por ver Natalya em Los Angeles quatro dias antes do dia marcado para jogarem em Indian Wells, em Palm Springs, Charlie a seguiu pelo saguão sem pensar.

— O que você está fazendo aqui? — perguntou ela, enquanto Natalya mostrava a identidade para o funcionário da recepção. Ocorreu a Charlie que ela também devia estar se registrando, mas não conseguia lembrar se havia deixado a bolsa no carro ou se ela estava no carrinho do hotel.

Natalya se aproximou o suficiente para Charlie sentir o perfume agradável de baunilha.

— Benjy jogou no Pro Bowl no Havaí. Ele vai me encontrar aqui hoje à noite para relaxarmos um pouco. E você, Charlie? Mais uma noite se preparando com a sua equipe? Você deve se sentir sozinha, só com a companhia do treinador e do seu irmão.

A pulsação de Charlie acelerou.

— Você devia mesmo pensar em arrumar um homem — disse Natalya, pegando o celular. — Que tal aquele garoto novo do circuito masculino, aquele de Philly? Ele provavelmente dormiria com você.

Uma imagem pipocou na cabeça dela: Brett ou Brent ou algo assim, mais de um metro e noventa, com membros desengonçados e acne. Dezesseis, talvez dezessete anos, no máximo. Logo em seguida, a lembrança de Marco ensopado de suor depois de uma partida, o Dri-Fit da camiseta literalmente colado aos músculos dele, a faixa segurando o farto cabelo preto. Depois o sorriso, aquele que ela só tinha visto quando estavam sozinhos... A risada de Natalya a trouxe de volta de repente.

— Ih, não, acho que ele já tem namorada. Não se preocupe, vou continuar pensando.

Geralmente ela ouvia a voz da mãe lembrando-a de ser educada, de não entrar em conflito, de ser superior. Charlie tentava seguir esse conselho, de verdade, mas hoje era a voz de Todd que reverberava na cabeça dela. *Força mental. Chega de ser boazinha. Deixe de ser um capacho. Você acha que a Natalya passa o dia todo sentada imaginando como fazer mais pessoas gostarem dela? Você também não devia passar!*

As portas do elevador começaram a se fechar, mas se abriram novamente quando Charlie enfiou a mão entre elas.

— O que você está fazendo? — reclamou Natalya, toda a falsa gentileza evaporando num instante.

— Você que se cuide — disse Charlie com uma voz tão baixa que pôde ser confundida com um rosnado.

— Como se atreve a...

Charlie jogou a frasqueira que estivera segurando, atônita e em choque durante aquele tempo todo, direto nos braços de Natalya, que a pegou, dando um gritinho.

— Espero que se divirta muito com o seu namorado hoje à noite, Natalya — disse Charlie, inclinando-se através das portas que ela mantinha abertas. Ela adorou ver que Natalya parecia realmente assustada. — Porque eu vou para cima de você. Talvez não consiga te derrotar na semana que vem, nem na outra, mas escreva o que eu digo: vai acontecer. E eu vou amar cada segundo.

Com isso, Charlie se afastou do elevador e viu o queixo caído de Natalya enquanto as portas se fechavam. Ela olhou rapidamente pelo saguão para ter certeza de que ninguém estava olhando e se permitiu uma pequena, mas merecida, dancinha da vitória.

Enquanto abria a cerca de madeira branca e entrava na varanda do Ivy, Charlie ouviu o som inconfundível de cliques e flashes de câmeras. De repente, uma multidão de *paparazzi* se reunia como um pequeno enxame na calçada e, com eles, um grupo de pessoas jovens e bem-arrumadas que faziam compras naquele domingo. Sem saber o que estava acontecendo, Charlie congelou. Um segundo depois, sentiu a mão de Todd em suas costas.

— Eles ainda não estão aqui por sua causa, querida, mas em breve estarão.

Charlie sentiu o rosto corar, primeiro de vergonha, depois de irritação.

— Eu não pensei nisso — respondeu, ofendida, seguindo-o até uma mesa redonda no pátio.

Ela se sentou virada para a rua e viu o motivo da comoção: Blake Lively e Ryan Reynolds empurrando a filha em um daqueles carrinhos de bebê que custam mais do que um carro usado.

— Sério, Charlie, aproveite para observar, porque é exatamente assim que vai ser com você quando a Meredith tiver terminado o trabalho dela.

— Já estamos falando de mim? Bom, é exatamente assim que eu gosto.

A mulher de pé em frente à mesa deles tinha trinta e poucos anos e um metro e meio com a ajuda dos saltos, mas foi a juba de cachos ruivos que atraiu a atenção de Charlie.

— Seu cabelo é incrível — murmurou Charlie, antes de lembrar que ainda não tinham sido apresentadas.

— Você acha? Eu costumo ouvir que pareço com Annie, a órfã — disse Meredith, puxando um cacho ruivo.

— Eu estava pensando mais na Merida, de *Valente*.

Meredith riu.

— Já gostei de você. Sou Meredith Tillie, e você obviamente é Charlotte Silver.

— É um prazer conhecê-la — disse Charlie, finalmente se lembrando de se levantar e apertar a mão de Meredith.

Todd fazia sinal para se sentarem quando seu celular tocou.

— Conversem para se conhecer melhor — grunhiu ele, indo para a cerca.

— Ele é tão encantador, não é? — comentou Meredith, piscando como uma donzela sulista.

— Um amor. De verdade.

As mulheres sorriram. Talvez aquela ideia de mudança de imagem de Todd não fosse tão horrível quanto Charlie previra. Meredith parecia simpática. Elas tomaram um gole do suco de frutas que o garçom havia trazido, e Meredith explicou como tinha começado na área, mudando do FIT para uma empresa de design, depois de RP, gestão de crises e agora sua empresa de consultoria de imagem. Charlie não conseguia imaginar ter quatro carreiras antes dos trinta. Nem duas.

— Com quem você já trabalhou? — perguntou Charlie.

Meredith sorriu timidamente.

— Bem, eu assino muitos contratos de confidencialidade, como você deve imaginar, então não posso ser muito específica, mas, vejamos... Teve a mulher que abandonou a cientologia depois de décadas e me contratou para transformá-la de louca da seita em autora respeitada. A estrela pop adolescente que ficou grávida aos dezessete enquanto era viciada em metanfetamina; hoje, ela é garota-propaganda da L'Oréal e deve aparecer na próxima temporada de *Dancing with the Stars*.

— Uau, ela vai mesmo? Eu sei exatamente de quem você está falando.

— Sem nomes, por favor — disse Meredith, levantando a mão. Tamborilou os dedos da outra na mesa, tentando se concentrar. — Quem poderia esquecer o ator que entrou no *show business* pagando boquete para todo executivo de estúdio da cidade e infelizmente ganhou meio que uma reputação de prostituto? Nós mudamos algumas coisas, e ele acabou de sair na capa da *GQ* como a personificação de um homem renascentista do século XXI: fala mandarim, é voluntário num abrigo para mulheres, namora uma modelo da Victoria's Secret, blá, blá, blá. Ah, e a respeitada mãe de quatro filhos, política altamente reverenciada, que deve ter sido a única mulher da história com um vício debilitante em jogatinas? Quer dizer, sério, uma mulher viciada em *blackjack*? É ridículo. De qualquer forma, foi difícil, mas eu consegui que ela fosse reeleita para um segundo mandato. Então, você vê, tem de tudo.

— Tem de tudo o quê? — perguntou Todd enquanto encaixava a parte inferior do corpo de pera na pequena cadeira entre as duas mulheres. Ele acenou para um ajudante de garçom e pediu um martíni.

— Meus clientes. Estou explicando um pouco das coisas para Charlotte.

— Ela gosta que a chamem de Charlie — esclareceu Todd.

— Ela pode me chamar como quiser — retrucou Charlie.

— Relaxa — murmurou Todd, virando as páginas do cardápio. — Não seja chata, está tudo bem.

— Correndo o risco de parecer antipática, estou um pouco estressada. Para começo de conversa, eu não sou viciada em jogos de azar nem em metanfetamina, nem tenho uma queda por prostituição, então não sei muito bem o que há de tão horrível comigo para precisar dos serviços da Meredith. — Ela se virou para Meredith. — Desculpe dizer isso, e você certamente parece ser muito simpática, mas eu acho tudo uma perda de tempo para todos.

Meredith e Todd se olharam rapidamente. Todd revirou os olhos.

— Claro que você não é uma drogada qualquer, ninguém está sugerindo nada assim. Mas, sejamos sinceros, precisamos...

— Acho que o que o Todd está tentando dizer é que, sim, eu provavelmente sou um exagero para o que estamos tentando conseguir aqui. Você não precisa que eu te diga que é ótima como é: bonita, educada, reputação estelar, esforçada, grande potencial, o público adora você. Sem contar seu histórico: a garota pobre, com passado humilde, que perdeu a mãe muito cedo. Dá mesmo muito certo com os fãs. É tudo ótimo, Charlie, mas, se pudermos melhorar ainda mais, e, acredite em mim, nós podemos, será ótimo para você.

E ali estava. Toda a persona de Charlie cuidadosamente resumida para consumo público por uma completa estranha. Ela teria ficado chateada por essa mulher ter invocado a morte de sua mãe assim tão casualmente se não tivesse ficado tão perplexa com o resumo completo, um pequeno vislumbre de como o mundo a via.

Todd deve ter visto a angústia estampada em seu rosto.

— Nem pense em ficar toda irritadinha, Charlie. Esse seu esporte não é só um hobbyzinho. É uma indústria enorme, com todo tipo de oportunidade, e você vai me desculpar, mas você seria muito idiota se não fosse atrás da parte que te cabe nesse latifúndio.

Meredith pigarreou e lançou outro olhar para Todd.

— Talvez seja mais fácil se você considerar o fato de que todos, em qualquer carreira, têm uma persona pública e outra privada, não é? Não estamos aqui para mexer na sua vida pessoal nem mudar quem você é, fundamentalmente, como indivíduo. Mas é ingenuidade pensar que a sua persona pública não pode, ou não deve, ser manipulada para maximizar o benefício que traz para você.

O garçom apareceu e começou a colocar uma cesta de pães na mesa, mas Todd resmungou:

— Tire isso daqui! — No mesmo instante o homem colocou a cesta debaixo do braço e anotou os pedidos deles, não parecendo surpreso quando os três pediram exatamente a mesma salada.

Charlie esperou que ele saísse.

— Tudo bem, minha persona pública precisa de um pouco de "manipulação". Você pode ser mais específica?

Com isso, Meredith abriu um sorriso bondoso.

— Claro, querida. Seguindo o plano de Todd para torná-la mais agressiva e confiante nas quadras, nós faríamos o possível para espelhar essa ousadia fora delas. Para isso, gostaríamos de nos livrar da Charlie Menina Boazinha e transformá-la na... está preparada? Na Princesa Guerreira.

— No quê? Ah, fala sério. — Charlie riu.

Nem Meredith nem Todd sorriram.

— É brilhante, Charlie. Vai lhe dar uma identidade sólida à qual os fãs e a mídia podem se apegar. E, se me permite dizer, é exatamente disso que você precisa.

— A Princesa Guerreira? Está falando sério?

Meredith continuou como se não a tivesse ouvido.

— Primeiro, vamos eliminar os vestidos de tênis de cores claras em favor de algo mais escuro, mais sexy, mais radical. Vamos sumir com essa fita infantil que você trança com o cabelo e trabalhar com ótimos cabeleireiros e maquiadores para repaginar o seu visual. Sem que isso afete o seu desempenho, claro. Vou trazer uma estilista para ajudar a refazer seu visual na quadra, que é o mais importante, mas também para renovar o seu guarda-roupa fora das quadras, para as festas dos jogadores, entrevistas, eventos beneficentes, todo lugar onde for vista, na verdade. Você vai precisar de uma sessão rápida com um de nossos consultores de mídia para poder controlar melhor seu discurso, mas vamos realizar todo o trabalho nos bastidores para fazer a mídia implorar para cobrir você. Seu irmão já está trabalhando firme para conseguir um contrato de patrocínio extra, algo que pode adicionar um pouco de interesse, um pouco de sedução, às marcas esportivas comuns que todos representam. No geral, há muito pouco a fazer.

Charlie arregalou os olhos. Muito pouco? Meredith tinha acabado de esboçar toda uma renovação de imagem que exigiria uma lista cheia de itens e nada menos que cinco pessoas para executá-la.

Todd tomou um grande gole de sua bebida.

— Lembra da sua promessa de largar a baboseira de garota sensível? As coisas avançaram muito aqui, Charlie. Nos seus cinco anos no circuito feminino, por incrível que pareça, você nunca deu uma pisada de bola que precisasse ser revertida. Nenhum escândalo para abafar, tudo um mar de rosas. Então vamos fazer engenharia reversa nisso tudo.

Meredith concordou.

— Verdade. É muito mais fácil fazer o caminho inverso, entremeando um pouco de intriga e interesse, do que tentar expurgar anos de decisões ruins.

O garçom colocou as saladas na frente deles. Todd enfiou uma garfada enorme na boca antes que as mulheres pegassem os talheres.

— Eu contei a ela que você está transando com o Marco — disse Todd com a boca cheia de comida.

Charlie inspirou bruscamente.

— Nem meu irmão sabe!

Meredith colocou a mão na de Charlie.

— Eu sou um túmulo. Todd me contou porque é definitivamente algo que podemos usar em nossa vantagem. Eu já...

— Peraí. Eu não vou usar a minha... situação com Marco para ajudar na minha imagem. — Charlie não conseguia usar a palavra "relacionamento" para descrever o que tinha com Marco.

— Claro que nós entendemos que não é por isso que você se envolveu com ele — disse Meredith, conciliadora. — Mas seria desleixo nosso não reconhecer, honestamente, que essa relação preexistente específica poderia ter um valor enorme para nós.

— Não tem relação nenhuma aqui — disse Charlie, sem pensar.

— Na verdade, não quero entrar nesse assunto.

Meredith assentiu, compreensiva, balançando seus cachos vermelhos em concordância.

— Entendido. Por enquanto, vamos todos combinar de deixar isso só entre nós. Você pode confiar em mim, Charlie. Vamos ver o que acontece. Talvez as coisas evoluam naturalmente entre vocês dois, e você estará pronta para melhorar um pouco mais o perfil disso. Vamos viver um dia de cada vez.

Todd tomou um grande gole de martíni e lambeu os lábios.

— Já imaginou a repercussão disso? — perguntou ele, como se Charlie não estivesse sentada bem ali. — Quer dizer, dois jovens malhad... é... atletas, ambos com destaque dentro e fora das quadras? Meu Deus, seria um caos na mídia. Um caos dos bons. Mesmo quando eu treinava o Adrian e ele namorou aquela *top model*... isso botaria aquilo no chinelo.

Charlie olhou para Meredith em pânico.

— Eu já disse: trazer Marco para isto está fora de cogitação. Não é como se ele fosse meu namorado, nem como se nós tivéssemos um... É mais um acordo, e nem foi totalmente verbalizado. — Ela sabia que estava falando coisas desconexas e, além disso, não devia a eles nenhuma explicação sobre sua vida amorosa, mas não conseguia parar. — Até onde eu sei, pode terminar amanhã. Eu nem sei o que temos, na verdade, então de jeito nenhum vou...

— Charlie. Eu já entendi, Marco está fora de cogitação. O que quer que vocês tenham é problema seu. Vamos respeitar isso. Por enquanto.

— Obrigada — disse Charlie, odiando ter seu constrangimento revelado para quem quisesse ver pela vermelhidão nas bochechas. Ela deu uma garfada na salada e um gole na sua Pellegrino e tentou não pensar no que realmente significava aquele "por enquanto".

8
batendo como uma garota
UCLA
FEVEREIRO DE 2016

— Bem-vinda! — gritou uma moça com blusão da UCLA para Charlie enquanto ela, Dan e Todd atravessavam a galera que estava reunida para assistir à partida.

— Obrigado por vir até aqui! — exclamou outra voz.

Charlie sorriu e acenou para os estudantes. Ela era poucos anos mais velha do que a maioria, então por que sentia como se pudesse ser mãe deles?

A UCLA fizera muita propaganda da exibição beneficente, como prometido. Todos os lugares estavam lotados, uma multidão se enfileirava para ver o jogo. Charlie fez um cálculo rápido e ficou empolgada com a quantidade de dinheiro que estavam arrecadando para combater o câncer de mama metastático, o mesmo que havia matado sua mãe rápida e impiedosamente.

Os treinadores podiam ficar na quadra nas partidas beneficentes, então Todd acompanhou Charlie. Por mais exigente que Todd fosse, Charlie se sentiu bem em tê-lo ali. Aquele era um dos aspectos mais difíceis do esporte: a solidão. Não importava o que acontecesse na quadra, Charlie tinha de resolver sozinha. Durante uma partida, ela só podia contar com duas coisas: sua condição física e sua força mental. Fora da quadra não era muito diferente, porque as mulheres eram muito competitivas. Ela tinha Piper, Jake e seu pai, mas, fora eles, amigos eram raros. Depois de tantos anos de treinamento combinados com o cronograma insano de viagens, a atitude predominante era a de que ninguém estava procurando fazer amizade. As meninas de países menores, que não falavam inglês, podiam até ficar um pouco mais unidas por pura necessidade, mas as demais seguiam praticamente sozinhas. Essa era a única coisa de que Charlie não gostava com relação ao esporte que praticava, mas sabia que ainda estava melhor do que algumas atletas de outros esportes, cujos treinadores lhes davam três minutos para mostrarem a que tinham vindo, antes de mandá-las de volta para o banco.

— Charlie? Charlie Silver? — chamou a voz de uma mulher atrás dela. Charlie se virou e observou os rostos através da grade, mas não reconheceu ninguém. A voz soava tímida, como se a mulher não quisesse chamar muita atenção, mas também estranhamente familiar.

— Charlie? Aqui.

Charlie levou alguns segundos para localizar a fonte, mas quase derrubou a raquete quando finalmente viu a mulher que acenava para ela.

— Eileen? — perguntou ela, mais para si mesma do que para a melhor amiga da sua mãe, que não via desde pequena.

— Sou eu! — A mulher riu, franzindo o nariz. — Não achei que você fosse me reconhecer com todo esse cabelo branco.

Era verdade: o cabelo grisalho curtinho em vez do rabo de cavalo loiro confundiu Charlie de início, mas, olhando melhor, Eileen parecia quase não ter envelhecido.

— Não acredito — exclamou Charlie, andando em direção à grade. — Deve fazer, quanto, uns doze anos que não nos vemos?

Aquilo não era uma crítica, mas Eileen se encolheu visivelmente.

— Sinto muito — desculpou-se ela, quase sussurrando, sem dar bola para todos os alunos que estavam ouvindo.

— Não, eu não quis dizer... é que faz muito tempo que... nós não nos vemos, só isso.

Eileen se inclinou e segurou a mão de Charlie.

— Foi errado eu me afastar de você, de Jake e de seu pai daquele jeito. É que eu fiquei tão... desnorteada. E estava tendo problemas com meu... Bom, deixe pra lá, você não quer ouvir tudo isso agora. — Ela retornou à posição inicial. — Eu trabalho como secretária-executiva do reitor de admissões, e, bem, ouvi falar que você estava no campus hoje, então pensei em passar para dar um oi...

— Silver! — A voz de Todd a atingiu com força. — Chega de fofocar, venha já pra cá!

Na quadra, Dan alongava os músculos das pernas enquanto Todd andava de um lado para o outro. Ela levantou o indicador.

— Vá, não quero interromper. Eu... Eu só queria dizer oi e parabenizar você pelas suas conquistas incríveis. Sua mãe teria... — Eileen parou de falar, como se se lembrasse de que na verdade não tinha o direito de invocar a mãe de Charlie depois de se afastar da vida deles logo depois da morte dela. — Enfim, boa sorte hoje.

— Silver! Agora!

Charlie pressionou a mão contra a grade e tentou como pôde sorrir para Eileen.

— Desculpe, tenho que correr.

— Não, claro, pode ir. Preciso voltar ao trabalho, mas foi... foi *muito* bom ver você, Charlie. De verdade.

Charlie se virou para acenar mais uma vez enquanto corria de volta para a linha de base, mas Eileen já tinha sumido na multidão. Charlie pegou uma bola de baixo da saia, jogou-a para cima e mandou-a no *forehand* de Dan. Ela se sentiu meio ridícula por ter trazido o parceiro de treino para uma partida universitária beneficente, mas Todd insistia que aquele dia não deveria interferir no cronograma de treinamento dela. Isso significava que haveria um treino oficial completo depois da partida de exibição. Ela tentou não pensar em como ficaria dolorida após quatro horas de tênis direto. Em vez disso, se concentrou em soltar os músculos e aquecer braços e pernas. A plateia comemorava com "uuuh" e "aah" quando Charlie acertava bolas altas (Dan era gentil e mandava *lobs* fáceis) e se esticava para dar voleios *lobs*. Em seguida, enquanto tomava um pouco de água na lateral da quadra, sua adversária chegou.

Charlie se levantou para se apresentar à moça, uma chinesinha fenomenal que era a atual número um da UCLA, mas Todd cravou a mão em seu pulso.

— Espere que ela venha até você — disse ele entredentes.

— Sério? — perguntou Charlie, observando a garota acenar para os amigos. — Ela é uma criança.

— Ela é sua adversária, e você precisa praticar tratá-la como tal — grunhiu ele. — O que você é, a porra de uma debutante ou uma atleta?

— Não dá para eu bater forte e ser simpática ao mesmo tempo? — perguntou Charlie. — É óbvio que vou acabar com ela. Gostaria de pelo menos fazer isso com educação.

Dan se afastou, balançando a cabeça. Por ser homem, seria incapaz de entender por que Charlie queria deixar a garota à vontade? Ou concordava com Charlie que Todd estava exagerando?

— Oi, sou Yuan. Muito obrigada mesmo por vir hoje. Minha tia tem câncer de mama, então estou especialmente honrada de jogar pela mesma causa que você. Fiquei muito feliz por ter aceitado o meu convite. — Yuan abriu um sorriso largo para Charlie, que não conseguiu evitar sorrir também.

— O prazer é meu — respondeu ela, com sinceridade em cada palavra. — Minha mãe morreu de câncer de mama quando eu tinha onze anos, então entendo a sua situação. Fico feliz por ter me convidado. — Charlie sentiu que Todd a encarava, mas o ignorou.

Todo ano, o tenista número um de simples da UCLA podia escolher uma instituição para o Jogo das Celebridades e convidar uma como adversário. Como estavam em LA, a maioria escolhia atores ou músicos que não jogavam lá grande coisa de tênis, mas quem não iria querer ver Bradley Cooper correndo pela quadra de short, sem camisa, suado, sorrindo e brincando com o público? No ano anterior, ela lera que Reese Witherspoon fora convidada a jogar. No primeiro ano que Charlie precisara escolher a celebridade, ela não hesitara nem por um segundo: Martina Navratilova gentilmente aceitara e, mesmo sendo trinta e cinco anos mais velha que Charlie, conseguira ganhar um *set* dela antes de Charlie batê-la nos dois seguintes. Tinha sido a partida mais emocionante de toda a sua vida, jogando contra uma lenda viva.

Charlie estava a anos-luz de Navratilova em termos de histórico e de experiência, mas esperava que Yuan se sentisse, ainda que só um pouquinho, do mesmo jeito.

— Não a deixe ganhar mais do que um *game* em cada *set* — sussurrou Todd em seu ouvido enquanto Charlie ajustava a faixa na cabeça.

— Não vou "deixar" ela ganhar nenhum *game* — retrucou Charlie.

— Levar uma bicicleta é humilhante.

— Não tanto quanto alguém te dar um *game* de bandeja.

Ela ficou quase aliviada quando Yuan jogou com perfeição e quebrou um *game* seu no primeiro *set* e levou dois no segundo. A garota era pequena, mas valente. E os alunos iam à loucura torcendo pelas duas.

— Foi incrível, obrigada! — agradeceu Yuan quando se cumprimentaram.

— Suas rebatidas são perfeitas — disse Charlie. — Já pensou em se juntar a nós?

Yuan pareceu surpresa.

— Virar profissional? Eu? De jeito nenhum.

— Com certeza você é boa o suficiente para isso — disse Charlie, largando-se na cadeira na lateral da quadra, ao lado da rede. — Melhor do que eu era quando jogava aqui.

— Obrigada, é bom ouvir isso, mas eu quero me formar. Quero estudar medicina e algum dia voltar para a China para clinicar. Jogar tênis é ótimo, eu adoro, mas é um meio para um fim.

— Eu entendo — disse Charlie, sentindo-se subitamente estranha. Ela nunca sentia tanto por ter abandonado a faculdade quanto ao ver alguém escolher terminar o curso com confiança e determinação.

Todd se aproximou das garotas e deu um tapinha no ombro de Yuan.

— Bom jogo. Você provavelmente teria ganhado outro *game* de Charlie se tivesse se arriscado um pouco mais, principalmente com o seu saque, que é muito bom. Quando estiver jogando com alguém melhor, não pode só manter a bola em jogo. — Ele se virou para Charlie. — Você, por outro lado, foi preguiçosa! — disse ele, quase gritando. — Ficou só se arrastando na linha de base, e nós vamos resolver isso agora mesmo. Quero você na quadra seis em dez minutos para treinar. Mandei Dan buscar alguma proteína, mas nada de jantar até acabarmos.

As garotas observaram enquanto ele pegava a raqueteira de Charlie e saía da quadra.

— E é por isso que eu não jogo profissionalmente — riu Yuan.

— Ah, você se acostuma. Sem as várias horas de aulas todo dia, a gente tem muito tempo para treinar. Não é tão ruim — disse Charlie, embora soubesse que não era disso que Yuan estava falando.

— Obrigada de novo, de qualquer forma, e boa sorte no restante da temporada. Ficarei torcendo por você, com certeza!

Yuan abraçou Charlie e saltitou para fora da quadra, sem dúvida para tomar um banho quente e depois provavelmente se encontrar com os amigos para ir ao cinema, ou estudar, ou talvez até ir a um bar. Charlie a observou, melancólica.

Dan estava à sua espera na quadra seis com uma caixa do Starbucks. Dentro havia um ovo cozido, algumas fatias de maçã e um biscoito sem graça acompanhado de um sachê de manteiga de amendoim. Ela tomou primeiro o achocolatado de caixinha, sem nem se dar ao trabalho de usar o canudo, depois devorou o restante.

— Obrigada — disse ela. — Salvou minha vida.

— Às ordens. Eu ia pegar um *latte* pra você, mas Todd me daria um tiro.

Charlie deu uma gargalhada.

— É, provavelmente não vale o risco de assassinato. Mas obrigada por pensar nisso.

— Você estava ótima lá — disse Dan, indicando a primeira quadra. — Quer dizer, ah, seu jogo estava bem sólido, e eu acho que você fez muito progresso com...

O celular de Charlie tocou. O identificador de chamadas mostrava um monte de números aleatórios, o que significava que era alguém — qualquer pessoa — ligando do exterior. Charlie lançou um olhar de desculpas para Dan e atendeu.

— Charlotte? — A voz e o sotaque eram inconfundíveis, apesar de ela nunca ter falado com ele pelo telefone.

Dava para acreditar nisso? Em quase um ano? Só mensagens, e-mails e Snapchats, mas nunca uma conversa de verdade?

— Marco? — ela se ouviu perguntar, mas é claro que sabia quem era. Ao seu lado, Dan recuou. Ela sabia que estava sendo mal-educada. Afinal, o interrompera, mas era *Marco*. — Onde você está?

— Oi, oi. Estou ligando do Rio. Você está na Califórnia, né?

— Estou. Acabei de sair de uma partida de exibição em LA. Vou ficar aqui treinando até ir para Palm Springs...

Será que ele lembrava? Onde ficaram juntos pela primeira vez um ano antes, depois daquela garrafa de champanhe e de nadarem pelados? O tapete com padronagem ziguezague em frente à lareira? Café da manhã juntos no dia seguinte, no restaurante, porque estavam sozinhos e não tinham nada a esconder? Charlie se perguntou o que ele acharia do fato de ela ter agora uma consultora de imagem que estava louca para contar ao mundo que os dois estavam dormindo juntos só "pela repercussão".

— Pois é, eu liguei por isso. Pra te contar que precisei desistir de Indian Wells. Não vou ver você na semana que vem.

Dizer que Charlie ficou decepcionada era pouco — em sua cabeça, ela já havia preparado tudo para o repeteco, que se parecia muito com o primeiro encontro deles —, mas outra parte dela estava adorando saber que ele pensara em ligar antes que ela ficasse sabendo pelo resumo diário de notícias enviado pela ATP. Era pedir muito de um cara com quem vinha transando? Não exatamente. Ela meio que se odiou por ficar *agradecida* pelo fato de o cara com quem vinha dormindo ter ligado para ela pela primeira vez em um ano? Sim. Mas se lembrou de que isso é que era ser casual.

— Foi o ombro?

— *Sí*, um estiramento. Nada muito sério, mas os fisioterapeutas aconselharam duas semanas de descanso para não piorar a lesão.

— Ai, sinto muito. Você vai ficar aí no Rio?

— Não, volto para Madri hoje à noite para ficar com os meus pais. Mas queria confirmar: vejo você em Miami?

— Miami? Sim, claro. Miami. — Ela olhou de relance para Dan, que claramente estava tentando ouvir sem parecer que estava ouvindo.

— Charlotte? Muitos beijos para você. Preciso ir agora, mas queria dizer que estou com saudades.

Charlie agarrou o celular com tanta força que ele quase pulou de sua mão.

— Estou com sa... — Ela se lembrou de Dan no último segundo.
— Eu também — disse. — A gente se fala depois.

— Tudo bem, Charlie, não vou contar para ninguém — disse Dan, enquanto ela ainda encarava o celular, descrente.

— Contar o quê? — perguntou ela. — Não há nada pra contar.

Dan deu de ombros.

— Claro, se você diz... Caso não tenha percebido, eu viajo com você todos os dias da semana. Eu já sei faz tempo, e Todd também. Não somos cegos. Mas não é da minha conta. Eu só queria te tranquilizar: eu nunca abri, e nem vou abrir, o bico pra ninguém.

— Você está certo, não é da sua conta. O que quer que você ache que sabe, está enganado.

Dan levantou as mãos.

— Tudo bem.

Os dois observaram Todd se aproximando deles, o celular colado ao ouvido, parecendo extremamente descontente.

— Mexam-se! — gritou ele, e demorou um segundo para Dan e Charlie perceberem que era com eles que Todd estava gritando.

O treino que se seguiu foi brutal. Charlie mal conseguia se concentrar: a combinação do cansaço da partida que acabara de jogar com a ligação de Marco e o aborrecimento dela com Dan acabaram fazendo com que ela deixasse Todd ainda mais furioso do que o normal.

— Onde diabos você está com a cabeça? — gritou ele. — Você parece estar aqui, mas a sua cabeça, não. Onde está a sua concentração neste momento? No que está pensando, em fazer as unhas? Numas comprinhas? Numa limpeza de pele, talvez? Em comprar alguma coisa bonita? EU PRECISO QUE VOCÊ, CHARLOTTE SILVER, SE CONCENTRE, PORRA!

Charlie sentiu o rosto ficar vermelho. Ela tentou ignorar a multidão que se juntava em volta da quadra, todos ouvindo cada palavra que Todd gritava.

Dan treinou seu *backhand*. Por um segundo, ela pensou ter sentido uma pequena pontada no punho esquerdo.

— De baixo para cima! — rosnou Todd.

Foi assim por duas horas: Dan mandando bolas para ela; Todd gritando como um maluco demente; Charlie tentando desesperadamente movimentar direito os pés, virar os ombros, bater de baixo para cima, devolver, trocar a empunhadura, ficar com os pés leves, manter o olho na bola. Ela estava saltando na ponta dos pés junto à rede, tentando ser ainda mais agressiva no voleio do que normalmente era. Não podia descansar até acertar dez devoluções seguidas. Depois de meia hora, seu recorde eram seis. Dan mandou outro *smash* bem na linha, e Charlie nem encostou a raquete nela.

— Mas que merda! Onde está a sua cabeça? — gritou Todd da lateral. — Está cega? Bêbada? Ou só com preguiça?

Charlie sabia que não devia responder. Em vez disso, arremeteu nas três seguintes e conseguiu um *winner* na quarta.

— Isso conta? — perguntou ela, cambaleando até a lateral para pegar água.

— Volte para lá — resmungou Todd, pegando a garrafa de água antes que ela a alcançasse. — Você ainda não mereceu a sua pausa.

Charlie assentiu e correu de volta para a linha de base. Ela queria matar Todd, mas sabia que era isso o que ele fazia. Charlie conhecia o esquema: Todd gostava de desconstruir seus jogadores para depois reconstruí-los como vencedores. Campeões. Então, apesar de estar exausta, com sede e com vontade de sentar bem ali na quadra quente e chorar, ela voltou e se preparou de novo. Ela saltou, se deslocou e mergulhou, voltou para dar *smashes* cruzados pela quadra e depois correu para pegar deixadinhas. Por milagre, devolveu nove bolas na rede em sequência, e finalmente — finalmente! — não se apavorou num voleio relativamente fácil no *backhand*, colocando-o com mais elegância do que força, um lindo golpe que acertou o ângulo certinho e com perfeição.

Todd meneou a cabeça. Isso era o mais perto de uma aprovação que ele chegaria, mas, para Charlie, foi como se ele tivesse mandado escrever parabéns no céu.

— Mandei muito, muito bem, hein? — disse ela, cutucando-o com a cabeça da raquete. — Ficou impressionado, admita.

— Vou ficar impressionado quando você vencer Indian Wells na semana que vem e depois Miami. Até lá, quero você agressiva. Ainda está hesitando demais. Está batendo como uma garota.

— Eu *sou* uma garota — retrucou Charlie.

Todd lançou-lhe um olhar penetrante.

— Natalya não é nem remotamente masculina, e é a número um — disse Charlie, esforçando-se para acompanhar Todd enquanto saíam da quadra.

Dan os seguiu, carregando sua raqueteira e a de Charlie. Uma multidão de alunos a aplaudia enquanto ela saía da quadra, uma toalha jogada no pescoço. Filetes de suor escorriam da testa.

— Você sabia que ela está, tipo, entre as melhores do mundo? — comentou uma garota com a amiga, que parecia impressionada.

— Ela é muito gostosa — Charlie ouviu um cara meio que sussurrar para alguém, mas fez de conta que não escutou.

— Se você gostar de coxas masculinas — respondeu o amigo.

— Cara, ela vai te ouvir!

— O quê? Não estou falando nada que ela já não saiba. Cabelo legal, peitos bonitos, mas pernas grandes. Acontece.

— Seu amigo está certo — disse Charlie, bem alto, para o segundo cara. Ele parecia não ter mais de dezessete anos, com braços peludos e um cavanhaque ralo. — Eu estou ouvindo.

— Não dê bola para esses caras, Charlie, você é tudo de bom! — gritou uma voz de algum ponto da multidão que se abria para ela passar.

Charlie abriu um sorriso rápido de agradecimento, mas precisava correr para acompanhar Todd, que se dirigia aos vestiários.

— Natalya é durona e não deixa barato pra ninguém. É disso que eu estou falando — falou Todd quando se afastaram da multidão.

Agora estavam sozinhos, só os três, mas, ainda assim, Charlie percebia os alunos a encarando a distância.

— Eu trabalho duro noite e dia — disse ela, baixando a voz. — Não lembro mais quando foi a última vez que comi um cookie ou um hambúrguer ou quando saí para beber. Eu fico naquela quadra e naquela academia mais tempo que qualquer um que você possa...

— Não tenho problema nenhum com a sua ética de trabalho — cortou Todd. — É decente. E os seus golpes também estão quase lá. Não são perfeitos, mas você tem mais talento natural do que qualquer um pode querer, e aquele seu *backhand* de uma só mão é uma maravilha. O que você não tem, e que precisa muito ter se nutre qualquer esperança de chegar às superligas, é foco mental. Isso não é novidade. Eu te falei disso quando nos conhecemos. Você sabe o que quer, e eu não teria concordado em trabalhar para uma garota se não tivesse essa certeza, mas querer e *correr atrás* são duas coisas diferentes, porra. Preciso da Charlie impiedosa. Da Charlie brutal. Da Charlie que mata a mãe para ir ao baile dos órfãos. O meu trabalho é levá-la até lá. O seu trabalho é usá-la, e vencer com ela, depois que eu a criar. Acha que consegue fazer isso?

Tirando a parte de "trabalhar para uma garota", Todd nunca tinha sido tão elogioso. Charlie tentou não sorrir.

— Sim — disse ela. — Eu sei que consigo.

— Ótimo. Agora vá jantar e durma umas boas nove horas. Hoje, vou te deixar a cobertura de uma partida entre Ivanov e Azarenka de uns anos atrás. Quero que preste atenção principalmente em como as duas interagem enquanto estão se preparando para jogar, trocando de lado etc. Fica claro que uma quer matar a outra, e eu acho que isso é uma bela inspiração. Quero você na academia amanhã às sete e meia em ponto.

Ele se afastou sem se despedir de Dan ou de Charlie.

— Ei, quer comer alguma coisa? Eu estava lendo sobre um lugar ótimo que serve *lamen* pertinho do campus, e prometo não contar para o Todd...

Parecia interessante — o restaurante, a comida, a companhia de Dan —, mas ela não podia aceitar. Estava com aquela sensação estranha de inquietação que tinha quando perdia uma partida ou tomava um *espresso* duplo, desconfortavelmente agitada e exausta ao mesmo tempo.

— Ou também posso ser persuadido a ir até o In-N-Out, em Westwood. Quer dizer, nunca é uma má ideia.

Charlie encarou Dan.

— Na verdade, acho melhor deixar para outro dia. Vou só comer no quarto e dormir cedo. Não quero passar mal por causa de alguma bobagem...

— Claro... é... sem problema — disse Dan rapidamente.

— Desculpe, eu só... Eu só preciso...

— Está tudo bem. Mesmo. Tenha uma boa noite. — Ele se virou imediatamente para ir embora, mas lembrou que estava carregando a raqueteira dela. — Ah, aqui. Você quer que eu deixe isto no seu hotel? Não é trabalho nenhum.

— Não, não precisa mesmo, mas obrigada. — O constrangimento era palpável.

Charlie acenou enquanto Dan se afastava rapidamente, sentindo-se ao mesmo tempo culpada e aliviada.

Ela ia para o vestiário quando se lembrou de que estava livre, leve e solta e que ficaria mais feliz mergulhada na banheira do luxuoso quarto de hotel. Eram pouco mais de cinco quilômetros do campus até lá e, embora Charlie tivesse planejado ir andando pela Wilshire Boulevard e talvez fazer um desvio para ver as vitrines na Rodeo Drive, mudou de ideia e chamou um Uber. No hotel, entrou no restaurante para pedir que levassem uma salada até o seu quarto e imediatamente trombou com Brian, seu ex-namorado da faculdade.

— Charlie Silver — disse ele. Não foi uma pergunta nem uma afirmação, mas uma declaração.

Ele não estava com botas de caminhada, colete de lã ou aquelas calças cargo cáqui que viravam bermuda. Nada de barba sexy por fazer nem de cabelo comprido. Nem o perfume era o mesmo: Charlie não conseguiu detectar nem vestígios de pinho defumado, como se ele tivesse acabado de combater um incêndio na floresta. Em vez disso, aquele homem usava terno. E não qualquer terno, mas um sob medida, capaz de fazer bonito nas ruas de Paris ou de Barcelona. Estava barbeado e em boa forma e, apesar de não haver uma única ruga ao redor dos olhos verdes, parecia mais velho, mais maduro.

— Brian.

Ela não ficou nada surpresa em vê-lo, e nem sua nova aparência distinta foi um choque. Ele nunca atualizava a conta do Facebook, que Charlie soubesse, e obviamente ela olhava de vez em quando, mas costumava postar fotos no Instagram, que, claro, ela seguia. Ele também mantinha contato com Piper, então Charlie já sabia que ele vinha sempre a LA para recrutar alunos no campus, que estava morando em Chicago e que recentemente fora morar com a namorada, que parecia sósia da Jenna Bush. E, apesar de saber tudo isso, hoje era a primeira vez que ela o via desde o verão depois do primeiro ano de faculdade. Brian sorriu.

— O que está fazendo aqui? Seu pai não mora em Topanga?

Charlie sentiu as bochechas ficarem vermelhas. Naturalmente, sentia-se culpada por ficar hospedada num hotel, e não na casa do pai. Ainda mais com Brian falando isso logo de cara.

— Ah, eu tive uma partida de exibição hoje, sabe, e a faculdade ofereceu pagar pelo meu quarto para eu não ter que dirigir à noite... Eu estava indo tomar banho...

Só então ela se lembrou de que ainda estava com as roupas de treino ensopadas de suor e deu um passo atrás, para o caso de estar fedendo. Claro que ela não daria de cara com um ex usando roupas de verdade. Não, tinha de estar coberta dos pés à cabeça por panos empapuçados de suor e com o cabelo seboso preso num coque bagunçado. Com um calombo vermelho de algum tipo de acne tardia. E provavelmente mau hálito.

— Você está ótima — disse Brian automaticamente, porque não tinha como estar sendo sincero.

— Pareço a Courtney Love na balada. Talvez pior — disse Charlie.

Brian riu.

— Você tem tempo para um drinque rápido, um café, algo assim? — Ele deu uma olhada no relógio. — Tenho um jantar às nove, mas até lá estou livre.

Ela congelou por um segundo. A última coisa que Charlie queria era bater um papo furado com ele ou, pior, ouvir Brian falar da nova namorada. A banheira estava chamando por ela lá no quarto, assim como o jantar debaixo das cobertas na companhia da HGTV.

Brian deve ter percebido sua hesitação.

— Ah, só quinze minutos. Pelos velhos tempos.

Ela não conseguiu pensar numa desculpa a tempo — claramente não ia a lugar nenhum vestida daquele jeito — e fazia uma eternidade que os dois não se viam.

— Mas só quinze minutos, depois preciso mesmo subir — concordou Charlie. — Vamos sentar aqui?

O garçom veio até a mesa. Charlie pediu uma soda com uma rodela de limão, e Brian, timidamente, pediu uma limonada rosa batizada.

— Com um guarda-chuva, se possível — complementou Charlie. — Ele adora esses guarda-chuvas.

Essa piada interna não foi nem de longe tão constrangedora quanto o resto, mas foi seguida por um silêncio desconfortável.

— Então... — disseram os dois ao mesmo tempo, e riram.

— Então... parabéns por tudo. Sério, Charlie, o que você tem feito é incrível. Em que posição está agora? Top 20? Top 10? É mesmo excelente.

Charlie tentou não parecer contente demais.

— Ah, obrigada. É ótimo conseguir chegar ao top 20, com certeza. Eu me machuquei em Wimbledon no ano passado, e o caminho de volta tem sido longo. Contratei um novo treinador, e ele me colocou num programa totalmente novo. Então, espero que as coisas andem na direção certa.

— O antigo treinador de Eversoll e de Nadal, não é? Você não é a primeira mulher com quem ele trabalha? Bem impressionante.

Então ele estava acompanhando a sua carreira. Interessante.

— Como está se sentindo? — perguntou Brian. — A lesão, quero dizer — complementou rapidamente. — Já está cem por cento?

— Sim, acho que sim. Fisicamente, tudo recuperado, como manda o figurino. Mentalmente, tudo é mais difícil. Não quero hesitar cada vez que me esticar, deslizar ou fizer uma mudança brusca de direção, então é uma questão de aprender a confiar que está mesmo tudo bem, que estou nova em folha. Estou cem por cento com relação ao punho, mas o pé ainda me dá medo às vezes. Coisa da minha cabeça. — Ela estava prestes a perguntar a Brian que tipo de trabalho o trouxera a LA, mas ele se inclinou para a frente, naquela atitude de ouvinte ativo que sempre fora seu forte.

— Como é estar no circuito de verdade? — perguntou ele. — É glamoroso como parece para nós, meros mortais?

Mil pessoas diferentes já haviam feito aquela mesma pergunta mais de mil vezes, e ela sempre dava respostas parecidas, meio padronizadas: *É puxado, mas eu adoro; trabalho duro, jogo duro; as viagens têm um preço, mas poder praticar um esporte que eu amo todo dia vale muito a pena.* Mas alguma coisa na forma como Brian franziu a testa, se concentrando e olhando para ela, obviamente à espera de uma resposta sincera, a fez pausar.

— Pode ser difícil — disse ela, calma. — É um hotel diferente toda semana, a gente nunca se sente em casa. Eu não tenho o que se pode chamar de vida normal, sabe? Provavelmente a parte mais difícil é ficar longe das... pessoas de quem eu gosto. Não vejo o meu pai tanto quanto gostaria, e não é fácil manter contato com os amigos. Com certeza pode ser... bom, graças a Deus Jake viaja comigo boa parte do tempo agora.

— Aposto que é mesmo difícil — assentiu Brian.

— Não estou reclamando, espero que não soe assim. É que, às vezes, é difícil conseguir me aproximar das pessoas, porque não tenho controle nenhum sobre a minha agenda. Posso passar duas semanas num torneio, se estiver vencendo, ou posso sair no primeiro dia. Tudo é em cima da hora e, com isso, é simplesmente impossível planejar qualquer coisa com antecedência. Mas, no momento, está tudo ótimo. Estou começando a sentir que tudo está se encaixando.

O garçom trouxe as bebidas.

— Aos reencontros — disse Brian, levantando um brinde. — É bom vê-la, Charlie.

— Você também! — respondeu ela, um pouco mais animada do que pretendia, e brindou. — Eu aqui tagarelando sem parar, e você ainda não me contou nada. Você está em Chicago agora, né?

— Estou. Eu me mudei para lá há alguns anos. Os invernos não são fáceis, depois de ter morado em LA, mas estou me adaptando.

— Você se mudou para lá por causa do trabalho?

— Foi. Eu trabalho para um grupo de consultoria ambiental. Ajudamos as empresas a ficarem mais ecológicas, e, na verdade, estou em LA para fazer entrevistas preliminares com formandos. Nós contratamos um punhado de graduandos todo ano. A UCLA tem um programa tão bom que a empresa vem contratar aqui.

— Você virou um engravatado, hein, Brian! Uma versão ecológica, mas, mesmo assim... O Brian maconheiro fã de Phish de dezenove anos nunca acreditaria nisso.

Ele riu.

— Eu estaria mentindo se dissesse que não acendo um baseado de vez em quando, mas agora não é mais tão frequente. Minha namorada não gosta. Nem de Phish. Nós ouvimos principalmente cantores-compositores torturados pelo amor e *country* alternativo. Somos clichês ambulantes.

— Acontece — disse Charlie, dando de ombros. — Me conte um pouco sobre ela. Como se chama?

Brian ergueu o olhar para verificar se Charlie não estava com um ar sarcástico ou irônico. Satisfeito, ele começou a falar; mas, logo que começou, Charlie já queria que parasse.

Ela saiu do ar enquanto ele descrevia Finley, e como o encontro dos dois fora pura coincidência, e como se deram bem quase instantaneamente. Quanto mais animado Brian ficava, menos palavras Charlie processava: enfermeira, presos no elevador, Santa Fé, cachorro grande (ou pequeno?) com nome irritante de tão fofo, cinco irmãos e irmãs, maratonas. Não tinha lá grandes nuances, mas era muito mais do que Charlie precisava para criar uma imagem mental de uma Finley (*Finley?*) esportista, com cabelos loiros curtos, mantendo a calma presa num elevador quando chegava em casa depois de uma corrida com o cão boiadeiro-bernês (*dachshund?*) para um *brunch* repleto de irmãos parecidos, que haviam levado aveia caseira, torradas e outras comidas cheias de carboidratos que Finley podia comer pelo resto da vida e nunca engordar. Ah, e ela era uma atriz pornô na cama, mas do tipo privado, claro, daquelas garotas que adoram e querem sexo o tempo todo com o homem com quem estão comprometidas e mais ninguém, porque ele foi o único que a fez se sentir à vontade o suficiente para acessar a deusa do sexo que havia secretamente dentro dela. Estava tudo ali, amarrado com uma bela fita, fazendo Charlie subitamente desprezar essa garota que nem mesmo conhecia.

— Ela parece mesmo ótima — disse Charlie, sem um pingo de inflexão na voz. Ela não estava exatamente com ciúmes, apenas entediada, cansada e querendo fugir dali.

— É, é sim.

— Isso é ótimo — murmurou Charlie.

Eles acabaram as bebidas. Charlie sentia ter feito um trabalho bom, se não espetacular, fingindo interesse no restante da conversa, que fora basicamente um download de informações sobre as famílias dos dois. Quando Brian, educadamente, perguntou se ela queria mais alguma coisa, Charlie precisou se controlar para não correr direto para o seu quarto sem dizer nem mais uma palavra. O adeus deles foi artificial, do tipo em que cada um empurra o outro sutilmente enquanto se abraçam pela metade, e foi só quando as portas do elevador se fecharam, envolvendo Charlie em um abençoado silêncio, que ela finalmente expirou. A ansiedade voltou por um breve instante quando encontrou pendurada em sua maçaneta um saco plástico com dois DVDs — a fita que Todd prometera de uma partida hiperagressiva entre Ivanov e Azarenka que ela deveria memorizar —, mas Charlie a atirou de lado e foi preparar o banho.

Ex-namorados são melhores no Instagram do que na vida real, pensou enquanto se despia e entrava na água quente da banheira.

O celular apitou.

Foi ótimo te ver hoje.

Será que ele queria mesmo dizer aquilo? Não com todos os silêncios constrangedores, o excesso de informações e os abraços estranhos. Sem falar na inimitável Finley, que aquecia sua cama e abrilhantava sua vida.

Você também!, digitou ela.

Outra notificação. Ela estendeu a mão até a pia para silenciar o telefone, mas, dessa vez, não era Brian.

Oi, linda! Que dia vc vai pra miami? Quero estar lá te esperando...

Sorrindo como uma idiota, Charlie se forçou a desligar o celular sem responder. Quase conseguia ouvir Todd dizendo para ela agir como uma vencedora, e não como um cachorrinho vira-latas. Tudo bem, então. Deixaria Marco imaginando o que ela estaria fazendo e responderia pela manhã. Infantil? Sim. Eficiente? Sem dúvida.

Ela afundou no banho, a água quente cobrindo seus ombros, e imaginou seu reencontro com Marco. Ele podia não ter respondido ao seu convite tarde da noite na Austrália, mas lhe encaminhara aquele vídeo do *Saturday Night Live* que viralizara na semana passada, não foi? E, quando ela respondera que achara o vídeo hilário, ele escrevera *bj*. Claramente não era coisa do naipe de Shakespeare, mas pelo menos ele também estava pensando nela. Talvez até tenha tido uma epifania parecida: os dois eram ótimos juntos, o sexo era sem dúvida fantástico, eles entendiam os compromissos e as limitações de tempo um do outro, e tinham o tênis em comum. Outras pessoas famosas conseguiam namorar — Natalya e Benjy, por exemplo. Contanto que fossem disciplinados o suficiente para manter o foco e as prioridades, o que ela tinha certeza absoluta que os dois eram, por que não podiam ter um relacionamento?

Quem é Brian, mesmo? Ela fechou os olhos e inalou o perfume da vela de lavanda que acendera e colocara ao lado da banheira. *Ele é todo seu, Finley, querida. Todo seu.*

9

a princesa guerreira não usa sapatilhas

MIAMI
MARÇO DE 2016

Quando Charlie passou pela porta de comunicação, de volta ao seu quarto no Four Seasons Miami, ficou surpresa ao ver Jake completamente vestido e alerta sentado em sua cama. A menos que tivesse algum compromisso importante, ele tentava não levantar antes das oito. Ou, melhor ainda, das nove.

— Está tudo bem? — perguntou ela, pensando imediatamente no pai. — É o papai?

— Ele está bem, todos estão bem. Quer me dizer onde você estava às seis da manhã? Não parece estar vindo da academia, isso eu posso dizer.

Charlie deu uma olhada para baixo: ela estava com um short minúsculo, adornado com pequenas rosas bordadas, um daqueles blusões de ioga largos que ficam sexy com o ombro de fora e são mais compridos atrás, e um par de chinelinhos Ugg. Qualquer um poderia ver facilmente que ela não estava de calcinha nem de sutiã. Em três passos, chegou ao banheiro e pegou o roupão que estava pendurado atrás da porta.

— Não é da sua conta! — disse ela, amarrando o roupão na cintura. — Por que não me diz por que entrou de fininho no meu quarto assim de madrugada?

— Você perdeu o teste de drogas — respondeu Jake, passando a mão pelos cabelos. — Eles esperaram durante vinte minutos, embora não tivessem nenhuma obrigação de fazer isso, e foram embora. Ligaram no meu escritório para avisar, e o meu escritório me ligou.

— Merda — Charlie desabou na cadeira da escrivaninha.

— Dessa vez é só uma advertência, Charlie, mas, na próxima, você será automaticamente suspensa, não importa o resultado.

— Não acredito nisso! Quais as chances de eles escolherem justamente hoje?

— As chances? Eu diria que eram bem altas. Estamos em Miami! Você acha que os examinadores prefeririam aparecer às seis da manhã no Catar ou na Flórida? Quer dizer, fala sério, Charlie.

Ela deu um tapa na própria coxa. *Burra!* Na empolgação de pular na cama de Marco, ela se esquecera completamente da janela de uma hora que tinha dado aos fiscais do *doping* para o teste.

— Chega de sair escondido. Faz tempo que eu sei que você está dormindo com alguém, por que não me conta de uma vez quem é? Tenista? Treinador? Não é aquele seu parceiro de treino, é? Ele é uma graça.

— Dan? Ele é uma criança.

— Ele é dois anos mais novo que você, isso não é nem de longe um escândalo. Quase não é um babado. Está me dizendo que você não percebeu que ele tem uma barriguinha de tanquinho de tirar o fôlego? Esse detalhe simplesmente passou batido por você?

Não tinha passado batido, na verdade. Dan era magro demais para o seu gosto, e um tiquinho mais baixo que ela, mas os músculos abdominais compensavam tudo isso. Sem falar nos dentes perfeitos e no sorriso lindo e fácil.

— Dan é bonito, sim — concordou Charlie. — Mas ele mal abriu a boca nos poucos meses em que estamos trabalhando juntos. Ele manda as bolas para mim, diz "sim, senhor" para Todd e depois se manda da quadra no instante em que o treino termina. Tenho certeza de que ele é uma pessoa bem legal, mas não estou dormindo com o Dan.

Jake suspirou, exasperado.

— Mas todos nós sabemos que você está dormindo com alguém. Quem é? Leon? Paolo? Victor? É o Victor, não é? Ouvi dizer que ele terminou com a namorada. Ele me lembra o Brian, todo aquele jeito meio hippie.

Charlie sorriu. Estava gostando daquilo.

— Só para você saber, Brian foi de hippie a caretão praticamente da noite para o dia. Acha mesmo que o Victor faz o meu tipo? Eu devia ficar ofendida. Principalmente porque estou tendo um lance muito divertido com o Marco.

Ela esperou, quase prendendo a respiração, empolgada para ver a reação de Jake. Ele a encarava.

— Marco? Que Marco?

— Quantos Marcos você conhece, Jake? Caramba, pense um pouco.

— Marco Acosta? Ele não é o massagista do Leon? Ou ele trabalha para o Raj agora? Não lembro.

— Jake! — Ela deu um soco no braço do irmão.

Ele franziu a testa.

— Tem o empresário do Roger, mas eu achava que o nome dele era Marcello. Eu o vejo às vezes nos torneios. Ele não é casado?

— Que vontade de te matar!

— Fale quem é.

— Eu não devia precisar falar, isso é ridículo.

— O que é ridículo é você estar dormindo com o empresário casado do Roger e ele ser o quê? Vinte anos mais velho? Mais?

— Marco Vallejo, idiota.

O queixo de Jake caiu.

— Marco *Vallejo*? — murmurou.

— Ele mesmo. O que foi? É mesmo tão difícil acreditar que ele dormiria comigo?

— É!

— Obrigada, você sabe como fazer uma garota se sentir bem.

— Não acredito! Você está tendo um caso com *Marco Vallejo*?

— Tudo bem, você está começando a me ofender. Ou é nesta parte que você me conta que também está dormindo com ele? Você não imaginou sempre que isso ia acabar acontecendo? Que um dia desses nós iríamos acabar querendo o mesmo cara...

Ele finalmente fechou a boca.

— Eu dormiria com ele num segundo, quem não dormiria? Mas, não, sinto informar que não estou...

— Bem, eu estou! Acabei de dormir, na verdade. — Charlie sorriu diabolicamente.

— Ai, meu Deus, ele é espetacular. Era ele o tempo todo? Aquele com quem você dava suas escapadas, achando que ninguém percebia? Como você *não me contou*?

— A primeira vez foi no ano passado, depois de Indian Wells, mas...

— Ano passado?

— Lembra quando eu fui para Palm Springs sozinha uma noite? Ele estava lá também, e, bem... então. Depois, nos vimos aqui e ali...

e então de novo na Austrália. É tudo muito casual. Você sabe como é o calendário dos torneios, e agora é vezes dois. Mas certamente não é nada oficial.

— Para mim, parece que é alguma coisa.

— Sim, bom, é... aberto. Casual.

— Isso é o que você diz. Tipo, disse quinze vezes agora. E você está de boa com isso? Estou achando difícil de acreditar.

Charlie pensou no assunto.

— Eu não diria que é minha primeiríssima opção, entrar e sair escondido do quarto de hotel um do outro como se estivéssemos traindo alguém, mas, por enquanto, tudo bem. E as coisas parecem estar progredindo um pouco, na verdade. Não me entenda mal, não acho que estamos a caminho do altar, mas ele está começando a agir como se gostasse um pouquinho mais de mim do que de todas as outras garotas com quem pode ou não também estar dormindo.

— Isso é mesmo lindo.

— Não me julgue, Jake! Você é testemunha em primeira mão de que relacionamentos normais são praticamente impossíveis para mim. Qual é a *sua* desculpa, por falar nisso? Sério, já que o assunto é esse, por que você é o único cara gay celibatário que eu já conheci na vida?

— Charlie... — A voz dele soou grave, ameaçadora.

— Não, de verdade. Faz quanto tempo que você chegou com o Jack em casa? Dois anos? E o que tem acontecido na sua vida amorosa desde então? Um monte de nada. A menos que você seja um tipo de MVP secreto no Grindr e eu não esteja sabendo, me parece que você não tem o direito de falar nada. Para alguém que diz querer *filhos* um dia, você tem muito a fazer no quesito romance.

Jake ergueu a mão.

— São duas coisas completamente diferentes. Eu saio com caras, só não acho que precise te contar cada primeiro encontro ruim que eu já tive. Sim, estou à procura de um relacionamento sério, e acontece que isso é tão fácil de se achar no mundo dos gays de vinte e poucos anos quanto no das tenistas profissionais. Mas estamos fugindo do assunto aqui. Quem mais sabe?

Charlie parou para pensar.

— Não acho que ele tenha contado para alguém, e eu com certeza não contei. Só para Piper. E Todd, mas não tive opção. Ah, e Dan também. E agora você.

— Você contou para o *Todd*, e não para mim?

— Ah, cresça, Jake. — Charlie apertou o roupão, curtindo a situação mais do que imaginava. — Na verdade, Marco perguntou se eu queria ir com ele à festa dos jogadores hoje à noite. Interessante, não?

Jake desabou na cadeira da escrivaninha, como se tivesse levado um tiro.

— Mentira.

— Não é, não. Ele acabou de me perguntar, enquanto eu estava saindo.

— E o que ele disse, exatamente?

— "Charlie, você quer ir à festa dos jogadores comigo hoje à noite?" Foi bem direto.

— Ai, meu Deus. E você está pronta para isso?

— Pronta para o quê? Eu ainda não aceitei, disse que ia confirmar por mensagem quando soubesse meus planos.

— Uau, estou surpreso. Você é melhor do que eu pensava.

Charlie sorriu.

— Obrigada. Admito que pensei que era ridículo fazer esse tipo de joguinho quando Piper sugeriu, mas esse teatro todo de bancar a difícil parece funcionar. Ele me quer mais, definitivamente.

— Piper é a rainha. Era. Mas você acabou de falar que todo esse esquema era casual e "aberto".

— Verdade. Mas acho que, se ele me pediu para ir à festa hoje com ele, é porque quer ir a público. E você é a primeira pessoa para quem eu contei isso.

— Estou em choque.

— Eu sei, e estou tentando não ficar ofendida. De qualquer maneira, acho que ir a público pode ser uma coisa boa. Obviamente Marco e eu temos muito em comum, a começar pela agenda. Talvez essa coisa com ele possa ser diferente.

— Ele *é* diferente, C. — suspirou Jake. — Ele tem um trilhão de vezes mais destaque do que qualquer um que você já namorou. Sim, ele parece um cara legal. Certamente não o tipo que se compromete com um relacionamento, mas vou acreditar em você nisso. Só espero que saiba no que está se metendo.

— Até você tem que admitir que o momento é perfeito.

Por fim, Jake abriu um esboço de sorriso.

— Para a mudança de imagem? É, isso seria ótimo. Estamos todos prontos para começar aqui, em Miami. Todd pode dar algumas entrevistas prévias para esquentar a imprensa, e eu estou conversando com a *Vogue*. *É mesmo* o momento ideal.

Houve uma batida à porta do quarto.

Jake olhou para Charlie.

— Seu amigo voltou para o segundo round? Ou seria o terceiro?

— Não seja *depravado*. — Charlie sorriu, caminhando nervosamente até a porta.

Duas garçonetes empurrando um carrinho do tamanho de uma mesa a cumprimentaram pelo nome e, numa sincronia tão perfeita que até parecia ensaiada, serviram duas xícaras de café, depois dois copos de água gelada, e removeram as tampas da baixela com um floreio.

Elas sumiram quase tão rápido quanto chegaram.

— Ele é mesmo eficiente — murmurou Charlie, espetando uma fatia de melão da bandeja de frutas.

— Todd fez isso? Como sabia que eu estaria aqui? — perguntou Jake, de olho na omelete de claras com cogumelos e espinafre.

— Não sabia, ele esperava que fosse Marco.

Ao ouvir isso, Jake fez que ia desmaiar.

— Ele manda o café da manhã para vocês dois?

— Manda. E providencia para que tenhamos quartos vizinhos. Acredite em mim: ninguém ficaria mais feliz de ouvir que vou à festa com Marco do que Todd.

Charlie comeu uma garfada de omelete.

— O que vou usar?

— Isso tudo está sendo resolvido. A estilista que Meredith contratou só chega amanhã, mas ela já mandou algumas opções ótimas para você experimentar. Eu já digo que o vestido Thakoon é o melhor. Você vai precisar começar a usar saltos altos. Nada muito exagerado, nada de salto agulha. Eu entendo, de verdade. Mas pelo menos um salto cinco ou sete.

— Nem a pau — disse Charlie, bebericando o café.

— Ah, vai ter que usar salto alto, sim. A Princesa Guerreira não usa *sapatilhas*.

— Peraí, podemos voltar à *Vogue* um minutinho? — interrompeu Charlie.

— Você é americana e gata e está começando a vencer. Eles querem uma entrevista.

— Por que agora? Eu estava vencendo antes de Wimbledon, mas ninguém parecia ligar muito. Não como eles ligam pra Natalya. — Charlie tomou um gole de seu café preto descafeinado e se perguntou se poderia pedir umas panquecas.

— Natalya é russa e linda e número um do *ranking*. Ela pode se sair melhor num tapete vermelho do que a Angelina Jolie. Só namora celebridades. É a rainha da controvérsia. E tem uma boa equipe trabalhando em cada detalhe. Ela é uma inspiração, Charlie, mas Todd e eu achamos que você pode se sair ainda melhor.

— Eu me recuso a ser uma rainha da controvérsia, você sabe disso. Só acho que não...

Jake ergueu a mão.

— Eu sei. Paz e amor. Ninguém está pedindo para você ser desagradável como ela, mas deve ser vista como mais forte. Mais durona. Tudo aquilo que temos conversado.

— Então você concorda com toda essa mudança de imagem da Meredith?

— Concordo, acho que foi muito bem-pensado. Você se mantém fiel à pessoa decente que é, mas se apresenta como uma lutadora. Uma guerreira. Você acabou de lutar para vencer uma lesão terrível, depois de uma cena e tanto na Quadra Central de Wimbledon, e achamos que o público vai devorar essa história. A Princesa Guerreira é o que eles querem.

Charlie sentiu algo se agitando dentro dela, um *frisson* de empolgação. Ou de pânico. Não sabia ao certo, mas precisava de um tempo.

— Vou botar você para fora agora. O carro vem me pegar em meia hora, e eu preciso de um banho.

— Eu vou te ver hoje à tarde, tudo bem? Estamos bem?

Charlie se dirigiu ao banheiro.

— Tudo bem — gritou ela sobre o ombro enquanto dava um saltito.

Ela se sentia muito bem, mesmo depois da discussão sobre o teste *antidoping*. Estava empolgada demais com a ideia da Princesa Guerreira chegando à festa dos jogadores de braços dados com o cara mais gato do circuito.

Estava gostando daquilo.

10

amasso no tapete vermelho

MIAMI BEACH
MARÇO DE 2016

— Charlie! Aqui, olhe para cá!
— Marco, vire para cá! Sorria!
— Charlie, o que você está usando? Charlie, aqui!

Charlie ouviu os gritos antes mesmo de saírem da Escalade do torneio em frente ao restaurante Zuma, em South Beach. Seguindo para o tapete azul que ia da rua até o restaurante, cercado dos dois lados por *paparazzi*, Charlie ficou satisfeita ao descobrir que se sentia como uma modelo na passarela. Jake acertara em cheio: o vestido preto Thakoon, de mangas longas, recortes nos ombros e abertura sexy nas costas, foi a aposta certa. Combinado com as sandálias de pele de cobra de salto sete que ela aceitara de má vontade, as pernas já longas de Charlie pareciam ter a metade da largura normal e o dobro do comprimento natural. Ela concordara em abrir mão do prático rabo de cavalo de sempre e deixar o cabelo solto, e até mesmo Todd aprovara as longas ondas escuras que desciam por suas costas. Marco segurou seu cotovelo e se inclinou para sussurrar em seu ouvido.

— Eu ia me desculpar por isso aqui estar parecendo um zoológico, mas acho que eles estão aqui por sua causa.

Um silêncio pairou sobre o caos de fotógrafos e espectadores quando todos repararam o óbvio: a boca dele estava extremamente perto do ouvido dela — *talvez encostando?* Estava rolando alguma coisa? Marco Vallejo e Charlotte Silver estavam *namorando*? Uma risadinha contida percorreu a multidão.

De repente, Charlie se deu conta de que Meredith talvez tivesse razão: a multidão iria à loucura se soubesse que ela e Marco estavam namorando. Ou ficando. Ou seja lá como quisessem chamar. Ele sugerira chegarem juntos, então certamente não era como se ele ainda quisesse esconder tudo... Talvez Meredith, Todd e Jake estivessem certos. Talvez fosse mesmo a hora. E, antes que mudasse de ideia, Charlie se virou para Marco, puxou-o pelo pescoço e encostou os lábios nos dele. Ela sentiu uma pontada momentânea de pânico, possivelmente de arrependimento — será que cometera um sério erro de cálculo? —, mas então Marco beijou-a com vontade.

A multidão foi à loucura.

— Eles estão se beijando! Está vendo aquilo?

— Ai, meu Deus, você sabia que eles estavam juntos? Eu não sabia!

— Quando *isso* aconteceu?

— Eles estão se pegando! Olha pra eles, é perfeito!

E disseram até mesmo:

— Já imaginou como serão os filhos deles?

— Já imaginou como os filhos deles vão acertar a bola, com esses genes?

O beijo terminou e eles sorriram um para o outro. Charlie pensou ter visto um olhar de admiração na expressão de Marco — talvez um vislumbre de aprovação pela ousadia dela? Charlie respirou fundo. Era uma noite perfeita de março em Miami: uma brisa leve trazia o perfume de flores tropicais e do oceano, o céu estava pintado em tons rosados e laranja, enquanto o sol se punha atrás de uma fileira de palmeiras que balançavam ao vento. O calor da mão de Marco nas costas dela era maravilhoso. Ela olhava em volta, tentando saborear aquele momento, mas Isabel, a relações-públicas da Women's Tennis Association, apareceu para resgatá-los.

— Sigam-me, vocês dois — disse ela. Aquilo que Charlie via era um sorriso? *Sim, certamente era.* Isabel estava claramente fascinada.

Os espectadores continuavam a assobiar e a gritar enquanto Charlie e Marco, agora de mãos dadas, seguiam pelas altas portas duplas. Não que o festival de queixos caídos tivesse terminado: quase todos que estavam do lado de dentro tinham se dirigido à entrada, para saber o motivo de toda aquela comoção.

— Oi — cumprimentou Jake, caminhando na direção deles. Seu sorriso era inconfundível.

— Jake, você já conhece Marco Vallejo, né? Marco, este é meu irmão, Jake Silver.

As sobrancelhas de Marco se franziram adoravelmente.

— Olá, irmão da Charlotte.

— Vocês dois se conhecem? — Charlie se virou, olhando inquisidoramente para Jake, mas ele estava sorrindo como um adolescente apaixonado.

— Bom te ver, cara — disse Marco.

— Charlie, você está deslumbrante! — elogiou Isabel. Efusivamente. Euforia era uma qualidade boa numa relações-públicas, e Charlie sempre gostara mais dela, de toda a equipe, mas a garota parecia ter enlouquecido. — O que você está usando? Vestido, sapatos, joias? Vão me ligar a noite toda perguntando...

Alguns dos jogadores haviam se aproximado de Marco e o puxaram para o bar, onde ele estava agora no meio de um círculo de homens gigantescos e lindos, já contando uma história divertida. Quando flagrou Charlie olhando para ele, revirou os olhos e mostrou aquelas covinhas maravilhosas. Ela precisou se controlar para não correr até lá.

— Charlie? O vestido?

— O quê? Ah, desculpe. Sim, o vestido é Thakoon, é assim que se pronuncia? E os sapatos são Louboutin — disse ela, tentando não errar a pronúncia.

Isabel sorriu.

— Eu sei, fico perdida se não for feito de Drymax — disse Charlie.

— Você está ótima, C., fico feliz que tenha usado esse — disse Jake, olhando-a de cima a baixo.

Isabel assentiu com vigor, concordando com ele.

— Ouvi dizer que foi tudo bem com a *Vogue* hoje. Eles são incríveis, não são? Tão profissionais!

— Sim, bem, eles definitivamente entendem dessa coisa de moda — respondeu Charlie.

A sessão de fotos, mais cedo, tinha sido muito divertida: boa música, roupas legais, um fotógrafo bonito e uma equipe de pessoas apaixonadas à sua volta cuidando do cabelo e da maquiagem e escolhendo roupas e acessórios, o tempo todo dizendo como estava linda. Como não gostar? Além de Charlie, também havia outras profissionais do esporte: uma nadadora, uma golfista e uma jogadora de futebol; a matéria ia destacar como essas atletas (todas atraentes, todas loiras, exceto Charlie, e todas com menos de dez por cento de gordura corporal) ficavam ótimas nas saias/maiôs/chuteiras, mas podiam trocar os uniformes por tubinhos de seda de corte enviesado e voluptuoso ou por vestidos modelo sereia com miçangas ou vestidos de princesa cheios de frufrus e ficarem ainda mais atraentes. A sessão tinha sido mais glamorosa que a maioria das outras que Charlie fizera, nas quais costumava posar com roupas de jogo: saia, tênis, camiseta e munhequeira.

Normalmente, as únicas variáveis eram seu cabelo (solto, preso num rabo de cavalo ou trançado) e se estava segurando a raquete como se estivesse jogando ou deixando-a apoiada na perna, pouco abaixo da coxa elegantemente contraída. Ela havia feito essas sessões para revistas de moda locais, para a *Sports Illustrated* e para uma matéria legal na *GQ*, mas aquilo? Uma sessão para a *Vogue* significava nada de roupas de tênis, muita maquiagem e etiquetas famosas, editoras supermagras correndo de um lado para o outro em saltos altíssimos, nuvens de fumaça de cigarro e garrafas de champanhe. Parecia mais uma tarde divertida na casa de uma amiga fabulosa do que outra obrigação chata de trabalho.

— Então... Detesto me intrometer, e nem é da minha conta, claro, mas sabe como as pessoas são curiosas... — Isabel estava ficando vermelha, pobrezinha. Ela *realmente* detestava se intrometer, e esse era um dos motivos pelos quais Charlie gostava ainda mais dela. Uma relações-públicas não intrometida era difícil de se achar.

— Nós planejamos vir juntos hoje, sim — disse Charlie.

Isabel puxou uma mecha do cabelo castanho curto para trás da orelha.

— Entendi. Então, sem muito rodeio, seria correto dizer que vocês dois estão... namorando? Juntos? Só não sei muito bem o que dizer às pessoas quando perguntarem.

Jake abriu a boca, e Charlie sabia que ele faria algum comentário sobre sua chegada ao quarto do hotel no dia anterior. Ela lhe lançou um olhar ferino e virou-se para Isabel.

— Acho que ainda não definimos nada, sabe? Mas provavelmente é seguro dizer que estamos deixando rolar.

— Entendi — disse Isabel, assentindo vigorosamente. Seu celular vibrou e ela olhou para a tela. — Parece que a notícia já se espalhou. — A garota mostrou a tela para Charlie ler. A mensagem era de Annette Smith-Kahn, presidente da WTA, e dizia: *Silver/Vallejo? De verdade? Por favor, diga que sim.*

Todos riram.

— Ela está lá em cima agora com alguns VIPs do sul da Flórida — disse Isabel. — E posso garantir que está muito, muito feliz com vocês dois "deixando rolar".

— Acho que vou subir para dar um oi — disse Charlie. — Jake, vem comigo?

As duas horas seguintes foram um caos de felicidade. Charlie circulou e conversou com um punhado de funcionários da WTA, jogadores, as celebridades de sempre (todas as Housewives, Marc Anthony, Tiger Woods) e, claro, Marco. Eles eram tratados como realeza, o rei e a rainha do baile do palácio, e Charlie não podia negar que aquela estava sendo a festa de jogadores mais divertida de todas. Miami, historicamente, era melhor do que a maioria, mas em geral as festas tinham comidas saudáveis demais, música alta, fãs de tênis da região e os mesmos personagens de sempre. O comparecimento era obrigatório, afinal de contas, mas todos queriam voltar para o hotel, para uma boa noite de sono, o mais rápido possível.

— Tenistas podem ser lindos, mas não são festeiros — dizia Piper sempre que Charlie a arrastava para outro evento de jogadores.

Mas, hoje, apesar do nervosismo por causa da partida na manhã seguinte e da atenção ligeiramente exagerada, Charlie estava tendo uma noite incrível.

— Eu pedi meu carro — disse Marco, aproximando-se dela. — Quer ir embora comigo?

Os dois estavam sentados lado a lado em um banco, dividindo um prato de sashimi. Charlie estava bebendo Pellegrino, como sempre; Marco tinha tomado uma cerveja quando chegaram e logo passara para água com gás.

— Chegando e indo embora juntos? — flertou Charlie. — O que as pessoas vão pensar?

— Não ligo para o que elas pensam — disse ele rispidamente, e Charlie sentiu um frio na barriga.

Ela fez os cálculos. Já passava um pouco das nove. Até se despedirem e voltarem pelo tapete vermelho e chegarem ao hotel, seriam dez horas. Mesmo uma visita rápida ao quarto de Marco levaria no mínimo uma hora, e ela sabia que precisaria de algum tempo sozinha relaxando em seu próprio quarto antes de conseguir pensar em dormir. Considerando que sua partida estava marcada para as nove na manhã seguinte, e já tinha pedido para ser acordada às seis, e de novo às seis e quinze, ela sabia o que precisava fazer.

— Sinto muito, eu adoraria, mas sou a primeira a jogar amanhã. Vou pegar uma carona com meu irmão para voltar para o hotel.

— Seu irmão? Isso não parece muito divertido. — Os lábios dele se curvaram em um beicinho infantil, e Charlie quase se inclinou para beijá-lo ali mesmo.

— Não, não é mesmo, mas você sabe o que vai acontecer se formos juntos.

Marco deslizou a mão entre o banco e a coxa de Charlie e a apertou.

— E como sei...

Ela suspirou. Esperou que ninguém tivesse ouvido, embora parecesse que alguns dos jogadores na mesa ao lado se viraram para olhar. Assim que Charlie se levantou para procurar Jake, Natalya apareceu. Estava com um vestido Thakoon idêntico ao de Charlie, mas num tom espetacular de fúcsia, e devia ter mandado ajustá-lo para aumentar o decote e mostrar mais as coxas. Os sapatos eram brilhantes, com salto pelo menos doze, outro tabu entre as jogadoras: estresse desnecessário nos arcos e nos tornozelos por causa de salto agulha? Ninguém se arriscava. Exceto Natalya.

— Charlotte! É você aí? Não te reconheci sem o floral de sempre. Como estamos *très chic*, não? Combinandinho! — trinou Natalya, seu sotaque russo mais forte que o normal.

Ela se virou para Marco e só faltou ronronar.

— Olá, querido. Está muito bonito, como sempre.

— Natalya, onde está o seu namorado? Ouvi dizer que ele pode ser transferido para Buffalo. Que chato, você deve estar arrasada. — Charlie usou o máximo de falsa simpatia que conseguiu.

Os olhos de Natalya se estreitaram até virarem pequenas fendas.

— É a vida de um atleta profissional, não é mesmo? Ir aonde mandam. Nem todas têm a sorte de estar transando com alguém que pratica o mesmo esporte que nós.

Charlie abriu um sorriso largo.

— É, eu definitivamente recomendo — disse ela. — É muito mais conveniente. Mas fico feliz que tenha conhecido o Benjy. Dizem que os jogadores de futebol são cabeças de bagre, mas ele parece mesmo um cara legal.

— Onde ele está hoje? — perguntou Jake, aproximando-se de Charlie. — Achei que estaria aqui, já que estamos na cidade dele.

Natalya se virou para encarar Jake.

— Acha que ele ia querer vir a outra dessas festas? Vou encontrá-lo mais tarde.

Marco entrou no meio do estranho trio.

— Senhoritas, Jake, hora de eu dar boa-noite — disse ele.

Beijou o rosto de Natalya e, em seguida, deu um beijinho no canto da boca de Charlie.

— Essa deve ser a sua deixa também — disse Natalya para Charlie, acenando efusivamente. — Vocês dois formam um casal muito fofo. Não poderia ter planejado melhor, nem se quisesse.

— O que você quer dizer com isso? — perguntou Charlie.

Mas Natalya já tinha se virado para cumprimentar um bando de universitários que estavam no circuito como parceiros de treino das mulheres. Dan havia sido convidado para a festa, mas, como sempre, declinara.

Jake puxou delicadamente o braço de Charlie.

— Tem certeza de que não quer voltar com o Marco? — perguntou ele.

— Absoluta. Eu jogo amanhã cedinho. Vamos.

Jake hesitou, e Charlie olhou para ele.

— Jake? Tem alguma coisa rolando, não tem? Quem é o alvo?

Ele bufou, e Charlie não evitou um sorriso. Seu irmão sempre ficava mais bonito em um dos ternos escuros ajustados com uma camisa branca aberta no colarinho. Não tinha uma beleza convencional como a de Marco, mas sua altura, combinada com a aparência obsessivamente certinha — barba bem-cuidada no corte da moda, bronzeado perfeito, cabelo meio longo aparado profissionalmente a cada vinte e um dias —, tudo isso o tornava atraente tanto para os homens como para as mulheres. Quando não estava trabalhando, Jake preferia jeans *skinny* com blusões de cashemere. Com óculos pretos grandes e um dos milhões de pares de tênis Nike vintage, ele parecia ser qualquer um, desde um gay modernoso de Chelsea até um jovem pai de Park Slope. Charlie se perguntou mais uma vez por que ele não estava namorando alguém incrível.

— Alvo? Que fofa, você, como se eu precisasse atacar alguém para levá-lo para a cama.

— Não foi isso que eu disse, mas, olha só, se é assim...

Charlie seguiu o olhar de Jake até Natalya. Ele a estava estudando com atenção, enquanto ela soprava beijinhos para os universitários fascinados que se amontoavam à sua volta onde e quando tivessem chance. Mesmo do outro lado do ambiente, era difícil não prestar atenção nela.

— Ela te faz pensar que as mulheres não são tão ruins assim, hein?

— Ah, pare com isso, Charlie! — respondeu Jake, irritado.

Ele partiu em direção à porta antes que Charlie pudesse dizer alguma coisa, e ela ficou tão surpresa quanto teria ficado se o irmão tivesse se virado e lhe dado um soco.

Nada irritava Jake, nunca. Certamente não Natalya Ivanov.

Os dois voltaram juntos para o hotel, em silêncio. Charlie esperou pacientemente que ele se desculpasse ou se explicasse, mas, quando entraram no saguão, ele resmungou que a encontraria no estádio no dia seguinte e desapareceu no elevador, sem esperar. Ela espiou o bar do saguão, esperando topar com Marco, apesar de saber muito bem que ele já estava no quarto, provavelmente dormindo, antes de ir para o próprio quarto e se despir. Programou o alarme do celular, confirmou na recepção a ligação para despertá-la, entrou debaixo das cobertas e apagou todas as luzes. Deitou-se de costas, perfeitamente quieta, braços e pernas esticados, palmas para cima, e respirou. Inspirou contando até quatro, depois expirou contando até quatro, até sentir o corpo inteiro começar a relaxar. A noite tinha sido ótima, melhor do que havia imaginado. Ela e Marco eram oficialmente um casal, pelo menos aos olhos do público. Inspira, expira. Seu novo treinador a tinha colocado nos trilhos para subir nos *rankings*, e parecia estar funcionando. Inspira, expira devagar. Sua adversária no dia seguinte seria difícil, porque, nesse nível, todas eram, mas Charlie sentia uma calma rara e plena confiança de que derrotaria a garota com constância e avançaria no torneio. Inspira, expira. Tudo estava se alinhando. Tinha chegado a sua vez.

11

BeDazzler a postos

KEY BISCAYNE
MARÇO DE 2016

A área de descanso dos jogadores em Key Biscayne ostentava um enorme pátio isolado por cordas, circundado por todos os lados por palmeiras e janelas gigantes. Vendo a luz do início da manhã que entrava, Charlie mais uma vez pensava em como tinha sorte de ter uma carreira que seguia o sol.

— Vejo que todos os meus homens estão esperando — disse Charlie, cumprimentando Dan e Todd com um meneio de cabeça e beijando Jake no rosto.

— Por que está olhando para o seu celular como um idiota? — gritou Todd para Dan, enquanto olhava para o próprio telefone. —

Leve a bolsa dela para o vestiário e diga ao atendente que estaremos prontos para uma sala de alongamento em dez minutos. — Dan pegou a raqueteira de Charlie e desceu imediatamente.

A área de descanso, normalmente lotada de jogadores e treinadores largados pelos sofás de couro olhando para celulares e iPads, estava praticamente vazia àquela hora: apenas Gael Monfils e seu treinador estavam sentados a um canto, bebendo o que parecia ser água quente e limão, e uma adolescente, que Charlie reconheceu como uma das *wild cards*, estava cochilando em uma *chaise longue*, de moletom e com um par de fones de ouvido Beats rosa-choque. As TVs de tela plana instaladas em quase todas as superfícies verticais mostravam principalmente quadras vazias. À exceção de algumas duplas de jogadores se aquecendo na quadra quatro e da adversária de Charlie começando a se alongar na quadra sete, estava tudo calmo.

— Ela chegou cedo — disse Charlie, indicando com a cabeça a adversária na tela.

— Você também chegaria se estivesse em setenta e tantos no *ranking*. Ela sabe que vai perder, mas se prepare: a garota vai lutar. Cuidado com as deixadinhas: ela tem uma habilidade surpreendente com elas — disse Todd, sem tirar os olhos do celular.

— Está se sentindo um pouco melhor hoje? — perguntou Charlie para Jake. Ele também olhava para o telefone.

Os aparelhos de Jake e de Todd apitaram.

— Estão prontas para nós — anunciaram os dois simultaneamente.

— Quem está pronta?

— A garota que Meredith enviou. Ela está aqui com tudo pronto. — Jake se levantou e colocou sua bolsa Jack Spade no ombro.

— Como assim... o quê?

Todd e Jake já tinham chegado à porta que levava ao vestiário feminino.

— O nome dela é Monique, e ela trouxe suas roupas novas e tudo de que vai precisar — disse Jake, segurando a porta para ela passar.

— Vocês podem por favor parar de falar grego? Eu concordei com uma estilista para me ajudar fora da quadra, e não para decidir o que devo usar para jogar.

— Não entendo muito de moda, mas até eu sei que isso aí não tem cara de Princesa Guerreira — disse Todd, apontando para a roupa dela. — Nem de nada interessante.

— É isto que eu tenho que vestir — respondeu Charlie, mostrando o vestido turquesa e cor-de-rosa sem manga e o short combinando. — Tenho mais dois conjuntos na bolsa, mais meias e tênis aprovados. Ou você esqueceu que o meu contrato exige isso?

— Já foi tudo resolvido — retrucou Todd.

Mais um apito no celular dele.

— Resolvido como? O que está acontecendo?

Charlie se levantou, mão no quadril. Como atleta patrocinada pela Nike, ela era obrigada, por contrato, a usar as roupas que a Nike fornecesse, na cor e no estilo escolhidos por eles. Ela podia fazer algum pedido de vez em quando, que eles normalmente tentavam acatar — solicitar um sutiã esportivo incorporado a uma camiseta em vez de uma camiseta que exigisse um sutiã separado, preferir vestido a saia e blusa, querer alças mais largas na regata em vez de alças finas ou, pior, manga curta —, mas essas eram basicamente suas únicas contribuições. Todas as mulheres patrocinadas pela Nike deviam usar diferentes variações das mesmas cores a cada torneio, e não havia muito que se pudesse fazer a respeito. Turquesa e rosa fluorescente não seriam as primeiras opções dela, mas, contanto que fossem confortáveis e servissem, e Charlie tinha de admitir que era sempre assim, há muito tinha parado de querer interferir mais.

— Monique é freelance e já vestiu todo mundo. Acontece que ela estava em Miami esta semana para uma sessão de fotos do *Harper's Bazaar* — disse Jake, mexendo em seu BlackBerry de trabalho. — A

Nike aprovou por escrito uma mudança de visual, e enviaram algumas opções por mensageiro hoje cedo. Eles estão dispostos a deixar você desobedecer à coordenação de cores em favor de mais publicidade. Monique está esperando lá dentro para montar tudo.

Jake escancarou a porta do vestiário, e Todd fez um sinal para Charlie entrar.

— Vá lá e faça o que ela mandar.

Charlie apresentou suas credenciais para o guarda e entrou no vestiário acarpetado no qual ninguém além das tenistas, nem mesmo treinadoras, fisioterapeutas ou amigas, podia entrar. Ela imediatamente se perguntou como Monique tinha conseguido essa façanha.

— Charlotte? Sou a Monique. Sim, estou vendo que você é mesmo alta, como disseram. Eu não tinha acreditado muito.

— Não tinha acreditado em quem? — perguntou Charlie.

Monique tinha tomado conta de toda a área de alongamento do vestiário. Havia uma arara portátil cheia de blusões com capuz, calças para aquecimento, vestidos, saias, regatas e camisetas de tênis. Ao lado, havia uma mesa dobrável transbordando com shorts, sutiãs esportivos, meias e várias faixas para a cabeça. E o mais estranho: absolutamente todos os itens eram pretos.

— Seu treinador. Seu irmão. *A Wikipedia*. Um metro e oitenta? Nem as modelos de hoje são tão altas. Mas não se preocupe, eu ajustei tudo de acordo.

Monique se levantou. Ela era desleixada, mas de um jeito fabuloso, meio "mendigo chique": cabelos platinados oleosos até a cintura com quatro dedos de raízes pretas, calças saruel pretas com elástico na cintura e nos tornozelos, uma confusão de colares dourados, prateados e de couro, camiseta masculina com gola V sob uma jaqueta de motoqueiro surrada e botinhas de pele de cobra com salto tacão que poderiam, estranhamente, ficar tão bem em vovós quanto em prostitutas. O destaque ficava por conta de um anel de platina incrustado de diamantes no formato do símbolo do infinito que se entrelaçava em quatro dedos da mão esquerda, deixando-a dependente do polegar esquerdo e da mão direita até para as tarefas mais simples.

— Sou atleta, não modelo — disse Charlie, tentando manter a voz baixa. — Além disso, a Nike tem minhas medidas exatas até o último milímetro. Eles personalizam todas as minhas roupas, então sabem os meus tamanhos.

Monique riu, e a risada não foi tão simpática assim.

— Sim, bem, não tínhamos tempo para isso hoje. Beijar Marco Vallejo ontem alterou o cronograma das mudanças, então estamos fazendo o melhor possível em cima da hora. Vamos arrumar tudo para Key Biscayne e depois... Para onde você vai depois? Acapulco? Até lá estará tudo certo.

Havia tanto para digerir que ela nem sabia por onde começar.

— Arrumar tudo?

— Venha cá, não temos muito tempo. Você não precisa, tipo, se encher de carboidratos ou coisa parecida às oito?

— Tomar café da manhã? Sim, eu tento comer de vez em quando. — Charlie caminhou até a arara e começou a olhar as roupas. — Por que é tudo preto?

— Guerreiros vestem preto. — Monique não ergueu o olhar, ocupada tentando combinar uma saia com uma camiseta.

— Prefiro vestidos, na verdade — disse Charlie. — Acabo me distraindo quando estou usando regata, e ela sobe quando eu saco. Que tal esta?

— Humm — murmurou Monique. Ela parecia extremamente desinteressada. — Nossa, não tem mesmo muita variedade nas roupas de tênis, não é? Aqui, quero que experimente isto. — Ela segurou uma regata preta lisa relativamente inócua e uma saia reta.

— *Ninguém* veste preto — disse Charlie, o pânico aumentando. — Isto aqui é um torneio de tênis, não uma boate.

— Experimente. — A voz de Monique soou calma mas firme: não haveria mais discussão.

Charlie tirou toda a roupa e ficou de pé, completamente nua, ombros para trás, quadris encaixados, forte, confiante e orgulhosa. Ela esperava deixar a nova estilista pelo menos um pouco desconfortável, mas Monique não parecia nada surpresa. Em vez disso, a mulher subiu o olhar lentamente dos pés até o rosto de Charlie, examinando friamente cada centímetro do corpo nu.

— Adorável — declarou ela depois de um algum tempo, durante o qual Charlie se irritou ao perceber que estava constrangida. — Muito melhor mesmo do que todas aquelas modelos desnutridas. Bela barriga, peitos de verdade, algumas curvas em torno dos quadris. Há quem diga que as coxas são musculosas demais, mas acho que ficam bem em você. E sua bunda é de matar. Como consegue deixá-la assim empinada?

Charlie sentiu as bochechas pegando fogo.

— Não consigo decidir se te dou um beijo ou um soco agora. Os dois, acho.

Monique jogou a cabeça para trás e deu uma risada gostosa.

— E aí eu vejo que estou fazendo alguma coisa direito. *Gosto* de você. Vai dar certo. Só confie em mim, ok? Você vai detonar.

Charlie assentiu. Quando Monique mandou, ela experimentou a regata e a saia. As duas eram extremamente básicas, peças que tinha usado milhares de vezes, com uma única diferença perceptível com relação às literalmente centenas de saias e regatas que já tivera: eram pretas.

— Humm, vire-se. Certo, gostei de ter ficado larguinho aqui, mas definitivamente precisamos subir o comprimento. — Ela ajustou de uma só vez as alças do sutiã de Charlie, fazendo seus seios balançarem um pouco. — Bom, gostei assim. Só preciso ajustar um pouco aqui e... aqui. — Ela prendeu alguns alfinetes, rabiscou algumas anotações em um pequeno Moleskine vermelho e se virou para olhar para Charlie. — Ok, vista aquela coisa turquesa horrorosa e vá tomar seu café da manhã. Quando você volta para cá? Em vinte minutos?

Charlie confirmou.

— Vou deixar tudo pronto até lá.

— Você vai ajustá-las? Estão confortáveis assim!

Charlie não pretendia reclamar, mas de jeito nenhum deixaria aquela mulher, aquela *estilista*, estragar seu conforto em quadra. Antes de mais nada, ela era uma tenista; não, como Monique observara tão sutilmente, uma modelo. Wimbledon e o desastre com os tênis em 2015 ainda estavam frescos em sua memória: não haveria mais "acidentes" com uniformes. Absolutamente nenhum.

— Vá, me deixe trabalhar. Não tenho muito tempo — disse Monique. Pegou uma bolsa de lona gigantesca e tirou dela uma máquina de costura.

— Isso é mesmo uma...?

— Vá!

Minutos depois, Charlie saiu do vestiário. Jake e Todd imediatamente foram para cima dela fazendo milhões de perguntas, mas Charlie insistiu que ia deixar para julgar quando estivesse vestida. Ela pediu mingau de aveia com manteiga de amêndoas e bananas fatiadas com dois ovos cozidos à parte no restaurante dos jogadores e se esforçou ao máximo para assistir a alguma coisa no iPad. Fones nos ouvidos. Ignorando completamente o irmão e o treinador. Concentrar-se no último episódio de *This Old House* era muito melhor do que se preocupar com a ansiedade aumentando para a partida. Então, ela mastigava devagar, metodicamente e em silêncio. Assim que terminou, voltou ao vestiário.

— Desculpe, eu sei que cheguei antes da hora, mas preciso me vestir agora. Tipo, neste segundo. Não vou perder tempo de treino só para...

Marcy ergueu a mão.

— Já acabei. Venha cá.

Charlie foi até o ateliê provisório de Monique na sala de alongamento e reparou em duas outras jogadoras observando-as dos armários. Charlie entendia por quê. Nos míseros vinte minutos em que ficara longe, Monique tinha conseguido costurar uma fina tira de couro preto na barra da saia.

— Meu Deus, você que fez isso? Espere, quando você fez isso? E como? Monique, está formidável, mas não há a menor possibilidade de eu usar couro na quadra. Você entende por que, não entende?

Monique bufou.

— Pare de falar e tire a roupa. Agora.

— Mas é couro.

— *Detalhes* em couro — corrigiu Monique. — Pelada. Agora.

Charlie olhou rapidamente para o relógio na parede. Ela precisava estar na quadra em dez minutos se quisesse cumprir toda a sua rotina de alongamento e aquecimento. Com uma percepção aguda de que as outras duas jogadoras estavam observando cada movimento seu, ela mais uma vez despiu o vestido turquesa. Primeiro, pegou um dos shorts que Monique lhe entregou; era o mesmo que costumava usar, e ela nem percebeu, antes de Monique lhe mostrar, que agora tinha um C e um S bordados em tecido brilhante na bunda. Uma letra na banda esquerda e outra na direita, para ser mais precisa. Ainda assim, não sentiu diferença nenhuma ao vestir a peça.

— A sua saia sobe quanto? Um milhão de vezes por partida? E o estádio inteiro fica olhando para a sua bunda, certo?

Charlie confirmou.

— Provavelmente é o principal motivo para os homens assistirem ao tênis feminino — anunciou Monique com autoridade. — Seríamos negligentes se não aproveitássemos essa oportunidade de fortalecer a marca.

— Amém, irmã! — exclamou uma das jogadoras lá nos armários. Elas nem estavam fingindo não olhar. — Também quero uma marca na bunda. Tem mais letras aí?

Todas riram, inclusive Charlie. Ela cobriu os seios nus com as mãos e deu um pequeno giro na frente do espelho. Como previsto, a saia subiu e suas iniciais prateadas ficaram à vista.

— Aqui, agora isto. — Monique lhe entregou o sutiã esportivo Nike preto que ela experimentara antes, mas este agora tinha cristais presos ao longo das três alças que se cruzavam nas costas.

— Você trouxe o seu *BeDazzler*? — perguntou Charlie, atônita.

Ela passou o sutiã pela cabeça e ficou aliviada ao ver que a parte de trás dos cristais estava forrada com um tecido macio como seda. Não sentia nenhuma diferença — estava até melhor.

— Trouxe.

— Eu estava brincando!

— Eu, não. É um *BeDazzler* mesmo, como o do infomercial dos anos noventa. Tenho dois de reserva que comprei no eBay, só por precaução. Estaria morta sem ele. Aqui, vista a regata.

Monique havia pego uma regata de tênis normal da Nike e recortado um pedaço do tamanho de uma pizza nas costas, grande o suficiente para relevar os músculos tonificados dos ombros de Charlie e os cristais que agora decoravam seu sutiã esportivo.

— Isso ficou muito bom — gritou Karina Geiger, fazendo sinal de positivo para Charlie. — Talvez eu experimente também — gargalhou ela, percorrendo com as mãos os quadris largos e quadrados.

— Obrigada. — Charlie sorriu. Concordava com Karina, tinha que admitir. Sem que ninguém pedisse, ela vestiu a saia. Embora o couro fosse óbvio aos olhos, não havia nada além de tecido sedoso em contato com a pele. A aparência era de arrasar, mas muito confortável. — Como você conseguiu fazer isso? — perguntou a Monique.

— Você é mágica.

Monique fez um gesto de desdém.

— Venha, só falta o cabelo.

— Eu uso o cabelo trançado. Isso não é negociável! — Charlie estava quase gritando.

A roupa estava incrível, mas a trança tinha que ficar. Ao longo dos anos, ela tinha tentado de tudo: faixas, rabos de cavalo altos e baixos, coques de todos os tamanhos, e até mesmo deixara os cabelos soltos para um alongamento particularmente horrível de cinco minutos, mas nada era mais confortável do que uma única trança longa. Presa no alto da cabeça e embaixo com elástico simples, muitas vezes com uma fita colorida trançada nela para dar um toque de cor. Depois, um spray L'Oréal Elnett para conter os fios rebeldes. E, se estivesse excepcionalmente quente, uma faixa elástica fina por cima. Nisso ela não seria — não poderia ser — flexível.

— Eu sei que não posso ferrar com a trança — disse Monique, revirando os olhos. — Aqui, use isto primeiro.

Charlie aceitou os dois elásticos de cabelo brilhantes e segurou-os entre os lábios. Juntou suas madeixas escuras em um rabo de cavalo a meia altura e prendeu com o elástico. Levou só mais dez segundos para transformar o rabo de cavalo volumoso e rebelde em uma grande trança e segurar os fios rebeldes com um pouco de spray fixador.

— Pronto — disse ela, sentindo a cabeça e a trança para confirmar se estava tudo em ordem. — É assim que eu gosto.

— Às vezes você usa uma faixa na cabeça, certo? Ou uma viseira?

— Eu uso uma faixa quando está muito calor, mas só porque a frente do cabelo se solta do rabo de cavalo e gruda na testa. Nada de viseira, nada de boné. Não gosto das sombras que projetam no meu rosto, porque acabam com a minha percepção de profundidade da quadra e localização da bola. Às vezes também atrapalham com o *spin*.

— A-rá — resmungou Monique. Não poderia estar menos interessada. — Só me ajude nesta parte, ok?

As duas outras garotas haviam terminado no vestiário e saíram. Charlie se perguntava onde estaria sua adversária. As duas seriam chamadas à quadra em menos de cinco minutos. Seria possível que ela já estivesse lá?

— Ajudar em que parte, exatamente? Vou admitir, eu tinha as minhas dúvidas, e ainda não tenho certeza se é uma boa ideia jogar num calor de mais de trinta graus toda de preto, mas acho mesmo que estou ótima.

— É tudo antissuor e Drymax e aquela baboseira toda — disse Monique, vasculhando sua gigantesca bolsa Goyard. — Não desista do preto. E você pode ver por si mesma que nem o couro nem os cristais vão atrapalhar. Acaba comigo, mas admito que esta é uma das poucas vezes em que é importante considerar a função junto com a aparência. Venha cá.

Charlie tinha acabado de amarrar os tênis — eram réplicas exatas de seus tênis de sempre, só que totalmente pretos e pontilhados com espirais de cristais — e se aproximou de Monique.

— Feche os olhos.

— Nada de maquiagem. É um desastre completo quando eu suo e...

— Nada de maquiagem. Agora feche os olhos.

Charlie obedeceu. Sentiu Monique botar algo delicadamente em sua cabeça, tomando o cuidado de não bagunçar a trança, depois prendeu com dois grampos.

— Perfeito!

Os olhos de Charlie se abriram na mesma hora. Monique a levou até o espelho de corpo inteiro na área do vestiário e Charlie não conseguiu desviar o olhar de seu reflexo.

— Sei que é pouco convencional, mas acho que combina com...

— Adorei — murmurou Charlie, tocando o pequeno e inacreditavelmente delicado agrupamento de joias logo acima da raiz do cabelo. A pequena coroa era brilhante, mas elegante, e era mantida no lugar por uma das faixas elásticas pretas que se mesclavam quase completamente com os cabelos.

— Bom, devia mesmo — concordou Monique.

Ela pareceu satisfeita, talvez um pouco aliviada.

Charlie passou o dedo por uma linha de diminutas pedras roxas que se juntavam para formar um pequeno coração bem no meio.

— Ametistas. A pedra do signo da minha mãe — murmurou ela.

— Sim, seu irmão me deu a dica. O resto são cristais Swarovski transparentes e coloridos, como todos os cristais que adornam o seu sutiã esportivo e os tênis. O pessoal de lá vai adorar!

Charlie passou os olhos dos tênis com cristais para a saia encurtada e arrematada em couro, conferiu a sexy regata recortada e o sutiã tratado com o *BeDazzler* e, finalmente, pousou-os na pequena coroa, que, se não estivesse vendo pessoalmente, teria jurado que seria brega, na melhor das hipóteses, e horrorosa, na pior, e pensou: *É. Ficou muito bom.*

— Vá! — disse Monique.

Charlie abraçou a perplexa estilista. Monique hesitou por um instante e então se entregou ao abraço.

— Ei, ok, então você gostou. Ótimo.

— Adorei.

— Excelente. Vai ficar ainda melhor quando não estivermos com tanta pressa. Agora vá lá e detone, ok?

Charlie agradeceu a Monique e percorreu o caminho até a área de descanso dos jogadores praticamente aos saltitos.

Dan foi o primeiro a levantar os olhos do livro que estava lendo quando ela entrou.

— Caramba — suspirou ele, deixando os olhos percorrerem-na dos pés à cabeça. — Você está gostosa!

Ele deve ter ficado instantaneamente constrangido com sua avaliação descarada, porque logo murmurou um pedido de desculpas, mas Charlie estava empolgada.

— Você acha? — perguntou ela, dando uma voltinha. — Ficou bom, não ficou?

— Ficou mais do que bom — respondeu Dan. — Ficou incrível de verdade.

Todd se aproximou segurando um copo de café para viagem. Usou a mão livre para segurar o braço de Charlie e puxá-la em um semicírculo, enquanto a examinava como a uma peça de carne.

— Ah, é *disso* que eu estou falando — disse ele. — Ousado, com um pouco de *sex appeal*. Um belo dedo do meio para aqueles vestidinhos bonitinhos que você sempre usou.

— Então você gostou? — perguntou Charlie, embora já soubesse a resposta.

— Porra, claro que gostei. Diz "vem me pegar" e "não se meta comigo" ao mesmo tempo. Como não gostar?

— Você leva muito jeito com as palavras, sabia? — disse Charlie. Embora soubesse que deveria ficar ofendida pela avaliação vulgar, ela não teve como não gostar do elogio, especialmente vindo de Todd.

Charlie olhou em volta para mostrar para Jake, mas, quando sua partida foi anunciada no alto-falante, Todd se virou e colocou ambas as mãos nos seus ombros.

— Ouça com muita atenção — disse ele, com o rosto a poucos centímetros do dela.

Dava para sentir o cheiro de café no hálito dele e ver as obturações de prata nos dentes do fundo. Charlie tentou não se encolher.

— Já conversamos sobre a estratégia. Você sabe como esmagar essa garota. Use esta partida como uma chance de praticar como ser uma *completa megera*. Ela não representa nada para você, só uma sujeirinha sem importância que você vai mandar direto para o esquecimento depois de pisoteá-la com 6–0, 6–0. Entendido?

Charlie abriu a boca para dizer algo, mas Todd levantou a mão. Seu rosto chegou ainda mais perto.

— Você é uma maldita de uma guerreira, Charlotte Silver, e guerreiros *vencem*. O que eles não fazem é abraçar os adversários e perguntar sobre sua mãe ou esperar e rezar para que todos os adorem. Você me entendeu?

— Sim — respondeu Charlie.

— O que você é? — perguntou ele.

— Uma guerreira.

— E o que guerreiros fazem?

— Vencem.

— E o que você vai dizer para sua adversária quando a vir na quadra em quatro minutos?

— Nada.

— Isso mesmo: nada. *Nem uma palavra.* Para você, ela está morta, entendeu? Você tem coisas mais importantes para se preocupar do que se ela está se sentindo bem hoje. Coisas como derrotá-la com tanta gana que ela vai querer desistir do tênis de uma vez. *Capisce?*

— *Capisce.*

— Agora, vá. E não volte a falar comigo se perder esta partida, Silver.

Todd se virou e foi para o outro lado da área de descanso, onde Charlie sabia que ele pegaria outro café enorme e depois iria para o camarote dela.

Dan arqueou as sobrancelhas.

— Nossa, aquilo foi... uau.

Charlie viu a desaprovação na expressão dele, mas, pela primeira vez na vida, não deixou que isso a afetasse. Sim, Todd era intenso, mas fosse a conversa dele ou sua mudança de visual, ela se sentia tão durona quanto parecia. Seria possível um novo visual criar confiança? Antes, Charlie acharia que não. Mas, agora, ela olhou para baixo, viu como estava fabulosa toda de preto e soube que a resposta era *claro que sim.*

12
alerta de novo casal-delícia

ANGUILA
ABRIL DE 2016

— Posso lhe trazer mais alguma coisa? — perguntou o garçom da piscina, jovem, ávido e sorridente.

Charlie tirou os fones do ouvido e pensou por um segundo.

— Outro café gelado seria ótimo. Descafeinado — acrescentou ela, a contragosto.

Enquanto ele se afastava, ela olhou ao redor para confirmar que ainda era a única à beira da piscina — nada surpreendente, considerando que eram oito da manhã — e pressionou o "play" do iPad.

A comentarista da ESPN era Chris Evert, uma das heroínas de Charlie. Ela e John McEnroe estavam comentando uma gravação dos melhores momentos do torneio em Key Biscayne. Charlie avançou para pular a cobertura do masculino, parando apenas para admirar o *set point* de Marco (um *tie-break* de vinte trocas de bola no quinto *set*, quando ele virou depois de perder os dois primeiros *sets* para vencer não só a partida, mas também o torneio; ela gostou especialmente quando ele jogou a raquete para o alto e caiu de joelhos, inclinando-se para beijar a quadra), depois avançou pelas partidas das mulheres até encontrar a sua. Sua partida na primeira rodada contra a canadense Deanna Mullen havia sido a explosão que Todd exigira. Charlie a vencera por 6-0, 6-0, em uma partida de trinta e nove minutos que deixara a pobre garota às lágrimas no fim. Não fora surpresa para ninguém, já que Charlie era a favorita absoluta na partida por ter melhor posição no *ranking*, mas ela nunca havia destruído alguém assim em toda a sua carreira profissional. Jake atribuíra à nova roupa de Princesa Guerreira o ímpeto competitivo extra; Todd insistia que fora seu conselho para Charlie não conversar, não olhar nem socializar de qualquer forma com a adversária. Ela dispensara as opiniões deles com um gesto de desdém, rindo e dizendo que fora pura habilidade e determinação, mas se perguntara se estariam certos. Ela se sentira feroz com aquela roupa preta, com a admiração de todos; não queria só vencer a adversária, queria esmagá-la. Quando a garota tentara conter as lágrimas de humilhação no fim da partida, Charlie instintivamente dirigira-se à rede para dizer algo que a consolasse, mas um olhar torto de Todd, no camarote, a fizera desistir da ideia. Ela podia até ouvi-lo em sua cabeça: *Você é uma guerreira, e guerreiros não abraçam os inimigos.*

A partida da segunda rodada tinha sido muito parecida com a primeira, o suficiente para fazer Chris Evert perguntar se não estavam testemunhando algum tipo de Charlotte nova e melhorada.

— É como se ela fosse uma jogadora totalmente diferente — narrava a voz de Chris enquanto Charlie marcava um ponto com um *smash* na linha. — Não estamos acostumados a ver Charlotte Silver com este estilo de jogo hiperagressivo e motivado.

— Odeio ser o cara que traz à tona o assunto com o qual ninguém quer lidar, mas ela está usando diamantes? — perguntou McEnroe.

— Cristais — riu Evert. — Swarovski, pelo que me disseram. Você ficou sabendo do novo contrato de patrocínio? Charlotte é a nova garota-propaganda dos cristais Swarovski em todo o mundo. Não quero ficar especulando muito sobre valores, mas acho que é seguro dizer que essa jovem vai usar uma coroa praticamente o tempo todo.

— Parabéns para a equipe de RP dela — completou McEnroe.

— Não é fácil desviar a atenção de Natalya Ivanov, mas Charlotte Silver está conseguindo. Charlotte é a favorita absoluta dos fãs agora.

— Essa garota foi de boazinha e competente para sexy e matadora literalmente da noite para o dia — complementou Chris.

Um clipe de Charlie jogando bolas para o público depois de vencer as quartas de final foi exibido, e ela teve de admitir que o novo visual ficava um arraso em vídeo. Embora tivesse perdido nas semifinais — para Natalya, claro —, quase todos concordavam que valia a pena ficar de olho em Charlie.

— É, tipo, totalmente sexista ou chauvinista ou sei lá o quê sugerir que dar uns amassos com o jogador número um na frente do mundo inteiro está ajudando um pouco a causa dela? Ou eu sou um completo idiota por falar isso? — A câmera voltou para McEnroe e Evert sentados lado a lado em um camarote acima da quadra.

— Eu provavelmente pensaria num outro jeito de dizer isso, John, mas não, não discordo de você — riu Evert. — Charlotte Silver e Marco Vallejo são o melhor casal do tênis profissional desde Steffi e Andre.

— Ou de você e Jimmy? Não nos esqueçamos disso — disse McEnroe.

O vídeo cortou para o jogo final, quando Natalya venceu o torneio depois de sacar com confiança num 40–0 e emplacar um *ace* no *match point*. Ambos os comentaristas admiraram o serviço, mas

Charlie percebeu que eles pareceram muito menos interessados em Natalya do que normalmente ficariam. Menos interessados do que pareceram com Charlie.

— Aqui, senhorita — disse o garçom, servindo o café gelado.

Ele estava claramente tentando não encarar o corpo de Charlie. Sem sucesso.

— Obrigada.

O garçom ficou ali, e Charlie se perguntou se precisaria lhe dar alguma gorjeta.

— Não quero incomodá-la... é... Srta. Silver, mas eu vi seu jogo em Key Biscayne e... uau. A senhorita foi ótima! — disse ele.

Charlie protegeu os olhos ao erguer o olhar. O garoto tinha cerca de dezoito anos, era alto e magricela, com um nariz grande e algumas sardas. A camiseta polo branca tinha VICEROY ANGUILLA escrito e estava cuidadosamente enfiada na impecável bermuda azul-marinho. Ele não era nenhum Marco, mas era bonitinho, de um jeito meio infantil.

— Pode me chamar de Charlie! Você é fã de tênis? — perguntou ela com um sorriso. — Não imaginei que haveria muito interesse por aqui.

— Ah, não, pelo contrário. A ilha tem muitos tenistas incríveis. Na verdade, dou aula para a equipe da escola de ensino médio daqui. Sou voluntário, claro. Eles não têm dinheiro nem para os uniformes, mas as crianças adoram.

— Interessante. Eu teria adorado ir ver. Esta é praticamente a única hora livre da minha estada aqui, mas, talvez, se eu conseguir dar uma escapada depois...

— Isso seria incrível! As crianças adoram demais você, e tenho certeza de que ficariam tão...

— E aí, linda? — Marco deslizou para a espreguiçadeira próxima à de Charlie. Seus ombros e cintura criavam um triângulo de perfeição musculosa e bronzeada. A sunga tinha cintura baixa, talvez baixa demais, expondo uma trilha de pelos quase indecente que atravessava a barriga tanquinho e descia direto até o umbigo perfeito. A sunga não era folgada.

— Oi — disse ela, ou pelo menos tentou.

Controle-se, pensou. A noite anterior fora a primeira vez em que ela e Marco pediram quartos adjacentes na recepção e não se importaram com quem estivesse ouvindo. Nenhum dos dois queria passar a noite no quarto do outro — dormir era importante demais —, mas era um alívio não precisar se esconder.

Marco protegeu os olhos e encarou o mocinho da piscina.

— Ei, pode me trazer uma vitamina de morango com banana e uma colher de proteína em pó? Meu treinador deixou uma lata da marca certa com o *chef*, então veja com ele. Valeu, cara.

O rosto do garoto ficou vermelho-fogo, e ele saiu quase correndo.

— Ele é um garoto muito bonzinho, estava me contando que é voluntário na...

— É, garoto legal. Olha só, moça bonita, eu vi que você tem treino na quadra às onze, e eu esperava poder trocar com você.

Charlie abriu a parte de cima do biquíni. Havia uma pequena peça metálica prendendo os dois bojos, e ela estava quente demais por causa do sol. Se não tomasse cuidado, acabaria com os dois *T*s de Trina Turk literalmente marcados no peito.

— Qual é o seu horário?

— Às quatro horas, o último. Mas eu queria terminar logo para poder aproveitar um pouco a piscina hoje.

— Foi mal, não vai dar. Minha sessão de fotos começa ao pôr do sol, então preciso estar com cabelo e maquiagem prontos até lá. Será que não tem mais ninguém que possa trocar?

Charlie levou os óculos de sol até o alto da cabeça e observou o mar azul. Ela mal podia acreditar que tinha sido convidada para essa sessão de fotos. E com Marco? Em Anguila, ainda por cima? A coisa toda era uma loucura.

— Ah, deixa disso — adulou Marco.

Ele deslizou a mão sob o biquíni dela e envolveu seu seio. Em vez de ser bom, o movimento deslocou o detalhe metálico já quente para a parte de baixo do seio, queimando a pele. Ela afastou a mão dele.

— Pare, estamos em público! — murmurou ela, odiando a forma como soou.

— Caso não tenha percebido, o público está muito feliz em ver a gente se pegando — disse Marco com um sorriso diabólico que sempre fazia Charlie sentir um frio na barriga. — O que me diz? Você pega o horário das quatro e ganha uma massagem. Por minha conta.

O garçom da piscina voltou, e Marco pegou a vitamina sem agradecer. Ele tomou um grande gole pelo canudo.

— Até que está bom — declarou ele.

— Muito obrigada — disse Charlie ao garoto, compensando com um grande sorriso. — Acho que não precisamos de mais nada agora.

— Sim, Srta. Silver — disse ele antes de sair rapidamente mais uma vez.

Charlie se virou para Marco.

— Não posso. A quadra é minha das onze ao meio-dia e meia. Dan está pronto, e Todd vai participar via Skype. Depois disso, tenho almoço e musculação. — Charlie olhou para o relógio. — Por que não pergunta para Natalya? Vi na ficha de inscrição que ela está com a quadra às nove.

— Esqueça — disse Marco, obviamente irritado. Ele colocou a vitamina na mesa lateral com tanta força que espirrou um pouco pela borda, e se levantou. — Te vejo depois, tenho muito o que fazer. — E, sem um beijo nem um sorriso nem um adeus, ele começou a se afastar.

— Sério, Marco? Você ficou bravo porque não quero trocar o horário do treino com você?

Ela sabia que Marco tinha ouvido, mas ele não parou de andar. Segundos depois, ele desaparecia no restaurante à beira da piscina.

Charlie suspirou e recolocou os fones de ouvido. As quadras de treino nos torneios já eram difíceis de negociar. Havia todo um sistema estressante baseado em uma misteriosa combinação de *ranking*, antiguidade, horário das partidas e agressividade do treinador do atleta ao importunar os responsáveis pelo cronograma. Mas, hoje, não era esse o problema. Havia uma quadra no hotel designada para uso dos atletas, e havia seis jogadores convidados para a edição dos tenistas mais bonitos que a *Vanity Fair* publicava todo ano em junho. Cada um tinha noventa minutos na quadra, e deviam resolver os horários das refeições e da musculação entre si, com o plano de que a sessão de fotos seria durante a "hora mágica" naquela tarde, a curta janela de tempo pouco antes do pôr do sol, quando a luz era simplesmente perfeita.

Charlie voltou para o seu iPad e navegou um pouco mais. Clicou para ver algumas fotos no Instagram; Piper e Ronin em uma festa de angariação de fundos no hospital dele. Todas as outras esposas usavam vestidos transpassados DVF de várias estampas ou calças pretas com um top acetinado da cor de alguma pedra preciosa; Piper estava com um macaquinho de oncinha com saltos altíssimos e brilhantes, o cabelo num penteado selvagem. Ela era a única pessoa que Charlie já conhecera que podia usar batom "vermelho-puta" a qualquer hora do dia ou da noite sem nunca parecer uma garota de programa. Charlie sorriu e pegou o celular.

Vi suas fotos da caridade pro lúpus. Muito respeitosa com a causa. Fiquei impressionada.

Os três pontos piscaram por alguns segundos antes de chegar a resposta: um emoticon de uma mão mostrando o dedo do meio.

Não, sério, vi aqueles saltos em uma casa de peep show na Times Square há alguns meses. Muito chique.

Dessa vez, Piper respondeu com a imagem de seu próprio bitmoji mostrando o dedo do meio.

Também te amo. Já falei que estou em Anguila? Eles pronunciam Anguíla. Só achei que você devia saber.

Se você não estivesse transando com o cara mais gato do planeta, eu seria obrigada a lembrar como você é uma grandessíssima fracassada.

É, bem... Estou transando com o cara mais gato do planeta. Que, aliás, me chama de namorada agora.

Vou ter que caprichar no look de madrinha para chamar mais atenção que vocês dois. Acho que já vou começar a planejar.

Hahahahahahahaha vai devagar aí!

Charlie baixou o celular e percebeu que seu coração batia rápido.

Claro que Piper estava brincando, mas a mera menção de casamento com Marco deixou Charlie nauseada, animada e ansiosa, tudo ao mesmo tempo. Só fazia dez dias que tinham ido a público, mas ela achava que podia levar em conta todo o ano que haviam passado dormindo juntos.

Um e-mail de Isabel, a relações-públicas da WTA, apareceu no iPad de Charlie, e ela o abriu.

Cara Charlie,
Mando no arquivo anexo um resumo dos eventos da semana passada. Incluí todas as menções, artigos, entrevistas, aparições, menções indiretas e fotografias que incluam você, Marco ou os dois desde a noite da festa dos jogadores em Miami. Parabéns! Isso teve mesmo um alcance tremendo, e é sempre bom ter uma chance de atrair mais atenção para o nosso esporte. Espero que esteja gostando da sessão da VF. Estou em contato constante com a equipe deles, mas, por favor, me avise se eu puder fazer mais alguma coisa para ajudar.

Atenciosamente,
Isabel

Abaixo da nota havia uns trinta de links que, à primeira vista, incluíam de tudo, da *US Weekly* à *O, The Oprah Magazine*. A *Page Six* tinha uma fofoca suculenta insinuando rumores de que ela e

Marco estavam tendo um caso "em várias suítes de hotel luxuosas pelo mundo" havia mais de um ano; a *Gawker* trazia uma análise desconexa e sexista de como as tenistas eram, nas palavras deles, "praticamente as únicas atletas profissionais atraentes da terra", com comentários especialmente depreciativos voltados às jogadoras de basquete e às nadadoras; a *E! Online* havia desenterrado dezenas de fotos dela e de Marco jogando na categoria júnior, colocando-as ao lado de manchetes exclamativas como "Era para ser!" e "Escrito nas estrelas!" por todo o site. A maioria das revistas online e dos blogs traziam a fotografia agora chamada de "O Beijo": alguns haviam dado zoom para parecer uma foto de *paparazzo*, outros borraram o fundo usando Photoshop para não mostrar que Charlie e Marco haviam se beijado na entrada de um evento, na frente de centenas de pessoas, mas todas transmitiam a mesma mensagem: alerta de novo casal-delícia.

Charlie desligou o iPad e o guardou na bolsa de praia. Reclinando a espreguiçadeira até ficar na horizontal, ela esticou os braços acima da cabeça e sentiu no corpo o calor do sol do início da manhã. Fora tudo muito rápido: novo treinador, novo visual, novo namorado, novo estilo agressivo de jogar. E, só para o caso de haver alguma dúvida se tinha sido a decisão certa ou não, havia os resultados tangíveis a considerar: uma semifinal em um torneio Premier Mandatory, uma subida no *ranking* e mais atenção da mídia na última semana do que Kate Middleton recebera com o anúncio da segunda gravidez.

Quando ela acordou, meia hora depois, sentiu como se tivesse dormido a manhã inteira. Quando fora a última vez que Charlie estivera relaxada o suficiente para cochilar à beira de uma piscina? Caramba, quando fora a última vez que ela *estivera* à beira de uma piscina? Em todos os hotéis fabulosos em que se hospedava, todas as cidades exóticas e países imensos, ela raramente via qualquer coisa além do aeroporto, do local do torneio e do interior do seu quarto no hotel. Ocasionalmente, jantava em um ótimo restaurante ou ia à festa dos jogadores em uma boate legal, mas todos esses lugares cinco estrelas com os melhores *chefs* e os frequentadores mais bonitos podiam estar em qualquer lugar. Não fosse pelo *jet lag* e pelos carimbos no passaporte, Charlie mal lembraria se já esteve em Hong Kong ou Xangai, Melbourne ou Auckland. Uma vez, ela mandara um e-mail coletivo para avisar Piper, Jake e seu pai de onde estava e contar o que estava vendo pela janela no caminho do aeroporto de Abu Dabi para o hotel. Bastara seu pai responder perguntando se Charlie não ia jogar em Dubai naquela semana para ela perceber que ele estava certo.

O celular indicava que passavam oito minutos das nove horas. Normalmente, Charlie odiava sair para correr, mas era consenso entre os jogadores que essa era a única maneira de encaixar um passeio turístico: contava como exercício e, ao mesmo tempo, você conseguia ver um pouco da atmosfera local. Ela voltou ao quarto para se trocar e, embora a pequena piscina particular na varanda da sua suíte com vista para o mar quase tivesse acabado com a sua motivação, ela vestiu o short, amarrou os tênis e guardou uma nota de vinte dólares no sutiã para o caso de querer comprar água em algum lugar. A praia de Meads Bay estava quase vazia quando ela passou correndo; apenas umas poucas famílias com crianças pequenas brincando no raso, que acenaram quando ela passou. Seus pés golpeavam a areia ritmadamente, e sua respiração começou a acelerar. Apesar de seu bom condicionamento físico, ela não conseguia manter por muito tempo a média de quatro minutos por quilômetro, e se contentou com um ritmo confortável, focando em inspirar a maresia. Em poucos minutos, Charlie estava passando por outro resort, nem de longe tão luxuoso como o Viceroy, mas agradável e repleto de crianças que gritavam felizes. Mais um quilômetro, mais ou menos, e a praia terminou com uma sutil placa de PROPRIEDADE PARTICULAR afixada em um imponente portão. Atrás dele, uma vegetação exuberante parecia surgir da areia para ocultar uma mansão de estuque: apenas o telhado era visível acima das palmeiras.

Saindo da praia para uma calçada pavimentada, Charlie seguiu o caminho em direção a uma rua secundária. À sua esquerda, um punhado de chalés, uma igreja e o que parecia ser uma escola. Ela virou à direita e correu em direção a uma vila com um charmoso calçadão pontilhado de lojas e restaurantes. Havia alguns turistas passeando, com seus bronzeados característicos e bolsas de palha imensas, mas a maioria dos clientes era da própria região: senhoras de idade andando de um lado para o outro com sacos de banana-da-terra e estudantes com uniformes impecáveis terminando o café da manhã. Uma pequena lanchonete no fim da rua anunciava água mineral, então Charlie correu até lá.

— Ei! — Ela ouviu uma voz conhecida vinda de algum lugar às suas costas.

Charlie parou, seu coração dando pequenos saltos. Será que Marco a havia seguido? Estaria ali para se desculpar?

Quando se virou, levou um segundo para reconhecê-lo.

— Dan? O que está fazendo aqui?

Ele estava sentado em uma cadeira de plástico verde, com uma xícara de *espresso* à sua frente. Protegendo os olhos do sol, ele olhou para Charlie.

— Acho que eu poderia perguntar a mesma coisa.

Charlie limpou um filete de suor da testa e depois, desajeitadamente, secou a mão no short.

— Eu só vim correr um pouco. Achei que seria a minha única chance de sair do hotel e ver as redondezas.

— É bem bonito, né?

— O hotel? É lindo.

Dan riu, uma risada sincera com rugas no entorno dos olhos e o rosto virado para o céu.

— Vou comprar uma água mineral, quer uma? — perguntou ela.

Ele mostrou as três cadeiras vazias em sua mesa.

— Por que não se senta comigo? Ainda temos uns quarenta minutos antes de voltar. Eles têm um café delicioso aqui, melhor até do que na Turquia.

Charlie olhou ao redor, impotente. Por que se sentia tão desconfortável de repente? E então se deu conta: ela nunca havia ficado sozinha com o Dan. Mal o via fora das quadras, a ponto de Jake já ter perguntado mais de uma vez aonde ele ia e o que fazia. Parecia que Dan não fazia questão da companhia deles quando não estava trabalhando. Outras mulheres ficavam amigas dos parceiros de treino, diziam até que algumas dormiam com eles, mas Dan claramente não queria fazer parte disso.

— Sem pressão, Silver. Não vou ficar ofendido se você não quiser um café. — Outro sorriso, este um pouco zombeteiro.

Charlie se sentou na cadeira em frente à dele. Um anguilano apareceu quase no mesmo instante.

— Ela vai querer um duplo — anunciou Dan.

Charlie abriu a boca para protestar que Todd não permitia cafeína, mas Dan levantou a mão.

— Confie em mim, Silver, seu segredo está seguro comigo.

— Obrigada — agradeceu ela, entrelaçando as mãos. — Então, o que o traz aqui?

— Você, na verdade.

— Não, quero dizer aqui, nesta vila.

— Eu saí para caminhar hoje cedo e acabei aqui — respondeu Dan, dando de ombros. — Ouvi dizer que a comida era boa na ilha, mas ainda não acredito que não me tinham me falado nada sobre este café. — Ele parecia tão tranquilo, tão sereno. Estava com um short cáqui, uma camiseta *vintage* de surf e tênis.

— Você costuma fazer isso sempre?

— O quê? Sair para andar? — perguntou Dan. — Acho que sim, sabe?

— É o que você faz quando não está em quadra?

Ele pareceu pensar no assunto.

— É, acho que sim. É minha chance de ver as coisas, sabe?

O garçom reapareceu e colocou xícaras de *espresso* em frente a Charlie e Dan e uma miniatura de bule de leite espumante no meio.

— Aqui, faça assim. — Dan verteu o leite na xícara de Charlie e adicionou um único cubo de açúcar refinado.

— Todd arrancaria sua cabeça por isso — cantarolou Charlie, provocativa.

— Ah, dane-se ele, então — respondeu Dan. — Foi mal, eu não quis dizer isso — complementou logo em seguida.

Charlie riu.

— Então tudo vem à tona! Eu não fazia ideia.

— Não, não é assim — respondeu Dan imediatamente, parecendo ficar mais agitado a cada segundo. — Não foi isso que eu quis dizer. Respeito Todd como treinador, e devo muito a ele por esse trabalho. Por ter me escolhido.

Charlie colocou a mão na de Dan sobre a mesa.

— Ei, calma, você estava brincando. Todd pode ser um grande idiota, eu sei. Não vou sair correndo e contar pra ele, ok? Não se preocupe.

Dan encarou a mão de Charlie por um segundo longo e constrangedor. Ela a puxou de volta para seu colo.

— Desculpe — disse ele.

— Não tem nada por que se desculpar!

— É que eu sou mesmo grato por esse trabalho, de verdade, mesmo que ele seja... difícil, às vezes.

— Difícil? — gritou Charlie. — Ele é um babaca de primeira linha, mas isso fica entre nós.

Finalmente, um sorriso.

— Então, quando você diz que "deve muito a ele por esse trabalho", devo deduzir que havia concorrência? Porque Todd um dia me mostrou um vídeo de você jogando, acho que foi no seu último ano na Duke, em uma partida contra a UVA, se não me engano, e só me disse algo como "Esse é *o* cara, vou contratá-lo, e ele vai mudar a sua vida".

— É, eu não sei se foi exatamente assim que aconteceu, mas obrigado por dizer isso — disse Dan.

— Estou falando sério! Ele insistiu que fosse você, e só você.

Os dois tomaram um gole de café, e Charlie percebeu que Dan estava certo: era uma loucura de bom.

— E o que você estava fazendo quando Todd o chamou? Você tinha saído da faculdade há dois anos, né?

Dan assentiu.

— Eu tinha voltado para casa, em Marion, na Virgínia, e estava trabalhando na loja de materiais de construção da minha família. Jogava em alguns torneios locais, mas, cara, era deprimente.

— Você nunca pensou em se profissionalizar? Ser o melhor em simples na Duke é bem impressionante.

— Não é que eu nunca tenha pensado nisso, mas não parecia mesmo ser uma opção — respondeu ele, dando de ombros. — Lá em casa não havia dinheiro extra para aulas nem treinadores nem nada, então basicamente aprendi sozinho. A intenção era terminar a faculdade, e terminei, então eu não a abandonaria depois de conseguir entrar. Eu era bom, sim, mas não sei se era bom o suficiente para ir além. Não podia arriscar. O diploma na mão valia muito mais do que a pequena possibilidade de eu conseguir ganhar dinheiro de verdade jogando tênis. Pelo menos era disso que eu tentava me convencer — disse ele com um sorriso.

— E então Todd te chamou — completou Charlie.

— E então Todd me chamou. Ele disse que eu era perfeito para a vaga, mas acho que, na verdade, o meu preço é que era bom. Ninguém mais teria feito isso praticamente de graça... — Ele parou, visivelmente atordoado. — Não foi isso que eu quis dizer. Meu Deus, não estou conseguindo ficar de boca fechada hoje.

— Eu sabia que o salário não era grande coisa, mas Todd me disse que era o valor de mercado — disse Charlie baixinho. Por que ela não prestara mais atenção nisso antes?

— Pare, por favor — disse Dan com um gesto de desdém. — Não estou fazendo isso pelo dinheiro. Estou fazendo porque provavelmente é a minha única chance de viajar pelo mundo e conhecer esses lugares incríveis antes de voltar para a Virgínia e assumir a loja de uma vez. — Ele tossiu. — E, se vamos ser totalmente honestos aqui, estou fazendo isso porque acho que você é uma jogadora muito foda, com um talento e um potencial incríveis, e eu quero estar lá quando você vencer seu primeiro Grand Slam. Porque eu sei que vai conseguir, e eu também sei que vai ser o primeiro de muitos. Eu seria louco se recusasse tudo isso.

— Você acha? — perguntou Charlie.

Ela precisou se controlar para não abraçá-lo.

— Tenho certeza, porra.

— Você fala muito palavrão — comentou Charlie. — Não sabia disso.

Dan sorriu e deu uma olhada no relógio.

— Vamos, Princesa Guerreira, precisamos ir. Os treinos na quadra não esperam por ninguém.

Ele procurou a carteira, mas Charlie disse que pagaria a conta.

— O que foi, acha que sou tão pobre que não posso pagar um café caribenho para nós?

Charlie revirou os olhos. Ela gostou do novo Dan brincalhão e boca-suja.

— Não, só achei que seria legal ter uma desculpa para tirar dinheiro do sutiã. — E enfiou a mão dentro da camiseta.

Dan desviou o olhar, mas isso não o impediu de dizer em tom de flerte:

— Não poderia imaginar um motivo melhor. Vamos lá, Silver. Vamos apostar uma corrida na volta.

— Aaaaaah, você acha que pode ganhar de mim só porque sou uma garota? Faço um quilômetro em quatro minutos botando os bofes pra fora como se não houvesse amanhã.

Charlie deixou a nota de vinte na mesa e tomou um último gole de café. A cafeína parecia uma transfusão de pura vida.

— Pé na estrada, já!

Dan saiu correndo, e, rindo, Charlie correu atrás para alcançá-lo.

13
realeza do tênis

DANIEL ISLAND, CAROLINA DO SUL
ABRIL DE 2016

— Ãááááán! — gemeu Charlie quando sua raquete tocou a bola que subia, bem no *sweet spot*.

A bola voltou, quase tocando na rede, antes de bater no chão tão perto da linha de base que Charlie não teve certeza se tinha sido dentro ou fora. Ela raramente gemia, achava uma estratégia vulgar e nada feminina que algumas das mulheres usavam para distrair suas adversárias, mas, dessa vez, havia sido uma reação puramente biológica por acertar a bola com toda a força que tinha. O gemido alto escapara involuntariamente. Ela ficou horrorizada, mas teve de admitir que foi bom.

— Trinta-zero — anunciou a juíza ao microfone na cadeira alta à beira da quadra.

— Desafio! — berrou Karina, apontando a mão de tamanho considerável para a linha. — Foi fora!

— A Srta. Geiger desafiou a marcação. Vamos rever o ponto — declarou a juíza.

O coração de Charlie martelava pelo esforço e pela empolgação. Já estavam jogando há duas horas e meia, e ela estava a dois pontos de vencer o torneio em Charleston. Inspirou profundamente pelo nariz e expirou pela boca, caminhando devagar para manter as pernas relaxadas. Quando olhou para seu camarote, viu que o pai, Jake, Dan e Todd estavam virados para o outro lado, prestando atenção nas imensas telas acima deles, aguardando o *replay*.

Lentamente, sempre lentamente, o foco da câmera foi para a rebatida de Charlie: a bola passou por cima da rede, fazendo um arco quase perfeito a caminho da linha de base. Ali, pouco antes de a bola tocar o chão, a câmera deu um zoom, de forma a mostrar apenas a bola e alguns centímetros da linha de base. Na câmera mais lenta, a bola seguiu centímetro a centímetro em direção à linha e *pá*! Uma lasquinha minúscula da bola beliscou a borda da fita. Uma imagem sombreada da câmera lenta confirmou: havia um centímetro, talvez menos, de sobreposição entre a bola e a linha de base. Mas era só disso que ela precisava. Ela comemorou ao mesmo tempo que a multidão. Todd se levantou de um salto e ergueu os dois braços acima da cabeça.

— É, Charlie! Agora *acabe* com isso!

— O placar continua trinta-zero — anunciou a juíza calmamente. — Karina Geiger não tem direito a pedir mais desafios.

Karina bateu a raquete na perna com força suficiente para machucar.

— *Mach es dir selber!* — gritou ela.

Tentando se manter calma, Charlie andou até a linha e fez um gesto para a boleira, que imediatamente correu e lhe ofereceu duas bolas. Charlie enfiou a primeira na perna do short preto sob a saia. A segunda, ela quicou ritmadamente uma, duas, três vezes, depois jogou-a ao ar. O sol do fim da tarde estava ofuscante em Charleston, mas ela havia praticado o suficiente sob a luz forte do sol para manter seu foco na bola. Observou-a subir em direção ao céu, e depois, no momento perfeito, quando a bola estava atingindo o ponto mais alto da subida, Charlie tirou ambos os pés do chão, estendeu o braço direito de trás para a frente, acima da cabeça, e golpeou a bola com a força do corpo inteiro.

A bola tocou o chão no canto interno da área de saque, mas Karina nem chegou perto dela. *Ace.* A tela do radar no fundo da quadra registrou a velocidade do serviço: 165 km/h.

A multidão rugiu.

— Quarenta-zero — anunciou a juíza de cadeira. — *Match point.*

— *Charlie! Charlie! Charlie!*

— Silêncio na quadra, por favor — pediu a mulher com severidade, mas a multidão a ignorou.

A adversária de Charlie parecia sentir dor física, e provavelmente sentia mesmo: a duração oficial da partida já era de duas horas e trinta e oito minutos. Cada uma delas tinha ganhado um *set*, ambas no *tie-break*, e agora o terceiro estava 5–4. As duas estavam banhadas em suor, a respiração pesada, começando a sentir o início do que elas sabiam ser horas de cãibras nas pernas. A temperatura era de trinta e três graus.

Match point, match point, match point, repetia Charlie mentalmente antes de respirar fundo para se acalmar e manter o foco.

Se ela não conseguisse aproveitar e controlar o pico de adrenalina no corpo, correria o risco de estragar tudo: as mãos começariam a tremer, as pernas bambeariam, a concentração se perderia. Respirando profunda e lentamente, ela se obrigou a examinar as cordas da raquete enquanto tentava diminuir sua pulsação.

A boleira reapareceu. Charlie aceitou uma toalha e secou a testa. Ela pegou uma das duas bolas que a menina segurava à altura dos olhos e caminhou lentamente e cheia de propósito até a linha de base. Era agora. Era onde acabava, onde Charlie reivindicaria seu terceiro título de simples na carreira em um torneio Premier. Quando olhou por sobre a rede, pouco antes de arremessar a bola ao ar, ela viu Karina na linha de base. Em vez de estar em posição para receber o saque de Charlie, a garota estava curvada, com a cabeça entre os joelhos grossos. Não machucada ou passando mal, pelo que Charlie podia ver a distância, mas usando mais alguns segundos para controlar a respiração e diminuir o ritmo.

As regras do jogo determinavam que Charlie, como sacadora, esperasse a adversária estar pronta, mas também afirmavam que a adversária deveria estar pronta dentro de um período razoável de tempo depois que a sacadora estivesse preparada. Karina sabia que Charlie nunca sacaria antes que ela estivesse a postos; Charlie sabia que Karina sabia, e também sabia que Karina estava quebrando o ritmo de propósito, para atrapalhá-la. Esfriando a adversária. Karina provavelmente estava apostando no fato de que a juíza de cadeira nunca interromperia o jogo num *match point*, ainda mais numa final. Ela estava claramente fazendo guerra psicológica para tentar forçar qualquer vantagenzinha em uma partida quase perdida. Era uma merda, sem espírito esportivo, e estava funcionando: Charlie conseguia sentir a raiva aumentando mais e mais enquanto ficava parada na linha, quicando a bola várias e várias vezes, esperando Karina olhar para cima e dizer que estava pronta para continuar a jogar.

Enquanto sua adversária alongava os braços em direção aos pés, Charlie deu uma olhada rápida para a arquibancada. Todd olhava fixamente para ela, como estivesse tentando atrair o olhar dela.

— Saque — diziam seus lábios, silenciosamente.

Charlie arregalou os olhos. Estava claro o que ele dizia, mas como poderia fazer isso? Ela olhou para a juíza de cadeira, que parecia inabalável, depois novamente para Todd. Seus olhos haviam se estreitado; ele olhava irritado para ela.

— Agora! — fez ele, em silêncio.

Era uma das coisas que Todd sempre martelava nas sessões de treinamento. Essas mulheres não eram família, não eram amigas, não eram nem conhecidas: eram suas inimigas. Elas entravam naquela quadra e passavam o tempo todo tentando tirar sua concentração, dominar seus golpes, superar sua estratégia e destruir sua força de vontade. Elas empregam toda e qualquer vantagem que possam ter, e, se você quiser uma chance ínfima de derrotá-las, precisa pagar na mesma moeda. Como uma competidora, não como a garota que está tentando ser a rainha do baile. Charlie detestava esse sermão, mas ficou claro, pelo menos naquele momento, que Todd estava certo. Sua adversária não estava muito preocupada com o espírito esportivo. Por que Charlie deveria se preocupar?

Sem pensar duas vezes, ela firmou o pé na linha de base, quicou a bola uma vez e a arremessou ao ar. Pelo canto do olho, viu Karina reagir e esticar a raquete na direção da bola, que saiu voando para longe. Era exatamente isso que Charlie esperava: assim que a adversária tentasse devolver a bola, era considerada pronta para receber.

Por um momento, ninguém percebeu o que havia acontecido, mas então a juíza de cadeira se inclinou para o microfone.

— *Game. Set. Partida. Torneio.* Parabéns a Charlotte Silver por vencer o Volvo Car Open 2016.

E o público foi à loucura.

Charlie imediatamente jogou os braços para cima e soltou um grito. O som da multidão comemorando na Quadra Central, combinado com sua adrenalina bombando, deixava tudo mais claro, mais alto e mais pronunciado. Era isso, ela podia sentir. Essa vitória certamente catapultaria seu *ranking* para o top 10 e melhoraria sua chave em Roland-Garros, que aconteceria em breve. Significaria, para as melhores jogadoras, que ela era uma concorrente séria. Essa vitória deixaria o pessoal da Nike empolgado, confirmaria para a Swarovski que tinham assinado com a mulher certa e, sem dúvida, estimularia outras possíveis ofertas de patrocínio. Charleston não era o maior torneio do ano, mas tinha prestígio. O primeiro lugar lá era grande coisa.

Depois de ajeitar sua minúscula coroa de cristal, Charlie se virou para seu camarote. Na primeira fila, Todd, ao lado de um representante da WTA, estava radiante. Jake tirava fotos da cena com o celular. Ele lançou um enorme sorriso para Charlie e fez sinal para ela sorrir para a câmera. À direita de Jake, havia um lugar vazio onde Dan estivera sentado apenas momentos antes.

Ele já saiu correndo? Para onde? Não poderia esperar mais dez segundos para me parabenizar?, pensou ela, irritada.

Mas foi seu pai, sentado na fileira de trás, sozinho na fila de quatro cadeiras, que a fez parar. Ele era o único ainda sentado, mãos apoiadas no colo, sem celular à vista. Em vez disso, observava Todd e Jake comemorarem com uma expressão ligeiramente triste. Ele estava balançando a cabeça? Charlie esticou o pescoço para ver melhor. Quando seu pai percebeu que ela estava olhando, sorriu, mas sem nenhum sinal de felicidade. E ela entendeu imediatamente.

— Eu, ah, eu acho que ela está esperando você — murmurou a boleira para Charlie, enquanto indicava a rede. Lá, com os pés afastados e segurando a raquete bem junto ao corpo, estava Karina.

A garota olhava para Charlie com ódio incontido.

Enquanto Charlie andava em direção à rede, o olhar de Karina continuava fixo.

— Você não é só uma vaca, é também uma trapaceira — sussurrou Karina.

Charlie recuou como se tivesse sido atingida. Karina costumava ser afável, e nunca a vira falar assim.

— Como é? — perguntou ela, odiando a voz trêmula.

— Eu pensei que você fosse diferente, mas estava muito errada.

Charlie ficou atônita. Aquela garota, que havia gritado e berrado a partida toda, xingado os juízes de linha e questionado cada marcação, que tinha ela mesma tentado trapacear no último ponto, tinha mesmo dito aquelas coisas?

— É preciso ser uma excelente jogadora para vencer o ponto quando a adversária não está pronta — disse Karina, e então, antes que Charlie pudesse reagir, segurou a mão dela em um aperto que pareceu de um alicate. Depois de levantar e abaixar a mão de Charlie até doer, ela a soltou sem cerimônia e abriu um sorriso falso. — Grande partida, Charlotte. Você deve estar mesmo muito orgulhosa — quase gritou ela, antes de pegar sua raqueteira e sair da quadra.

Charlie arremessou as tradicionais bolas da vitória para as arquibancadas, esperou a apresentação do troféu e as entrevistas na quadra e posou para fotos com os patrocinadores do torneio. Quando terminou, sentiu um alívio indescritível ao encontrar o vestiário vazio. Ela parou em frente ao espelho da pia, olhando para a saia preta com acabamento em couro, para os tênis com cristais e para a coroa brilhante, e de repente se sentiu ridícula com a mesmíssima roupa que apenas horas antes a tinham feito se sentir tão forte. Felizmente, as lágrimas só vieram quando ela estava sob a ducha escaldante, pensando em todas as coisas que Karina dissera. Será que todos pensavam que ela estava com Marco porque ele era famoso? Ela havia trapaceado para vencer? Ela era o tipo de pessoa que faria essas coisas horríveis?

Charlie saiu do chuveiro, pisou em uma toalha e ficou parada por um instante, esperando o corpo secar ao ar. Ela não estava com pressa de se vestir para o jantar de comemoração no FIG, onde pelo menos vinte pessoas da WTA e do torneio, além de sua própria equipe, estariam reunidas para festejar. Será que ergueriam as taças de champanhe enquanto pensavam que estavam brindando a uma trapaceira? Isso seria humilhante demais. E se ela alegasse mal-estar ou cãibra na perna ou qualquer outra coisa e se recolhesse ao quarto do hotel? Não, qualquer coisa assim chamaria mais atenção do que se ela aparecesse por duas horas, sorrisse e pedisse para sair cedo. Se ela fizesse tudo certo, estaria debaixo das cobertas às nove.

— Charlie? Ah, foi mal, eu não sabia.

Charlie deu um pulo pela surpresa de perceber que não estava sozinha, mas reconheceu a voz instantaneamente. Marcy.

— Marcy, oi! O que está fazendo aqui? — perguntou Charlie.

Sua ex-treinadora sorriu, e Charlie sentiu uma onda de alívio percorrê-la. As duas não se viam havia muitos meses, e Charlie costumava imaginar como seria seu reencontro. Marcy estava exatamente como Charlie lembrava: cabelo loiro liso e supergrosso preso na nuca, o tipo de rabo de cavalo bem profissional que não se mexe um milímetro e pode ser usado tanto na academia como num banquete de gala. Como sempre, estava vestida casualmente com calça branca e um suéter Polo com gola V que valorizava o corpo saudável e em forma, e andava com um tipo de gingado que a fazia parecer muito mais próxima dos vinte e cinco anos do que dos atuais trinta e oito. Fazia onze anos que Marcy se aposentara do tênis profissional, mas ainda parecia ser possível ela pegar uma raquete e derrotar qualquer um que fosse tolo o suficiente para desafiá-la.

— Desculpe entrar assim — disse Marcy, cruzando a distância entre as duas e jogando uma toalha para Charlie.

— Obrigada — agradeceu Charlie, enrolando como pôde o minúsculo retângulo de algodão áspero sob os braços. Ela percebeu a testa de Marcy levemente franzida. — Está tudo bem?

— Sinto muito ser a mensageira de más notícias. Bom, pelo menos de notícias muito irritantes. Mas é que o pessoal do *doping* está aqui. Eu ouvi quando eles perguntaram no balcão do torneio onde encontrar você. Imaginei que estivesse aqui, e quis avisá-la. Vão chegar a qualquer momento.

— Sério? Agora? *Tinha* que ser agora! — Charlie sabia que parecia ter ficado irritada, o que seria normal, mas há muito tempo não recebia notícia melhor: ela precisaria ficar no vestiário, sob o olhar da juíza do *doping* o tempo todo, até que sua urina estivesse concentrada o suficiente para ser testada. O que, depois de uma partida de quase três horas durante a qual ela bebera litros e litros de água, poderia levar uma hora, talvez duas. Logo depois do jogo era um dos momentos em que os jogadores mais temiam ser testados, porque podia levar uma noite inteira. Naquele momento, isso soou divino.

— Eu sei — disse Marcy, meneando a cabeça com simpatia. — Espero que acabe logo, você merece comemorar.

— Duvido que Karina concorde com você — respondeu Charlie, com a voz hesitante.

Marcy entendeu logo.

— Ah, Charlie, não faça isso consigo mesma. Nós duas sabemos que o jogo mudou. Quantas vezes conversamos sobre isso? Um milhão? Você teve força mental para se recuperar de uma derrota no primeiro *set*, dominou o *tie-break* do segundo e a derrotou justamente no terceiro. O resto não importa.

Charlie conhecia a ex-treinadora bem o suficiente para saber que ela não estava sendo exatamente sincera em tudo o que dizia. Sim, Charlie demonstrara grande obstinação e, sim, ela definitivamente havia demonstrado estratégia e rebatidas impressionantes em quadra, mas também sabia, no fundo do coração, que não deveria ter dado aquele saque final até que Karina estivesse pronta. Não importava o quanto a atitude da adversária tivesse sido sórdida. Charlie poderia ter vencido de qualquer maneira — *teria* vencido — e não estaria ali, agora, nua, no vestiário estéril, envergonhada demais para desfrutar a vitória merecida. E Marcy também sabia disso.

A porta do vestiário se abriu. Charlie e Marcy trocaram olhares pouco antes de a juíza do *doping* aparecer na frente delas, uma mulher corpulenta com calças de moletom e um pulôver escrito PROGRAMA ANTIDOPING NO TÊNIS.

— Charlotte Silver? Sou Theresa Baird, do Programa. Estou aqui para avisá-la que faremos um teste de urina padrão para assegurar que sua qualificação como jogadora permanece intacta. Tenho seu consentimento?

Seu consentimento. Como se ela tivesse alguma alternativa! E essa escolha por um teste pós-partida era claramente uma punição por ter perdido aquele teste de manhã cedo no dia em que dormira no quarto de Marco. Quando um jogador perdia um teste no horário designado como janela aceitável, os juízes podiam aparecer literalmente a qualquer hora e em qualquer lugar: um restaurante, um show na Broadway, o apartamento de um amigo, uma reunião de família. Se você não concordasse em fazer o teste no momento escolhido pelo juiz, seria considerado reprovado e imediatamente penalizado, como se fosse culpado de *doping*.

Charlie não ia discutir.

— Tem meu consentimento, mas tenho que avisar: não sei se consigo fazer xixi agora.

A mulher assentiu. Ela sabia que seria assim imediatamente após uma partida longa.

— Vamos tentar? Depois, se não der certo, você pode se vestir, e esperamos.

Marcy olhou para Charlie com as sobrancelhas arqueadas, como se dissesse *Nossa, isso vai ser divertido*. Charlie fez um gesto leve de cabeça, num agradecimento silencioso.

— Marcy? Você poderia dizer ao meu pai e a Jake que eu talvez demore um pouco e que eles não devem esperar por mim? Vou encontrá-los no restaurante assim que terminarmos aqui.

Ela se sentiu mal por pedir a Marcy para encontrar sua família, por forçá-la ao que provavelmente seria um encontro constrangedor para ela, sem mencionar que Todd com certeza estaria esperando com eles, mas não tinha escolha: depois de dar seu consentimento oficial para o teste, ele era considerado em andamento, e Charlie não podia usar o celular até ter feito xixi no potinho.

— Claro — respondeu Marcy, colocando a bolsa no ombro. — E parabéns de novo, Charlie. Você mereceu. — Só depois que ela saiu foi que Charlie se deu conta de que não perguntara a Marcy nada sobre ela ou o marido. Era estranho perceber que perguntar sobre os esforços deles para ter um bebê era agora impensável.

— Está pronta para tentar, Srta. Silver? — A mulher soou grossa, entediada.

— Por favor, me chame de Charlie. Desculpe, eu já esqueci seu nome. Nós vamos entrar no banheiro juntas, então provavelmente podemos dispensar as formalidades.

— Meu nome é Theresa Baird. Você pode me chamar de Sra. Baird.

A mulher estava ocupada desrosqueando a tampa larga de um pote de plástico.

— Entendi. Sra. Baird, então. E sim, estou pronta.

Charlie caminhou até o primeiro reservado. Ela se agachou sobre o vaso sanitário e encarou a Sra. Baird, que ficou de pé do lado de fora, com a porta aberta, e lhe deu o pote de plástico. Usou as duas mãos para segurá-lo na posição indicada, sob a toalha que ainda estava enrolada em seu peito, mas a Sra. Baird tossiu.

— Desculpe, mas eu preciso ver o pote durante o depósito da urina.

Charlie olhou para cima, ainda meio de pé e meio agachada, enquanto segurava o pote próximo ao corpo.

— Sério?

— Sim.

— Tudo bem, então. — Ela deixou a toalha cair no chão. Segurando o pote no lugar, Charlie tentou ao máximo relaxar. Finalmente, depois do que pareceram minutos, ela sentiu o pote quente na mão. Tomando cuidado para não espirrar em nenhuma das duas, Charlie ergueu o pote, vitoriosa. E então ela viu: a urina estava completamente transparente, como se fosse um pote de água.

— Droga — disse ela.

— Vou esperar aqui fora enquanto você se seca.

Quando Charlie apareceu um instante depois, aliviada por estar de novo com a toalha, a Sra. Baird fazia anotações em um caderninho com capa de couro.

— Vamos ter que esperar — murmurou ela, sem erguer o olhar.

— Ainda não está bom, não é? — perguntou Charlie. — Tudo bem se eu me vestir?

— Sim — respondeu a mulher, franzindo os lábios.

Charlie precisou se controlar para não dar uma resposta mal-educada. Ela tentou se lembrar de que aquela mulher não devia gostar do trabalho que fazia, que basicamente consistia em passar os dias em banheiros mundo afora com desconhecidas, então respirou fundo e se dirigiu ao seu armário. A Sra. Baird a seguiu e observou, mas manteve uma distância respeitosa enquanto Charlie vestia um agasalho. Ela colocaria uma roupa de verdade quando todo o procedimento tivesse terminado.

— Vou só passar a minha maquiagem, ok?

A Sra. Baird a seguiu até a área da pia e revisou alguns papéis enquanto Charlie fazia escova no cabelo. Seu estômago roncava de fome, mas ela tomava o cuidado de não comer nada, porque senão ficaria com sede, e beber qualquer coisa agora só serviria para prolongar toda aquela experiência infeliz. Ela olhou para o relógio de relance: deveria estar chegando ao FIG agora.

Charlie tentou de novo, mas não conseguiu.

— Não se preocupe, vai acontecer — disse Sra. Baird.

Foi a primeira coisa remotamente gentil ou tranquilizadora que saiu de sua boca.

O celular de Charlie tocou. Ela e a Sra. Baird viram *Papai* aparecer na tela.

Charlie observou o aparelho tocar três vezes, sabendo que não tinha permissão para pegá-lo, mas, no quarto toque, a Sra. Baird fez um sinal para Charlie atender.

— Oi, papai. Ainda estou no vestiário. Uma moça do Programa está aqui para o teste, e eu não consigo fazer xixi, então posso demorar um pouco. Mas ela foi gentil e me deixou atender para que você pudesse me parabenizar pela minha grande vitória.

— Parabéns — disse seu pai, sem emoção.

— Ah, papai, pare com isso. Nós dois sabemos que a Karina estava atrasando o *match point* de propósito.

— Humm. — Sempre que seu pai murmurava, significava que ele discordava. Charlie sabia disso, mas, como sempre fazia quando sabia que o pai estava chateado com ela, continuou a falar.

— Quer dizer, sério, que alternativa eu tinha? A juíza estava completamente desligada, e Todd estava me mandando sacar, e eu sabia que, se fosse o inverso, ela já teria sacado a bola na minha cabeça. O que eu deveria fazer? Ficar lá parada como uma idiota, esfriando e ficando mais nervosa a cada segundo, esperando que ela se decidisse a voltar para o jogo?

— Não cabe mesmo a mim dizer, Charlie — disse o Sr. Silver. — Mas você provavelmente sabe o que eu acho dessas coisas.

— A Charlie de antes teria esperado e esperado porque era a coisa educada a fazer, e eu teria perdido o *match point* e depois o próximo ponto e depois a coisa toda teria descambado para um completo show de merda. Você sabe que já aconteceu antes! E Marcy teria sido a primeira a me dizer que tomei a decisão certa e que eu acabaria mentalmente mais forte com a experiência e que não deixasse isso me afetar, mas eu teria perdido o torneio. Teria perdido o torneio, porque eu estava sempre tentando fazer todos gostarem de mim. Ninguém mais parece se importar com isso, então por que eu deveria me preocupar? E eu nem fiz nada errado. Eu estava no meu direito de sacar quando achasse que devia!

— Bom, parece que você já está com tudo resolvido, então — disse seu pai.

— Srta. Silver? Podemos tentar novamente? — perguntou a Sra. Baird, e Charlie ficou aliviada.

— Papai, tenho que ir. Vou encontrá-lo no restaurante assim que...

— Estou voltando para o hotel para dormir — interrompeu o Sr. Silver.

A voz dele teria soado totalmente neutra para qualquer um, menos para Charlie. Ela conseguia ouvir sua decepção.

— Mas já? Não vai comemorar com a gente?

— Já está tarde, e eu sei que Jake e Todd estão ansiosos para conversar com você. Nos falamos amanhã antes do meu voo.

Charlie ficou em silêncio por um segundo.

— Tá bom, papai. Se é isso mesmo que você quer. — Ela podia sentir a vergonha no rosto vermelho.

Ela desligou e voltou a atenção para a juíza.

— Acho que agora eu consigo — disse.

Desta vez, a urina fluiu livremente e, depois de mergulhar uma pequena tira de papel nela, a Sra. Baird declarou-a adequadamente concentrada.

— Obrigada pela cooperação — disse ela. — Você está liberada para ir embora.

Charlie assentiu, agradeceu à mulher e voltou para seu armário. Pegou um pequeno álbum de um compartimento da bolsa de viagem que estava pendurada ali e começou a folheá-lo. Essa era a questão: duas opções de roupa, ambas selecionadas por outra pessoa, e ela ainda não conseguia descobrir como vesti-las sem a ajuda de um *lookbook*. Havia abas para todo tipo de ocasião — entrevistas para jornais impressos, festas de jogadores, entrevistas para emissoras de televisão, viagens aéreas, jantares em família etc. —, e ela abriu na seção genérica COMEMORAÇÕES. Monique tinha colocado mini-adesivos em duas das mais de dez imagens dessa seção, indicando as duas opções que estavam penduradas no armário de Charlie: um macacão de seda com alça espaguete ajustado na cintura e nos tornozelos e uma camiseta preta *cropped* combinada com o que só podia ser descrito como um tutu de cintura alta. Deduzindo que já havia perdido tempo demais entre fazer xixi e ficar se perguntando quando teria vontade de fazer xixi, Charlie pegou a segunda roupa. De pé em frente ao espelho, ela teve de admitir que Monique era boa no que fazia. A manga cavada da camiseta acentuava seus braços tonificados, e a pequena faixa de pele que aparecia entre a barra da camiseta e o cós da saia fazia parecer que seus seios desafiavam a gravidade. Até mesmo os Louboutins pretos com cristais Swarovski davam às suas pernas a ilusão de infinito, apesar de Monique, por insistência de Charlie, ter finalmente concordado em diminuir seus saltos de dez para cinco centímetros.

O celular tocou com uma chamada do FaceTime. A foto de Monique olhava para ela. Sabendo que a mulher não pararia de ligar até ela atender, Charlie deslizou o botão para o lado e segurou o telefone o mais alto que conseguiu com a mão direita.

— Gostei — disse ela, deslocando o aparelho para Monique conseguir ver tudo.

— Onde diabos você está? Já não devia estar no restaurante? — Monique apertou os olhos, tentando enxergar melhor. — Também gostei. Sabia que a saia Alice and Olivia ficaria perfeita, e ficou mesmo. Deixe-me ver os Loubs.

Charlie direcionou o celular para seus pés.

— Sabe que eles ficaram confortáveis com estes saltos?

Monique deu uma risadinha.

— Se você contar para alguém que eu concordei em mexer nos saltos, estamos acabadas. Só para você saber.

Charlie riu.

— Onde está a coroa? Deixei algumas extras na *nécessaire* no fundo da bolsa.

— É, eu vi.

— Então coloque uma, a que preferir. Viu só? Quem disse que eu não dou aos meus clientes um pouco de liberdade criativa?

— Elas são idênticas. Uma tem pedras pretas, a outra é rosa.

— Sim, bem, você não gosta de poder escolher? Se bem que, com essa roupa, e pensando que você está comemorando uma enorme vitória, eu recomendaria enfaticamente a preta.

— Não sei...

— Então use a rosa, se gostou mesmo dela. Consigo viver com isso.

— Só acho que é um pouco demais para uma cidadezinha como Charleston, sabe? O pessoal aqui é bem conservador, mais acostumado com conjuntinho de cashmere. Preciso mesmo usar uma coroa num jantar?

— Claro que precisa! — guinchou Monique. — Não me importa se todas as outras garotas estão usando cada estampa rosa e verde enjoativa que Lilly Pulitzer já inventou. Estamos falando de você e de ninguém mais. *Você* é a Princesa Guerreira. E pelamordedeus, *você* acabou de conquistar alguma coisa! Então bote a sua maldita coroa, e que se dane o resto. Você bem podia estar na porra do Palácio de Buckingham agora, porque faz parte da realeza do tênis e é melhor começar a agir de acordo!

Charlie viu Monique abrir caminho por uma esteira de aeroporto lotada e começar a rosnar "Deixem a esquerda livre!" para qualquer um que não andasse tão rápido quanto ela. Assim que saiu da esteira, voltou sua atenção para a tela.

— Agora! — gritou ela, tão alto que quatro pessoas próximas se viraram para encará-la.

Charlie segurou o celular de um jeito que Monique pudesse ver, e pegou a coroa preta do armário. Para ser sincera, o conjunto de cristais que compunha o desenho da frente era pequeno e delicado, e a cor quase se mesclava à do seu cabelo. Olhando de longe, quem sabe parecesse só uma tiara brilhante? Ela prendeu os pentes transparentes no cabelo, de ambos os lados, e centralizou a parte da coroa.

— Pronto.

— Ótimo. Deixe-a aí. Agora, passe um rímel, um *gloss* e vá. Vou deixar anotado para fazer uma extensão de cílios quando nos virmos novamente. Acho que eles vão ajudar muito a...

— Monique! Não consigo nem usar óculos de sol na quadra porque me distraem demais. Você acha que vou conseguir usar extensões de cílios?

Mas a outra já tinha desligado. Charlie sorriu para si mesma, subitamente se sentindo melhor, e juntou suas coisas.

14

grande plano de mestre

CHARLESTON
ABRIL DE 2016

Outra ligação do FaceTime tocou assim que Charlie se acomodou no banco traseiro do carro do torneio, e ela atendeu sem olhar.

— O que foi? Estou usando a droga da coroa, tá?

— Charlotte? Olá? — O sotaque espanhol sexy de Marco fez a cabeça dela girar.

— Marco? — Ela apertou os olhos. Ele estava sentado em um chão acarpetado em algum lugar, recostado em um pufe, usando roupas de tênis e sorrindo para alguém fora da tela. Um homem que ela não reconheceu estava sentado em uma cadeira atrás de Marco com uma compressa de gelo presa ao ombro. Charlie esperou que Marco voltasse sua atenção para ela, mas, em vez disso, ele deu aquele sorriso matador para alguém fora da câmera.

— *Gracias* — disse ele, sibilando o *s* com a pronúncia tradicional do espanhol. — *Volver a verme pronto.*

Quando ele finalmente se voltou para Charlie, olhou para a tela sem expressão, como se tivesse esquecido com quem estava falando.

— Oi — disse ela, acendendo a luz no teto do carro para que ele pudesse vê-la direito.

Charlie ficou exultante em saber que ele estivera acompanhando seu torneio. Charleston era só feminino, e normalmente os homens prestavam pouca atenção: estavam competindo em Monte Carlo, no Rolex Masters, e, como Marco não era apenas o favorito no torneio, mas também o atual garoto-propaganda da Rolex, sem dúvida andava ocupado. Ela fez um cálculo rápido e se deu conta de que já era quase meia-noite na Europa. A partida dele devia ter ido até tarde.

— Charlie? Tudo bem? O que está acontecendo por aí?

— O que está acontecendo por aqui? — provocou ela, se esforçando mais do que esperava para parecer casual. — Ah, só o de sempre. Vencer é cansativo, sabe?

Mais uma vez, Marco desviou o olhar da câmera e piscou. Onde ele estava? Na área de descanso dos jogadores? No quarto dele? No quarto de alguém? Então voltou a olhar para ela. Ou não a ouviu, ou não entendeu a piada.

— Charlie? Olha, só tenho um segundo. Você pode me fazer um imenso favor? A Babolat me ligou avisando que meu novo conjunto de raquetes está pronto. Se eles despacharem, vão ficar presas na alfândega. Se eu pedir para te encontrarem no JFK, você poderia trazê-las para Munique?

— Suas raquetes novas?

— Você vai jogar em Munique. Achei que tivesse dito isso. E você vem amanhã, certo? Ou depois de amanhã?

Então ele se lembrava de que ela viajaria no dia seguinte, o que logicamente significava que ou ele sabia que ela vencera e não se dera ao trabalho de mencionar, ou nem se preocupara em perguntar como tinha ido o jogo. As duas opções eram uma merda.

— Sim. Estou saindo para *comemorar* hoje, e viajo amanhã.

— Conexão no JFK ou em Atlanta? Posso pedir para irem a qualquer um dos dois, se avisá-los ainda hoje.

— JFK. — Sua voz soou fria como aço.

— Ótimo, vou pedir para o Bernardo ligar para o seu pessoal. Obrigado, querida.

— Só isso?

— Desculpe, *amante*, está tarde aqui. Vou querer te ver quando você chegar. — Ele mandou um beijo para a tela, embora seu olhar estivesse voltado para algo a distância. — *¡Besos!*

Ela usou tanta força no polegar para desligar que quase derrubou o celular.

Babaca egoísta, pensou ela. *Como se diz isso em espanhol?*

Quase imediatamente, o celular voltou a tocar. Seu coração deu um pulo ao pensar que era ele ligando de novo para se desculpar, mas o nome de Jake apareceu no identificador de chamadas.

— Marcy falou com você, não falou? Estou a caminho. O pessoal do *doping* me atacou logo depois da partida, e demorei uma eternidade para conseguir fazer um xixi que estivesse dentro dos padrões aceitáveis.

— Você é uma estrela total! Charlie, você venceu Charleston! Você foi incrível. Eu acho de verdade que o placar não reflete como você dominou aquela partida. E como Karina tentou atrapalhar no final e você não permitiu? Todd e eu estávamos surtando!

Charlie se permitiu um sorriso. Era *assim* que se ligava para parabenizar alguém.

— Você já parou para pensar no que isso vai fazer com o seu *ranking*? Sem falar no cheque polpudo pela vitória?

— É, é ótimo.

— O eufemismo do ano. Isso vai *fazer a sua carreira*. Está *acontecendo*, Charlie, de verdade. Entre Todd e a nova imagem e a atitude, está tudo se encaixando. Você venceu um Premier! Venceu. E, se isso não fosse bom o suficiente, vou deixar ainda melhor.

— Melhor que isso? Mesmo? Porque estou me sentindo ótima agora.

— Recebi uma ligação.

— Parece emocionante.

— Estou falando sério, Charlie, você vai querer ouvir isto. Espere, é você chegando?

Charlie olhou pela janela e viu Jake de pé na porta do restaurante, celular no ouvido. Ela encerrou a ligação, jogou o telefone na bolsa e saiu do carro.

— Uau, você está linda — elogiou ele, segurando os ombros dela. — Monique?

Charlie segurou a saia de tutu e fez uma pequena reverência.

— O que acha? Se dependesse de mim, estaria usando calças de ioga.

— Grande vitória, Charlie! — berrou um homem obeso de terno do outro lado da rua.

— Amamos você, Charlie! — gritaram gêmeas pré-adolescentes sorridentes que seguiam os pais.

Ela acenou, contente em ver quase todos à vista acenarem de volta: pedestres em pé na calçada, uma fila de pessoas esperando sorvete, quase todos os clientes de um restaurante ao ar livre.

— Cadê o Marco? — perguntou uma mulher com um recém-nascido num *sling*.

Charlie riu, embora a mera menção do nome dele tivesse feito suas unhas se enterrarem nas palmas das mãos.

— Monte Carlo! — gritou ela de volta, no que esperava ser uma voz despreocupada. — Vida difícil, né?

A multidão riu com ela, e, naquele momento, ela *realmente* se sentiu mais livre do que nunca. Leve. Feliz. As conquistas, o *ranking*, os patrocínios, era tudo ótimo, mas esta tinha de ser a melhor sensação de todas.

Jake a guiou para dentro do restaurante, e o maître os levou para a melhor mesa num canto dos fundos. Um enorme candelabro de metal brilhava no meio, projetando uma luz dramática em toda a área e, num pequeno balde de estanho, um exuberante arranjo de flores silvestres. Diziam que aquele restaurante "da fazenda à mesa" era o melhor de Charleston, possivelmente de todo o sul: uma estrela Michelin e resenhas altamente elogiosas de todos os críticos gastronômicos deste lado do Mississippi. E Jake disse que tudo o que precisara fazer fora ligar uma hora antes e usar o nome dela. Não o de Todd, não o de Marco. O de *Charlie*.

— Por que a mesa está posta só para dois? — perguntou ela. — Onde estão todos? Achei que a equipe toda estaria aqui esta noite.

— É aí que entra a notícia melhor.

— Marco está aqui? — perguntou ela sem se conter.

Jake pareceu confuso.

— Marco está aqui? Achei que ele estivesse em Monte Carlo.

— Não, ele está. Eu só pensei por um segundo... imaginei que ele... Deixa pra lá.

Ela se sentiu boba. Não tinha acabado de falar com ele — visto ele — sentado numa área de descanso de jogadores na Europa? Era mais fácil o Obama entrar no Air Force One para surpreendê-la em Charleston do que Marco sair no meio de um torneio.

— Charlie? Pode se concentrar um segundo? — O pé de Jake batia rápido no chão.

Ela encarou o irmão. Ele raramente ficava ansioso com alguma coisa.

— O que está acontecendo? Por que parece que você vai me contar que alguém morreu?

— Ninguém morreu. É mais louco que isso. Recebi uma ligação. — A última parte foi dita num sussurro, inclinando-se para perto dela.

— As pessoas só sussurram más notícias — sussurrou Charlie em resposta. — Tipo "é câncer" ou "estou grávida".

— A relações-públicas de Zeke Leighton ligou.

Charlie arqueou as sobrancelhas.

— O que a relações-públicas de Zeke Leighton quer? Ingressos? Peraí, talvez a minha credencial de jogadora para um Slam? Qual deles? O Open? Ou estão filmando alguma coisa na França? Deixa eu adivinhar... ela vai fazer de conta que é mesmo para o Zeke, mas então, de repente, ele vai ter um compromisso inadiável e ela vai ser forçada a levar a família dela inteira. Isso não é algo que a sua assistente pode resolver?

— Charlie! — grunhiu Jake, com os lábios quase encostando no ouvido dela. — Zeke está vindo jantar com você. Agora. Ele deve chegar a qualquer momento.

Charlie riu, ignorando o que ele acabara de dizer.

— Papai já me disse em não muitas palavras que está horrorizado com a minha conduta antidesportiva. Deus sabe o que Todd está fazendo, talvez imaginando novos métodos de tortura para pegar ainda mais pesado comigo. E aposto que Dan está em algum passeio de carruagem puxada por cavalos pela cidade velha.

Jake só faltou empurrá-la para que se sentasse no banco tipo sofá e se agigantou sobre ela.

— Não tenho tempo para explicar a coisa toda. Aparentemente, Zeke está aqui, filmando uma cena para a cinebiografia que está fazendo com Steve Carell e Jennifer Lawrence. Ele vai passar uma noite na cidade e, por algum motivo, um motivo que não me esclareceram de maneira nenhuma, pediu para o pessoal dele marcar um jantar com você. Ele viu a sua partida do trailer hoje e insistiu. Eu pretendia perguntar se você concordava quando chegasse aqui para umas bebidas depois da partida, mas aí você ficou presa com o pessoal do *doping*. Então ele vem para cá, provavelmente a qualquer momento.

— Espere. Zeke Leighton, *o* Zeke Leighton, vem para cá? Para jantar conosco? Agora?

— Conosco, não. Com você. — O celular de Jake tocou. Ele levou o aparelho ao ouvido e meneou a cabeça algumas vezes. — Tudo bem. Estamos prontos. Obrigado.

— Prontos? *Não* estamos prontos — sibilou Charlie. — O que está acontecendo aqui? Isto é um encontro? Ele não está namorando a fulaninha lá? A modelo israelense? O que eu vou falar para o Marco? Sei que ainda não definimos o nosso relacionamento, mas não acho que sair publicamente com outra pessoa seja aceitável a esta altura. Isso vai aparecer em todos os tabloides! Jake, que diabos está acontecendo aqui?

— Não é encontro, é um jantar — sussurrou Jake. — Agora, fique quieta por um segundo.

De repente, o restaurante todo ficou em silêncio. Um pequeno grupo de pessoas surgiu na porta da frente. Em conjunto, numa coreografia que lembrava o velho vídeo de *Thriller*, essas pessoas começaram a se mover em sua direção. Liderando o grupo, com calças de couro e um suéter preto com gola xale, estava ninguém menos que Zeke Leighton, o ator mais famoso do planeta Terra.

O que atraiu mais a atenção de Charlie, mais do que o venerado cabelo (ondas loiro-escuras que iluminavam seus cílios) ou a lendária mandíbula quadrada, ou mesmo a forma como ele andava, exalando confiança, como se cada passo apenas lhe confirmasse que era tão espetacularmente lindo, como todos diziam, foi a forma como ele sustentou o seu olhar, olhando fundo em seus olhos enquanto percorria a distância entre os dois — um contato visual forte, ao mesmo tempo tranquilizador e enervante.

— Charlotte Silver — disse ele, com uma voz tão familiar quanto a do seu irmão.

Estava beirando os quarenta e fora descoberto aos dezessete, de modo que Charlie tinha passado horas e horas de sua vida vendo os filmes dele, lendo sobre ele, estudando seu rosto, seus gestos e cada detalhe que pudesse encontrar. Isso a tornava igual a todas as outras mulheres heterossexuais de vinte a oitenta anos e a todos os homens gays vivos. Era ao mesmo tempo desconcertante e familiar vê-lo pessoalmente depois de conhecê-lo de longe por tantos anos, e ela não se surpreendeu quando ele pediu que não se levantasse.

Mas ela queria se levantar. Por quê? Não sabia exatamente.

— Zeke, é um prazer conhecê-lo. Fico feliz por esta oportunidade — disse ela tranquilamente, como se seus joelhos não estivessem tremendo, como se suas mãos não estivessem molhadas de suor.

Ao se levantar, Charlie percebeu duas coisas. Primeiro, que era mais alta do que ele, o que não deveria ser uma surpresa: ela tinha um e oitenta sem salto, e sabia por um zilhão de artigos em revistas que ele tinha um e setenta e oito num dia bom. Depois, quando se aproximou para cumprimentá-lo com um beijo no rosto (de onde ela tirou coragem para fazer isso?!), Charlie reparou nas profundas rugas ao redor dos olhos e da boca dele. Na tela, Zeke era bronzeado, aveludado, perfeito, e parecia uma mistura de um jovem DiCaprio com um bem-apessoado Brad, mas, de perto, era mais robusto, mais rústico, mais masculino. E umas mil vezes mais sexy.

Zeke fez um gesto para ela se sentar e depois deslizou para o seu lado no sofá-banco, mais perto do que o estritamente necessário, e Charlie logo sentiu seu perfume. Estranhamente, tinha um toque terroso e atlético que a fez lembrar dos tenistas: aquela mistura de grama com sol e possivelmente argila que sugeria que ele passava quase todo o tempo ao ar livre. Mais uma vez, seu pensamento se voltou para Marco. *O que diria a ele?*, Charlie se perguntou por um segundo, depois baniu esse pensamento. Se ele tivesse dito uma palavra sequer parabenizando-a pela maior vitória de sua carreira, talvez ela tivesse recusado o jantar. Talvez.

Charlie olhou à sua volta. Jake tinha sumido.

— Você está sorrindo. Qual é a piada? — disse Zeke, com um sorriso que abriu uma minúscula covinha abaixo do olho esquerdo.

Como ela nunca tinha visto aquilo antes?

— Ah, não é nada. — Ela tossiu.

O que eles deviam fazer agora? O que estava acontecendo? Charlie viu um flash de luz pelo canto do olho.

— Perdão — disse ele, não parecendo sincero. — Eu tento passar despercebido, mas não é tão fácil com o grandão que eu preciso levar para todo lado agora.

Charlie seguiu o olhar dele até a janela panorâmica na frente do restaurante, onde viu um bando de transeuntes barulhentos com iPhones a postos, câmeras de vídeo filmando, flashes pipocando. Havia mais de vinte de pessoas reunidas, olhando para dentro, disputando um lugar enquanto um homem careca enorme, com um paletó esportivo e calças cáqui, as mantinha encurraladas.

— Elas não estão longe demais para que consigam ver alguma coisa?

Zeke assentiu.

— Definitivamente, estão, mas isso não as impede. Lamento informar que os *paparazzi* provavelmente não estão muito atrás, e os flashes deles incomodam bem mais. Espero que o restaurante cuide deles.

— Como você lida com isso? Deve ser muito opressivo.

— Acontece o mesmo com você, tenho certeza — disse ele, cordial.

— Não exatamente — respondeu Charlie, rindo.

— Bom, durante anos eu usei um sistema: entrava e saía pela porta dos fundos, usava bonés, essa coisa toda. Mas então aconteceu aquele rolo todo com a mulher louca, e agora eu tenho um guarda-costas. O que, como você pode ver, não ajuda muito na discrição.

Charlie se lembrava vagamente de algo sobre uma *stalker* com taco de golfe invadindo a casa da piscina dele.

A garçonete se aproximou e tentou não encarar Zeke.

— Olá, Srta. Silver e Sr. Leighton, estamos muito felizes de tê-los conosco hoje. Posso trazer uma bebida para começar?

— Vou querer uma água gasosa com uma rodela limão — disse Charlie, em modo automático.

Zeke se virou para ela e arqueou uma sobrancelha.

— Não estamos comemorando hoje? Pelo que fiquei sabendo, alguém venceu um torneio importante. Isso não dá direito a algo um pouco mais festivo?

— Posso recomendar o Seelbach? — perguntou a garçonete. — A receita se perdeu durante a Lei Seca e só foi redescoberta recentemente. É feito com uísque, ervas amargas, Cointreau e um toque de champanhe. É a nossa bebida mais popular.

— Claro — disse Charlie, dando de ombros.

Jake ergueu o dedo.

— Um para a senhorita, por favor.

Houve um momento de silêncio constrangedor depois que a garçonete saiu.

— O que estamos fazendo aqui? — irrompeu Charlie, sem nem pensar.

— Tomando um drinque? E depois, espero, jantando? — Quando Charlie não sorriu, ele segurou sua mão sobre a mesa. — Não tenho segundas intenções, Charlotte. Estou gravando em Charleston hoje e vi na TV que você também estava aqui. Sou um grande fã seu. Acho que você tem um jogo lindo, e admito que li tudo que pude sobre você. Então liguei para ver se conseguia te levar para jantar hoje porque, puxa vida, não é toda noite que posso sentar com uma mulher bonita que, por acaso, também é muito talentosa.

Charlie adotou uma expressão incrédula.

— Sério? — perguntou ela. — Você espera que eu acredite nisso? É seu trabalho sentar com belas mulheres.

Zeke levantou as duas mãos acima da cabeça, num gesto de rendição.

— Você quer mesmo me fazer confessar?

— Confessar o quê?

— Que o meu grande plano de mestre é te levar pra cama hoje à noite? Que estou esperando que você ignore o guarda-costas idiota e seu namorado tenista bonitão e o fato de que seiscentas pessoas vão nos seguir de volta ao meu hotel e durma comigo mesmo assim? Porque eu vou. Eu vou confessar.

Charlie sentiu um frio na barriga.

— Acho que você acabou de confessar.

— Acabei? — perguntou Zeke com um sorriso travesso.

Ela nunca conhecera alguém tão confiante. De repente Marco parecia um moleque comparado ao homem sentado à sua frente. Ela nunca imaginara que haveria uma categoria de homens mais impetuosos e confiantes que os atletas profissionais, mas claramente não havia conhecido um astro de cinema de primeira linha.

A garçonete trouxe as bebidas, e os dois brindaram. Charlie acabou com a dela quase de um gole só, e Zeke tomou um golinho de água. E então ela se lembrou de todas as manchetes de anos anteriores. Um divórcio complicado da segunda esposa, que também era sua relações-públicas e mãe de seus dois filhos. As alegações deliciosamente libidinosas que ela fizera em juízo pedindo custódia integral. O tenso acidente de carro envolvendo uma Maserati, duas belas mulheres e a Pacific Coast Highway às quatro da manhã. A internação por trinta dias em Promises, a clínica de reabilitação em Malibu, por ordem judicial. Os boatos posteriores sobre orgias regadas a cocaína em sua mansão em Hollywood Hills. Um agente da CAA que supostamente sofrera uma overdose em uma dessas festas, antes de uma horda de gestores de crises do primeiro escalão de Hollywood rapidamente mudar a história para sugerir problemas cardíacos preexistentes. As bebidas, as drogas, os rabos de saia, tudo deixado para trás num brilhante golpe de relações públicas ou num esforço genuíno para mudar de vida e ficar com os filhos, a fama de Zeke sendo estabelecida o suficiente para que ele não conseguisse só sobreviver, mas até prosperar com um estilo de vida devastadoramente entediante e inocente. Edições inteiras foram escritas sobre a virada: era sincera ou só para manter as aparências? A cada semana, parecia que os dois lados apresentavam mais provas. Ninguém sabia ao certo, mas, na verdade, isso não importava. Valia a pena falar de Zeke Leighton.

— Alguém já disse não para você antes? — perguntou Charlie, inclinando-se na direção dele, apoiada nos cotovelos.

Flertando com ele, para ser sincera.

— Claro, mais do que eu gostaria de admitir. Mas estou torcendo para você não ser uma delas.

Quando a garçonete reapareceu, Zeke perguntou qual era a sugestão da casa. Ele arqueou uma sobrancelha interrogativa para Charlie, que concordou com a cabeça. Ele pediu para os dois. Ela não conseguiria lembrar um único prato que ele pediu, nem que sua vida dependesse disso. Nem conseguiria lembrar, quando pressionada por Piper, exatamente o que haviam conversado nas duas horas seguintes. Havia uma história sobre um fã superardoroso e sua mãe que a levou às lágrimas de tanto rir, e outra sobre o medo absurdo dele de voar (algo que ela nunca tinha lido antes). Zeke fez perguntas sobre tênis, o circuito, o cronograma rigoroso de viagens que ela mantinha onze meses por ano, e depois fazia perguntas mais complexas quando ela respondia. Surpreendentemente, ele não estava só puxando o saco quando disse que era fã: Zeke conhecia o jogo de trás para a frente, sabia o nome de todos os jogadores e a acompanhava de perto. Charlie se lembrou de um artigo que tinha lido na *Peo-*

ple ou na *Entertainment Weekly*, dizendo que ele tinha uma quadra na casa de LA e jogava com frequência, e achou charmoso ele não mencionar isso. Na verdade, ele não mencionou uma única celebridade com quem socializava (apesar de uma visita bem documentada a George e Amal no Lago Como no mês anterior e de uma semana nada discreta a bordo do iate do Sultão de Brunei, fotos que Charlie examinara com atenção quando foram publicadas), nem tentou impressioná-la com todas as casas que ela sabia que ele possuía. Zeke foi divertido e irônico em relação a si mesmo, e um bom ouvinte, e, de alguma forma, embora ela não conseguisse explicar aquilo para si mesma nem para ninguém, quando dividiram um *sorbet* de limão, Charlie já tinha esquecido que ele era famoso. Esquecido que tinha sido parcialmente obcecada por ele desde a adolescência. Esquecido da centena de pessoas reunidas do lado de fora do restaurante para tentar vê-lo rapidamente. Esquecido que estava sentada ao lado do homem mais famoso do mundo.

Quando Zeke olhou bem nos seus olhos e perguntou se ela queria sair dali, Charlie não pensou em Marco nem no caos midiático que certamente se seguiria, tampouco no fato um tanto relevante de que ela havia feito aulas de ginástica que duraram mais do que o tempo todo que passara com Zeke. Pensar, pela primeira vez em tanto tempo, não pareceu realmente um fator importante. Ela tinha sido uma boa garota. Ela seguira as regras que outras pessoas haviam determinado. E para quê? Perdera tanta diversão ao longo dos anos com o treinamento e as viagens, os treinos e os torneios, que ela quase sentia como se não *pudesse* dizer não. Que estaria decepcionando a si mesma se dissesse não — quer dizer, à Charlie de oitenta anos, que se lembraria da noite em que teve um *affair* com um astro de cinema em muito mais detalhe do que dez anos inteiros de ralação no tênis. Ela não poderia pôr a culpa na bebedeira (não estava bêbada), nem em estar fascinada, nem mesmo em estar brava com Marco. Não, a verdade era muito mais simples, e não era algo que ela admitiria para Piper, quando estivessem repassando cada detalhe, nem para Jake, quando ele fingisse desaprovação, porque era isso que os irmãos mais velhos faziam: ela estava fazendo aquilo *porque podia*.

Charlie olhou bem nos olhos dele e sorriu.

— Vamos.

15

a manhã seguinte

CHARLESTON
ABRIL DE 2016

Os colegas atletas costumavam reclamar de não saber onde estavam assim que acordavam num lugar estranho: tantas viagens bagunçavam a cabeça, deixavam todos confusos e deslocados, sem um lugar para chamar de lar. Charlie costumava concordar com eles, para não perder os amigos, mas a verdade é que ela sempre sabia onde estava, fosse um quarto de hotel em Cingapura ou um apartamento alugado na Wimbledon Village, ou uma poltrona apertada num voo sobre o Pacífico. Hoje, porém, talvez pela primeira vez em toda a sua vida, ela entendeu o que eles queriam dizer. Apesar do fato de Zeke Leighton estar deitado ao seu lado na cama — ou talvez por causa disso —, por um breve momento, ela não conseguiu se lembrar de onde estavam ou como haviam chegado ali.

— Ei — murmurou ele, baixando o celular. — Você acordou.

Ela instintivamente puxou o edredom para cobrir o peito, mas ele o tirou de volta devagar e beijou seus seios como se fossem obras de arte extremamente frágeis.

— Que horas são? — perguntou ela, embora visse claramente o relógio na cabeceira mostrar 9:12.

— Nove e um pouquinho. Faz tempo que estou vendo você dormir.

— Faz tempo? — Ela rolou e, estimulada pelo sorriso dele, beijou-lhe a boca. — Nós não, tipo, fomos dormir poucas horas atrás?

Zeke rolou para cima dela, e Charlie percebeu que ele estava só esperando que ela acordasse. Ela gemeu.

— Não podemos — disse ele, puxando provocativamente o lábio inferior dela com os dentes. — Você tem um avião para pegar, aparentemente.

Munique. Será que ela já tinha perdido a conexão em Nova York?

— Estou muito atrasada? — perguntou ela.

— Bom, o gerente do hotel finalmente veio bater à porta. Parece que o seu pessoal precisa *mesmo* entrar em contato com você...

— Por onde devo começar? — perguntou Charlie, pegando o celular. Imediatamente viu que sua tela inicial estava explodindo com mensagens: duas de seu pai, duas de Jake, uma de Todd, quatro de Piper e até uma de Natalya.

— É só escolher, provavelmente todos dizem a mesma coisa. E, só para você não ser pega de surpresa, tem uma multidão do lado de fora do hotel agora. Eles sabem que você está aqui.

— Eles sabem que eu estou aqui? — Sua voz soou aguda, puro pânico. — Claro que eu estou aqui! Eu estou hospedada aqui! Estamos no *meu* quarto! O que eu não sabia até sairmos do restaurante é que *você* estava hospedado aqui também.

Zeke levantou as mãos em autodefesa, mas não disfarçou a expressão divertida.

— Só estou falando, não tenho culpa.

Ela ignorou a tela das mensagens de texto sem ler nenhuma delas e abriu o aplicativo do *NY Post*. Imediatamente apareceu uma foto dela e de Marco. Havia uma linha vermelha em ziguezague saindo do centro, e a manchete gritava em uma fonte vermelha imensa: "TRAIDORES!"

Ela fechou os olhos e respirou fundo. Era horrível ser chamada assim, talvez ainda mais sendo atleta profissional — havia algo naquela palavra que tirava a força das pernas dela. *Traidora*. Só os mais desprezíveis traíam, trapaceavam, enganavam: no esporte, no amor ou na vida. E, agora, aqui estava ela, sendo acusada disso em letras garrafais para o mundo todo ver.

Charlie se forçou a pegar o celular, mas Zeke o segurou.

— Não leia isso agora. Não vai ganhar nada com isso.

Ela se desvencilhou e rapidamente leu as duas primeiras frases:

Falta amor nesse jogo! Parece que até os amigos próximos se enganaram: apesar dos relatos dizendo que o casal estava firme e num romance ardente, parece que os fenômenos do tênis Marco Vallejo e Charlotte Silver se deram bem — com outras pessoas.

Ela olhou para Zeke, que a estava observando de perto. E então a ficha caiu: a manchete era "TRAIDORES!". Estava no plural.

O número um do mundo está competindo no Rolex Open em Monte Carlo e acabou de avançar para as semifinais. A amiguinha de Vallejo ainda é um mistério, mas diversas fontes confirmam que ele foi visto beijando uma bela loira na festa oficial dos jogadores, antes de ir embora com ela. O simpático casal foi visto mais tarde, na mesma noite, trocando mais um beijo na varanda do quarto de hotel do lindo espanhol — desta vez enquanto ela o envolvia com as pernas, usando o que parecia ser uma camiseta masculina! Mas não se preocupem, Silver também marcou ponto com um jantar romântico a dois com ninguém menos que Zeke Leighton. O novo casal cheio de gás não apenas tomou coquetéis de champanhe e mordiscou risoto de trufas, como o guarda-costas dele fez uma parada numa farmácia (segurança em primeiro lugar!). E não parece que se despediram na porta... Funcionários do hotel informam que a bela dupla ainda está escondida no quarto do astro. Volte mais tarde para saber outros detalhes!

E, como se não fosse ruim o suficiente, havia fotos. Quatro, para ser precisa. Na primeira, Charlotte e Marco davam o primeiro beijo público na entrada do evento em Miami. Logo depois, havia uma foto aproximada do que parecia ser uma adolescente loira usando uma enorme camiseta Nike que acabava na metade das mesmas coxas perfeitas que envolviam firmemente a cintura de Marco. Ele ria enquanto ela beijava seu pescoço. A terceira foto da série trazia Charlie e Zeke no jantar da noite anterior, um inclinado na direção do outro, num óbvio "olho no olho" de paquera. A última estava, felizmente, um tanto granulada, mas não tanto que não permitisse reconhecer claramente o guarda-costas de Zeke entregando uma caixinha vermelha ao caixa da farmácia.

— Ai. Meu. Deus.

Charlie não percebera que tinha dito isso em voz alta até Zeke puxá-la para si.

— Vem cá, isso é tudo bobagem. Bobagem de fofoca insignificante. Nem olhe pra isso.

— Ai. Meu. Deus. Estou me sentindo tão humilhada, não sei nem por onde começar. — Imediatamente um pensamento veio à sua mente: seu pai. E foi rapidamente seguido por outro: sua mãe.

— Nãããããoooo — gemeu ela, como se estivesse fisicamente mal. E era exatamente assim que estava começando a se sentir.

Charlie voltou a olhar para o telefone e começou a passar pelas mensagens de todos.

Me ligue assim q puder.

C? Onde vc tá? Me ligue antes de ler qq coisa.

190! 190!

Ele não é um estuprador maluco, é? Vc tá bem, n tá? Vc n é disso...

Quero saber até o último detalhe delicioso!!! Me ligue no segundo em q sair p pegar um ar!!!

Seu voo p Munique foi trocado p hoje à noite. Os detalhes foram por e-mail.

Charlie, por favor, me ligue no momento em que receber esta mensagem. Obrigada.

A última mensagem que ela abriu era de Natalya. Era um foto. As pessoas nela não pareciam saber que estavam sendo fotografadas, provavelmente pelo celular de alguém. Embora Charlie não pudesse ver direito o rosto do homem, podia dizer pelo cabelo e pela camisa xadrez cor-de-rosa que era Marco. A cabeça dele estava enfiada no pescoço de uma mulher — ou melhor, de uma garota —, mas o rosto dela estava visível. A única legenda que a acompanhava era: "Parece *familiar*?"

O erro de digitação a distraiu, mas por pouco tempo. A garota parecia mesmo familiar. Ela não era jogadora, nem mesmo júnior ou amadora, disso Charlie sabia. Talvez fosse amiga da namorada de outro jogador? Ou alguém que havia trabalhado no torneio? A resposta mais simples costumava ser a certa: muito provavelmente era uma garota bonita das redondezas, uma que esperou o ano todo para o circuito masculino passar pela cidade, que parecia familiar porque se parecia com todas as fãs de tênis jovens e atraentes de qualquer lugar. Enquanto Charlie estreitava os olhos tentando se lembrar de onde a conhecia, outra mensagem apareceu na tela. Também era de Natalya, e trazia uma captura de tela. Charlie deu zoom na foto e viu que o perfil da garota estava na página inicial do site *Au Pair in America*.

Então Charlie lembrou. Elin. Não era o nome dela, claro, mas era assim que todos os jogadores a chamavam, de gozação, porque ela era uma clone da ex-mulher de Tiger — a outra babá gostosa. O nome da garota era Sofie Larsson, e ela era babá, trabalhava para o treinador de um jogador. Era sueca, tinha dezoito anos e tinha experiência com crianças, de bebês a adolescentes (ela não sabia muito sobre recém-nascidos, mas estava tãããããão animada para aprender). Era fluente em sueco, alemão, inglês, italiano e falava um pouco de holandês, e planejava fazer universidade, um dia, para estudar comunicação. Naturalmente, ela amaaaaaaava viajar.

E transar com jogadores de tênis, pensou Charlie, fechando a mensagem.

A Senhorita-Adoro-Crianças-e-Falo-Tudo não pensara duas vezes antes de se jogar em cima de Marco Vallejo. *Melhor incluir espanhol no repertório.*

— Vou voltar para o meu quarto. — A voz de Zeke a trouxe de volta à realidade.

Quando ele tinha se levantado e se vestido?

— O quê? Desculpe. Eu, ah... Isso tudo é meio novidade para mim.

Ele deu a volta na cama para se sentar ao lado dela e dessa vez não a impediu quando ela puxou as cobertas até as axilas.

— Tente não se preocupar demais, ok? Essas coisas nunca duram mais do que um ou dois ciclos de notícias.

Quando Charlie não disse nada, Zeke estendeu a mão e segurou o queixo dela entre o polegar e o indicador.

— Ei. Meu pessoal já publicou uma declaração de que, embora eu seja muito fã seu, somos apenas amigos que jantaram juntos, nada mais. Nem vale a pena mencionar que voltamos juntos para o hotel. Nem é muita coincidência estarmos hospedados no mesmo lugar, considerando que é o melhor de Charleston. Quando não há nenhuma informação além disso, a coisa toda tende a esfriar rapidamente.

Charlie percebeu que Zeke ainda não tinha visto a parte da história sobre Marco. Ou viu e não ligou. E por que ligaria? Como ele disse, os dois eram adultos, sabiam o que estavam fazendo, e ela tinha maturidade suficiente para prever que pelo menos parte daquilo iria acontecer. Verdade seja dita, ela sabia que aconteceria e tinha feito assim mesmo.

— Tudo bem. Obrigada.

Charlie sorriu e aceitou um beijo dele. Em algum momento durante a noite, ele tinha passado de Zeke Leighton, Astro de Cinema, para Zeke, o cara sexy mais velho que era divertido, sabia elogiar, tinha uma ínfima barriguinha e sabia como fazer uma massagem bem boa no corpo todo. Talvez tenha sido quando ela captou um vestígio de vergonha quando ele tirou a roupa, ou quando ele fez xixi com a porta do banheiro entreaberta, ou quando ele fez aquela cara na cama. Charlie não sabia ao certo quando percebera que ele era só uma pessoa, mas tinha sido tanto um alívio como uma decepção.

— Qual é o seu número? — perguntou ele, digitando enquanto ela falava.

O celular dela tocou.

— Pronto, agora temos os números um do outro. Não some, tá? Eu sei que nós dois temos agendas doidas e tudo mais, mas a noite passada foi mesmo ótima, Charlotte.

— Charlie. Me chame de Charlie.

Os dois riram.

— Charlie. Você vai para a temporada na Europa agora, certo? Temporada do saibro?

Ela concordou, ligeiramente impressionada.

— Bom, daqui, eu vou gravar em Sydney, mas depois disso volto para os Estados Unidos e fico algum tempo. Talvez a gente se fale em algum momento durante o verão?

Ela piscou.

— Vou pedir para o meu pessoal enviar para o seu pessoal alguns ingressos do Open. Vá, se puder.

— Eu vou todo ano, sabia? Temos ótimos assentos na...

— Você já foi como convidado da principal cabeça de chave? Não? Bom, os assentos no camarote dos jogadores são os melhores de todos.

Zeke sorriu.

— Você é demais, Charlie Silver, sabia disso?

Antes que ela pudesse dizer alguma coisa, ele a beijou mais uma vez na bochecha e caminhou para a porta. Um segundo depois, após um último sorriso delicioso à la Zeke Leighton, ele se foi.

Charlie não se lembrava de ter discado o número de Piper até que a amiga começou a gritar.

— É verdade? Quer dizer, eu vi as fotos com meus próprios olhos, mas é verdade mesmo?

Quando Charlotte pigarreou, Piper literalmente gritou.

— Ai, meu Deus. Você transou com Zeke Leighton. *Zeke Leighton!* Tem uma baboseira do relações-públicas sobre vocês serem só amigos e tentando transformar uma caixa de camisinhas em uma latinha de balas, mas eu sabia. Eu sabia!

Charlie olhou para as embalagens de camisinha no chão e sorriu.

— É, foi bem divertido.

— Queria que você pudesse me ver agora — disse Piper, sem fôlego. — Estou andando de um lado para o outro. São seis da manhã aqui, por falar nisso. Acordei para ir ao banheiro às três, dei uma olhada no celular e *minha nossa senhora*, Charlie. Zeke Leighton?

— É estranho, mas ele é só meio que um cara normal.

— É, e só meio que não! Se isso for alguma tentativa da sua parte de não me contar cada detalhezinho, bom, não vai funcionar. Você já imaginou se acontecesse de eu pular na cama com Matt Damon e depois alegar que não foi nada de mais?

— Não estou dizendo que não foi grande coisa, é só que...

— Quantas vezes? Quais posições? Ele é um amante carinhoso? Ele sempre faz papéis tão sensíveis, imagino que seja incrível na cama. Vamos começar por aí. Você pode contar do jantar depois da parte boa.

Charlie riu. Parte dela se sentia ridícula por contar os detalhes íntimos para a amiga, mas tinha sido bom demais para guardar para si. Era para isso que serviam as amigas, né? Na adolescência, ela perdera tudo: as brincadeiras de girar a garrafa, os amassos no cinema e sair escondida à noite para encontrar um garoto. Ela nunca tivera uma melhor amiga antes de Piper, nunca tinha contado seus segredos de verdade para ninguém além de Jake. Era muito delicioso demais para resistir.

— Ah, você sabe. Foi basicamente o que você esperaria — disse ela timidamente, sorrindo, prevendo a reação de Piper. Não ficou decepcionada.

— Eu vou desligar. Sério mesmo, vou desligar neste segundo se você não começar a falar!

— Tá bom, tá bom. Voltamos para cá pouco depois das dez. Ele foi para o quarto dele primeiro, para o caso de alguém estar prestando atenção, e desceu para o meu poucos minutos depois. Trouxe uma caixinha de som portátil, o celular e uma vela que achou em algum lugar e...

— Ele é mesmo um profissional. Aposto que ele leva, tipo, um "kit sexo" para todo lugar que vai. Ele tinha garrafinhas de vodca, daquelas de avião, para misturar bebidas? Eles sempre fazem isso nos filmes.

— Ele está se tratando, lembra?

— Achei que aquilo era só para constar! Para as crianças? Ou para a imagem dele? Não pode ser de verdade...

— Acho que é, ele não bebeu nada no jantar, e eu só tomei um drinque.

— Você fez sexo com Zeke Leighton *sóbria?* É isso que você está me dizendo?

Charlie afastou o celular do ouvido.

— Quer parar de gritar? Você está me deixando surda.

— Vamos só esclarecer isso aqui: vocês dois estavam sobriozinhos da silva?

— Sim.

— Ai, meu Deus. Você vai se casar! Charlie! Você vai casar com Zeke Leighton!

— Piper, pare com isso. Tirando aquela primeira vez com Marco em Palm Springs, *todas as vezes* que transei com alguém eu estava sóbria. Passo meses e meses sem beber absolutamente nada. Você já fez isso também, lembra?

Piper estremeceu audivelmente.

— Piores ficadas da minha vida, sem sombra de dúvida. Eu vou me casar, literalmente concordando em passar o resto da minha vida com Ronin e dar muitos filhos para ele, e nós dois ainda gostamos de dividir uma garrafa de vinho antes de ir para os finalmentes. É a natureza humana, Charlie.

— Bom, não sei o que dizer. Eu fiz sexo com Zeke Leighton sóbria. Três vezes. Uma delas no chuveiro. Bom, tecnicamente no chuveiro, mas acabamos no chão...

— *Eu não consigo respirar* — suspirou Piper. — Lembra da cena dele no chuveiro em *Around the World*? Aquela em que ele vai para cima da Rachel McAdams e tem todo aquele vapor, e é basicamente a coisa mais sexy que você já viu? Porque é isso que eu estou imaginando agora.

Charlie olhou para o chuveiro, cujo piso ainda estava molhado, e se sentiu corar.

— É, não foi muito diferente daquilo.

— Isso é tãããããão loucamente sexy! Tá, tá, vamos começar do começo. Você venceu Charleston, parabéns, aliás, e recebeu uma ligação dele? Do pessoal dele? Me conte a coisa toda desde o primeiríssimo momento.

Charlie sabia que devia sair da cama e enfrentar o caos. Seu pai e Jake não paravam de ligar desde que ela pegara o celular. E-mails de Todd pulavam em sua tela a cada três minutos. A camareira tinha batido duas vezes. Ela ainda precisava acertar seus planos de viagem para a Europa. Havia o pequeno problema de ter seu caso de uma noite estampado em todo lugar. E tinha Marco, o meio-namorado que ela havia traído publicamente e que a havia traído também. E cujas raquetes ela devia levar de JFK para Munique, em um voo que ela não tinha certeza se conseguiria pegar. Mas a tentação do interesse de Piper e o prazer de reviver a noite eram fortes demais. Dane-se. O mundo não ia acabar se ela dedicasse mais alguns minutos à conversa com a melhor amiga. Charlie voltou para a bagunça emaranhada de lençóis macios e edredom de penas fofinho e estendeu as pernas. Com os dedos esticados como uma bailarina, ela começou a levantar lentamente cada perna bem alto no ar.

— Eu soube, no segundo em que ele entrou no restaurante, que ia rolar alguma coisa — disse ela, sentindo-se mais calma do que tinha o direito de estar. Sem pensar no que significava, uma vez na vida, ser a garota má. Sem pensar como tinha sido bom infringir algumas regras. Haveria consequências a enfrentar, com certeza: Marco, os tabloides, sua família, só para começar. Mas Charlie disse a si mesma que pensaria nisso depois. Agora, havia uma história a contar.

Ela sorriu. E então falou, e falou, e falou.

16

melhor na cama?

PARIS
MAIO DE 2016

Charlie viu o pai na escada rolante antes que ele a visse, mas algo na postura dele a impediu de correr até lá. Ela hesitou por um instante e ficou observando o pai olhar para o nada, parecendo não prestar atenção ao redor. Ele não estava exatamente corcunda, mas se curvava para a frente de uma maneira que o deixava mais velho. As linhas de preocupação pareciam permanentemente gravadas no seu rosto — ela conseguia vê-las de onde estava.

O Sr. Silver saiu na base da escada e olhou ao redor, sem parecer saber ao certo o que fazer em seguida. Quando seus olhos se cruzaram com os de Charlie, toda a sua expressão mudou. Imediatamente ficou ereto e abriu um sorriso largo e genuíno, mas seus olhos continuavam distantes.

— Charlie! O que você está fazendo aqui? — perguntou o Sr. Silver, embora sua alegria fosse aparente. Ele a abraçou, e ela imediatamente sentiu cheiro de fumaça.

— O que foi, não posso passar um tempinho com o meu pai?

Ele apertou os ombros da filha e deu um beijo em cada bochecha dela.

— Você não tem nada melhor a fazer do que encontrar seu velho no aeroporto? Já foi muito gentil em me comprar a passagem. Eu estava planejando pegar um táxi.

O constrangimento dele em aceitar a passagem era óbvio, e Charlie fez a gentileza de ignorá-lo.

— O quê? Você não se lembra dos taxistas franceses da época em que jogava? Porque eles não mudaram nada, e eu não desejaria isso nem para o meu pior inimigo.

Seu pai riu e lhe ofereceu o braço. Os dois costuraram pela multidão que se reunia na esteira de bagagens. Ele não tinha mala, então se dirigiram à saída, onde um carro do torneio os esperava. Acomodaram-se no banco de trás, e o pai balançou a cabeça.

— Não acredito que a sua mãe não conseguiu ver isto — disse ele, a voz falhando um pouquinho. — O carro, os prêmios e os elogios. Roland-Garros. Você.

— Também tenho pensado nela — disse Charlie, baixinho.

Em poucos minutos, tinham saído do Charles de Gaulle e passavam zunindo pelas fazendas que circundavam o aeroporto. Ela sempre ficava surpresa em ver como eram rurais as áreas à volta de um dos aeroportos internacionais mais movimentados do mundo.

— Hoje é aniversário dela.

O pai confirmou.

— Ela faria quarenta e nove anos hoje. Meu Deus, não consigo nem imaginar. Quase cinquenta. Ela está congelada no tempo com trinta e cinco, uma linda mãe jovem. Com a sua idade, ela já tinha tido você e Jake.

Charlie olhou pela janela. Ele não tinha dito isso, mas não precisava: sua mãe tinha dedicado a vida a Charlie, a Jake e ao pai deles. Sacrificou a própria carreira para ficar em casa por todos eles; cozinhou, foi mãetorista, ajudou com o dever de casa, fez festas de aniversário de surpresa e torceu à beira da quadra em toda oportunidade que teve. E o que Charlie fez para honrá-la? Destacou-se no esporte, sim, mas também demitiu sua treinadora e mentora, que sempre enfatizou a importância da honestidade e da integridade. Foi acusada de trapacear para vencer torneios. Meteu-se em um escândalo muito público envolvendo dois homens com quem dormiu, mas que não amava. "Concordou em discordar" de seu pai, que claramente estava lutando com algo a que ela não sabia nem que nome dar. Charlie percebeu que há tempos seu pai não dizia como sua mãe teria ficado orgulhosa. Era algo que ele costumava dizer com frequência, quase num reflexo. *Sua mãe teria explodido de felicidade em ver a mulher que você se tornou. Ela ficaria muito orgulhosa da pessoa que ajudou a criar. Você me lembra tanto dela.* Ele dizia essas coisas com tanta frequência que quase perderam o significado, mas, agora, ela teria feito qualquer coisa para ouvi-las novamente.

Charlie tossiu.

— Obrigada por vir até aqui, papai. Eu sei que não deve ser fácil perder tanto trabalho.

Seu pai olhou para ela, surpreso.

— Do que está falando, como assim "vir até aqui"? Você acha que é todo dia que sua filha é a quarta cabeça de chave em um Grand Slam? Charlie, você venceu em Charleston e em Munique. Você tem uma chance real de vencer em Roland-Garros. *Roland-Garros*. Como você pode sequer sugerir que eu não estaria aqui para ver?

Munique. Talvez o torneio mais estranho de toda a vida dela. Logo depois do título em Charleston, sentindo-se alternadamente animada e aterrorizada pelo frenesi da mídia por causa de Zeke Leighton e pela sensação estranha com relação a Marco e a babá gostosa, como se visse tudo de fora, Charlie se convencera de que estaria distraída demais para fazer qualquer coisa em Munique. Na verdade, ela passara todo o voo para a Alemanha se repreendendo. Esqueça o problema de dormir com um estranho e o mundo inteiro ficar sabendo — isso já era ruim o suficiente, além de constrangedor. Mas noitadas exigem demais fisicamente de uma atleta de elite, mesmo que não tivesse bebido. Aquela noite sem dormir, combinada com o *jet lag*, a faria sentir como se estivesse se arrastando pela lama na quadra. Ela estaria letárgica e lenta, além de mentalmente distraída. Bem quando tantas outras coisas estavam se encaixando, ela estava fazendo o máximo para se sabotar. Quando se registrou no Mandarin Oriental, em Munique, se sentia um lixo: exausta, dolorida, humilhada. Todd a recebera com uma malhação insana e um conselho:

— *Fique longe de Marco. O torneio todo. Nada de distrações. Está me ouvindo?*

E, de alguma forma, ela conseguiu. Os dois trocaram mensagens uma vez — *boa sorte na partida de amanhã, ocupada demais, vejo vc em breve* —, mas foi só isso. O estranhamento da falta de um ajuste de contas era ainda pior do que a vergonha de colocar todas as cartas na mesa e reconhecer que ambos tinham "traído" o outro.

Charlie teve certeza de que perderia na primeira rodada para uma *wild card*. E ela tropeçou, sem dúvida. Levou três *sets* duvidosos jogando o que devia ser o pior tênis da sua vida para vencer a primeira rodada, e a segunda rodada não foi muito melhor. Ela estava mais descansada nas quartas de final, mas ainda se sentia emotiva e desequilibrada, e se surpreendeu ao conseguir manter foco suficiente para vencer em dois *sets* tranquilos. Quando chegou a hora de encarar Natalya na semifinal, Charlie sabia que iria perder, mas Natalya teve uma intoxicação alimentar terrível na noite anterior e precisou abandonar o torneio. E, assim, sem mais nem menos, Charlie avançou para a final, na qual enfrentou novamente Karina Geiger, segunda no *ranking*, abaixo de Natalya, pelo terceiro maior período na história. Mas, assim como Charlie no início do torneio, Karina não estava na sua melhor condição. Não conseguia acertar um único primeiro serviço, e seu jogo na rede rapidamente degringolou. Ela se recompôs brevemente no fim do segundo *set* e forçou um *tie-break*, mas Charlie ainda conseguiu capitalizar em cima do desequilíbrio mental de Karina até aquele ponto, para fechar em 6-4, 7-5. Ela ficou lá na quadra, imóvel, por quase um minuto, antes de cair a ficha: tinha vencido não um, mas dois torneios importantes. Na sequência. Isso faria seu *ranking* global subir para o top 5 e ajudaria muito a chave em Roland-Garros. Estava acontecendo, tudo estava acontecendo, e rápido. Ainda assim, ela mal conseguia acreditar.

— Charlie? Charlie? Acorde, Charlie...

Ela se virou para o pai.

Ele a encarava com as sobrancelhas franzidas.

— O que foi? Por que você está me olhando assim?

Charlie sabia que tinha tudo a ver com o fato de a filha dele ter se envolvido em um triângulo amoroso público, mas também sabia que ele nunca diria isso.

O Sr. Silver sorriu.

— Só seu pai se preocupando, só isso.

O carro saiu da via expressa nos arredores da cidade e seguiu rapidamente ao longo do Sena, os edifícios parisienses ficando mais altos e mais condensados.

— Eu acabei de vencer em Charleston e em Munique! As coisas estão mesmo assim tão terríveis? — Ela tentou manter a voz tranquila, mas sabia exatamente o que ele queria dizer.

— Você parece magra.

— Isso é bom, papai. Todd vem dizendo desde o começo que perder uns cinco quilos deixaria meu deslocamento mais ágil. Ele está certo! Eu estava exausta na primeira rodada. Se fosse no ano passado, eu definitivamente não conseguiria terminar, mas dessa vez eu me recuperei. Superei. E acho que foi porque eu emagreci e desenvolvi musculatura. Quem sabe? Talvez não tivesse tido o problema com o tendão no ano passado se estivesse controlando o peso.

— É que... — Ele pareceu escolher as palavras com cuidado. — Estou com medo de você estar forçando demais. Só o seu programa de condicionamento físico parece torturante, isso sem nem levar em conta o treino de tênis em si.

— Não é *tão* pior do que o que eu fazia com Marcy — disse ela. Era uma mentira deslavada, e os dois sabiam.

— Me conte em detalhes como é, então.

— Ah, pare com isso.

— Estou só curioso. Mate minha curiosidade.

Charlie suspirou.

— Segundas, terças e quartas são dias cheios. Três horas de tênis, uma hora e meia de academia, almoço, descanso, depois duas horas de tênis e mais uma hora de academia. Quinta é só metade do dia, então tenho só o tênis e a academia na parte da manhã. Sexta e sábado são dias completos, e o domingo é livre. Não é mesmo tão ruim assim. — Charlie pigarreou, esperando que sua mentira soasse mais crível. Na verdade, o programa era ainda mais cansativo do que sua descrição sugeria.

— Querida... — A voz dele era calma, embora tivesse ficado de coração partido com a informação.

— Papai, não me leve a mal, não quero que fique chateado, mas você está meio por fora das coisas. Todos dizem que há quinze anos as mulheres podiam se sair bem se tivessem só bons golpes e estratégia. Se fosse para três *sets*, a vencedora era a mulher que conseguisse se manter de pé. Mas agora? Depois que apareceram todas essas garotas com um condicionamento físico louco? Com elas treinando tão pesado quanto os homens, se não mais pesado ainda? Não tenho mais escolha, preciso treinar desse jeito se quiser competir.

— Acho que o jogo está diferente nos últimos tempos — disse ele calmamente.

— Sim. Eu vi um vídeo antigo de Martina e Chrissy. Quando Martina ganhou o primeiro torneio, ela era gorda, pura e simplesmente! Consegue imaginar uma coisa dessas?

Os dois ficaram em silêncio pelo restante do caminho. Quando o carro parou em frente ao Le Meurice, Jake os esperava na calçada. Ele estava lindo com um colete acolchoado ajustado Moncler sobre uma camisa de malha grossa canelada de manga comprida e jeans. A touca de cashmere que ele usava tinha o exato tom de azul dos seus olhos, e, pela milésima vez, Charlie se perguntou por que ele não estava namorando ninguém. O irmão era bonito e centrado, e aparentemente confiante. Ela conhecera um punhado dos casos dele no passado, e eram todos muito parecidos com ele: nem afeminados demais, nem ratos de academia marombados cujos braços e peitorais mal cabiam nas roupas. Charlie sabia que Jake tivera um período promíscuo aos vinte e poucos anos, quando, de acordo com ele, "passava a régua em todos os bares e boates gays de Hell's Kitchen, Chelsea e Brooklyn", mas o susto com uma suspeita de hepatite o levara de volta à monogamia. Agora, até onde ela sabia, Jake só namorava uma pessoa por vez, e depois de insistir em uma bateria completa de exames, mas nenhuma parecia durar mais do que uns poucos meses. Só uma vez ele levara alguém para o jantar de Ação de Graças, um engenheiro elétrico frustrado chamado Jack que passava as noites tentando fazer sucesso no circuito da comédia *stand-up* com piadas inteligentes e irreverentes sobre política, atualidades e seus próprio cabelo vermelho deplorável. O Sr. Silver surpreendera os dois, mostrando-se relaxado e acolhedor; Charlie falava sem parar no quanto ela adorava Ginger Jack, em como os nomes "Jake e Jack" ficariam fofos num convite de casamento, em como eles poderiam chamar o primogênito de Jon ou de Jill, ou de Jamie, caso se sentissem oprimidos pelo estereótipo de gênero. Ainda assim, no Natal, Jake aparecera sozinho, e, com exceção de alguns resmungos sobre "agendas" e "prioridades", eles nunca mais ouviram falar de Jack.

Seu pai e Jake se deram um abraço apertado, demorado, sem vestígio de vergonha. Quando finalmente se separaram, Jake examinou o Sr. Silver como se ele fosse um filho perdido que finalmente voltava para casa depois de uma longa e árdua jornada.

— O que está acontecendo aqui? — perguntou ela, encarando os dois.

O Sr. Silver sorriu, mas era forçado.

— Nada, querida, só estou sempre feliz em ver vocês.

— Sério, vocês dois estão se olhando como se alguém tivesse morrido. O que eu não estou sabendo?

Expressões idênticas passaram pelo rosto de Jake e de seu pai, mas Charlie não conseguiu identificar a emoção antes de Jake pegar seu braço.

— Vamos, você tem uma entrevista com a *Elle* francesa agora. Papai, quer ir para o quarto ou vir conosco?

— O que você acha? — perguntou o pai com um sorriso, e os seguiu. Charlie se sentiu culpada por desejar que ele tivesse escolhido o quarto.

— Eu não deveria me trocar? Achei que o acordo era eu ter pelo menos alguns cristais visíveis em todas as entrevistas.

Charlie quase precisou correr para acompanhar o passo de Jake enquanto ele atravessava o saguão de mármore. Ela ouviu pelo menos três pessoas sussurrando seu nome para a pessoa ao lado enquanto passavam.

— Aqui — disse Jake, entregando-lhe uma *nécessaire* incrustada de cristais com suas iniciais em pedras pretas. Ele a empurrou para o banheiro feminino. — Pegue algumas coisas daí. Encontramos você na suíte executiva no segundo andar em cinco minutos. Vai!

Ela entrou no banheiro acarpetado com elaborado revestimento em madeira e uma vela Diptyque de três pavios que exalava um perfume delicioso. Uma olhada rápida no espelho confirmou as olheiras escuras e os lábios ressecados e descascados que ela já tinha sentido. O cabelo, normalmente sedoso, parecia opaco e pesado; seu rosto parecia feito de cera sob o bronzeado onipresente.

Não era à toa que seu pai ficara tão preocupado: ela estava com uma aparência de merda.

Fuçando na *nécessaire* imensa, Charlie pegou um pincel redondo, seu xampu seco Oscar Blandi preferido, uma chapinha sem fio, um *bronzer*, rímel e dois *glosses*. Finalmente conseguia entender por que Natalya levava cabeleireiro e maquiador nas viagens. Levou cerca de dez minutos, durante os quais chegaram cinco mensagens de Jake, mas ela definitivamente estava com uma aparência melhor. Havia todo um séquito na suíte quando ela entrou: Jake, Todd, seu pai, uma francesa absurdamente chique que devia ser a repórter, um fotógrafo e seu assistente, e um cara de vinte e poucos anos que foi apresentado como tradutor.

— Para pegar todos os meus erros — riu Sandrine, a repórter, no que pareceu um inglês perfeito.

Charlie cumprimentou todos e tentou não ficar nervosa: ela ainda não estava acostumada com entrevistas muito além das perguntas pós-partida de sempre sobre pontos e foco mental. Mas a *Elle* não ligava muito para sua estratégia para Rolland-Garros, não com as manchetes falando de Zeke Leighton e Marco Vallejo.

— Sente-se onde ficar mais confortável, querida — disse Sandrine, indicando com uma elegante mão de unhas feitas a sala de estar da suíte. — Vamos conversar, depois tirar as fotos. *Oui?*

Charlie concordou e escolheu uma das poltronas em capitonê. Ela se esforçou para sorrir quando, na verdade, tudo o que queria era ir para o quarto, tomar um banho quente e jantar cedo. Os próximos dias de treino seriam mais intensos do que costumavam ser no início de um Grand Slam, e ela queria começar a se concentrar em sua rotina.

Houve uma batida à porta e uma pequena comoção enquanto um garçom entrava com um serviço de chá. Com um grande floreio, ele colocou travessas de refinados folhados e delicadas xícaras e pires na mesa entre Charlie e Sandrine; quando serviu o chá do pesado bule de prata, ele assegurou baixinho para Charlie que era "*sans* cafeína". Quando ela agradeceu, ele fez uma reverência e murmurou "*Mademoiselle*".

— Charlotte, querida — disse Sandrine, fazendo o nome de Charlie soar elegantemente francês. — Conte como é ser a favorita para Roland-Garros este ano. — Ela pronunciou "favorita" como "favorrita".

Charlie hesitou e, pelo canto do olho, viu Todd se contorcer como um personagem de filme de terror.

— É fantástico. Trabalhei muito tempo por esta oportunidade, e estou me sentindo muito bem de verdade com as minhas chances.

— Você acha que pode vencer aqui em *Parrí*?

Charlie queria falar da confiança que sentia ao jogar no saibro, como era raro para um americano ficar tão à vontade nessa superfície, mas ela havia crescido nas quadras de Har-Tru de Birchwood e aprendera a tirar vantagem das escorregadas e do ritmo mais lento. Ela podia até ter mencionado seu novo programa de condicionamento físico e como trabalhar com Todd estava lhe dando vantagem, mas outra espiada na direção dele revelou ainda mais espasmos.

— Sim, eu sei que posso vencer — disse ela, em vez disso. — Agora só preciso ir lá e fazer isso.

Você não vai ganhar nenhum prêmio por ser articulada, com certeza, pensou, mas ficou feliz em ver que os espasmos de Todd haviam sido substituídos por um sorriso satisfeito.

— O que você acha que mudou? Menos de um ano atrás, você se lesionou na primeira rodada de Wimbledon, e alguns ainda afirmam ter sido... como se diz? Uma lesão questionável. Como você explica seu retorno ao topo do *ranking*? — Sandrine franziu os lábios cor-de-

-rosa perfeitos de uma forma que fez Charlie querer apertá-los. Não de um jeito delicado.

— Lesão questionável? — Charlie se virou para o tradutor, achando que podia ter havido algum mal-entendido, mas ele apenas confirmou com a cabeça. — Eu rompi o tendão de aquiles e quebrei o pulso esquerdo. A lesão no pé exigiu cirurgia e meses de fisioterapia. Não sei muito bem como isso se qualifica como "lesão questionável", se é isso que você está sugerindo...

Sandrine fez um gesto com a mão, como se esses fossem detalhes insignificantes.

— Sim, você está certa, claro. — E abriu um amplo sorriso ferino. — Vamos falar de coisas mais divertidas, sim? Romance! Sei que todos os nossos leitores adorariam saber dos seus encontros com vários homens bonitos, *oui*? Diga, Zeke ou Marco? Ou ambos? — A risada de Sandrine ressoou pela sala subitamente silenciosa.

— Srta. Bisset, como sem dúvida se lembra, concordamos antes da entrevista que a vida pessoal de Charlotte não seria discutida além dos detalhes de viagem e do cronograma de treinos. — A voz de Jake soou firme, mas Charlie detectou certa preocupação.

Sandrine riu novamente, mas seu olhar continuou fixo em Charlie.

— Charlotte, querida, você certamente não se importa de esclarecer um pouco para nós, não é? Mulheres do mundo todo, eu incluída, claro, adorariam compartilhar a cama de um desses homens. E pensar que você teve os dois! Bom, não podemos simplesmente ignorar isso, podemos?

Jake se levantou de supetão.

— Srta. Bisset, acho que já chega.

— Bom, é verdade, não? — Ela tinha a expressão satisfeita de um gato que havia acabado de devorar um passarinho indefeso.

— Ou redirecionamos a conversa para a participação de Charlotte em Roland-Garros que começará em breve ou...

— Você está me perguntando qual dos dois é melhor na cama? — Charlie piscou inocentemente. — Ou só quem eu prefiro no geral? Gostaria de entender melhor a sua pergunta.

— Charlie! — A maneira como Jake rosnou seu nome imediatamente a fez se lembrar da mãe: a perplexidade, a ênfase na segunda sílaba, quando a maioria das pessoas enfatizava a primeira. Naquele instante, ela voltou vinte anos no tempo. Talvez seu pai também lembrasse a mesma coisa, pois ficou tão horrorizado com o rumo da entrevista que saiu pela porta da suíte sem dizer uma palavra.

Sandrine encarou o olhar fixo de Charlie, e ela viu o respeito brotar na expressão da mulher. A repórter pegou um *biscotto* da travessa, mas, quando o colocou ao lado de sua xícara sem dar uma única mordida, Charlie percebeu que estava só enrolando.

— Bem, os dois assuntos são muito interessantes, querida. Pode falar o que estiver pensando, por favor.

— Charlotte... — Desta vez, o aviso vinha de Todd. Charlie olhou rapidamente para ele e ficou surpresa ao ver Dan à esquerda, encarando os pés. Quando ele tinha entrado?

— O que eu estiver pensando... Humm, vejamos. Estou pensando que nunca me senti mais preparada para um torneio em toda a minha vida. Como você sabe, eu cresci jogando principalmente em quadras de saibro, então fico muito à vontade com a superfície. Graças à minha equipe incrível — ela parou e apontou para Todd e Dan —, nunca estive em melhor forma nem tão confiante na minha nova abordagem. Minhas lesões estão completamente curadas. Nunca me senti melhor.

Se Sandrine percebeu que Charlie havia redirecionado a entrevista, não deixou transparecer.

— O que você diz para as pessoas lá fora que argumentam que você nunca venceu um Grand Slam? Na verdade... espere, acho que tenho bem aqui. — Sandrine folheou suas anotações. — Natalya Ivanov foi mencionada semana passada. Nas palavras dela, "Charlotte demonstrou grande progresso nos últimos meses. Claro que ela tem bons golpes e um bom jogo, no geral, mas acho que todos sabem que, na verdade, você é só uma amadora até vencer um Slam". Como você responde a isso?

Charlie fez um esforço para rir, mas o que ela queria mesmo era pular da poltrona e arrancar as anotações da mão de Sandrine. Natalya tinha dito aquilo? Quando?

— O que eu diria sobre isso? Não tenho nada a dizer sobre isso, na verdade. Acho que a minha vitória daqui a duas semanas vai falar por si.

— Então você está se sentindo confiante?

— Muito. E, até lá, não tenho mais nada a dizer. Parece que Natalya não concorda, mas palavras não significam muito; vitórias, sim. — Charlie se levantou, claramente pegando Sandrine de surpresa, e se aproximou para apertar sua mão. Em quantas entrevistas ela havia se sentado passivamente, suportando pergunta após pergunta, uma mais devassadora e ofensiva que a anterior, sempre tímida ou insegura ou educada demais para não fazer nada além de sofrer? *Chega*, pensou ela, voltando sua atenção para o pessoal da câmera. — Espero que quinze minutos sejam suficientes para tirar uma boa foto. Com a minha agenda para hoje, não posso ficar mais tempo que isso.

Charlie olhou rapidamente para sua equipe enquanto o tradutor conversava com a equipe de câmera. Jake e Todd pareciam atônitos, mas Dan sorria para ela. Quando seus olhares se cruzaram, ele fez um sutil sinal de positivo. Enquanto Jake conversava com Sandrine, confirmando se ela estava satisfeita, Charlie deu uma olhada em seus alertas de notícias. Era impressionante como se sentira bem no controle da entrevista. Tanto que ela nem imaginou como se sentiria quando estivesse publicada.

O_s dois primeiros dias de treino no Stade Roland-Garros foram normais. Charlie passou pelas sessões de condicionamento físico e de bate-bola como uma máquina, tomando o cuidado de se alongar antes e depois de cada sessão de exercícios e de seguir cuidadosamente as instruções do fisioterapeuta do torneio para continuar o treino de força sem gastar muita energia. Todd providenciou reuniões por Skype com uma proeminente nutricionista especializada em atletas profissionais (usando a expressão "menina crescida" só uma vez, o que Charlie considerou uma grande melhoria), e, embora nenhuma das informações que a mulher passara para Charlie fosse extraordinária, era bom ter alguém fazendo recomendações para cada refeição. As proporções de carboidratos, proteína e gorduras eram complicadas e importantes: quando você queimava milhares de calorias por dia meramente fazendo seu trabalho, era fundamental repor tudo da maneira certa. Charlie deveria comer a cada duas horas, então, depois de terminar o último treino do segundo dia, ela se virou para Dan.

— Quer ir ao restaurante dos jogadores? Preciso tomar uma vitamina de proteína e um tal de *parfait* de iogurte que aparentemente os franceses fazem melhor do que ninguém, que surpresa.

Dan deslocou o peso entre os pés.

— Desculpe, agora eu não posso.

— O que foi? Não me diga que você fez reserva num passeio de barco?! Não, estamos aqui há dois dias, você já deve ter feito isso.

Ele riu.

— Passeio privado no Louvre? Uma volta pela *Rive Gauche*? Não? Deve ir fazer compras, então. Você não me parece ser um cara que gosta de Hermès. Não é para amar uma loja que te faz ficar na fila por uma hora antes de vender uma carteira de dois mil dólares? Eu amo.

Dan abriu a raqueteira e tirou uma surrada carteira feita de vinil e uma tira de velcro.

— Hermès até a morte, *baby*. As mulheres adoram.

Foi a vez de Charlie rir.

— Ah, vamos lá, só uns minutinhos. Juro que não vou desperdiçar muito do seu tempo de turismo.

Dan clicou no celular e olhou a hora.

— Tudo bem, acho que posso ficar dez minutos — disse ele, após uma breve hesitação. — Mas só se formos agora. — Ele jogou sua raqueteira no ombro e se inclinou para pegar a de Charlie.

— O que foi, tem um encontro dos bons? — provocou Charlie, mas, quando viu as bochechas vermelhas de Dan, na mesma hora entendeu que acertara. — Caramba, você tem mesmo. Você tem um encontro! Quando foi que você arrumou tempo para conseguir alguém em Paris? Temos treinado doze horas por dia!

— Não é nada — disse Dan, a voz falhando um pouquinho. Ele tossiu. — Só uma garota da escola. Ela está de passagem, eu também. Vamos nos encontrar para um café mais tarde.

— Parece bem sexy — provocou Charlie, quase correndo para acompanhá-lo no caminho até a área dos jogadores. Eles mostraram as credenciais e pegaram o elevador para o restaurante. — Nada como um café para dizer "quero dormir com você".

— Quanta classe — retrucou Dan.

— Dan vai se dar bem!

Ela cantarolou esse refrão repetidamente, até ele parar e se virar para encará-la.

— Sério mesmo?

Ele indicou uma mesa vazia, de onde podiam ver uma quadra de exibição.

— O que você vai querer? Vou pegar.

— Você imaginaria coisas se eu dissesse café? — perguntou Charlie, provocante.

Ele voltou com dois *parfaits* de iogurte mais um *espresso* para si e um suco verde para Charlie.

Deslizou ambos pela mesa para ela e devorou seu *parfait* em três mordidas.

— Sério, Dan. Essa garota está na cidade, em Paris!, por, tipo, uma noite, e você vai levá-la para tomar um *café*? Que péssima ideia, dá para fazer muito melhor do que isso.

— Ah, a escola de romance de Charlotte Silver. Aonde devo levá-la? Direto para o meu quarto de hotel? Sem encontro nem nada?

Charlie deve ter se encolhido visivelmente, porque Dan logo pareceu arrependido.

— Foi mal — disse ele. — Não foi isso que eu quis dizer.

— Não precisa se desculpar. Não tenho sido exatamente um exemplo de moralidade nos últimos tempos.

— Bom, com certeza não é da minha conta. — Dan tomou um gole de café e manteve os olhos fixos na mesa.

— Já percebeu que passo mais tempo com você todo dia que com quase qualquer outra pessoa na minha vida? Acho que somos um da conta do outro, sim.

Dan sorriu.

— Bem, nesse caso, as pessoas querem saber...

— O quê? Quem é melhor na cama, Zeke ou Marco?

— Eu só ia perguntar o que está rolando com cada um deles, mas, olha só, se quiser mesmo falar, considere-me oficialmente interessado.

Charlie suspirou.

— Não tem muito o que falar, na verdade. Zeke definitivamente foi coisa de uma noite só. Vou escrever os detalhes no meu diário para ler quando estiver velha e decrépita. Até lá, vou tentar me lembrar de que não tenho nada do que me envergonhar.

Dan concordou, e, por um segundo, ela lamentou a própria sinceridade. Quem era *ele* para julgar?

— E Marco? — perguntou Dan, depois de um momento de silêncio.

— Marco, Marco, Marco. É ótimo ter alguém com quem ficar nos torneios, alguém que entende o meu estilo de vida. Mas ele já era um babaca antes mesmo de todo o drama Zeke/*Babágate* começar, e desde então, bom... nós não falamos nisso, para falar a verdade.

Dan arregalou os olhos.

— Vocês não falaram nisso? O mundo inteiro está falando nisso, e vocês dois nem se deram ao trabalho?

— Não exatamente.

A primeira vez que Charlie e Marco se viram depois de toda a situação fora no saguão do Sofitel em Munique. Ele estava a caminho do treino e Charlie estava indo para o quarto.

— *Hola*, lindona — cumprimentara Marco com um beijo na bochecha, como se nada tivesse acontecido.

— Oi, pegou suas raquetes? A pessoa da recepção disse que as colocaria no seu quarto.

Marco olhara para ela com olhos semicerrados e inquisidores.

— O astro de cinema, Charlie? Ele é bem velho, não?

Charlie tentara não sorrir. Então ele se importava. E tocara no assunto primeiro.

— A babá, Marco? Ela é uma criança.

— Ela não significou nada para mim. Ela estava lá, você, não. Mas agora você está aqui, e eu senti sua falta.

Os dois se entreolharam. Quase se odiando, Charlie concordara em encontrá-lo mais tarde naquela noite...

A voz de Dan trouxe-a de volta ao presente.

— Então, deixa ver se eu entendi: vocês dois só vão cuidar das coisas de vocês?

— Fale o que realmente acha, Dan. Não, por favor, pode falar tudo.

— Quer saber o que eu acho? — Ele finalmente levantou o olhar para encará-la. — Eu acho que você está se contentando com um idiota porque é fácil. E isso meio que é uma droga.

Charlie sentiu sua cor mudando, mesmo sem querer.

— Eu estava brincando, não quero que me diga o que realmente acha.

Ele deu um meio-sorriso.

— Foi você quem disse que somos da conta um do outro.

— Então pelo menos analise direito a situação. Estou me contentando com um idiota porque é fácil, sim, mas também porque ele é muito, muito gostoso.

— Que beleza.

— Bom, claramente nenhum de nós achou que estava comprometido a ponto de não poder sair com outra pessoa.

— Sair? É *assim* que vocês estão chamando ultimamente?

— E é uma coincidência meio estranha e feliz que tenhamos ambos sido flagrados publicamente sendo sacanas exatamente ao mesmo tempo. Porque nenhum de nós pode culpar o outro, na verdade, não é?

— Então vocês vão só fingir que nada disso aconteceu?

— Isso.

Dan levantou os olhos para o céu.

— É como se eu estivesse conversando com alguém que ouve vozes.

— Olha, estou trabalhando pesado, e estou vencendo, e eu dificilmente seria a primeira pessoa a tentar encaixar um pouquinho de diversão na minha vida de vez em quando. Não era o Agassi que consumia metanfetamina poucos anos antes da vitória em Roland-Garros? Quer dizer, vamos olhar isso de outra perspectiva.

— Ei, não estou julgando nada aqui — disse ele, erguendo as mãos.

— É, nadinha mesmo. — Charlie riu.

Uma criança loira de quatro ou cinco anos passou correndo pela mesa deles. Charlie reparou nas maria-chiquinhas da menina pulando enquanto ela atravessava o salão. Logo em seguida, quando estava prestes a se voltar para Dan, uma loira mais alta, mas igualmente cheia de energia, passou correndo por eles atrás da criança.

— Caramba, é Elin — disse Charlie, seus olhos captando cada detalhe da garota, até seus tênis de cano alto adoravelmente na moda.

— Quem?

— A babá do Marco!

— Elin não era o nome da ex-mulher do Tiger Woods?

— Não acredito que ela está aqui.

— Quais as chances de haver duas babás loiras lindas de morrer chamadas Elin?

— O nome dela não é Elin! — sibilou Charlie. Ela observou a babá agarrar a menininha que gritava e dar um abraço apertado nela. A criança tentava se desvencilhar com alegria.

— Você não acabou de dizer que era Elin?

— Não acredito nisso. Aliás, claro que acredito. Ela é babá do treinador do Raj, onde mais estaria?

Charlie olhou furtivamente mais uma vez, e Sofie deve ter sentido alguém olhando para ela, porque levantou a cabeça e encarou Charlie. E sorriu.

Imediatamente, Charlie se virou para Dan, que tinha acabado de se levantar.

— Ela olhou direto para mim. E sorriu! Dá para acreditar na audácia? Essa babá pirralha transa com o meu namorado e ainda tem a audácia de *sorrir* para mim? E claro que eu tinha que estar com roupas de tênis suadas, enquanto ela parece uma *top model*...

— Charlie, você está delirando. Não sei nem por onde começo a...

— Ela está vindo. Meu Deus, ela está vindo para cá. Dan, aonde você vai? *Senta!* Não me deixe aqui sozinha! — sibilou Charlie, sem mexer os lábios.

— Isso promete ser muito divertido, mas eu preciso ir. Vejo você amanhã às oito, quadra dez. Tchau, Charlie.

Mas ela não ouviu uma palavra do que ele disse.

Sofie se aproximava rapidamente, puxando seu pacote de maria--chiquinhas pela mão, e estava claro que pretendia dar um oi. Apesar de ter certeza de que isso aconteceria, Charlie estava quase desmaiando de perplexidade.

Fazia sentido Sofie reconhecer Charlie — ela era a quarta melhor do mundo, caramba —, mas Charlie não queria admitir que passara horas no Google pesquisando sobre a garota e sabia não apenas seu nome, mas também sua professora preferida do quinto ano.

— Você é Charlotte Silver, não é? — perguntou a garota. Ela parecia ainda mais nova pessoalmente. Mais viçosa, de certa forma.

— Sou. — Charlie, subitamente convencida de que tinha comida nos dentes, também estava muitíssimo ciente de como seu cabelo estava grudado à cabeça depois do longo dia de treino. Não havia roupa escolhida por estilista nem cristal à vista... nada além de grandes quantidades de Drymax e tecidos esportivos e saibro empelotado. Aquilo não era nada justo.

— Você deve ouvir isto o tempo todo, mas eu só queria dizer que sou uma grande fã! — O sorriso da garota parecia genuíno, e seu sotaque era adorável.

Charlie pigarreou.

— Obrigada, é muito bom ouvir isso.

— Acho tão legal uma mulher ser durona e confiante.

A babá se pôs de joelhos, e claro que Charlie imediatamente pensou em mil coisas nada gentis sobre como ela era boa naquilo, até que Sofie se voltou para a menininha.

— Esta senhora é uma tenista famosa — falou. — Ela não é só uma princesa, é uma princesa guerreira! E ela pode ganhar este torneio inteiro!

A menina arregalou os olhos. Sofie parecia tão sincera que Charlie estava disposta a ignorar a parte do "senhora".

— Ela é uma *pincesa*?

Sofie confirmou.

— Uma princesa de verdade. Esta é Anabelle, e Anabelle adora princesas.

Charlie estendeu a mão, que Anabelle ficou olhando, e então sentiu-se uma idiota por não fazer ideia do que dizer para uma criança de quatro anos.

— É um prazer conhecê-la, Anabelle — disse ela. — Preciso ir agora, na verdade. Vou me encontrar com... alguém. — Charlie só jogou aquela última parte para ter uma desculpa lógica para sair correndo, mas imediatamente percebeu como soara.

Sofie também deve ter percebido, porque corou com muito charme. Não era à toa que Marco não resistira a ela.

— Ah, claro. Não queremos ocupar você, não é, Anabelle? Além disso, precisamos ir resgatar seu irmão da creche. Venha, querida. Diga tchau para a Sra. Silver.

Sra. Silver? Ela olhou para Sofie, mas a garota não pareceu ser nada além de educada.

Todas acenaram em despedida, e Charlie teve de admitir que ela parecia ser a única se sentindo estranha com aquela coisa toda. Tudo o que Charlie precisava fazer era relembrar a foto de Sofie usando uma das camisetas de Marco, envolvendo-o com as pernas, para adivinhar exatamente como havia sido o resto da noite deles.

Ela se pôs a voltar para o vestiário e mandou uma mensagem para Jake no caminho.

Jantar no hotel hj à noite? Preciso dormir cedo.

A resposta dele veio imediatamente.

Desculpe, hj eu n posso. Peça jantar no quarto e relaxe um pouco. Vc tem treinado muito.

Por que vc não pode? Encontro?

Algo assim.

?????????

Ninguém que vc conheça.

N ligo, conte mesmo assim!

Charlie jogou o celular no armário enquanto tomava banho e pegou-o no segundo em que voltou. Jake tinha mandado três respostas seguidas:

Ele é bonito.

Ele n é apropriado.

Vou te contar qdo vc precisar saber, e agora n tem nada q precise saber.

Charlie revirou os olhos e encarou o celular novamente.

Se Jake tinha um encontro hoje, isso significava que seu pai ia jantar sozinho. Ela ligou, e o Sr. Silver atendeu no terceiro toque.

— Oi, papai.

— Ah, Charlie, olá.

— Acabei de voltar para o hotel. Está aqui?

— A entrevista hoje foi uma coisa, hein? — Charlie percebeu que o pai tentava mascarar a decepção na voz, mas não estava conseguindo.

— É, ela passou dos limites. Fazer todas aquelas perguntas sobre a minha... vida pessoal não foi muito justo.

— Eu sei que não sou um santo, mas, quando se é uma pessoa pública e se dá muito assunto sobre o que falar, não se pode culpar os outros por perguntarem.

Charlie ficou em silêncio.

— Tudo aquilo foi ideia do Todd? Da cartilha do "falem mal, mas falem de mim" dele?

— Não, papai, dessa vez eu me meti em confusão sozinha. Não pode culpar ninguém além de mim. — Se ele estava tentando deixá-la envergonhada, estava conseguindo. Com louvor. Pensando bem, ela achava melhor jantar sozinha.

— Quer jantar comigo e alguns dos meus antigos amigos do circuito? — perguntou ele, como se estivesse lendo seus pensamentos.

— Não, obrigada. Vou pedir para entregarem alguma coisa no meu quarto e ver umas fitas. Todd me deixou um monte de filmes do ano passado, e eu quero analisá-los. Podemos jantar amanhã.

Seu pai dos velhos tempos teria dito algo como "depois da sua vitória amanhã" ou "vai ser um jantar de comemoração", mas ele simplesmente confirmou que estaria sentado no meio da fileira da frente no camarote dela na manhã seguinte e desejou uma boa noite.

Charlie pegou o elevador para seu quarto e encontrou uma embalagem de DVDs esperando por ela na mesa. O bilhete havia sido rabiscado rapidamente em papel de carta do hotel.

Veja Acapulco primeiro, Cingapura em segundo e Stuttgart em terceiro. Perceba o aumento na disposição dela em se arriscar nos game points e o segundo serviço excepcional. O carro vai te pegar amanhã às sete.

Todd

Suspirando, Charlie inseriu o primeiro DVD e esperou até ele carregar. Ligou para o serviço de quarto para pedir salmão grelhado com legumes no vapor. Quando a mulher ao telefone perguntou se o prato era para uma ou duas pessoas, ela se deu conta de quantas vezes comera sozinha no quarto nos últimos tempos. Marcy sempre a acompanhava quando ela jantava no quarto. As duas pediam para a mesa ser posta em frente à TV, e alternavam entre *Ame-a ou Deixe-a* e *Irmãos à Obra*, com um *House Hunters International* de vez em quando. Agasalhada com roupa de moletom e meias de viagem fofinhas, Marcy bebia vinho e Charlie mordiscava a sobremesa que tinha pedido, e elas tiravam sarro de qualquer um que tivesse a coragem de aparecer na tela à sua frente.

Jake costumava dizer que conseguia ouvir lá do quarto dele o veneno escorrendo. A ideia de fazer qualquer dessas coisas com Todd era igualmente hilária e repulsiva, e ela sentiu falta de Marcy mais do que de costume.

Os três destaques de partidas duraram quase uma hora; quando acabaram, Charlie olhou para o prato vazio e mal se lembrava de ter comido. Pegou o celular para ver a hora quando uma mensagem de texto apareceu.

Oi, jantando c alguns dos caras agora. Vem?

Marco.

Ela leu a mensagem três vezes antes de perceber que estava prendendo a respiração.

Não era exatamente um convite para um jantar romântico a dois, mas era também a noite antes de começarem os jogos em um Grand Slam, e ninguém faria muito mais do que comer cedo e ir para o quarto. Ele certamente não precisava convidá-la. Charlie já sabia que a babá gostosa estava em Paris e provavelmente estava perfeitamente disposta a vê-lo. E, se não fosse ela, havia dezenas, se não centenas, de outras. O fato de ele ter pensado em Charlie contava para alguma coisa.

Oi! Adoraria, mas agora n posso...

Charlie respondeu de forma consciente. Ela já tinha comido e tinha uma partida surpreendentemente difícil na primeira rodada logo cedo no dia seguinte. A última coisa de que precisava era se distrair com Marco.

Uma resposta logo chegou:

Então vem qdo puder. Comendo na patisserie na esquina do hotel. Depois vou p o quarto do Rinaldo p jogar o novo Madden. Todos dormem cedo, só vem dar um oi. Saudade.

Ela largou o celular sem responder e fez uma dancinha. *Ele estava com saudade, ele estava com saudade.* Sem nem pensar, ela procurou "Blank Space" no celular, ligou-o na caixa de som do criado-mudo e aumentou o volume. A voz doce de Taylor Swift encheu o quarto, e Charlie começou a dançar. *I can make the bad guys good for a weekend.* Ela segurou uma garrafa de água como se fosse um microfone e pulou na cama, girando os quadris enlouquecidamente no ritmo da música, até ouvir uma batida à porta. Desceu da cama, sem fôlego e nem perto de estar tão envergonhada quanto deveria. O cara da recepção em pé no corredor parecia constrangido, como se soubesse que Charlie estava dando uma festa particular de dança com um sucesso do pop adolescente, e não conseguiu encará-la quando transmitiu o pedido de outro jogador para que ela baixasse o volume da música. Ainda não eram sete horas, mas o silêncio era obrigatório nos andares dos jogadores vinte e quatro horas por dia. Charlie assentiu solenemente, e se desculpou com tanta sinceridade quanto conseguiu, depois caiu na risada no momento em que fechou a porta. Ficar louco era assim? Ela pegou o celular e se dirigiu ao banheiro.

Chego em meia hora, escreveu, os dedos voando pelo teclado. Ela passaria lá por uma hora, só para dizer oi.

Não tinha problema nenhum fazer isso.

17
como se diz "o circo pegou fogo" em francês?

ROLAND-GARROS
MAIO DE 2016

Seu coração batia tão rápido que ela mal conseguia respirar. Charlie caminhou para a linha de base o mais devagar que conseguiu. A transpiração escorria do pescoço para dentro da regata preta, e o saibro grudava nas panturrilhas suadas do jeito mais desconfortável. As instruções de Todd reverberavam na cabeça dela muitas e muitas vezes, um mantra que não lhe trouxe calma nem atenção plena: *Ataque e atraia. Ataque e atraia. Ataque e atraia.* Ataque o *backhand* dela, que é mais fraco do que deveria, e a atraia para a rede, para fora da zona de conforto dela. Eleanor McKinley também preferia o jogo rápido, optando por recolocar a bola em jogo o mais rápido possível e não perder muito tempo entre os pontos. Charlie lera as entrevistas que o escritório de Todd havia organizado para ela. Eleanor não gostava de ter tempo para remoer pontos passados, ganhos ou perdidos, porque, com isso, ela se distraía demais. Preferia rebater com força, se arriscar e finalizar os pontos a trocar bolas infinitamente, só esperando que ela ou sua adversária cometessem um erro não forçado. Ela não estaria à vontade jogando nas quadras mais lentas de Roland-Garros. Todd sempre ficava exultante quando uma tenista declarava preferências importantes assim, já que mantinha um dossiê de cada mulher do circuito.

Quando chegou ao fundo da quadra, Charlie levantou o olhar para o boleiro e acenou com a cabeça quase imperceptivelmente. Ele se aproximou com duas bolas, uma em cada mão, e as segurou acima da cabeça, como se fossem joias preciosas. Charlie sacudiu a cabeça, e ele imediatamente as enfiou no bolso e puxou uma toalha. Ela aceitou a toalha, metodicamente deu pancadinhas na testa, nas bochechas e no pescoço, e depois, por precaução, também nos antebraços e nas palmas das mãos. Assim que guardou a toalha, o garoto ofereceu as bolas novamente. Charlie indicou com a cabeça, num movimento sutil, a mão direita, e ele colocou a bola na cabeça da raquete estendida. Depois de guardá-la sob a saia preta incrustada de cristais, ela estendeu a raquete para a segunda bola, que quicou no chão a caminho da linha de base, preparando-se para sacar. Ocorreu-lhe que estava fazendo exatamente a mesma coisa que Karina fizera na final de Charleston — essencialmente, enrolando para prejudicar a resistência da adversária —, mas logo deixou esse pensamento de lado. Agora era diferente. Em vez de estar a um ponto de vencer o torneio, ela estava a um ponto de uma derrota devastadora já na primeira rodada.

Uma olhada de relance para o outro lado da quadra revelou Eleanor pulando pacientemente nas pontas dos pés. Seu corpo ágil estava quase tão rígido quanto o coque sério. Ela usava um vestido de tênis cinza ajustado no corpo com uma saia pregueada que mal se mexia, e tinha o peito tão chato quanto o de um menino. O conjunto dava a estranha impressão de que ela era feita de madeira, uma estátua esculpida em materiais sem vida que podia pular para cima e para baixo, para a esquerda e para a direita, sem mover nada pelo caminho.

Charlie tentou acalmar a respiração. Uma imagem da noite anterior apareceu na mente dela como um filme do IMAX: suas pernas largadas sobre as de Marco enquanto descansavam em um sofá. Sua respiração agora, na quadra, estava muito parecida com a da noite anterior, mas não havia a longa e sedutora trilha de fumaça saindo dos seus lábios para o ar úmido da suíte do hotel; só a respiração rápida e superficial de alguém que sabia estar a poucos segundos de um desastre.

Charlie percebeu que não havia mais como procrastinar. Era isso. *Match point* no que poderia ser a partida de simples mais decepcionante que já jogara.

Não!

Não é assim que se pensa. Dê trela para esse pensamento terrível e você já era. Ataque e atraia. Acerte um bom primeiro serviço, ataque o backhand dela e, se ela ainda conseguir devolver a bola, tire vantagem do que certamente será sua fraqueza relativa e use uma deixadinha para atraí-la para a rede. Depois só a observe desmoronar, porque ela não tem jogo nenhum de rede.

Charlie assumiu sua posição atrás da linha de base, quicou a bola três vezes e a arremessou ao ar. Foi um arremesso perfeito, ela notou logo de cara, e agradeceu à memória muscular desenvolvida depois de dezenas de milhares — centenas de milhares? milhões? — de saques praticados quando seus quadris e braços trabalharam em perfeita sincronia para conectar a raquete à bola.

Foi um saque forte, rápido e quase perfeito, e Charlie ficou tão satisfeita com ele que não voltou à posição tão rápido quanto devia. Eleanor pareceu adivinhar exatamente aonde o serviço iria. Ela estava lá, pronta e esperando, como se tivesse recebido um mapa mostrando a exata trajetória da bola, e reagiu enquanto a bola ainda estava subindo, devolvendo-a com um *smash* de velocidade chocante. Pega de surpresa, Charlie correu quatro passos até o mata-burro e se jogou imediatamente, aproveitando o saibro para deslizar a distância restante. Ela chegou bem a tempo, mas estava desorientada demais para fazer outra coisa com a bola além de acertá-la com a raquete e mandá-la pelo ar, e não fez diferença nenhuma ter voltado logo para a posição, porque Eleanor se adiantou no *lob* fraco, virou de lado, plantou os pés no chão e deu um *smash* tão limpo e tão forte acima da cabeça que Charlie nem viu a bola chegando até sentir a pancada no pescoço.

Só o impacto seria suficiente para garantir um vergão vermelho e um belo hematoma depois, mas o local exato onde a bola acertou, bem no meio da traqueia, deixou Charlie literalmente sem ar. Ela se curvou, com a cabeça entre os joelhos, respirando com dificuldade. Racionalmente, ela sabia o que havia acontecido, sabia que aquilo passaria em alguns segundos e que conseguiria encher os pulmões normalmente se respirasse mais devagar. Mas entrou em pânico, e perceber que tinha acabado de perder na primeira rodada o primeiro Grand Slam no qual tinha uma chance real de vencer sem dúvida estava piorando tudo, e, bem, ela continuava sem ar.

Sentiu uma mão nas suas costas, olhou para cima e viu Eleanor agachada ao seu lado, esfregando entre as suas escápulas, fazendo círculos fortes e tranquilizantes.

—Tente respirar mais devagar — murmurou a garota, ainda massageando as costas de Charlie. — Desculpe, de verdade.

Por causa da boa posição de Charlie como cabeça de chave no torneio e das duas vitórias consecutivas, havia mais fãs assistindo à partida delas do que seria esperado para uma primeira rodada. Todos queriam ver o fenômeno de cabelos pretos, roupas pretas e tiara detonar a relativa recém-chegada em sua marcha para a vitória em Roland-Garros. E, agora, todos esses mesmos espectadores estavam torcendo como loucos e gritando o nome de Eleanor. Ela começou a sentir o constrangimento com mais força conforme sua respiração voltava ao normal. E, de repente, a sensação da mão da oponente em sua camiseta molhada de suor, sem falar na expressão enlouquecedora de compaixão estampada no rosto da outra... bem, tudo isso foi demais. Charlie girou o corpo para se afastar de Eleanor e se levantou.

— Estou bem — sibilou ela entredentes. — Tanto quanto pode se esperar que alguém esteja quando sua adversária tenta te sufocar para conseguir vencer.

Eleanor arregalou os olhos, surpresa. Nenhuma das duas parecia perceber a cacofonia que as circundava.

Charlie não se conteve.

— Você deu sorte hoje. Não pense nem por um segundo que foi algo além disso.

A garota a encarou pelo que pareceu muito tempo. Depois, decidindo agir corretamente, olhou Charlie bem nos olhos e estendeu a mão.

— Boa partida — disse ela.

O aperto de mão de Charlie foi fraco, a vergonha toda recaindo sobre ela como um peso, e ela se dirigiu à sua cadeira. Guardou suas coisas na bolsa com rapidez e ignorou os gritos dos fãs e os pedidos de autógrafos.

Sair da quadra rapidamente para que Eleanor pudesse desfrutar de seu momento de vitória era o mínimo que Charlie podia fazer depois da própria derrota humilhante e do comportamento ainda mais vergonhoso. Ela pretendia se esconder no vestiário tanto quanto pudesse, entrar debaixo do chuveiro e deixar a água escaldante lavar sua alma. Mas, no momento em que Isabel a interceptou no túnel que ligava a quadra ao centro de tênis, Charlie viu que sua tortura ainda não tinha acabado.

— Preciso de uma chuveirada primeiro — disse ela a Isabel, usando seu melhor tom pausado e autoritário.

— Desculpe, Charlie. — Isabel tossiu. — Precisamos fazer a entrevista pós-jogo agora.

— É uma derrota na primeira rodada, pelamordedeus — resmungou Charlie, sem parar de andar. — Ninguém se importa.

Isabel segurou o braço de Charlie com firmeza.

— Lamento, mas, quando uma jogadora que era favorita para vencer é eliminada cedo, eles se importam, sim. Eu sei que é um momento terrível. Prometo que vai ser tão rápido e indolor quanto possível. Mas precisa ser agora.

Charlie a seguiu até um tipo de antessala com um pódio e um microfone em frente ao *backdrop* de Roland-Garros. Um punhado de repórteres e fotógrafos esperava por ela, conversando entre si, mas ficaram todos em silêncio no momento em que ela entrou na sala.

O silêncio durou exatamente seis segundos, antes da enxurrada de perguntas.

— Como é ser eliminada na primeira rodada de um torneio no qual era favorita para, se não vencer, pelo menos chegar à segunda semana?

— Houve algum aspecto específico no jogo de McKinley com que você não soube lidar, ou o problema foi algo no seu próprio jogo?

— Nos últimos meses, você fez uma bela mudança de imagem. Quanto da Princesa Guerreira estava em quadra hoje, e quanto era a antiga Charlotte Silver?

Embora as perguntas não fossem nada originais — se não as tivesse ouvido antes, certamente poderia ter previsto que seriam feitas hoje —, Charlie se viu tropeçando nas respostas memorizadas e treinadas para a mídia. "Esse é o problema com os Slams: você nunca sabe ao certo o que vai acontecer." "No fim das contas, a imagem não vale nada se você não vencer." "Vou precisar repassar algumas coisas com o meu treinador e refazer o nosso planejamento." "Claro que eu estou decepcionada, mas pretendo estar pronta para encarar Wimbledon em algumas semanas." Charlie repetiu essas respostas enlatadas calmamente, quase sem inflexão na voz, matando o tempo até que eles se cansassem e ela pudesse fugir para o chuveiro. *Só mais alguns minutos*, disse para si mesma, e sentiu um nó na garganta. Respirou fundo algumas vezes e ficou aliviada quando a sensação de choro iminente passou.

— Eleanor derrotou você hoje, ou você derrotou a si mesma? — perguntou Shawn, repórter de tênis experiente. Ele viajava com o circuito feminino e tinha fama de dar em cima das tenistas jovens.

— Bom, claro que Eleanor jogou bem hoje, acho que todos nós concordamos com isso. Ela fez uma bela partida. E, infelizmente, acho que o meu desempenho não foi dos melhores. Claramente não foi.

— E por que você acha que isso aconteceu? — Havia uma fagulha nos olhos dele, um leve brilho de divertimento que deixou Charlie inquieta na mesma hora.

— Foram vários motivos. Cometi muitos erros não forçados no primeiro *set*, incluindo uma quantidade imperdoável de duplas-faltas. E meu foco não estava como deveria no segundo. Eu já me recuperei de um *set* desfavorável antes, mas, hoje, não consegui fazer isso.

Shawn pigarreou.

O corpo inteiro de Charlie entrou em alerta: ela sabia, instintivamente *sabia*, que algo horrível estava prestes a acontecer.

Ele enfiou a mão na bolsa de lona e tirou dela um iPad modelo grande. Já estava ligado e, de algum lugar atrás de si, ela ouviu Jake murmurar: "Ai, Deus, não."

— Charlotte, você diria que seu desempenho nada estelar na quadra hoje tem algo a ver com isto? — perguntou Shawn num tom autolaudatório repugnante.

Jake deu um passo à frente e agarrou a mão dela.

— A coisa é feia, Charlie — sibilou o irmão em seu ouvido. — Vamos encerrar agora. Siga-me. — Ele tentou arrancá-la da pequena coletiva de imprensa, mas Charlie não se conteve e se virou.

— Desculpe, ainda não tive tempo de ler o jornal hoje. Não sei a que você está se referindo.

Shawn virou a tela para Charlie, para que pudesse ler a manchete. Não havia como não enxergar, no que parecia uma fonte tamanho quinhentos. *Destronada? Princesa Guerreira do tênis reprovada em teste de drogas.*

Reprovada num teste de drogas? Do que eles estão falando? A cabeça de Charlie estava a mil, tentando entender o que tinha acabado de ler. Ela recebera os resultados do teste em Charleston semanas antes, e, claro, estavam cem por cento limpos. *Doping?* Que sugestão mais maluca. De tempos em tempos, apareciam aqui e ali boatos sobre algumas das mulheres do circuito, especialmente aquelas com músculos demais, mas, em geral, quase todos concordavam que as conversas sobre *doping* e os testes constantes eram excessivos e desnecessários. O tênis era muito diferente do ciclismo ou do beisebol: o *doping* podia ocorrer em circunstâncias muito raras, mas dificilmente era uma prática generalizada.

— Não tenho nenhum comentário sobre o assunto, só posso dizer que não há verdade alguma nisso — disse Charlie com uma voz firme e confiante que a fez se sentir imediatamente orgulhosa de si mesma. Ela sabia, sem sombra de dúvida, que o jornal teria de publicar uma retratação.

Dessa vez, Shawn ergueu o celular. A tela era pequena demais para se ver alguma coisa com clareza, mas a sala ficou assustadoramente silenciosa. Era um vídeo. Foi difícil para Charlie entender de início, mas, depois de alguns segundos, ela percebeu que era da suíte do hotel, na noite anterior.

— Charlie. — A voz de Jake soou baixa, grave. Um aviso.

Algo na forma como ele falou a fez se lembrar de Marco, como ele quase rosnava seu nome quando estavam fazendo sexo, a boca colada ao seu ouvido. *Charlie.*

Quando batera à porta de Rinaldo na noite anterior, ela estava preparada para ficar exatamente uma hora. Só o suficiente para paquerar Marco um pouco, ter uma ideia de como estavam as coisas entre eles, sair para distrair a cabeça da partida na manhã seguinte. Ela treinara exemplarmente por três dias, tinha comido e dormido e se exercitado exatamente de acordo com o cronograma, até assistira às fitas que Todd lhe enviara. Precisava dormir cedo, claro, mas não havia motivo para não bebericar um pouco de Pellegrino e ficar com Marco e seus amigos para relaxar um pouco.

Ela ficou surpresa com o tamanho do grupo. Como tinha dito antes que faria, Marco estava sentado em frente à TV com Rinaldo, um argentino que jogava duplas, e outros dois jogadores. Eles estavam todos gritando para a tela e movendo freneticamente os avatares de jogadores de futebol americano com controles de videogame gigantes. Um grupo de clones de pernas longas e cabelos ondulados com vestidos curtos e saltos altos soltava risadinhas perto das janelas, todas bebericando taças de champanhe idênticas. A cada minuto ou dois, as risadas coletivas ressoavam, mas ninguém parecia prestar muita atenção. Natalya estava com as pernas jogadas sobre Benjy no sofá, a cabeça jogada para trás enquanto Benjy massageava seus pés descalços. Outro grupo de jogadoras — todas americanas e canadenses, todas com menos de vinte anos — estava de pé perto da cozinha, usando leggings e blusões, parecendo decididamente menos glamorosas do que aquele contingente de modelos; olhavam para Natalya como se ela fosse Katy Perry. Alguém havia pedido uma quantidade enorme de saladas variadas, travessas de frutas, peito de frango grelhado, pilhas de brócolis no vapor e um estoque de água com e sem gás, mas ninguém parecia estar comendo.

— Oi — disse Charlie para ninguém específico, sentindo-se imediatamente deslocada.

Marco ergueu o olhar e abriu o sorriso mais delicioso.

— Oi, querida — disse ele, voltando os olhos de novo para a tela, onde seu avatar havia derrubado alguém. — Vem cá, termino num minuto.

Ela cumprimentou Natalya com um aceno de cabeça e a moça imitou seu gesto. Charlie foi para a pequena cozinha. As jovens tenistas que estavam reunidas ali perto abriram passagem.

— Oi, Charlie — disse uma delas, uma garota fofa de dezessete anos que viera da Flórida. — Boa sorte amanhã.

Charlie sorriu para ela. Era estranho se sentir uma das anciãs da vila aos vinte e cinco.

— Obrigada, para você também. Com quem vai jogar?

A garota corou.

— Não jogo amanhã, mas minha partida na primeira rodada é contra Atherton. — Ela esperou a reação de Charlie, que dissesse algo sobre como a partida seria difícil.

— Ela é uma ótima jogadora, mas pode ser inconstante. Acho que você tem uma boa chance. — Foi tudo o que Charlie disse.

A garota ficou radiante. Suas amigas sorriram.

— Você acha?

Charlie confirmou.

— Só não fique aqui até tarde hoje! — advertiu, como uma mãezona. Ela se aproximou mais. — Além do mais, esses garotos são todos uns idiotas — sussurrou. — Bonitinhos, eu sei, não estou negando, mas, ainda assim, só garotos.

— É fácil para você falar — riu uma das outras garotas. Charlie a reconheceu como um promissor fenômeno de Montreal. Ela recentemente vencera o Orange Bowl e se profissionalizara imediatamente, mas diziam as más línguas que sua maturidade emocional ainda não acompanhava os golpes muito adultos. — Você ficou com o mais lindo de todos.

Todas riram, e Charlie se perguntou o que haviam comentado sobre todo o caso da babá quando ela não estava por perto. Ninguém podia acusar o mundo do tênis de ser discreto; certamente houvera conversas bem picantes no vestiário.

Como se aproveitasse uma deixa, Marco se aproximou e a envolveu em um abraço de urso por trás. Enterrou o rosto no pescoço dela e o beijou.

— Que bom que você veio.

Charlie se desvencilhou dele, mas não conseguiu esconder seu prazer. Marco galantemente se apresentou às garotas mais jovens e se saiu muito bem em não demonstrar que havia percebido cada uma delas corando e dando risadinhas. Ela odiou se sentir lisonjeada meramente por ele tê-la escolhido.

Ele a pegou pela mão e guiou-a até o sofá. A porta da suíte se abriu e mais cinco pessoas entraram, uma mistura de jogadores e seus amigos, namoradas e mais alguns que Charlie reconheceu como parceiros de treino. Atrás deles, vinha Jake, que também pareceu surpreso em vê-la.

— Ei, você já não devia estar na cama? — perguntou ele, parando na frente dela e de Marco. Os dois se cumprimentaram.

— Ainda não são nem nove horas — respondeu ela, descansando a cabeça no ombro de Marco. — Olhe à sua volta. Metade da sala vai jogar amanhã.

Jake levantou as sobrancelhas. Charlie mostrou-lhe o dedo do meio. Marco riu.

Uma das tais modelos se esgueirou até Jake e entregou-lhe uma cerveja, que ele aceitou com um enorme sorriso sedutor.

— Sério? — perguntou Charlie.

— O que foi? *Eu* obviamente não tenho que jogar amanhã.

Não demorou muito para a reunião improvisada virar uma festa completa. Logo alguém tinha diminuído as luzes da suíte e trocado o videogame por uma rádio tocando algum tipo de música ambiente europeia. Algumas das garotas não tenistas começaram a dançar perto das janelas, brindando e fumando cigarros, com os jogadores à volta delas. Nenhum dos tenistas, nem homens nem mulheres, bebia nada além de água, mas alguns davam tragadas rápidas em cigarros eletrônicos e riam ao pressionar a ponta "acesa" na palma da mão. Charlie estava tão envolvida com Marco, literalmente enroscada nele em uma poltrona, que não percebeu muita coisa. Quando finalmente se levantou para usar o banheiro, não encontrou Jake em lugar algum. Todas as jogadoras mais jovens também tinham ido embora, e a maioria das pessoas que continuavam lá, uma dúzia delas, mais ou menos, estavam bebendo e dançando juntas. Ela bateu à porta do banheiro e, quando ninguém respondeu, girou a maçaneta.

Ela demorou um segundo para entender o que estava acontecendo. Natalya estava debruçada sobre a pia, e Lexi, o fenômeno de Montreal, estava em pé, colada nela no pequeno lavabo. Nenhuma das duas parecia perceber que a porta estava aberta. Ela poderia — deveria — só ter fechado a porta, mas ficou confusa com o que viu: nada sexual em si, mas também não era exatamente platônico. Natalya finalmente sentiu que não estavam sozinhas e se voltou para a porta. Só então Charlie viu que ela segurava algo bem enroladinho na mão esquerda e limpava debaixo do nariz com a mão direita. Lexi ainda não tinha percebido Charlie, e estava ao lado de Natalya com um cartão de crédito, concentrada em arrumar pequenas pilhas de pó branco em carreiras ordenadas.

O olhar de Charlie encontrou o de Natalya, cuja expressão se encheu de uma raiva tão pura que ela teve certeza de que a garota a mataria.

— Sai daqui, porra — rosnou ela, furiosa, quase sem sotaque. — E, se contar para alguém, garanto que vai se arrepender.

A última parte foi cortada quando Charlie bateu a porta. Ela cambaleou de volta à sala de estar, onde um grupo havia começado a jogar uma brincadeira com bebida que envolvia fichas de pôquer e tigelas de cereal, e entrou no quarto para procurar outro banheiro. Lá, encontrou Marco, Rinaldo e uma modelo num grupinho. *Eles também, não*, pensou Charlie, mas logo viu que estavam vendo um vídeo engraçado no celular da modelo.

— Charlie! Vem cá, querida — disse Marco, estendendo o braço para ela. Mais uma vez, ela sentiu orgulho instantâneo e depois se odiou por isso.

A modelo deu uma longa tragada no cigarro eletrônico que estava segurando entre os dedos com unhas pintadas à perfeição e o estendeu para Marco. Nenhum dos jogadores jamais, sob nenhuma circunstância, fumaria um Marlboro normal, mas claramente um contingente deles achava que os vaporizadores não tinham efeitos colaterais prejudiciais. Ela supunha que todos se cuidavam ainda mais na noite anterior a uma partida, mas isso foi antes de flagrar a número um do mundo fazendo carreirinhas numa pia de hotel.

Marco deu uma longa tragada, e a ponta eletrônica brilhou forte, como se estivesse mesmo queimando. A fraca nuvem de vapor que Marco exalou parecia exatamente como fumaça, mas não tinha nenhum cheiro.

Alguém enfiou a cabeça no quarto e chamou a modelo. Com um apertão no antebraço de Marco, ela não fez nenhum esforço para disfarçar a decepção antes de sair rapidamente.

— Ela parece legal — disse Charlie, sem conseguir se controlar.

— Quem? — perguntou Marco, puxando-a mais para perto. Ele a beijou forte na boca. — Aqui, dê uma tragada, vai te relaxar.

— Eu já estou me sentindo ótima — disse Charlie, mordiscando o lábio inferior dele. Ela sentiu a mão dele deslizar por baixo das costas da sua camiseta e começar a massagear seus ombros. Antes que ela percebesse o que estava acontecendo, ele estava se esfregando nela e beijando seu pescoço.

— Arrumem um quarto! — gritou alguém da sala de estar.

Os dois se separaram e olharam um para o outro, rindo.

— Acho que é melhor voltarmos para o meu quarto — disse Marco.

Ele estendeu a mão e a ajudou a se levantar da cama. Charlie o seguiu pela sala de estar. Em toda parte, as pessoas estavam bebendo, fumando e dando amassos. Um grupo de caras estava adorando ver Natalya dançar uma música da Beyoncé, como se não houvesse amanhã, mas Benjy não estava entre eles. Charlie olhou pelo ambiente e percebeu que ele tinha ido embora.

— Aqui — disse Marco, entregando-lhe o vaporizador. — Pegue isto.

— Não quero — respondeu Charlie.

— Só segure para mim, eu já volto.

Ela observou Marco entrar na área da cozinha. À sua volta, as pessoas estavam rindo e batendo papo, e, de repente, ela se sentiu estranha ali, sozinha. Por nenhum outro motivo além de precisar parecer ocupada, ela colocou o vaporizador nos lábios e deu uma tragada longa e profunda. Queimou o fundo da garganta, mas ela ficou feliz de ter algo para fazer com as mãos. *É só vapor d'água*, pensou, enquanto exalava devagar.

Quase imediatamente, sentiu os músculos relaxarem. Seus ombros baixaram, o pescoço relaxou, a mente se aquietou. Ela tragou novamente. E depois mais uma vez.

Podiam ter se passado cinco segundos ou cinco minutos — Charlie perdeu a noção do tempo —, mas ela sabia que o que estava naquele cigarro tinha afetado sua cabeça. Tudo à sua volta estava mais suave e mais silencioso. Um grupo de caras ria ruidosamente, mas ela mal percebia a voz deles. Ali perto, Charlie podia ver Marco chamando por ela do outro lado do cômodo, mas estava mais interessada nos movimentos que a boca dele fazia do que nas palavras que dizia. Ela viu um flash, depois outro, mas parecia que estava acontecendo em câmera lenta.

— Ei, isso não é legal — disse alguém na direção da câmera.

Natalya deu de ombros. As bochechas dela estavam da cor de *sorbet*, e um brilho de suor ao longo das clavículas só a deixava mais bonita. Ela estava segurando um celular com uma tela enorme.

— Não estou nem aí — disse ela, gesticulando.

Charlie não o viu se aproximar nem ouviu uma palavra do que disse, mas, de repente, percebeu as mãos de Marco enlaçando-a pela cintura. Ela se virou e o viu sorrindo.

— Você está bem, amor? — perguntou ele, franzindo os olhos com uma mistura de divertimento e preocupação.

— Estou meio estranha — disse Charlie, sem muita certeza de calibrar a própria voz num volume apropriado.

— Você está meio alta, só isso. — Marco esvaziou meia garrafa de água e entregou o restante para Charlie. — Eu não achei que você fosse mesmo fumar.

Charlie pretendia tomar só um golinho da garrafa, mas a água estava tão deliciosa que não se conteve e tomou tudo. Assim que acabou, estava com sede novamente.

— Fumar o quê? — perguntou ela, tentando jogar as últimas gotinhas na boca.

— Tinha óleo de THC naquilo.

— O quê?

— Era maconha, estávamos vaporizando. Eu sempre trago uma vez só, apenas para desanuviar. É assim que se diz?

— Eu acabei de fumar maconha? Na noite anterior a uma partida?

— Uma tragada equivale a uma taça de champanhe, não afeta seu jogo.

— Eu fumei mais do que isso! — Charlie conseguia ouvir a própria histeria.

Marco franziu a testa e puxou-a para perto de si.

— Calma, vou levar você de volta para o seu quarto. Você vai ficar bem.

— Eu não vou ficar bem! — sussurrou Charlie numa voz que deve ter sido alta, porque o grupo sentado mais próximo deles se virou para olhar. — Estou totalmente fodida, Marco! Eu quero que isso pare, quero que pare agora mesmo!

No lugar das ondas de relaxamento de momentos antes, agora havia apenas pânico. Em seus vinte e cinco anos, ela nunca, jamais fumara um baseado. Parecia quase inconcebível um lapso desses na experimentação normal da adolescência, mas era verdade.

— Charlie, tente relaxar. Não tem nada com que se preocupar.

Marco a segurava firme pelo pulso e a conduzia até a porta. Quando ele a puxou pelo corredor, ela ficou chocada ao ver como tudo parecia brilhante, e como tudo parecia normal. Havia um jovem pai carregando uma criança dormindo de volta para o quarto, enquanto a mãe os seguia empurrando um carrinho vazio; um garçom equilibrando uma bandeja com o que parecia o sundae mais delicioso do mundo; um casal arrumado para sair, esperando o elevador.

— Vamos pela escada — disse Marco, puxando-a consigo.

O casal se virou para encará-los.

— Eles me reconheceram! Eles sabem que eu estou doidona! Amanhã todo mundo vai ficar sabendo!

— *Fique em silêncio!* — sibilou Marco direto no seu ouvido.

Charlie ficou muda de espanto. Era a primeira vez que o via irritado desse jeito. Ele era um monólito mental de humor estável sem emoções excessivas, tanto dentro como fora da quadra. Artigos inteiros haviam sido escritos sobre a força mental de Marco — e, além disso, sobre sua admirável capacidade de ocultar as emoções —, e Charlie nunca testemunhara tamanha fenda na armadura. Até agora.

Enquanto o seguia em direção à escada, algo atraiu sua atenção. Uma das portas à esquerda se abriu bem quando estavam passando. O quarto estava escuro, e Charlie pensou ter visto dois homens de pé perto da porta, sussurrando. As vozes soaram familiares. Ela parou para ver mais de perto, mas Marco a puxou. Era Jake? A voz certamente parecia a dele, mas não teve tempo de investigar. Eles subiram dois andares até o quarto dela; Marco procurou em seus bolsos e pegou a chave do quarto. Ele murmurava palavras tranquilizadoras o tempo todo, sempre reafirmando que o barato passaria logo, que ela só devia ir para a cama como planejado. Depois de verificar que Charlie tinha água e que o alarme estava programado para as seis e meia, ele lhe deu um beijo na bochecha e saiu.

— Vou pedir também uma ligação da recepção para acordá-la — disse ele enquanto saía. — Boa sorte amanhã, você vai ser ótima.

— Charlie? Charlie? Você está me ouvindo? — A voz que a chamava era masculina, mas não era de Marco. Era Shawn, e ela ainda estava de pé no pódio, respondendo a perguntas depois da derrota na primeira fase de Roland-Garros.

— Sim, claro que estou ouvindo — respondeu ela.

— Você pode esclarecer este relatório que diz que você foi reprovada num teste de drogas? — perguntou Shaw, agitando o papel incriminador.

Os olhos de Charlie foram direto para Jake. Ele pareceu considerar suas opções antes de se colocar à frente dela para assumir o microfone.

— Eu afirmo, sem sombra de dúvida, que a suposta reprovação de Charlie no teste de drogas não tem nenhuma relação com seu desempenho esta manhã. Foi um detalhe técnico, nada mais.

— E este vídeo que foi publicado no YouTube ontem, tarde da noite? Você pode comentar sobre ele?

A sala estava tão silenciosa agora que o volume do celular de Shawn era alto o suficiente para todos ouvirem. Charlie não conseguia enxergar o que estava acontecendo na telinha, mas podia ouvir uma voz de mulher — sua própria voz, inegavelmente — gritando: "Estou totalmente fodida, Marco! Eu quero que isso pare, quero que pare agora mesmo!"

Jake pigarreou e inclinou-se para o microfone.

— Charlotte não tem comentários a fazer neste momento. Agradecemos a sua compreensão.

E, enquanto as vozes vinham de todas as direções, Jake agarrou o braço de Charlie exatamente da mesma forma que Marco agarrara na noite anterior e a puxou para fora da sala.

18
a lindsay lohan do tênis

TOPANGA CANYON
JUNHO DE 2016

— Estou me sentindo tão humilhada — gemeu Charlie. — Sabe do que estão me chamando agora?
— A Princesa Delinquente? E daí? Não é tão ruim assim. — Charlie podia ouvir uma colher raspando uma tigela. — Na verdade, soa meio chique — disse Piper de boca cheia. — A maconha é legalizada em muitos estados americanos. Não sei quantos, mas são muitos.
Charlie bufou.
— Jake está irritado, mas pelo menos ele meio que entende como tudo aconteceu. Todd está furioso. Ouça isto. — Ela pegou o celular e rolou a tela para encontrar a mensagem.

— "Eu nunca sequer imaginei que fosse possível você fazer uma BURRICE tão homérica, indescritível e inegável." Ele colocou "burrice" em maiúsculas, para o caso de eu não perceber.

— Isso aí é só o Todd sendo Todd.

— Não se engane. Ele ainda não acabou de falar o que acha disso. Vai ser um inferno resolver tudo com ele. E isso se ele não me demitir primeiro.

— É *você* que paga o salário *dele*, Charlie, não o contrário.

— Detalhes.

— Você vai se desculpar e dizer o quanto aprendeu com a experiência, e ele vai superar, como todo mundo.

— Talvez. Mas também tem o meu pai. Ele ficou tão decepcionado que nem fala comigo.

— Seu pai sente falta da menininha boazinha de tranças que sempre diz por favor e obrigada, mesmo quando as pessoas a atropelam. Ele vai superar.

Charlie baixou a voz.

— Às vezes eu o pego olhando para mim com uma expressão de *quem é essa pessoa na minha frente?*. É péssimo, de verdade.

As paredes do novo chalé de seu pai eram finas como papel, e ele estava lendo logo ali, do outro lado da porta dela. Da porta dele, na verdade. O Sr. Silver insistira em ficar com o sofá-cama da sala de estar e deixar Charlie no quarto, uma discussão que não tardara a ficar acalorada e trouxera à tona muitos assuntos diferentes, que nenhum dos dois parecia pronto para discutir: as novas acomodações dele e como elas refletiam sua situação financeira; a perda de popularidade dela; o envolvimento de Todd; a grande distância que ambos sentiam agora que não discutiam nada importante. Quando impulsivamente comprara uma passagem num voo direto de Paris para Los Angeles, depois da humilhante derrota na primeira rodada, ela só queria saber de chegar em casa. Em *casa*. Nunca fizera sentido para ela ter sua própria casa, já que viajava quarenta e oito das cinquenta e duas semanas do ano. Charlie pensava nisso de vez em quando, em como seria bom ter seu próprio apartamento em algum lugar, mas, sempre que considerava a sério o assunto, acabava mudando de ideia. Por que pagar aluguel e contas e mobiliar um lugar para umas poucas semanas por ano? Principalmente quando tinha milhagem suficiente para viajar ou se hospedar em qualquer lugar do mundo, a qualquer momento, praticamente de graça? E, para aqueles momentos em que precisava de um dia ou dois para descansar, relaxar, aliviar a pressão e ter alguém para tomar conta dela, havia a casa da sua família. Até agora. Ela se sentiu culpada por admitir, mas, se tivesse lembrado que seu pai já tinha mudado para o deprimente chalé de hóspedes no clube, considerado decadente demais para receber os sócios, provavelmente teria ficado num hotel. Ou talvez nem tivesse vindo para casa. E isso, claro, a fazia se sentir ainda pior.

— Você vai superar isso, e ele também. Você não foi presa por prostituição, foi? Porque disso seria difícil se recuperar. Heroína seria um problemão. E, até onde eu sei, você não matou ninguém. Então, se parar para pensar, acho que o mundo pode superar você fumando um baseado.

— Eu não fumei um baseado!

— Você acha que faz um pingo de diferença se você vaporizou ou fumou ou inalou? Charlie, você precisa relaxar. Ninguém está nem aí.

— Ninguém está nem aí? Por acaso você viu que o vídeo em que eu proclamo como estou epicamente fodida já tem cem mil visualizações?

— Tá, eu admito que o vídeo foi meio que um contratempo. Mas quem te ama sabe o que aconteceu.

Charlie tirou o som da torturante e interminável cobertura de Roland-Garros na ESPN, que vinha vendo sem parar desde que chegara em casa. Agora que terminara — com Natalya inevitavelmente levando o título —, seriam só três semanas para começar Wimbledon.

Ela viu o ponto final de Marco destruindo calma e metodicamente um jovem adversário americano em três *sets* fáceis.

— Joguei fora uma chance num Grand Slam por uma festa idiota num quarto de hotel com um bando de pessoas que nem conheço — disse ela. — O que isso diz do meu comprometimento?

Mais tigela raspada.

— Não sou a pessoa certa para falar de comprometimento, pois larguei o tênis na primeira oportunidade. Mas você é diferente, Charlie, essa é a sua vida. Para o bem ou para o mal, e às vezes são as duas coisas, é isso que você faz. E você faz bem demais. Mas talvez você deva se dar um tempinho para viver, não acha? Aproveitar a vida só um pouquinho? É a pior coisa do mundo você não ser a número um? Não vencer um Slam? Isso é mesmo tão terrível de imaginar?

Charlie olhava fixamente para a foto no porta-retratos que seu pai mantinha no criado-mudo.

Era de antes de sua mãe ser diagnosticada, talvez uns dois anos antes, quando tentaram acampar por uma noite. Os Silver tinham demorado horas na estrada para chegar até Redlands e montaram acampamento na clareira mais linda, perto de um rio. Jake, pacientemente, mostrara a Charlie como fazer uma fogueira usando gravetos e depois troncos mais grossos, enquanto seus pais tentavam consertar o temperamental fogareiro. Ela se lembrava claramente dos quatro equilibrando a câmera fotográfica sobre uma pedra e correndo para posar para a foto de família, e de como nunca conseguiram consertar o fogareiro, mas as salsichas assadas na fogueira foram as mais gostosas que já tinha experimentado. Até mesmo o pânico que Charlie sentira naquela noite, quando as hienas começaram com os gritos assustadores, agora a fazia sorrir: ela saíra correndo da barraca que dividia com Jake para a barraca de seus pais, onde se enfiara entre os dois e passara a noite aninhada entre eles.

— Eles sacrificaram muita coisa para eu chegar até aqui. — Sua voz era um sussurro. Charlie sentia um nó se formando na garganta.

— Eu sei disso, querida. Mas você também sacrificou. Não é o sonho do seu pai e, por tudo o que você me contou, também não era o sonho da sua mãe. É o *seu* sonho. Então, pelo que eu vejo, você precisa decidir se ainda quer isso. Não tem problema mudar de rumo, sabe. Correndo o risco de soar como uma psicóloga de meia-tigela, o que, agora que estou parando para pensar, talvez combine com sua nova versão liberal e maconheira, você só tem uma chance. Em tudo isso. E se ser a melhor do mundo é o que você quer, então *entra de cabeça*, caramba. Você sabe que consegue! E vamos todos te apoiar. Mas, se você chegou a um ponto em que está pronta para mandar à merda esse estilo de vida e tudo que faz parte dele, bom, quer saber? Também está tudo certo. Vamos todos ver que somos adultos e lidar com isso. A decisão é só sua, Charlie.

— Por que todos estão sempre me pressionando para desistir? — Charlie nem tentou esconder sua irritação. — Qualquer obstáculo, por menor que seja, e o mundo inteiro sugere que eu me aposente. Eu amo o tênis, Piper. Eu sei que você não amava, mas eu amo esse esporte. E eu trabalhei duro pra cacete para ser a melhor. Então, sim, eu quero ser a melhor.

— Bom, você não está agindo como se quisesse. Pronto, falei. Pode me odiar por isso, mas alguém precisava falar.

Houve um momento de silêncio.

— Isso é jeito de falar com a Lindsay Lohan do tênis? Demonstre um pouco de respeito, por favor!

Piper explodiu numa risada picotada.

— É, eu li isso também. Surpreendente. Você tem noção de quanto eu estou me divertindo com isso, não tem?

Houve uma batida à porta.

— Charlie? Pode vir aqui um minutinho? — Seu pai soava cansado.

— Claro, papai, já estou saindo — gritou ela. Depois voltou ao celular, falando mais baixo. — A que horas amanhã?

— As festividades começam ao meio-dia na residência dos Stockton. Vou logo avisando: são principalmente as amigas da minha mãe com as filhas. Você vai ouvir muito sobre os novos Range Rovers, os benefícios da SoulCycle e como raios está impossível conseguir uma empregada decente. Não me julgue.

Foi a vez de Charlie rir.

— Vou estar lá! Nada como almoçar com um bando de protestantes ricas racistas que enchem a cara o dia todo para eu me sentir melhor. Obrigada, amor. Nos vemos ao meio-dia.

— Vai se foder. E obrigada por vir. Adorei que você tenha estragado tudo em Roland-Garros e agora pode vir ao meu chá de panela.

— De nada.

Charlie largou o celular e saiu da cama. Seu pai tirara os lençóis dele e trocara pelos novos com muitos fios que ela havia comprado para o quarto dela, mas ainda era estranho além da conta dormir na cama dele. Pela primeira vez, ela reparou como a velha cômoda de madeira estava desgastada, como as toalhas de banho estavam puídas. Ela nunca tinha notado essas coisas quando era criança.

— Ei, você vai sair? — perguntou Charlie, largando-se no feio sofá xadrez que viera com o chalé. Quando perguntara do sofá modular de veludo superestofado, o Sr. Silver dissera que o tinha vendido. Quase nada das coisas da casa antiga cabia ali.

O pai tinha trocado o uniforme de treinador de sempre por calças cáqui e uma camisa polo de manga curta. Seu cabelo estava molhado e bem-penteado, e ele estava usando Docksides claramente novos.

— Sim, vou me encontrar com... alguém. Para jantar.

Charlie supusera que iam jantar juntos. Ela só ficava em casa poucas noites por ano nesta altura do campeonato, e normalmente seu pai agarraria com todas as forças a chance de jantarem juntos.

— Ah, eu não sabia que você tinha um compromisso. — Ela se esforçou para soar alegre. — Eu estava pensando em fazer o seu filé preferido e batatas inglesas. Uma orgia de carboidratos e carne vermelha, do jeitinho que você gosta. — Charlie sorriu, mas imediatamente se arrependeu de usar a palavra "orgia", especialmente porque sabia o que o pai estava pensando.

Ele parecia estar lutando para decidir alguma coisa.

— Então, essa coisa da... maconha.

Charlie olhou para o chão.

— Papai, sinto muito, sei que isso deve ser super-humilhante para você. Eu nunca quis... Eu não pensei... Bom, enfim. Já expliquei como a coisa toda aconteceu. Só queria que não tivesse acontecido nada daquilo.

Ele se aproximou e sentou-se ao lado dela no sofá.

— Querida, eu ia dizer para você não ser tão dura consigo mesma. Todo mundo comete erros. Deus sabe quantos eu já cometi.

— Ah, pare com isso. Já pesquisei você no Google mil vezes. Além de ter namorado todas as jogadoras no top 50, não tem nada lá. Tudo limpinho.

Seu pai pigarreou e entrelaçou as mãos.

— Uma vez, eu tive um caso com uma mulher casada — disse ele, calmamente.

Charlie se forçou a ficar completamente imóvel. Ela nem respirava.

— Eu tinha vinte anos. Uma criança. Um idiota. Ela tinha vinte e seis e era casada com o treinador do meu amigo, um cara muito mais velho. Devia ter uns quarenta, na época. Ela não era feliz com ele, claro. E achamos que estávamos apaixonados. Eu dizia para mim mesmo que não estava fazendo nada de errado porque *eu* não era casado com ninguém. — Ele tossiu. — De qualquer forma, a coisa não acabou bem, como você pode imaginar.

— O que aconteceu?

Seu pai suspirou.

— Fomos flagrados juntos na Wimbledon Village, num apartamento emprestado. Enfim, foi horrível. O marido ficou louco, ameaçou me matar e se separar dela. Não de um jeito discreto. O circuito inteiro ficou sabendo de tudo, só se falou disso por semanas. Ela nunca mais falou comigo. Os dois ainda estão casados, aliás. E eu me senti o ser humano mais bosta da face da terra. Provavelmente, acho, mais ou menos como você deve estar se sentindo agora. Mas estou contando isso, Charlie, para você saber que eu entendo. Sei como é estar na estrada dia após dia, entrando e saindo de hotéis anônimos, ralando treino após treino. E agora, com Todd e seu cronograma de treinamento intensificado? É muita coisa. Então, pegue leve com você. Todos nós sabemos que você não é uma idiota maconheira, assim como eu não era um babaca destruidor de lares. Todos fazemos besteira. Espera-se que nos desculpemos e façamos a coisa certa, mas a vida continua. — Ele levantou o queixo dela com o dedo para olhar em seus olhos. — Tudo bem, menina? Pode fazer isso por mim?

Ela se aproximou para beijar a bochecha dele, sentindo uma onda intensa de gratidão.

— Vou tentar. Se você me disser aonde vai.

— Eu? Tenho um encontro.

A surpresa não teria sido maior se ele anunciasse que trabalhava para a CIA. Não que não fosse possível, todos sabiam que ele não ficava sozinho quando Charlie e Jake estavam viajando, mas o Sr. Silver nunca, jamais saía com mulheres quando um dos filhos estava em casa. Ou, se saía, eles nunca ficavam sabendo. Isso evidentemente era algo mais importante.

— Um encontro? Quem é a sortuda?

Seu pai tossiu.

— É... alguém que você conhece, na verdade.

— Alguém que eu conheço?

— Você provavelmente não a vê há algum tempo, eu também não via. Depois que a sua mãe... Doía demais. Mas nós... — Ele tossiu de novo. — Nós nos reencontramos recentemente.

— Se reencontraram? Então não é o primeiro encontro?

— Não, não é o primeiro encontro. Ela é... uma velha amiga.

— Isso está parecendo uma charada, papai. Vai me contar ou não? — Mas, de repente, Charlie soube. Ela não sabia como, mas soube que estava certa. Podia sentir.

Enquanto via a boca dele formar as palavras "É a Eileen", ela mentalmente disse a mesma coisa ao mesmo tempo. *Eileen*. Claro que era ela.

Sua cabeça voltou no tempo, lembrando-se das dicas que sempre estiveram lá. A vez em que seu pai contara que Amanda, a amiga de infância mais antiga de Charlie, tinha conhecido um cara e ido com ele para a Austrália. Quando Charlie perguntara como ele sabia de uma fofoca tão boa sobre alguém que ela não via há séculos, ele murmurara algo sobre ter esbarrado em Eileen. Quando foi isso? Poderia mesmo ter sido há quase um ano? Mais? Ou a última vez em que ela estivera em casa e tinha almoçado com seu pai no clube; Howie havia começado a perguntar de alguém, uma nova amiga, mas o Sr. Silver o interrompera com aquele olhar. Ou então aquela vez, no começo do ano, no aniversário da morte de sua mãe, quando ela e seu pai haviam visitado o túmulo? Embora tivessem ido juntos e Jake estivesse fora da cidade, havia um lindo arranjo de peônias na frente da lápide e um punhado de seixos, as pedras preferidas de sua mãe, cuidadosamente arrumados em cima. O Sr. Silver não parecera surpreso quando ignorara as perguntas de Charlie. E, claro, havia o aparecimento inesperado de Eileen na partida de exibição de Charlie na UCLA. Como não tinha percebido antes?

— Você está namorando a Eileen? A Eileen *da mamãe*?

— É complicado, Charlie. Eu sei que parece... estranho, mas algumas coisas são difíceis de explicar.

— Uau. Não sei o que dizer. Só uau.

Os dois ouviram a voz mecânica de Jake Tapper ao fundo, algo sobre um aumento acentuado no preço do petróleo e a OPEP. Nem ela nem seu pai se olharam.

— Charlie? Tem mais uma coisa que você precisa saber. É mais sério do que isso.

— Mais sério do que o quê?

— Não estamos só namorando. Estamos... na verdade, estamos planejando nos casar.

Ela não fazia ideia do motivo, mas a primeira coisa em que pensou, apesar do fato de seu pai ter acabado de contar que ia se casar com a melhor amiga da mãe, foi: *Por que todos na minha vida estão se casando?* Numa sucessão rápida, Charlie pensou no casamento — para quando estaria planejado, se entraria em conflito com a agenda dela, o que vestiria — e logo em seguida ponderou que Amanda e a irmã mais nova, Kate, passariam a ser suas meias-irmãs. Depois voltou para Jake. O pai tinha contado para ele, e não para ela?

— Charlie?

Ela ouviu a voz dele ao longe, mas sua cabeça estava a mil, primeiro considerando todas as possibilidades e depois se culpando por ser tão egoísta.

— Charlie? Fale alguma coisa, por favor.

Ele soava melancólico, quase desesperado pela aprovação dela, e Charlie sabia que uma filha mais delicada e sensível diria que entendia a preocupação do pai e tentaria acalmá-lo, principalmente depois de tê-la isentado de um erro homérico. Afinal de contas, não era como se o pai estivesse se casando com alguma loira burra mais nova que a própria filha, uma mulher que insistiria em ter filhos, ou uma daquelas supercontroladoras que transformaria a vida deles em um inferno. Não, o Sr. Silver estava escolhendo passar o resto da vida com alguém que Charlie sabia ser gentil, generosa, cheia de uma energia sem-fim e que se preocupava com as outras pessoas. Uma mulher que passara dois anos acompanhando a mãe de Charlie à quimioterapia e a especialistas em perucas e a passeios no shopping para levantar seu astral. Alguém que tinha providenciado um fim de semana prolongado para elas em Barcelona porque a Sra. Silver sempre sonhara em ir, e que havia cuidado de todos os detalhes de uma viagem internacional com uma paciente em estágio terminal. Eileen havia levado Charlie para torneios de tênis nos fins de semana em que seu pai tinha de trabalhar e sua mãe estava doente demais para sair da cama; havia ajudado Jake nos estudos quando ele estava mal em geometria, depois de novo em trigonometria; havia colocado as necessidades das próprias filhas em segundo plano nas semanas e nos meses após a morte da mãe de Charlie para ser uma presença constante na casa dos Silver, fazendo torradas, caçarolas de atum, dobrando as roupas e abraçando Charlie e Jake quando acordavam chorando no meio da noite. Ela havia sido o mais próximo de uma mãe que tiveram nos meses mais difíceis, então por que parecia tão estranho ela agora ser sua madrasta? Mais ainda, por que Charlie não conseguia pôr os próprios sentimentos de lado por dez segundos e dar ao seu pai o sorriso e o abraço de que ele obviamente precisava?

O Sr. Silver se levantou e começou a andar de um lado para outro.

— Eu sei que isso deve ter sido um choque — disse ele, baixinho.

— Você não falou no nome da Eileen em quinze anos, depois que ela sumiu completamente, e agora vem me dizer que vai se *casar* com ela?

— Ela apoiou esta família quando ninguém mais apoiava.

— Ela sumiu da face da Terra quando o marido se irritou porque ela estava passando tempo demais na nossa casa. Nós, tipo, praticamente nunca mais a vimos.

Seu pai suspirou.

— É difícil... não, é impossível entender o que se passa no casamento de alguém. Eileen doou seu tempo e sua energia para esta família quando nós mais precisávamos. Ela fez isso por altruísmo, por amor à sua mãe. Que, por sinal, teria feito exatamente a mesma coisa por ela. Mas Eileen ainda tinha duas filhas pequenas em casa e um marido que precisava dela. Bem, eles evidentemente já tinham problemas, não sei se você se lembra que eles se divorciaram uns dois anos depois, mas eu não acho que possamos culpá-la por dar ouvidos à insatisfação de Bruce e tentar estar mais presente para a própria família.

— Essa é a história agora? — Charlie odiou como soava desagradável, especialmente depois da gentileza e da compreensão que ele acabara de demonstrar para com ela, mas não conseguiu evitar.

Seu pai a olhou torto.

— Claro que eu podia ter lidado melhor com isso, você sabe que eu não sou muito bom com essas conversas, mas acho que você também podia ter colaborado. — Ele se levantou e pegou as chaves no ganchinho perto da porta. — Não vou chegar muito tarde. Boa noite, Charlie.

O Sr. Silver fechou a porta silenciosamente atrás de si, e Charlie deve ter ficado olhando para ela por quase cinco minutos, as lágrimas correndo pelo rosto, até chegar uma notificação de e-mail no celular. Seu coração bateu um pouco mais rápido quando viu que era de Todd.

Charlotte,

Vamos considerar esse incidente como sua primeira e última pisada na bola, pelo menos se quiser continuar contando com meus serviços. Seu irmão me explicou em detalhes como transcorreram os eventos. Eu entendo que você não pretendia fumar maconha, e também sei que a simples falha em estar presente em uma janela de teste com os fiscais do doping corresponde a uma reprovação no teste, nada mais. Essa é a boa notícia. A merda é que ninguém mais no mundo inteiro entende nenhum desses dois pontos. Jake e eu estamos em contato com Meredith para trabalhar na repercussão dessa situação. De sua parte, você vai:

1. *Publicar desculpas aprovadas no Instagram, no Facebook e no seu site para os fãs.*
2. *Explicar como se deu essa "reprovação" no teste de doping. Novamente, isso será previamente aprovado por todos nós.*
3. *Me convencer de que nunca mais vai participar de "festas em quartos" nem de qualquer absurdo desses em nenhum momento durante um torneio.*
4. *Se comprometer em treinar uma hora a mais por dia para se preparar para Wimbledon.*

Vou pegar você no Heathrow para podermos conversar sobre isso. Imagino que eu não precise lembrar você de como deve se comportar no iate do Bono este fim de semana. Se eu pegar um vestígio de fumaça de maconha ou de escândalo, você e eu estamos terminados. Boa viagem.

Todd

Charlie leu mais uma vez antes de fechar a mensagem. Já era mais do que o suficiente por uma noite.

19
bono num barco
MEGAIATE NO MEDITERRÂNEO
JUNHO DE 2016

Todd estava esperando na esteira de bagagens, depois que ela passou pela imigração. Ele providenciara para que todos ficassem num apartamento na Wimbledon Village central por duas semanas antes do início do torneio.

Ela treinaria, se reacostumaria com as quadras de grama e aclimataria o corpo à diferença de fuso e às diferenças na alimentação. Era quase impossível acreditar que já fazia um ano inteiro desde a lesão e Charlie ainda não tinha um Grand Slam para chamar de seu, depois de doze meses de treinos e viagens.

Mas, primeiro, vinha o iate.

— Oi — disse Charlie, constrangida, sem saber ao certo se devia estender a mão ou abraçá-lo. Todd mal olhou para ela.

— Pegou tudo? Só uma raqueteira? Onde está o resto das suas tralhas?

— Eu trouxe seis raquetes na bagagem de mão e despachei as roupas que vou precisar para o barco, mas mandei o restante das minhas raquetes e do equipamento direto para o endereço na Village que você me passou. A Nike já entregou as roupas?

— Estão com a Monique — resmungou ele.

— Monique?

— Sim, ela está passando um pente-fino em todas as porcarias das meias e das faixas de cabeça para garantir que cumpram todas as regras de Wimbledon. Não vamos ter outro problema de falta de adequação com a sua roupa este ano. Não comigo aqui.

— Isso é ótimo, obrigada. Agradeço — disse Charlie, quase correndo para segui-lo calçada afora, depois de pegar suas malas.

— Essa é a única coisa com a qual você *não tem* que se preocupar. Tudo o mais é definitivamente problema seu.

Charlie ficou em silêncio enquanto caminhavam até o meio-fio. Um motorista ia levá-la de Heathrow para Luton, um dos menores aeroportos na periferia de Londres, para pegar o voo até Nápoles, e Todd ia pegar uma carona. O evento beneficente fora um convite de última hora, depois que Venus Williams desistira por causa de uma gripe, mas recusar representaria uma admissão de problema com drogas. Ou, como disse Meredith, "também pode acabar em Hazelden".

Todd segurou a porta para Charlie e fez sinal para que ela entrasse no banco traseiro de um utilitário Audi que os esperava. Ela nem percebeu Dan sentado ao lado do motorista até ele se virar para dar oi.

— O que está fazendo aqui? Você sabe que não vou treinar até segunda-feira — disse Charlie, não pretendendo soar tão antipática quanto soara.

Dan olhou para Todd, que pigarreou.

— O que está acontecendo? — perguntou Charlie.

Todd sentou-se ao lado dela, e o motorista pôs o carro em marcha.

— Dan vai te acompanhar à Itália — disse Todd.

— Como é que é?

— Você me ouviu.

— Você está me mandando para lá com uma babá?

Dan desviou o olhar.

— O que foi, não é isso que você é? Meu supervisor? Para eu não dar vexame e...?

— Chame como quiser, Silver — interrompeu Todd. — Agora, eu entendo por que esta viagem é necessária do ponto de vista de relações públicas. Meredith insistiu para você aceitar o convite. Por causa disso, não vou discutir sua participação. Mas não pense nem por um mísero segundo que você vai fazer qualquer coisa além de posar para as câmeras, parecer feliz e *sóbria* e acenar para seus adorados fãs. Porque isso seria um erro terrível.

— Não sou nenhuma adolescente degenerada, Todd.

— Poderia ter me enganado.

— Acho que isso não é muito justo. Houve...

Todd levantou a mão, pedindo silêncio.

— Conversei com Jake e com a Isabel da WTA, e eles já rascunharam suas desculpas e suas explicações. Vão enviar para você em breve. Ela também vai enviar um roteiro com respostas aprovadas para as perguntas da mídia que inevitavelmente vão surgir sobre esse caso todo. *Não se desvie delas.* Sob nenhuma circunstância. Você *não* tem permissão para fugir do roteiro. Entendido? — E, antes que Charlie pudesse responder, o celular de Todd tocou. Ele colocou os fones de ouvido e abriu o laptop.

O silêncio pairou no carro por alguns minutos, enquanto Charlie soltava fogo pelas ventas.

— Não vou estragar a sua imagem, não se preocupe — disse Dan.

— Vou pegar um jatinho particular até um megaiate para passar alguns dias navegando pela Costa Amalfitana. Não estou preocupada com a possibilidade de você estragar a minha imagem — retrucou ela.

Dan assentiu.

Eles ficaram quietos o resto do caminho até Luton. Quando chegaram, o motorista mostrou uma identificação e o carro foi escoltado direto até a pista, onde um fiscal da imigração britânica verificou os passaportes deles sem que precisassem sair do carro. Depois, um carregador uniformizado pegou as bagagens de Charlie e de Dan e as guardou cuidadosamente no compartimento de carga na traseira do Gulfstream V.

Sem dizer uma palavra, Todd entregou-lhe uma mochila.

— O que é isto? — perguntou Charlie, abrindo-a. Ali dentro, estavam um DVD player, do tipo que as crianças usam nos aviões, e uma pilha de discos. Ela correu o dedo pelos títulos rabiscados a caneta: "Semi de Munique 2014", "Sharapova detona março 2015", "Geiger x Atherton Cingapura 2015". Eram muitos e muitos nomes.

— Você vai arrumar um tempo para ver todos esses vídeos e ficar pronta para conversar sobre eles. Vou mandar um carro pegá-la aqui na segunda-feira — disse Todd, mal olhando para Charlie. — Espero que esteja preparada para trabalhar. A menos, é claro, que queira mandar Wimbledon pelo ralo, como fez com Roland-Garros. Nesse caso, pode fazer isso sozinha.

Charlie só olhava para as próprias mãos.

— Bom, fico feliz que nos entendemos. — Ele se virou para Dan. — Estou deixando *você* pessoalmente responsável. Nada de beber, nem de fumar, nem de drogas. Nada de *chocolate*, pelamordedeus. Protetor cinquenta. Oito horas de sono. Estou sendo claro?

— Perfeitamente — respondeu Dan.

Todd fechou a porta do carro e o motorista zarpou.

Dan olhou para Charlie.

— Você está bem?

— Ótima — respondeu ela, entredentes.

O celular de Dan tocou enquanto caminhavam para a escada baixada do avião, mas ele rapidamente o silenciou.

— É aquela garota de Paris? — Ele continuou calado. — As coisas foram bem, então?

Dan enrubesceu.

— Bom para você. Já era hora de arrumar uma namorada, não era?

— Não venha descontar as merdas de Todd em mim — disse ele, em voz baixa, fazendo um sinal para ela subir a escada na frente. — Ele é o babaca, não eu.

Os dois chegaram ao alto da escada e uma bonita comissária negra, vestindo um uniforme branco impecável, cumprimentou-os pelo nome e os convidou a se sentarem onde preferissem.

— Exceto nas duas poltronas no meio do avião, porque aquelas são as preferidas do proprietário.

Charlie escolheu uma das luxuosas poltronas de couro mais para o fundo do avião, voltada para a frente, e fez um sinal para Dan se sentar diante dela. Eles foram os primeiros a embarcar, mas os outros passageiros chegariam logo.

A comissária ofereceu uma bandeja com taças de champanhe e copos de água. Charlie lançou um olhar significativo para Dan e aceitou um dos copos de água.

Ela pigarreou.

— Foi mal, não quero tensão entre nós.

— Não tem nada rolando com a garota de Paris — disse Dan. — Acho que eu só não superei um relacionamento do passado.

— Nome?

— Katie.

— Claro que é. Ficaram juntos por quanto tempo?

— Três anos. Nos conhecemos no último ano na Duke, numa aula de escrita criativa.

— Escrita criativa? — perguntou Charlie, incrédula. — Eu não fazia ideia de que você gostava de escrever! Achei que só se interessasse por tênis. E negócios.

Dan se ajeitou na poltrona, ficando um pouco mais ereto.

— Eu escrevi um romance, para falar a verdade. Não foi publicado ainda, mas espero estar pronto para colocá-lo no mercado em breve.

— De verdade? — perguntou Charlie, genuinamente chocada.

— Sim. Estou quase acabando de reescrevê-lo. Tento encaixá-lo nas horas livres nos aviões, nos hotéis, quando não estou trabalhando. Quer dizer, quando mais vou ter tempo de fazer isso enquanto também estou ralando para ganhar a vida? Graças a você, posso pelo menos tentar.

Charlie parou para pensar.

— Isso me deixa mais feliz do que você imagina. — Ela balançou a cabeça. — Seus pais dão apoio?

— Depende. Eu fui o primeiro da família a ir para a faculdade. Eles queriam que eu estudasse economia para aprender como transformar a empresa de fundo de quintal da família em algo que pudesse realmente nos sustentar por mais uma geração. — Ele tossiu.

— Como o tênis se encaixa nisso tudo? Um primeiro lugar em simples dificilmente é só um hobby.

— Eu amo jogar, e eu amo trabalhar para você, mas, na faculdade, eu jogava por causa da bolsa de estudo.

— E você nunca pensou em ir além? Você consegue me vencer facilmente quando quer.

Dan riu.

— Como diria o Todd, você é só uma mina.

Charlie deu um chute nele.

— Não, sério, eu não tinha essa motivação para me dar bem no tênis. Eu não poderia desistir de tudo o mais na minha vida, como escrever ou a faculdade.

— Ou garotas.

— Ou garotas. Eu definitivamente não desistiria das garotas.

— Os jogadores homens não têm muitos problemas nesse departamento, vou logo avisando — disse Charlie.

— É, eles não têm mesmo, né? — Dan arqueou uma sobrancelha. — Mas, de qualquer forma, eu não nasci mesmo para esse cronograma, treinamento e foco único.

Charlie tomou um gole de água.

— Então, você estava falando da Katie. Adorável, doce, Katie do Sul.

Dan riu.

— A *minha* Katie nasceu e cresceu em Nova York e, até o jardim de infância, achava que a babá era a mãe dela. Ela era uma garota durona. Sabia o que queria. Sabia o que eu queria, também. Acho que eu nunca tinha conhecido uma garota como aquela. Escolas de elite, casas nos Hamptons e professores particulares de francês, o pacote completo. Fiquei seduzido por tudo aquilo, é até meio constrangedor admitir.

— Eu entendo — disse Charlie, baixinho.

Ela também ficara estupefata com as famílias para as quais seu pai dava aulas em Birchwood. Não era só a riqueza, era como se internalizassem o privilégio que adquiriam ao nascer e passassem pela vida com serenidade, sempre tão relaxados e graciosos. O mundo era deles, e eles aproveitavam.

— Katie me defendeu quando a família foi contra nosso namoro e, mesmo sem precisar trabalhar, hoje ela é uma fotógrafa foda, e por mérito próprio. Ela é bem impressionante, na verdade.

— Então por que não está com ela?

Dan se virou para Charlie.

— Porque, no fim das contas, de jeito nenhum Katherine Sinclair, da Park Avenue e de East Hampton, se casaria com Dan Rayburn, de Marion, Virginia, cujos pais têm uma loja de materiais de construção e que não tinha passaporte até se formar na faculdade. Com ou sem Duke, ela sabia quem eu era.

Charlie ficou em silêncio por um instante.

— Katie saiu perdendo — murmurou ela, tomando o cuidado de não olhar nos olhos de Dan.

O sorriso dele era mesclado com tristeza.

— É, eu sei. De qualquer maneira, eu vi pelo Facebook que ela se casou com Lachlan Dobbs III, em Bermudas, seis meses depois de nos separarmos. Teve dois meninos em dois anos, ambos com numerais romanos depois do nome. Atualmente estão construindo uma casa perto dos pais dela, em Amagansett, e acabaram de se mudar de Gramercy para uma modesta casinha de dez milhões de dólares na 74, entre Park e Madison. Não que eu fique acompanhando.

Ela riu e precisou se controlar para não cruzar o corredor e abraçá-lo.

— Deu para perceber. Muito contido, estou impressionada.

Antes que Charlie pudesse lembrá-lo de que estava, na verdade, bebericando Evian a bordo de um luxuoso jatinho particular a caminho de alguns dias a bordo de um dos mais luxuosos megaiates do mundo, eles ouviram vozes na escada.

— Olha só quem conseguiu entrar! — trilou Natalya, segurando as pregas de seu maxivestido na dobra do braço enquanto subia a bordo com cuidado, em alpargatas com uma plataforma de dez centímetros. Benjy, logo atrás dela, bateu a cabeça no batente da porta. As mãos dele eram do tamanho de raquetes de pingue-pongue.

— Natalya — murmurou Charlie, determinada a não se deixar irritar. — E Benjy. Como vai? Nada de treinamento?

— Ainda estamos oficialmente fora da temporada — disse ele, baixando o corpo enorme em uma das poltronas do outro lado do corredor, perto de Dan. — Fiquei sabendo que esse barquinho que vamos visitar tem uma bela academia, então vou manter os exercícios em dia. — Ele levantou os olhos e encarou Charlie. — Não sabia que você vinha este ano. Legal. Vai levar alguém?

Charlie apontou para Dan e apresentou os dois. Natalya estava ocupada olhando pela janela e conversando em russo ao celular.

— Mais alguém? — perguntou ele.

— Marco vai nos encontrar hoje à noite no porto. Vão mandar o avião de volta para Londres para ele e mais umas pessoas.

— Humm, entendi — murmurou Benjy.

— Marco vai, é? — perguntou Dan calmamente. — Meu trabalho como babá vai ficar mais difícil.

Charlie virou-se para ele e fingiu indignação.

— Mesmo?

— Você ouviu Todd. Não vai ter nem uma visitinha no meio da noite, por assim dizer. Ordens do treinador.

— Vai ficar montando guarda na minha porta, é?

— Vou fazer o que for preciso.

Eleanor McKinley, a jovem canadense que derrotara Charlie na primeira rodada de Roland-Garros, entrou no avião e cumprimentou todos com um meneio de cabeça.

Charlie se forçou a acenar. A mãe da garota, usando um elegante terninho e carregando uma bolsa Louis Vuitton, sentou-se ao lado de Eleanor e começou a sussurrar no ouvido dela. Assim que estavam todos acomodados, Rinaldo, o maior adversário de Marco nas quadras e seu melhor amigo no circuito, veio a bordo.

— Oi, Rinaldo — cumprimentou Charlie, levantando-se para dar-lhe dois beijos no rosto. — Elena não vem hoje?

Ele balançou a cabeça.

— Ficou em casa com o bebê.

O voo até Nápoles foi curto, menos de duas horas, e a Suburban que os levou até a marina era suntuosa. Ainda assim, nada preparou Charlie para a visão que os esperava quando se aproximaram do ancoradouro onde a *Lady Lotus* orgulhosamente flutuava. Era um elegante megaiate de 280 pés com dois anos de existência, encomendado por um rico empresário chinês com reputação de odiar barcos e água. Supostamente, ele comprara o iate porque entendia que era um símbolo ocidental de status, mas diziam as más línguas que ele não fizera muito mais do que se sentar nos conveses novinhos em folha, descalço e vestindo terno de grife e gravata, enquanto o barco balançava na marina. Apenas os convidados que fretavam o iate, quase todos celebridades, dado o valor de 750 mil dólares por semana, saíam efetivamente do porto.

Esta semana, Bono havia fretado o barco e convidado seis dos maiores tenistas e mais ou menos uma dúzia de fãs megarricos do esporte para uma competição de tênis beneficente. A bordo do iate. Em uma quadra flutuante que também era um heliponto. Esses convidados estavam pagando trezentos mil dólares cada um para passar dois dias a bordo, assistir aos profissionais jogando alguns *games* e, se quisessem, pegar as próprias raquetes e trocar umas bolas com os melhores do mundo. Todo o dinheiro ia para a prevenção e o tratamento da Aids na África. Era uma tradição anual de Bono e, naturalmente, um dos convites mais cobiçados nos círculos filantrópicos e do tênis.

— Minha nossa — resmungou Dan, baixinho, enquanto um ajudante de convés loiro e alto, com uma camisa polo de manga curta e short azul-marinho, segurava a porta do carro.

Pelo menos vinte de tripulantes estavam alinhados lado a lado ao longo do casco, mãos cruzadas atrás das costas, sorrindo, enquanto o grupo seguia para a prancha de embarque. Ali, depois de tirar os sapatos e colocá-los em cestas individuais que já tinham seus nomes, Charlie e Dan foram para o convés principal, onde uma comissária de bordo ofereceu-lhes toalhas novas com perfume cítrico e um sorriso Colgate. Sua polo branca tinha LADY LOTUS bordado, e ela usava uma saia azul-marinho impecável que deixava à mostra as pernas extremamente bronzeadas. Para todo lado que Charlie olhava, mais um assistente de convés ou uma comissária com dentes perfeitos e cabelos sedosos sorria para ela.

— Bem-vinda, Srta. Silver. Sr. Rayburn. Meu nome é Johanna. Estamos muito felizes de tê-los a bordo — disse-lhes uma garota que não devia ter mais de dezenove ou vinte anos. — Eu só queria confirmar se estão cientes de que colocamos os senhores juntos. Devido a limitações de espaço. — A garota pareceu momentaneamente preocupada.

— Sim, claro — disse Dan, silenciando uma ameaça de protesto de Charlie. Era difícil imaginar que não houvesse um quarto extra em algum lugar naquela cidade flutuante.

— Tomamos a liberdade de providenciar camas separadas para os senhores — continuou Johanna. — As acomodações são espaçosas. E, durante nosso *tour*, vou mostrar onde estão os banheiros adicionais para os hóspedes, caso não queiram dividir o principal.

Talvez Charlie protestasse mais se não estivesse tão atônita com o que via à sua volta. Johanna guiou os dois pelas portas de correr automáticas até um gigantesco salão, ricamente decorado em couro branco com detalhes em nogueira. Havia um sofá modular que comportava doze pessoas, e poltronas e namoradeiras para pelo menos mais uma dúzia, jogos de tabuleiro clássicos feitos sob encomenda, uma parede inteira de primeiras edições de romances, álbuns de capa dura com fotos de cruzeiros anteriores com celebridades e uma tela de projeção. No lado oposto à televisão, estavam dois Warhols e um Lichtenstein. Eles cruzaram o salão e saíram para uma escadaria que os levou a um convés inferior aberto, com uma academia com tantos equipamentos quanto uma Equinox, um vestiário-spa com duas mesas de massagem, sauna seca e a vapor e piscinas com e sem aquecimento. Ao lado ficava um tipo de salão de beleza em miniatura, com cadeira, balcão com espelho e equipamentos para manicure e limpeza de pele. Em algum ponto do terceiro convés de teca, que contava com uma piscina com correnteza, Charlie perdeu a noção de onde estavam.

— Charlie, você está vendo isso? — gritou Dan quando Johanna os deixou espiarem o depósito no fundo do barco, onde o proprietário guardava seus "brinquedos": quatro *jet skis*, esquis, *wakeboards*, equipamento para *snorkel* e mergulho e duas lanchas que levariam os grupos para a praia ou para brincar na água.

— Estou vendo — respondeu ela, um pouco envergonhada por Dan estar extravasando a animação que ela só se permitia sentir.

— Que incrível — murmurou ele, absorvendo tudo.

Charlie sabia que ele devia estar pensando nos pais lá na Virginia, assim como ela estava imaginando seu pai no chalé de um quarto que, na melhor das hipóteses, podia ser descrito como "rústico". A coisa toda parecia muito surreal.

Mas nem mesmo ela conseguiu disfarçar a admiração quando Johanna os acompanhou até a cabine deles. Uma cama king size com cabeceira de couro presa à parede ficava sobre um tapete de seda branca. Um único controle remoto controlava as luzes e a temperatura da cabine, as cortinas, a coloração da janela e o aquecimento do chão do banheiro; uma unidade de comando separada com tela sensível ao toque podia acionar a televisão suspensa, que descia de um nicho na parede, oferecendo mais de mil filmes e quase duzentas séries de TV. A seleção musical incluía mais de vinte mil músicas e podia ser reproduzida nos alto-falantes, em uma caixa de som no travesseiro enquanto o passageiro dormia, ou no chuveiro. Uma das paredes tinha uma alça oculta que, quando puxada, abria uma cama de solteiro. Ela já estava arrumada exatamente como a grande, e bastava apertar um botão para acionar um painel que podia ser levantado ou abaixado para dar privacidade, criando quase que um canto separado para Dan dormir. Charlie relaxou.

— Por favor, sintam-se à vontade para relaxar durante a tarde — disse Johanna. — O almoço é um bufê frio no convés da popa do terceiro andar, disponível sempre que quiserem. Ainda estamos esperando hóspedes virem a bordo hoje à tarde, então não zarparemos imediatamente. Se precisarem de qualquer coisa, não hesitem em pegar qualquer telefone e serão imediatamente conectados a um assistente. Posso fazer mais alguma coisa pelos senhores antes de ir?

Charlie olhou ao redor.

— Eu adoraria me exercitar um pouco antes que todos os outros cheguem. Seria possível trazerem a minha bagagem?

— As malas já foram desfeitas. As roupas dobradas foram colocadas em gavetas, os sapatos, nas unidades de armazenamento sob a cama, artigos de higiene pessoal, no banheiro, e as roupas de pendurar estão agora sendo passadas e serão colocadas no seu armário. O que me lembra: deixem qualquer roupa para lavar no cesto, e recolheremos todo dia pela manhã. Peço desculpas por não podermos oferecer lavagem a seco diariamente, mas, se precisarem, podemos levar as peças para terra sempre que possível.

— Obrigada — respondeu Charlie.

Johanna sorriu e fechou a porta atrás de si.

— Que espelunca — disse Dan, sentando-se na beirada de sua cama embutida.

— Não tem lavagem a seco? Que tipo de iate de merda é este? — retrucou Charlie.

— Quero meu dinheiro de volta.

Os dois caíram na risada. Charlie teve de limpar as lágrimas das bochechas um minuto depois. Ela não se lembrava de rir tanto em semanas. Ou eram meses? Cada músculo da barriga doía, e ela sentia a maquiagem escorrer pelo rosto, mas nem ligava.

Os olhos deles se encontraram por um breve momento, antes de Dan rapidamente desviar o olhar.

— Você vai malhar? — perguntou ele, pegando um livro.

— Sim, acho que vou fazer isso agora. Depois, provavelmente vou tomar uma chuveirada e comer alguma coisa.

— Parece uma boa ideia. Vejo você depois.

Charlie tentou não encarar a barriga de tanquinho exposta quando ele tirou o suéter. Ela desviou o olhar no instante em que a camiseta descia para cobrir a pele dele, mas seus olhos se encontraram.

— Divirta-se — gritou ela, entrando no banheiro para vestir roupas de ginástica. Fechou a porta com firmeza atrás de si e esperou os passos dele saírem para o corredor antes de voltar para o quarto.

Houve um suspiro coletivo entre as mulheres, especialmente as viúvas de meia-idade de filantropos bilionários, aquelas que ainda não o tinham visto pessoalmente, quando Marco juntou-se ao grupo, descalço, no convés da popa, para os coquetéis ao pôr do sol. Ele tinha acabado de tomar banho e o cabelo ainda estava molhado, penteado para trás, com a camisa cor-de-rosa casualmente para fora das calças justas de algodão azul-marinho. Os dentes e as unhas dos pés pareciam brilhar em contraste com a pele morena. Charlie olhou para as mulheres ao redor, todas recém-banhadas, bronzeadas e produzidas, e pôde ver, pelas expressões delas, que não havia uma, casada ou não, que não pularia na cama com Marco se tivesse uma ínfima chance. Ele demorou quase dez minutos, sendo admirado, cortejado e paquerado, para conseguir chegar até Charlie.

— Oi — disse ele, inclinando-se para que ela beijasse seu rosto.

— Oi, parabéns por Stuttgart — disse Charlie, tentando não perceber que o cumprimento dele não fora mais caloroso nem mais afetuoso do que o que usara com qualquer uma das mulheres. — Acho que não falei com você desde então — disse ela, sem conseguir se controlar.

— Obrigado, amor. — Ele olhou em volta. — Lindo, não?

Charlie ia perguntar como tinha sido viajar com Bono quando Dan se materializou ao lado dela. Ele também tinha tomado banho e estava lindo com uma camisa de linho azul e calças brancas. Não chegava perto do *sex appeal* de Marco, mas se arrumava bem.

— Posso falar com você um minuto? — sussurrou ele, inclinando-se na direção dela.

— Quem é o seu amigo? — perguntou Marco, parecendo vagamente interessado pela primeira vez.

— Você conhece o Dan — disse Charlie, olhando para Marco com uma expressão surpresa.

— Dan Rayburn, parceiro de treino da Charlie. Já nos encontramos, provavelmente, umas doze de vezes — disse ele com neutralidade.

Marco apertou os olhos, tentando se lembrar dele, e riu.

— Desculpe, cara, não pretendia ofender. Você sabe como são essas mulheres, elas são tão... como se diz? Mudam de ideia o tempo todo? Inconstantes. Isso. Eu sei que você parece familiar, mas os parceiros de treino vêm e vão o tempo todo.

Charlie viu a onda de irritação no rosto de Dan, e o puxou de lado, dizendo a Marco que voltaria num minuto.

O sol estava começando a baixar no céu; a cidade de Nápoles parecia muito mais bonita na indistinta luz do entardecer do que quando haviam passado por ela de carro com o sol a pino.

— O que foi? Marco? Não o deixe chatear você — disse Charlie, percebendo como os nós dos dedos de Dan estavam quase brancos de tanto apertar o parapeito.

— Me chatear? Você só pode estar de brincadeira. Ele não me *chateia*, eu só odeio o fato de você estar namorando um cara tão babaca. Pronto, falei.

Charlie ficou chocada com a explosão de Dan, e ela odiou como soou, mas não se conteve.

— Você tinha algo para me dizer? Provavelmente outra coisa que não uma crítica à minha vida amorosa?

O pescoço e o rosto de Dan ficaram vermelhos.

— Jake ligou para me avisar que vai chegar hoje à noite.

— Todd deve estar mesmo preocupado com a possibilidade de a pequena Princesa Delinquente dele despirocar e começar a cheirar cocaína enquanto faz *striptease* para o barco todo. Vou ter *duas* babás?

E o mais irônico é que a Natalya pode muito bem resolver pagar um boquete em todos os homens deste barco, com ou sem namorado da NFL, e ninguém parece ligar. *Eu* sou a vadia. Que lindo.

Dan tossiu.

— Jake disse que o pessoal da instituição de caridade tinha um lugar extra para alguém do Elite Athlete Management, então ele aproveitou. — Dan fez uma pausa. — Acho que não tem nada além disso.

Charlie continuou em silêncio.

— Eles iam colocá-lo no dormitório da tripulação, mas eu pedi para Johanna levar minhas coisas para lá, assim Jake pode ficar com você. Ele vai ficar mais confortável.

O que Dan não precisou dizer foi: *Tenho certeza de que nós dois também vamos.*

Charlie amoleceu.

— Obrigada — disse ela.

Fazia semanas que ela e Jake não conversavam cara a cara. Ele não tinha nem mandado mensagem para ela sobre a sua chegada. Só para Dan. Tinha ficado na Europa para resolver o pesadelo de relações públicas de Roland-Garros, e ela não o tinha visto desde então.

— Sem problema.

Uma comissária se aproximou e entregou um copo de Pellegrino com uma rodela de limão para Charlie e uma cerveja em uma caneca gelada para Dan.

Apesar de não poder beber, era impossível ficar de mau humor. Especialmente quando o céu estava arroxeando sobre o oceano à medida que o sol se punha e o jantar era servido. Jake chegou na metade da refeição e lançou para Charlie um olhar de "*porra, dá pra acreditar nisso*", fazendo-a rir. Do outro lado da mesa, a algumas cadeiras de distância, Dan estava fazendo o possível para fingir interesse em uma das viúvas bilionárias; Marco fazia o mesmo, mas parecia estar se divertindo muito mais. Natalya estava praticamente enroscada no colo de um magnata do petróleo, enquanto Benjy conversava com Jake. Todos estavam bebendo, exceto Charlie.

Antes da sobremesa e de os licores serem servidos, Bono se levantou à cabeceira da mesa para dar boas-vindas a todos. Mesmo os CEOs mundialmente famosos pareciam admirá-lo.

— Todos vocês sabem como eu me sinto com relação ao nosso trabalho na África — disse ele, enquanto o grupo aplaudia educadamente. — Cada um de vocês, seja um jogador doando seu tempo ou um empresário doando fundos, está contribuindo muitíssimo para com nossos esforços de tratamento e prevenção da Aids.

Charlie memorizava cada detalhe, preparando-se para mandar mensagens para Piper contando tudo quando voltasse à cabine. Quando Bono e o resto da banda saíram durante a sobremesa para se preparar para uma apresentação improvisada na sala de projeção, Jake pareceu que ia desmaiar.

— Improvisada? Como é que eles podem chamar assim? É o U2, caramba. U2!

Quando eles se aproximaram de uma banqueta na parte mais externa do convés, outra comissária se materializou para trazer mais uma Pellegrino para Charlie e um martíni para Jake.

— Eu poderia me acostumar com isto — disse ela, tomando um gole. — Será que eles vão me ajudar a tomar banho?

— Claro, é só pedir. Na verdade, acho que você não precisa nem pedir. É só pensar, e vai acontecer. — Eles riram juntos.

Os dois observaram Benjy se afastar da mesa de jantar e se dirigir às escadas. Parecia que ia bater a enorme cabeça no teto, mas se abaixou no momento certo. Ele esfregou o cotovelo, como se tentasse aliviar um mau jeito muscular.

— Cara legal — murmurou Charlie.

— Quem? — perguntou Jake, embora também o estivesse observando.

— Benjy. Vocês estavam conversando durante o jantar.

— Ah, é.

— Ele parece uma boa pessoa. Não sei que raios vê nela. Ele não parece tão burro quanto deveria ser, sendo jogador de futebol americano e tal.

Jake apertou os olhos e sua mandíbula inferior se projetou.

— Ela é um ser humano desprezível. E certamente não *o* merece — disse ele, irritado.

— Faz dez anos que eu falo que ela é horrível. Você só está percebendo isso agora?

Jake sacudiu a cabeça.

— Papai disse que te contou sobre Eileen.

— Pois é.

— Eles parecem mesmo felizes juntos.

— Há quanto tempo você sabe? — Charlie mexia os dedos no colo. Ela se desculpara e dissera ao pai que estava feliz por ele e que, sem dúvida, apoiaria qualquer decisão que ele tomasse, mas as coisas continuavam meio tensas quando ela foi embora.

— Já faz um tempo.

— Ah, é?

— Não fique brava, C. Ele me pediu especificamente para não te contar porque não queria te distrair.

— Me distrair?

— Nunca era uma boa hora. Você estava sempre no meio de um torneio, ou prestes a começar um, ou a caminho de um. Tem sido um ano difícil para você, com a lesão e a cirurgia, o novo treinador, a mudança de imagem, e, bem, acho que ele...

— Você sabe há *um ano*? — Charlie sabia que parecia nervosa, porém, mais do que qualquer outra coisa, ela se sentia isolada. Seu próprio pai estava em um relacionamento sério, agora pronto para se casar, e ela não sabia de nada. Ele não contara, mas ela também não percebera.

Jake suspirou.

— Ele não contou para o seu próprio bem, Charlie. Porque sabia que você ficaria chateada.

— Bom, isso é pior do que se ele tivesse me tratado como adulta desde o início.

Foi a vez de Jake não falar nada. Nem precisava: Charlie sabia exatamente o que ele estava pensando.

Ela se levantou.

— Estou morta. Ainda não me acostumei à mudança de fuso. Vou me deitar.

Jake estendeu a mão, e Charlie o ajudou a se levantar.

— Claro que vai — disse ele com um sorriso malicioso.

— O que foi? Você acha que tem espaço na cama do Marco hoje? Não precisa se preocupar com isso. A julgar pelo jantar, a cabine dele vai parecer um balcão de mercado: pegue um número e entre na fila.

— Que lindo — respondeu Jake, rindo. — Vai pegar um número?

— Boa noite, Jake...

— Você vai mesmo perder a apresentação? É o *U2*, Charlie.

— Estou na condicional, lembra? Todd provavelmente está vendo tudo o que se passa no iate. Além disso, eles vão fazer um show de verdade para todos amanhã à noite. E eu estou cansada. Estarei dormindo quando você chegar, então, por favor, não faça barulho, ok? — Ela se despediu dele com um beijo no rosto e acenou para Dan a caminho da escada que a levaria até sua cabine. Enquanto caminhava, achou que sentia Marco observá-la, mas, quando olhou para trás, ele estava sorrindo para uma mulher pendurada em seu ombro. Enquanto vestia uma camisola, escovava os dentes e lavava o rosto, Charlie verificou o celular umas cem vezes, mas não havia nada. Silêncio total do espanhol bonitão. Ela ficou mais surpresa com o tamanho de sua decepção do que qualquer outra coisa.

Charlie não se lembrava de ter caído no sono, mas, quando acordou, a cabine estava um breu. O motor do iate murmurava em algum lugar abaixo dos conveses, enquanto o barco balançava suavemente. De acordo com seu celular, eram 4:58. Ela sabia, pelo cartão impresso ao lado da cama, que o nascer do sol ocorreria por volta de 5:30 e que deveriam ancorar em Capri meia hora depois. Ficou imediatamente óbvio que não conseguiria voltar a dormir, então se alongou um pouco e foi para o banheiro. Só então percebeu que a cama de Jake estava intocada.

Charlie vestiu uma camiseta e leggings de ginástica e prendeu o cabelo em um coque desleixado. Amarrou o blusão Nike na cintura, para o caso de estar ventando, e, depois de pensar um segundo, pegou fones de ouvido. Tirando uma garrafa de Evian da cesta na mesa e acompanhada da mochila com o DVD player que Todd lhe dera, saiu para as escadas. Era perfeito: poderia encontrar Jake e poupá-lo do vexame de ser flagrado dormindo em um sofá qualquer e, depois de mandá-lo para a cabine, ela poderia desfrutar da paz e da tranquilidade de ver o sol nascer no Mediterrâneo. Em seguida, poderia encaixar uma malhação com o *personal trainer* de bordo, ver alguns vídeos e ainda ter tempo para um café da manhã rápido antes de ir para a quadra de tênis do heliponto para a exibição agendada.

O convés superior era como um mirante, com uma *jacuzzi* com vista para a proa do barco. Estava escuro e deserto, assim como a área abaixo dele. O capitão e um de seus tripulantes colocaram a cabeça para fora do passadiço aceso para perguntar se ela precisava de alguma coisa, mas Charlie apenas acenou e caminhou de volta para a popa. O convés da popa onde ficava a quadra de tênis estava vazio, assim como o convés abaixo dele. Era possível que todos ainda estivessem na festa? Parecia improvável, mas quem poderia prever como seria uma apresentação do U2 a bordo de um iate de luxo? Até onde ela sabia, podiam estar todos em alguma orgia regada a cocaína, bem longe da vista dos *paparazzi*. Ela apressou o passo, odiando-se por ser tão besta, mas pelo menos Todd ficaria feliz.

Quando chegou à sala de projeção, Charlie viu que todas as vinte poltronas de couro e os pufes estavam guardados em fileiras organizadas e que os estojos dos instrumentos da banda estavam empilhados num canto. Ela ficou parada no escuro e no silêncio, e tentou não se preocupar: Jake era grandinho e, além disso, o que poderia ter acontecido? Até onde ela sabia, ele podia ter voltado para a cabine em algum momento nos últimos vinte minutos, enquanto ela vagava pelo barco. Charlie decidiu que essa era a opção mais plausível e começou a voltar escadaria acima quando ouviu um barulho. Enquanto ia para o fundo da sala de projeção, o barulho se tornou um ronco alto e constante.

Seus olhos levaram alguns segundos para se ajustar à escuridão, depois de abrir a porta, e para perceber que ela estava na sala do projetor, com um painel de equipamentos eletrônicos tão complexo que mais parecia uma torre de controle de tráfego aéreo. Uma clássica cadeira de diretor estava em frente ao painel, e um sofá de couro de três lugares ficava encostado na parede dos fundos. A sala não era maior do que um quarto pequeno, mas contava com meia dúzia de pôsteres de filmes emoldurados na parede (originais, sem dúvida) e um armário embutido com centenas de DVDs. Charlie ficou tão fascinada com o obsessivo sistema de organização dos DVDs que quase esqueceu por que estava ali, até um ronco especialmente alto chamar sua atenção. Seus olhos já estavam adaptados ao escuro, mas ela ainda assim não acreditou no que viu quando espiou na direção do sofá: Jake, deitado de costas com a boca aberta, a respiração estável entrecortada por roncos. E não estava sozinho. Enrolado bem ao lado dele, com a cabeça aninhada em seu pescoço, estava Benjy. O Benjy *da Natalya*. Os dois estavam vestidos da cintura para baixo, mas o abraço sem camisa deixava poucas dúvidas quanto à extensão de sua intimidade.

Charlie travou. Devia dar meia-volta, sair em silêncio e confrontar Jake depois, a sós? Isso deixava margem a outra pessoa encontrá-los primeiro. Devia acordá-los e dizer para voltarem aos seus quartos antes que os outros acordassem? Jake ficaria com vergonha, sem dúvida, mas Benjy ficaria arrasado. Ele era um dos *quarterbacks* mais famosos da NFL, alguém que praticamente ganhava a vida com a fama de macho alfa hétero. Ele era retratado como um mulherengo movido a testosterona, que namorava modelos, cantoras e atrizes exatamente com a mesma facilidade e frequência que se podia esperar de um atleta bonito e bem-sucedido. Como Marco, pensou ela, antes que pudesse evitar.

— Charlie! — A voz de Jake soou urgente.

Ele deve ter sentido mais alguém na sala e acordado; seu rosto tinha uma expressão que Charlie não reconheceu. Constrangimento? Ou era alívio?

— O que você está fazendo? — sibilou ela, calibrando cuidadosamente o sussurro para não acordar Benjy.

— O que parece que estou fazendo? — disse Jake. Ele não havia mexido um músculo, mas Benjy se agitou.

Os dois ficaram imóveis até que Benjy se ajeitou novamente e sua respiração ficou estável.

— Vamos chegar à costa logo, Jake. Você *precisa* sair daqui. *Tirá-lo* daqui.

— Que horas são?

Ela olhou para o celular.

— Quase cinco e meia da manhã. Não acredito. Aimeudeus. A ironia disto está acabando comigo!

— Charlie, por favor.

Ela não conseguiu evitar um sorriso.

— Quem é a grande puta escandalosa agora, hein? Quem? — sussurrou alto.

Jake pareceu querer matá-la, mas não se mexeu nem um centímetro.

— Vou para a academia. Sugiro que vocês saiam um de cada vez. A tripulação definitivamente está acordada a esta hora. E não pense que você vai escapar de me contar até o último detalhe sórdido. Você me deve pelo menos isso por salvar a sua pele agora. E a dele!

Charlie se virou para sair e, sem fazer barulho, fechou a porta atrás de si. Ela esperou alguns segundos, até ouvir Jake acordando Benjy e pedindo que ele falasse baixo. A caminho do convés superior, Charlie começou a se sentir nauseada. Por mais animada que estivesse com o resumo pós-jogo de Jake, ela sabia que nada de bom viria daquilo.

A caminho da academia — ela precisava de exercício agora mais do que nunca —, Charlie pressionou o ouvido contra a porta de Marco. A que nível uma pessoa desce quando vai escutar o quarto do seu ficante ocasional? Era ridículo demais. *Ela* era ridícula demais. Tudo isso se confirmou segundos depois, quando ela quase trombou com Dan ao fazer uma curva. Ele já estava vestido com short e tênis e claramente ia para a academia antes de precisar aquecê-la na quadra do iate.

— Não vou contar para o Todd — disse ele, olhando para os pés como se tentasse poupá-la da inenarrável humilhação de sair de fininho.

— Contar o que para o Todd? — soltou ela, extravasando toda sua surpresa, mágoa e raiva.

Ele rapidamente olhou para cima quando ouviu a maldade no tom dela, e arregalou os olhos de surpresa.

— Ele só... ah, ele queria ter certeza de...

Charlie se sentiu culpada na mesma hora quando viu como Dan parecia arrasado.

— Esqueça. Só para você saber, não é o que parece. — *Eu não me qualifiquei para um disque-sexo tarde da noite.*

Por algum motivo inexplicável, ela se pegou desejando contar tudo a Dan, mas ele recuou antes que ela dissesse qualquer coisa.

— Não é da minha conta — disse ele, erguendo as mãos, como se estivesse preocupado com a possibilidade de ela atacá-lo.

Charlie ficou de boca fechada. Dan estava numa posição péssima, preso entre Todd, que lhe dera aquela oportunidade, e Charlie, que pagava seu salário. E a cabeça dela ainda estava girando por causa do que tinha acabado de ver com Jake.

Já eram quase onze horas quando ela conseguiu encurralar Jake em um convés aberto perto da área do café da manhã.

— Sente-se *neste segundo*! — sussurrou Charlie, aproximando-se do irmão enquanto ele se servia de um prato de frutas fatiadas.

— Charlie...

Ela segurava uma xícara de café numa mão e o braço de Jake com a outra, mas ele se recusava a olhar para ela.

— Jake? Olhe para mim! O que aconteceu?

Ele a encarou e fez sinal para irem até duas espreguiçadeiras.

— Você fez sexo com ele?

O silêncio de Jake dizia tudo.

— Tipo, sexo completo, com penetração e tal? A coisa toda?

— *Charlie.*

— Por acaso vocês dois beberam um pouco demais e ele talvez tenha ficado ligeiramente "bi-curioso", e vocês deram uns amassos de leve e depois pegaram no sono? Foi isso que aconteceu?

Dessa vez, Jake sustentou seu olhar.

— Estou apaixonado por ele.

Em um esforço para não cuspir seu café na mesa, Charlie inspirou bruscamente, fazendo com que a bebida descesse pelo caminho errado. Ela começou a tossir violentamente.

— Charlie? Cresça.

— Não, eu não estou brincando... — Ela tossiu mais algumas vezes e depois finalmente conseguiu limpar a garganta, enquanto seus olhos lacrimejavam. — Eu... Eu não sei o que dizer.

— Você não tem que dizer nada. — Jake afastou sua cadeira.

— Não, espere. Não fique bravo comigo, por favor. Você entende que isso é um tanto surpreendente, não é? Quer dizer, ele é um *quarterback*.

— E daí?

— Não é como se a NFL costumasse sair por aí com bandeiras de arco-íris defendendo a igualdade LGBT, sabe? A missão deles é cada um bater no outro o mais forte que puder.

— Ben é diferente.

— Ben?

— Ele odeia Benjy. É só como o público o conhece.

Charlie absteve-se de fazer um comentário ferino.

— Você pode me contar como foi a noite? — pediu ela lentamente. — Como aconteceu? Você estava sentindo uma *vibe* dele há algum tempo ou ontem à noite foi uma surpresa total?

Jake enroscou os dedos. Ele parecia escolher o que contar para ela.

— Fale o que estiver passando pela sua cabeça agora.

— Essa noite não foi a primeira vez.

A mão de Charlie voou para sua boca antes que pudesse impedir. Mais que depressa, ela fingiu pegar algo nos dentes.

— Não foi?

— Estamos juntos há meses.

— *Juntos?*

— Bem, dormindo juntos. Mas é mais do que isso.

— Há *meses*?

— Desde a Austrália.

— Ai. Meu. Deus. — Austrália. Cinco meses antes. Charlie estava tão preocupada com o próprio retorno triunfal depois da cirurgia e com a nova imagem criada por Todd que nem fazia ideia do que Jake estava fazendo na época. — Teve aquela noite no restaurante em Melbourne, quando o papai conheceu Todd. Natalya e Benjy não estavam na festa dos jogadores?

Jake confirmou.

— Exatamente, foi quando nos conhecemos. Mas nada aconteceu até a noite seguinte ao fim do torneio. Você e Natalya já tinham ido para Dubai, e nós dois nos esbarramos na academia do hotel. Uma coisa levou a outra.

— Ai, meu Deus — repetiu ela. — Você ficou surpreso? Como você não me contou? Não acredito que está rolando há tanto tempo! E eu não vou nem mencionar que você me *infernizou* por não falar nada sobre Marco.

Pela primeira vez na manhã inteira, Jake relaxou visivelmente. Seu sorriso era tão largo que ruguinhas fofas apareceram ao redor dos olhos.

— Não fiquei surpreso. Senti uma *vibe*, sabe? Assim que todo o pessoal do tênis foi embora e sobramos só nós dois, foi a coisa mais natural do mundo.

Subitamente, tudo começou a fazer sentido: o *frisson* que ela sempre sentia quando Benjy e Jake estavam no mesmo lugar; Benjy perguntando quem viajaria com Charlie no jatinho para o iate; o puro ódio de Jake por Natalya. Agora que ouvia seu irmão descrever todas as formas diferentes que ele e Benjy tinham inventado para se ver, todos os lugares nos quais se encontraram secretamente e as histórias que compartilhavam, sentiu uma onda de amor intenso por ele.

— Você está tão feliz — disse ela, baixinho.

— Eu estou muito feliz — concordou ele. — É isso, Charlie, ele é o cara certo.

— É? Você acha mesmo? — O conhecido nó apareceu na garganta de Charlie antes que ela pudesse evitar.

— Não chore, C., é uma coisa boa. Uma coisa muito boa, eu juro.

Charlie secou os olhos.

— Não, estou empolgada por você. Por vocês dois. É só que... Vai ser muito difícil, você precisa saber disso.

Jake concordou.

— Sim, difícil pra cacete. Concordamos em não fazer alarde e primeiro ver o que acontece, se é pra valer ou não, antes de fazermos algo estúpido e estragarmos nossa vida à toa. Mas nós nos amamos e não queremos mais nos esconder.

Charlie sentiu a dor do irmão. Por que tudo tinha que ser tão complicado? A parte difícil devia ser conhecer alguém incrível, não ficar imaginando o que o resto do mundo ia achar disso. Mas Ben e Jake eram muito melhores juntos do que separados, e o caminho à frente seria difícil.

— Então. Não apenas um jogador da NFL, mas um *quarterback*. E não um *quarterback* qualquer da NFL, mas o segundo melhor, atrás só do Tom Brady, porra. Como estou indo até agora? — perguntou Charlie.

— É, pode continuar.

— E esse atleta muito certinho também por acaso é metade de um casal muito certinho. Natalya sabe de alguma coisa? Ela deve suspeitar de algo.

Jake deu de ombros.

— Não sei, não. Ela só presta atenção em si mesma. Contanto que Benjy apareça para as fotos, ela não parece muito preocupada com o que mais ele faz.

— Parece lindo.

— Charlie, preciso que me prometa que não vai falar nada. Nem para Natalya, não importa o quanto ela te irrite. Nem para Marco. Nem para Piper.

— Claro, Jake, dou minha palavra. Prometo.

— Ben e eu só precisamos de um tempinho para resolver tudo. Ver qual a melhor maneira.

— Prometo. — Charlie colocou a mão no ombro do irmão. — Jake? Eu sei que essa situação toda não é... ideal, mas estou mesmo feliz por você.

Um sorriso enorme se abriu no rosto dele.

— Obrigado, C. Ele é incrível.

Charlie deu um abraço no irmão e sentiu seu cheiro familiar. Ela não se lembrava de tê-lo visto assim tão feliz. Exultante, quase.

O celular de Charlie vibrou. Os dois estavam olhando para a tela quando ela tirou o telefone da bolsa. *Vamos nos encontrar depois.*

— Ele ama você — disse Jake, lendo sobre o ombro dela. — Dá para acreditar? Nós dois arrumamos caras lindos.

O coração de Charlie bateu um pouco mais rápido quando viu a mensagem de Marco, mas ela logo se lembrou da humilhação de colar o ouvido na porta dele, perguntando-se onde ele estava e o que estava fazendo.

— Pois é — concordou rapidamente, baixando o café. — Vamos, não posso me atrasar.

20
chega
WIMBLEDON VILLAGE
JUNHO DE 2016

— Mexa-se! — gritou Todd da beira da quadra. Charlie conseguiu chegar à bola antes que ela saísse voando pela lateral. — Deixe de hesitar tanto, porra! Você não vai morrer por se *mexer* um pouco.

Eu sei que eu não vou morrer, gritou Charlie por dentro. *Estou tentando evitar acabar em cirurgia e na fisioterapia de novo por mais seis meses. A grama escorrega, seu idiota. Lembra?*

Mas ela sabia que Todd estava certo: na hora em que você fica com medo de cair ou de se machucar é quando você cai, se machuca ou perde o jogo. As pessoas adoravam falar em foco, em se manter mentalmente forte e presente, e todos supunham que isso só importava quando você estava na quadra, a um passo do ponto final do *game*, do *set* ou da partida. Mas, na maioria das vezes, o foco mental tinha tudo a ver com a regularidade. A capacidade de afastar pensamentos insistentes e horríveis da cabeça: a grama escorregadia; o saque do adversário, mais rápido que o esperado; a torcida barulhenta; a pontada no cotovelo; o juiz de linha ruim; o idiota com camiseta fluorescente que não para sentado na arquibancada; o suor nos seus olhos... A cabeça não parava nunca, passando por todas as imagens, pelos cheiros e sons que bombardeavam o tenista e competiam por sua atenção. Apenas uns poucos jogadores — por meio de treino, experiência e pura determinação — conseguiam desenvolver a força mental para deixar tudo isso de fora. Era por isso que centenas deles tinham os golpes e o jogo certos para vencer, mas tão poucos eram efetivamente vencedores.

Dan mandou outra bola na linha, que Charlie conseguiu rebater, mas ele direcionou a bola seguinte para bem perto da rede, fazendo-a cambalear para chegar a tempo.

— Mexa-se! — urrou Todd. Charlie não chegou nem perto.

— Isso foi sacanagem — resmungou ela.

— Não teve sacanagem nenhuma! — berrou Todd, começando a ir e vir pela lateral da quadra. — Você tem um metro e oitenta de altura e é a quarta melhor jogadora do *universo* inteiro, caralho. VOCÊ PRECISA CHEGAR NA BOLA.

Isso continuou por mais vinte minutos brutais, até acabar o tempo deles na quadra. Pingando de suor e exausta do treino, Charlie se preparou para a avaliação de Todd.

Depois de alguns segundos secando o rosto com uma toalha, ela ergueu o olhar para Todd, que estava a pouco mais de um metro de distância, encarando-a com o que somente poderia ser descrito como puro ódio.

— O que foi? — perguntou ela, sem se conter.

Mais olhar fixo. Depois ele mexeu a cabeça devagar, desgostoso.

— Você está com medo. Você está com *medo*, caralho. Ainda não consigo acreditar no que estou vendo. Depois de tudo o que fizemos, depois de tudo o que eu fiz *por* você, você ainda está dançando de um lado para o outro, como se fosse a droga de uma amadora.

— Todd, acho mesmo que eu...

— Ou você descobre como superar essa porra de problema mental que está tendo, ou arruma as malas. Porque não tem meio-termo.

Felizmente, o celular tocou antes que ele pudesse continuar. Todd deslizou a tela.

— O quê? — rosnou.

— Nossa, isso foi mesmo lindo — disse Charlie, largando-se no banco.

Dan entregou para ela um copo de Gatorade diluído.

— Não se torture, você estava rebatendo bem. É natural hesitar um pouco ao voltar para a grama, por causa do que aconteceu no ano passado.

— É, mas Todd está certo: preciso superar isso. A grama não é a superfície preferida de ninguém. Preciso superar o medo, mas é que parece que estou jogando no gelo.

Ele secou o próprio pescoço com uma toalha.

— Você vai jogar com a Gretchen amanhã?

Charlie confirmou. Aos trinta e seis anos, Gretchen Strasser era a jogadora mais velha do circuito feminino. Estivera afastada no ano anterior para ter um bebê e, embora tivesse vencido três Slams e sido a número um antes dos trinta, a opinião geral era de que seus melhores dias pertenciam ao passado. Os comentaristas achavam que ela devia ter se aposentado em vez de tirar licença-maternidade, mas Charlie entendia por que ela não conseguia se afastar definitivamente. Não era fácil abandonar a identidade de uma vida inteira. Como a maioria dos atletas profissionais, era grande a probabilidade de não se ter tempo ou vocação para fazer outra coisa. Quando você para de jogar, precisa reinventar sua vida inteira. Isso era aterrorizante para a maioria dos jogadores, e Charlie se perguntava se parte desse medo não era o que a levava a levantar e jogar todos os dias, mesmo quando não estava muito a fim.

— Você vai vencê-la com facilidade, e sabe disso. Você precisa se esquecer de tudo o que aconteceu no ano passado, a grama, o escorregão, os tênis, tudo, e se concentrar em devolver os serviços com vontade para forçá-la a entrar no seu jogo. O serviço de Gretchen é fraco, e o seu nunca esteve melhor. Você vai quebrar o dela logo e várias vezes, tenho certeza. Vai mandar bem. — O tom de Dan era urgente e, quando Charlie ergueu o olhar, ele apertava a raquete como se fosse quebrá-la ao meio.

— Você acha mesmo?

— Tenho *certeza*. Você está rebatendo muito bem, Charlie, melhor do que eu vi o ano todo.

Charlie ia agradecer a ele quando Todd desligou.

— Faça uma hora de academia antes de parar para almoçar. Depois quero você de volta aqui com Dan e aquela mina... como é mesmo o nome dela? A novinha? Eleanor. E o parceiro de treino dela. Vocês vão dividir a quadra às três. Ninguém tem tempo pra merdas mentais agora, então vamos fazer você eliminar a ansiedade no suor. Entendeu?

Charlie e Dan assentiram, e Todd saiu da quadra.

Antes que ela pudesse sentir pena de si mesma, Dan se aproximou e, delicadamente, colocou a palma da mão em seu braço. Charlie travou. Ele já a tocara antes? Aquilo dava a impressão de intimidade, o que era estranho.

— Charlie? Só para você saber, eu acho...

— Ah, olha só quem está aqui! — ouviram alguém dizer.

Dan rapidamente afastou a mão enquanto Marco entrava na quadra. Ele estava lindo: forte, alto e bronzeado no uniforme todo branco, e sorria para Charlie como se ela fosse a melhor parte do seu dia. Num segundo, ele estava diante dela, ajudando-a a se levantar do banco e beijando-a na boca, enquanto Dan, o treinador de Marco e outro tenista com seu treinador tentavam não olhar.

— Eu sou um cara de sorte ou não? — perguntou ele, e Charlie quis odiá-lo, mas claro que não conseguiu.

— Oi — disse ela.

— Nossa, alguém está um pouco suada, não? — disse Marco, recuando, as mãos erguidas em um movimento exagerado de parada.

— Ela acabou de treinar por duas horas, você esperava o quê? — perguntou Dan, num tom nitidamente hostil.

Todos ficaram em silêncio por um segundo antes de Marco rir. Não de um jeito amigável.

— *Amigo*, pode me fazer um imenso favor? Pode levar as minhas raquetes para a sala de encordoamento? Elas precisam estar lá antes da uma, mas eu entro na quadra agora e fico até as duas. Beleza? — Ele arremessou sua raqueteira na direção de Dan, deu mais um beijo em Charlie e trotou até a linha de base, enquanto os outros o seguiam.

Charlie viu Dan ficar vermelho enquanto guardava suas coisas e jogava as duas bolsas, a dele e a de Marco, no ombro.

— Sinto muito — disse ela, andando rápido para acompanhar o passo dele. — Aquilo foi desnecessário.

— Tudo bem — respondeu Dan, embora sua voz sugerisse o contrário. — Vamos, vou acompanhar você até a academia. Fica no caminho da sala de encordoamento.

Talvez fosse por ver Dan ser tratado tão mal, mas, depois de andar um pouco em silêncio, Charlie soltou:

— O que você vai fazer hoje à noite? Tenho que dormir às nove, mas quer ir comigo à Casa da Áustria? Um *chef* famoso vai fazer o jantar de lá hoje. Já ouviu falar de Andre Alexander?

— Sério? Ele está aqui? Hoje à noite?

— Sim, e só para, tipo, vinte pessoas, mas sei que não vão se importar se eu levar você. O que me diz?

Dan pareceu pensar no assunto.

— O que foi, vai perder o passeio de ônibus turístico por Londres? Ou um roteiro por todos os melhores pubs que servem *fish 'n' chips*? Ou, talvez, uma visita ao estúdio de *Downton Abbey*? Vamos, confesse, eu sei que você tem algum programa cultural para esta noite.

Dan riu.

— Conte! — guinchou ela, cutucando-o.

— Eu só ia fazer uma visita rápida ao Lawn Tennis Museum, eles ficam abertos até tarde hoje. Mas um jantar de Andre Alexander parece muito melhor.

— O *Lawn Tennis Museum*? Diz que está brincando, por favor.

Dan enrubesceu.

— Eu sei, eu sei, é um exagero, até para mim. — Os dois tinham chegado à entrada da academia quando o celular de Charlie começou a tocar.

— Alô — atendeu ela, mais uma vez amaldiçoando a falta do identificador de chamadas.

— Charlie? — A voz de Marco soou pelo telefone. Dan olhou para o chão, mas não fez menção de se afastar.

— Sim?

— Preciso voltar para o treino, mas queria avisar que vamos jantar na Casa da Áustria hoje. Andre Alexander vai cozinhar, vai ser incrível.

— Marco, eu, é... — Ela sentiu o rosto ficar quente, mas, antes que pudesse falar qualquer coisa, Dan se inclinou para ela.

— Vá com ele, Charlie. Sério, nem pense duas vezes. Na verdade eu me esqueci de outros planos que tinha para hoje à noite, então não ia conseguir, de qualquer forma. Vejo você às três, tudo bem?

Charlie observou-o se afastar.

— Charlie? — Marco parecia irritado. — Encontre-me lá às seis. *Ciao, ciao*. — E desligou.

* * *

Quando Charlie abriu os olhos na manhã seguinte, acordou com um fogo que não sentia há meses. *Wimbledon*. Estava orgulhosa de si mesma por ter desistido do jantar na Casa da Áustria na noite anterior e ficado na cama. Ela se sentia ótima depois de quase onze horas de sono. A mensagem de Marco perguntando onde ela estava também não a incomodara. Duas horas depois, Charlie eliminou Strasser em dois *sets* fáceis. Com eficiência e propósito. Até Todd a elogiou.

A próxima era Veronica Kulyk, uma ucraniana que começara a jogar como profissional recentemente e estava em vigésimo quarto lugar no *ranking*. Charlie encontrou-se com a adversária no vestiário, onde assistiram à partida anterior à delas nas telas superiores.

— Não acredito que vou jogar nas semifinais de Wimbledon! — disse Veronica, sem se importar em esconder a empolgação. — É algo em que penso há tanto tempo, e é tão estranho ver que está acontecendo.

O coque loiro de Veronica estava tão bem preso no alto da cabeça que repuxava a pele ao redor dos olhos. Ela parecia ainda mais nova, pensou Charlie.

— Não se preocupe, o público aqui é ótimo. Tipo torcida de golfe. — Charlie queria ser simpática, mas também estava fazendo seu próprio *checklist* mental pré-partida. Nada de medo. Nada de hesitação. Nada de se preocupar com a grama.

E então Veronica caiu no choro. Começou com algumas poucas lágrimas correndo pelo rosto e fungados discretos, mas logo soluçava convulsivamente.

Charlie lutou contra a vontade de abraçá-la. Ela podia até ouvir Todd em sua cabeça: *Nada de piedade! Ela não é sua amiga. Foco na droga do seu jogo!* Por fim, Charlie se levantou e colocou a mão nas costas da garota.

— Desculpe — disse Veronica, falando devagar, o sotaque ainda mais forte por causa do choro.

— Tudo bem — acalmou-a Charlie, sem saber ao certo por que a garota estava chorando. — Antes de jogar pela primeira vez em Wimbledon, eu fiquei vomitando no vestiário por pelo menos...

— Você não entende — disse Veronica. — Se eu não jogar bem, minha família perderá a casa. Meus irmãos não terão o que comer.

A multidão na televisão torcia educadamente acima delas. A partida do masculino que se desenrolava na Quadra Central tinha acabado de entrar no *tie-break* do terceiro *set*. Dependendo do resultado dos próximos pontos, as mulheres teriam de esperar alguns segundos ou algumas horas para começarem sua partida.

Charlie ouviu aplausos mais entusiasmados vindos da televisão, mas não olhou para cima.

— Meus pais fazem tudo por mim — continuou Veronica. — Todo o trabalho, o pouco dinheiro que ganham, vai tudo para mim. Eu sou a esperança deles para tudo.

Charlie não sabia o que dizer. Ela não estava surpresa por Veronica sustentar a família, era uma situação comum entre as garotas de certas partes do mundo. Às vezes, uma tenista virava a esperança de futuro para todos os parentes, ou até para toda uma comunidade. Cada centavo e cada pouquinho de energia iam para o treinamento, e agora esperava-se que ela devolvesse tudo com juros. Muito poucas chegavam à elite — era quase impossível atingir aquele nível, seja crescendo em meio a privilégios ou na pobreza, isso quase nunca importava —, mas as que conseguiam chegar ao topo do *ranking* e tinham grandes dívidas financeiras e emocionais a pagar eram as que sofriam mais.

Uma juíza de uniforme roxo entrou no vestiário e ficou assustada ao ver o rosto obviamente marcado de lágrimas de Veronica.

— Algum problema? — perguntou a mulher naquele tom britânico ritmado que eles parecem aprender na escola de Wimbledon.

— Não, não, problema nenhum — disse Veronica, pondo-se de pé num pulo. Ela deu alguns saltos com os joelhos altos e se inclinou para a frente, colocando as palmas das mãos no chão. — É a nossa vez?

— Sim — respondeu a mulher, ainda parecendo desconfiada. Ela olhou para Charlie. — Srta. Silver? Está arrumada e pronta para sua partida?

— Estou — respondeu Charlie, com sua adrenalina começando a aumentar.

As duas garotas pegaram as enormes raqueteiras e saíram do vestiário atrás da juíza; no corredor, foram ladeadas imediatamente por seguranças vestidos de roxo que as acompanhariam à Quadra Central. Fãs de tênis com camisas impecáveis e ternos bem-cortados e vestidos leves com estampa floral sorriam para elas e abriam caminho. Alguns gritavam "Boa sorte!" ou "Vai, Charlie!" ou "Uma ótima partida a vocês!", mas só. Charlie quase riu: em comparação com o US Open, em que os fãs preferiam gritar a falar, e dançar a torcer, em que dificilmente havia uma partida sem um grupo de fãs bêbados mostrando cartazes feitos em casa com trocadilhos espertinhos, este lugar era simplesmente morto. O US Open estava para uma viagem de duas semanas para Ibiza, assim como Wimbledon estava para uma caminhada meditativa por um parque nacional com belas paisagens.

As garotas entraram na quadra. Charlie imediatamente começou seu ritual com a bolsa: garrafas de Gatorade e Evian devidamente alinhadas, raquetes de reserva fora da capa e prontas, toalha jogada nas costas da cadeira. Quando ela estava pegando mais um grampo para prender um pouco melhor a minicoroa, a foto plastificada de sua mãe caiu na grama, virada para baixo. Charlie tinha olhado para aquela foto mais de mil vezes — estava com ela desde a sua primeira partida como profissional. Agora, conseguia sentir a presença de sua mãe de uma maneira que não sentia desde os dias seguintes à morte dela, quando acordava assustada na cama, convencida de que a mãe estava deitada ao seu lado. Foi exatamente assim, ali na quadra de tênis, pela primeira vez em tantos anos: sua mãe ali, assistindo ao jogo, conhecendo-a. *Com* ela. Charlie ficou plantada no lugar, perto da cadeira, incapaz de se mover um milímetro, e deixou o restante do mundo se esvair ao fundo, lembrando-se apenas do cheiro do hidratante da mãe e do toque da sua camisola de algodão e de como seu cabelo fazia cócegas no rosto dela quando a mãe se inclinava para lhe dar um beijo de boa-noite.

Charlie olhou para o céu sem nuvens e sorriu. Ela iria conseguir.

O aquecimento pareceu voar. Quando percebeu, Charlie já tinha três *games* a zero no primeiro *set*. Ela deu uma olhada no rosto de Veronica durante a troca de lado: dentes travados, ombros orgulhosamente para trás, aparência feroz e determinada. Mas parte dela também parecia assustada, e Charlie não conseguiu impedir que uma onda de culpa a atravessasse. O que significaria para Charlie perder naquele dia? Quem se importaria de verdade além dela? Todd, o homem a quem pagava quantias exorbitantes para motivá-la, mas que, na verdade, não dava a mínima para ela como pessoa? A Nike? A Swarovski? As outras corporações gigantescas que ela havia cortejado com tanta determinação para conseguir os patrocínios? Jake? Seu pai? Charlie pensou em tudo o que perdera durante a infância, todos os filmes, acampamentos e namorados e, o maior sacrifício de todos, a faculdade. O que tudo aquilo realmente significava, se fora tudo escolha dela? Sua própria pressão e expectativas? Seus pais não apenas não a haviam pressionado para jogar, como às vezes a encorajaram ativamente a não fazer isso. Quantas vezes sua mãe implorara para Charlie competir apenas se realmente amasse o jogo? Com que frequência seu pai literalmente suplicara para ela continuar na faculdade, seguir uma paixão diferente, uma que durasse a vida toda, algo que não terminasse aos trinta e poucos anos, uma carreira que não lhe roubasse a oportunidade de constituir família ou de tirar férias ou de ser definida por outra coisa que não um *ranking* ou uma vitória?

Charlie sentia muito por Veronica, por toda a pressão que a jovem precisava suportar: ela odiava que Veronica tivesse de jogar tênis apesar de detestar o esporte, as viagens e a pressão, de ressentir o prejuízo físico e a forma como roubara sua infância. Charlie se sentiu culpada por poder escolher seu próprio caminho — jogar, desistir ou qualquer outra opção intermediária — com a certeza de que a família e os amigos a apoiariam. Ela sentiu tudo isso com mais intensidade naquele dia, enquanto vencia Veronica em dois *sets* rápidos e eficientes. Ela não fizera nada errado; na verdade, na opinião de todos, desde o apresentador da televisão aos fãs que torciam, tinha feito tudo certo, mas não se sentia bem com nada daquilo. Enquanto aceitava humildemente o reconhecimento do público, sua cabeça girava em torno de Veronica, sua mãe e Marcy. E, dominada por emoções conflitantes como estava naquele momento, Charlie fez uma descoberta surpreendente: pela primeira vez em toda a sua carreira, chegava às finais de um torneio de Grand Slam e, sobre esse fato específico, ela sentiu pouquíssima coisa.

A primeira coisa que Charlie viu quando entrou na tenda da Elite Athlete Management foi Marco inclinado perto de Natalya, sussurrando em seu ouvido algo que a fez rir. Ele parecia descolado e casual em calças justas e uma camisa de linho para fora, o cabelo meio longo tão perfeitamente arrumado que era impossível não imaginar que tinha sido secado profissionalmente. Era irritante admitir, mas ele era apenas a segunda pessoa mais atraente do lugar, depois de Natalya. A garota estava deslumbrante: vestido justo Hervé, *scarpins* cor-de-rosa de salto dez, pernas tão longas e elegantes e lindamente bronzeadas que era difícil desviar o olhar. Charlie observou seu próprio vestido tomara que caia e as sandálias douradas brilhantes, que adorava até momentos antes, e se sentiu como uma adolescente a caminho do baile.

— Pare de encarar — disse Jake, puxando-a pelo braço.

— Você viu como ele estava flertando com ela? — sibilou Charlie.

— Ele é assim com todo mundo. Ele é o Marco.

— Ela quer ficar com ele, eu sei que quer.

— Provavelmente, mas qual você acha que é a chance de ainda não terem dormido juntos?

Charlie se virou para encarar Jake. Por que ela nunca tinha nem pensado nessa possibilidade? Claro que tinham, talvez *estivessem* até dormindo juntos no momento. Fazia todo sentido. Seria quase loucura pensar o contrário.

— Você acha?

Jake suspirou.

— Não sei, é provável. Ben diz que ela não parece se importar muito por *eles* raramente dormirem juntos.

Charlie sabia que Benjy não estava em Wimbledon por causa do início da concentração, mas Jake contou que se falavam pelo FaceTime todo dia. Jake ia visitá-lo em Miami na semana seguinte, e pensariam num plano para irem a público. A NFL só tinha visto um jogador abertamente gay antes, e a notícia de um dos mais famosos e talentosos *quarterbacks* de todos os tempos estar em um relacionamento amoroso com outro homem causaria um terremoto na mídia.

Charlie estava muito feliz por Jake, pelos dois, na verdade, mas se sentia mal só de imaginar o que ainda teriam de enfrentar.

— Onde está o papai? — perguntou Charlie, olhando ao redor. — Você não disse que ele nos encontraria aqui?

— Sim, ele estava ao telefone com Eileen quando eu saí. Deve chegar a qualquer momento.

Charlie seguiu o olhar de Jake para a porta que ia da *villa* alugada até a enorme tenda, e viu um estagiário da Elite guiando meia dúzia de repórteres e cinegrafistas na direção deles.

— Está pronta para isso? — perguntou ele.

— Tenho escolha?

Jake não respondeu, mas conduziu Charlie para a área próxima ao bar de laca branca, onde Marco e Natalya estavam flertando, ou fingindo que flertavam, ou seja lá o que estivessem fazendo.

— *Hola*, linda — disse ele, inclinando-se para beijar Charlie carinhosamente nos lábios. Qualquer um que por acaso testemunhasse aquele beijo juraria que eles eram almas gêmeas.

— Entãããããoo — disse Natalya, alongando a palavra para fazer soar como uma canção. — Parabéns por *finalmente* chegar a uma final.

Se alguém mais captou o sarcasmo, o ignorou.

— Eu cheguei às finais de Wimbledon, quando, seis anos atrás? Sim, eu tinha só dezoito. Um bebê. E venci quatro Slams desde então. Você deve estar tão *aliviada* por finalmente ter conseguido uma. Estava ficando vergonhoso, não?

Chocada com o descaramento de Natalya, Charlie quase riu. Ela sentiu Jake ao seu lado e ouviu a voz de Todd em seu ouvido: *Foco. Vitória. Distração é para perdedores.*

— Pena que ainda não vai vencer desta vez. Quem sabe na próxima? — sibilou Natalya.

Entredentes, para só Charlie ouvir. Ela olhou bem dentro dos olhos de Charlie e se virou para se afastar. Charlie observou como um grupo de empresários aparentemente ricos abriu a roda para ela num exultante gesto de boas-vindas.

Havia um painel de telas planas sobre o bar. Hoje, elas mostravam grandes partidas do passado e alguns destaques das duas semanas anteriores em Wimbledon. Quando olhou para cima, Charlie se viu matar uma bola alta na partida contra Veronica.

Marco assobiou.

— Que belo golpe, aquele. Eu me lembro desse aí — disse ele, pousando a mão na parte inferior de suas costas.

Um fotógrafo se aproximou.

— Já faz décadas desde que tivemos um casal em que os dois foram para a final — disse o fotógrafo.

— Espere até nós dois vencermos — disse Marco, apertando mais forte a cintura dela e puxando-a para si.

Assim que seus lábios encontraram os dela, Marco apertou a bunda de Charlie. Com força. Ela deu um gritinho e se desvencilhou dele, mas então se lembrou das câmeras registrando tudo. Bem ao lado dos dois, estava seu pai, assistindo àquela coisa toda com uma expressão indecifrável no rosto.

— Nunca mais faça isso — sussurrou ela no ouvido de Marco, mas ele simplesmente riu.

— Venha cá, Charlie, sorria para as câmeras.

Os fotógrafos tiravam fotos enquanto Charlie e Marco ficavam de braços dados com enormes sorrisos estampados, os fartos cabelos escuros e ondulados dos dois se misturando. Ocorreu a Charlie que ela nem lembrava quando fora a última vez que dormiram juntos. Serem vistos juntos como casal era vantajoso para ambos, mas quando o flerte tinha acabado? Quando eles pararam de se esgueirar um para o quarto do outro tarde da noite e de mandar mensagens picantes? Encontros casuais não deviam ao menos ser divertidos?

Charlie foi em direção ao pai quando as fotos terminaram.

— Você me acompanha? — perguntou ela.

— Já está pronta para ir embora?

— Sim. E eu adoraria se você quisesse caminhar comigo.

O Sr. Silver concordou, e Charlie percebeu que ele ficou feliz com o convite. Ela atravessou a tenda e se desculpou por interromper Jake enquanto ele conversava com um grupo de outros agentes.

— Você está bem? — sussurrou Jake. — Não faz nem uma hora.

— Posei para as fotos e bebi minha Pellegrino, agora quero levar meu nervosismo para casa e ver TV antes de dormir. Papai vai comigo.

— Tudo bem — respondeu Jake, dando um beijo na bochecha dela. — Lembre-se: hoje é igual a todas as outras noites. Tente se distrair e relaxar um pouco, depois siga a sua rotina. Você está pronta para essa final, Charlie. Você sabe que está.

Charlie respirou fundo. *Final. Em Wimbledon.* A primeira final de Grand Slam da carreira dela aconteceria no dia seguinte.

— Não acredito que a minha primeira final é contra *ela*.

Jake olhou para Natalya, que voltara para Marco. Ela se empoleirara no braço da cadeira dele; seu já minúsculo vestido subira tanto que a festa inteira podia confirmar que Natalya usava uma calcinha fio-dental de renda preta. Ela ria deliciada de algo que Marco dissera.

— É estranho pensar que nós dois estamos potencialmente dormindo com alguém que...

Charlie levantou a mão.

— Nem comece.

— Tá, não começo. Mas que fique registrado que é superestranho.

— Não quero nem pensar nisso.

— Boa noite, C. Vejo você amanhã cedinho. — Jake acenou para o pai, que esperava pacientemente perto da entrada da tenda.

Charlie nem se deu ao trabalho de avisar a Marco que estava indo embora, e ele nem olhou em sua direção quando ela pegou no braço do pai e saíram para a rua.

— Tudo bem? — perguntou o Sr. Silver, e Charlie percebeu que ele estava calibrando a voz para soar interessado, mas sem insistir demais.

— Sim, por que não estaria? — retrucou ela, enquanto o pai a guiava para a rua residencial arborizada, onde começaram a caminhada ladeira acima até a vila principal.

— Porque parece que você não se despediu de Marco.

— Marco e eu terminamos — disse Charlie calmamente. Ela não tinha planejado falar isso, mas, assim que se ouviu, pareceu a coisa certa a dizer.

— Sinto muito, querida — disse seu pai, soando surpreendentemente sincero.

— Ele ainda nem sabe — riu Charlie. — Mas eu acho que é seguro dizer que o único que vai perder o sono por causa disso é o Todd. E talvez o pessoal de publicidade da WTA. Acho que você não precisa se preocupar com os sentimentos do Marco.

Seu pai a abraçou.

— De todas as coisas que me deixam acordado à noite, garanto a você que os sentimentos de Marco Vallejo não são uma delas.

Charlie riu.

— Você deve estar feliz em saber que ele levou um cartão vermelho.

O Sr. Silver parou e se virou para encará-la.

— Vou falar mais uma vez: eu só fico feliz se você estiver feliz, Charlie. Você sabe disso, não sabe? Com Marco, com o tênis, com tudo. Só quero que você seja feliz.

Charlie sentiu o nó na garganta começar a aparecer.

— Obrigada — conseguiu dizer. — Você sempre me ensinou isso. Desculpe por eu não poder dizer o mesmo. Fui péssima com a coisa da Eileen.

— Eu não diria exatamente...

— Não, é verdade, fui mesmo. Como uma fedelha imatura que não pensa nos sentimentos de ninguém além dos seus. Eu lhe devo desculpas.

Os dois se entreolharam; o sorriso de seu pai tinha um tanto de tristeza.

— Eu sei que não é fácil, Charlie. Só nós, todos esses anos, e agora tem mais alguém. E não qualquer uma, mas a melhor amiga da mamãe. Deve ser... bizarro.

— É mesmo, mas não a parte de você encontrar alguém. Fiquei muito feliz com isso. É que Eileen traz de volta muitas lembranças daqueles dias horríveis logo depois, sabe? E eu sei que é loucura, tipo, motivo para internação, mas acho que uma pequena parte de mim sempre vai achar que a mamãe pode voltar um dia. Com você casado de novo, e com Eileen, bom, para onde a mamãe iria?

— Eu sei exatamente o que você quer dizer, querida. Esse pensamento louco é um dos motivos para eu sempre ter namorado, mas nunca ter realmente me comprometido. Mas acabei percebendo que a sua mãe não ia querer que eu ficasse parado no tempo, infeliz e sozinho. Agora, não me entenda mal, se eu tivesse morrido primeiro, teria ficado muito feliz se sua mãe continuasse uma viúva casta e devotada pelo resto da vida. Mas ela era uma pessoa melhor do que isso. Antes de morrer, ela deve ter me dito mil vezes que queria que eu tivesse uma vida plena. Que eu me apaixonasse de novo. Depois de garantir que eu estava pronto para cuidar de você e de Jake, era o que ela mais queria.

Eles atravessaram a rua principal e desceram por uma rua sem saída até a casa que haviam alugado. O Sr. Silver destrancou a porta da frente e imediatamente ligou a chaleira elétrica.

— Eu gostaria que a Eileen começasse a ir aos torneios — disse Charlie. — E não só aos locais, como o da UCLA. Se ela quiser, claro.

O Sr. Silver olhou para a filha.

— Acho que ela vai gostar disso — disse ele, com a voz embargada. — Eu sei que *eu* vou.

Charlie atravessou a cozinha e abraçou o pai. Ela se permitiu relaxar naquele abraço, descansando a cabeça no ombro dele e inalando o perfume conhecido. Ela o apertou o máximo que conseguiu e pensou há quanto tempo não fazia isso.

— Vou subir — disse ela, subitamente exausta.

— Não vai querer o chá? Fiz o de hortelã, do jeitinho que você gosta. — Ele lhe entregou uma caneca fumegante.

— Vou levar lá para cima comigo. Obrigada, papai, te amo.

Ele secou o balcão com um pano de prato.

— Também te amo, querida. Não importa o que aconteça amanhã, espero que saiba o orgulho que tenho de você. Finais de Wimbledon... Nem consigo acreditar direito.

Charlie não conseguiu evitar um sorriso.

— Ah, e Charlie? Eu estava mentindo antes.

Ela parou e se virou.

— Sobre o quê?

— Estou feliz de verdade por você estar largando o Marco. Acho que ele é um idiota que não merece a minha filha. Pronto, falei.

Charlie riu.

— Eu nunca teria imaginado.

— Bom, você precisa me dar um crédito por ter ficado de boca fechada durante tanto tempo. Não é fácil para um pai. Um dia você vai saber. Mas, sim, ele é... um completo babaca.

— Papai!

— O quê?

— Boa noite...

Charlie entrou no quarto decorado em tons neutros de cinza e marfim, tudo muito calmante e inofensivo, e terminou seu chá. Ela se trocou, vestiu uma regata e short de pijama, e tinha acabado de entrar debaixo das cobertas quando ouviu baterem à porta.

— Papai? Pode entrar — gritou ela, aliviada por ainda não precisar ficar sozinha com seus pensamentos. Como ia conseguir dormir na noite anterior à final de Wimbledon? Ou, pior, o que aconteceria se ela não conseguisse dormir?

— Sou eu — disse Jake, especialmente bonito no blazer azul-marinho que usara na festa. — Você não ia dormir agora, ia?

— É, até parece. Entre, feche a porta — disse ela.

O irmão se jogou no pé da cama, do mesmo jeito que fazia desde que eram crianças.

— Eu mataria por um Zolpidem. Nem lembro quando foi a última vez que tomei um, mas sei que foi fantástico.

Jake olhou para ela.

— O que foi? Claro que eu estou brincando. — Ela chutou as costelas dele por baixo das cobertas.

— Papai me contou do Marco. Ele estava literalmente me esperando na porta. É verdade?

— Sim. Tentei ser superdescolada e ficar de boa com a coisa de ser casual e não ter rótulos e só deixar tudo rolar. Ele é lindo, óbvio.

É ótimo na cama. Ele é o cara que todas querem, incluindo eu por muito, muito tempo. Mas também é bem babaca, como o papai disse com tanta eloquência. E, embora partes disso, partes dele, sejam divertidas, eu sempre acabo me sentindo como se estivesse fingindo ser alguém que é realmente de boa e casual, e, na verdade, eu não sou.

— E você acha que isso é uma grande novidade? Que você não estava empolgada em ser a ficante de alguém?

— Mais ou menos.

— Bom, olha, espero que não me leve a mal, mas isso é pura idiotice.

— Quando você ficou tão crítico?

— Não estou criticando você, Charlie.

— Claro que está! Você é meu irmão, é isso que você faz.

— Tá, tudo bem, estou criticando. Mas por ser burra, e não promíscua. Achei que o seu casinho com Zeke Leighton foi a melhor coisa do mundo, lembra? Diversão do jeito bom. Sem expectativas, todo mundo pensando igual, uma vez só, tumultuado, sexy. Bem-aproveitado. Mas essa coisa toda com o Marco não me desceu bem desde o início. Você não é desse tipo.

— É nessa parte que eu lembro que você e Todd praticamente bancaram os meus cafetões com Marco pelo bem da "repercussão"? Vamos dar nome aos bois, tá?

— De jeito nenhum! *Todd* bancou o cafetão. Eu só concordei que era uma boa estratégia quando você pareceu estar feliz e se divertindo. Mas, agora, entendo por que essa coisa de relacionamento sem relacionamento não é lá grande coisa, e apoio sua decisão de dar um pé na bunda dele.

Charlie estendeu os braços acima da cabeça, aliviada por começar a se sentir sonolenta.

— E você? Como vai o Benjy... quer dizer, o Ben?

O rosto de Jake estava no escuro, mas Charlie conseguiu ouvir o sorriso na voz dele.

— Ele é ótimo, C., ótimo mesmo, de verdade. Estamos... Estamos conversando sobre morar juntos.

Fosse qualquer outra noite, Charlie teria pulado da cama, corrido para acender as luzes e exigido mais informações. Nunca antes o irmão tinha declarado nada nem perto desse nível de compromisso. Mas, por algum motivo, naquela noite pareceu a coisa mais natural do mundo ouvir Jake falar sobre seu futuro com o homem que amava.

— Verdade? — disse ela. — Isso é ótimo, Jake. Como vão fazer? Você vai precisar se mudar para Miami, obviamente.

— Sim. Não temos nada definido, mas, depois que ele sair oficialmente do armário e a loucura diminuir, provavelmente vou me mudar para a casa dele, em Palm Island. Posso trabalhar no escritório da Elite em Miami. Eu viajo tanto com você, de qualquer forma, que não existe mesmo uma boa razão para eu precisar morar em Nova York. Então esse é o plano provável.

— Parece ótimo, Jake, de verdade. Nunca vi você assim antes.

— Nem eu. Ele é tão... não sei descrever.

— Você o ama, só isso. Nada mais importa.

Eles ficaram em silêncio por um momento.

— Vou deixar você dormir um pouco — disse Jake, levantando. Charlie só via a sombra dele no escuro, mas sorriu mesmo assim.

— Nem fico chateada por você conseguir o marido, os filhos e a cerquinha branca antes de mim — disse ela.

— Você fica, sim — disse Jake, inclinando-se para beijar sua bochecha. — Mas eu consigo conviver com isso.

— É, tem razão. Fico, sim, mas também estou muito feliz por você. Só não me faça usar um vestido de madrinha feio no casamento, tá? Isso vai ser a gota-d'água.

— Combinado.

— Boa noite, Jakey.

Ele abriu a porta e a luz do corredor inundou o quarto.

— Ei, C? Só mais uma coisinha: acabe com a raça daquela vaca amanhã.

Em vez de se sentir agitada e ansiosa como sempre acontecia quando alguém mencionava Natalya, Charlie riu. Então se entregou aos lençóis macios e aos pensamentos sobre a felicidade de Jake, mergulhando num sono profundo e sem sonhos.

21
hora de agir
FINAL, QUADRA CENTRAL
JUNHO DE 2016

No dia da final, Charlie almoçou seu ritualístico salmão grelhado com legumes. Um a um, a família e a equipe deram conselhos sentados à mesa da casa alugada na Wimbledon Village.

Todd: "Você define o ritmo. Dê um jeito de atraí-la para a rede. Nada de medo. Assuma o controle dessa partida. É a sua chance de provar para o mundo inteiro que você é capaz, então não ferre tudo!"

Jake: "Faça o seu jogo. Não deixe a Natalya mexer com a sua cabeça. Você vai mandar bem, Charlie."

Dan: "Você conseguiu chegar ao topo, e esse é o desafio final. Você consegue!"

Pai: "Essa é uma oportunidade única, e você a conquistou sozinha. Sua mãe estaria tão orgulhosa de você, e eu também estou."

Depois de comerem, Todd levou todos para a sala de estar, para assistirem às fitas de finais passadas de Wimbledon que ele havia reunido. Juntos, viram lavadas colossais enquanto Todd avisava "Não faça isso", e viradas triunfantes, enquanto ele repetia "Esse é o objetivo", sempre agitando os braços com urgência.

Agora, poucas horas depois, Charlie limpou um filete de transpiração da sobrancelha com a munhequeira branca que ostentava um único cristal delicado de ametista, a pedra do signo de sua mãe. Ela tomava cuidado para não esfregar a pedra no rosto, mas, sempre que secava o suor, pressionava a pedra contra os lábios. Era um ritual novo, meio que um paradoxo no mundo do tênis, mas estava ajudando Charlie a se manter calma e concentrada. Estável.

Ela se sentira quase fora do corpo durante a caminhada até a Quadra Central e as apresentações que se seguiram, mas, quando os aquecimentos iniciaram, e ela e Natalya realmente começaram a bater bola, as décadas de memória muscular entraram em ação. Charlie encaixou instantaneamente seus golpes suaves e constantes. Depois do aquecimento, quando as mulheres tiveram três minutos para se sentar e se preparar para começar a partida, Charlie podia sentir Natalya a encarando do outro lado da rede. A mídia, a WTA e os fãs do tênis do mundo todo foram à loucura com esta final, que era um verdadeiro paraíso para o marketing e a publicidade. As duas recebiam milhões em patrocínio, apareciam nas capas de revistas de moda e de esportes, namoravam atletas famosos que estavam no auge da carreira, e ambas eram, pelo menos de acordo com a imprensa, "lindas à sua maneira". Uma manchete de tirar o fôlego tinha chamado a final de "A batalha das belas"; outra trazia "Guerra Fria esquenta na Quadra Central". Lá estava Charlie, o azarão norte-americano com os cabelos escuros ondulados e as pernas musculosas e o sorriso fácil, enfrentando Natalya, a rainha do gelo loira, sexy e angulosa, que dava cada passo com confiança e tranquilidade e tinha uma atitude que fazia as pessoas amarem odiá-la. Se Charlie conseguisse conquistar aquela vitória, seria seu primeiro título num Grand Slam. Natalya havia vencido quatro Grand Slams, sendo dois US Opens e dois Abertos da Austrália, mas este seria seu primeiríssimo título de Wimbledon. Quem queria mais a vitória? Os apresentadores não paravam de se perguntar. Era consenso que as mulheres eram páreo duro: Natalya claramente tinha vantagem no serviço e no condicionamento físico, mas, à exceção de Roland-Garros, o jogo de rede de Charlie andava impecável nos últimos tempos, e seu *backhand* era o melhor do circuito. O troféu de Wimbledon e cerca de 2,7 milhões de dólares estavam em jogo, e a tensão e a empolgação dentro da Quadra Central eram palpáveis.

Charlie fez uma avaliação rápida do camarote real: Elton John e David Furnish, Anna Wintour, Bradley Cooper. Ela então se virou para observar o camarote dos jogadores. Somente em Wimbledon os adversários dividiam um camarote com seus convidados. À esquerda, estava o pessoal de Natalya: pais, treinadora, fisioterapeuta, parceiro de treino, cabeleireiro, maquiador e alguns amigos russos. Benjy não estava à vista, mas Charlie sabia por Jake que ele não estava à toa: os Dolphins haviam selecionado um novo *quarterback* reserva, e Benjy estava ajudando a treiná-lo. Próximo à equipe de Natalya, Charlie viu seu próprio pessoal olhando para ela com atenção. Todd, Jake e seu pai estavam sentados na primeira fila do camarote, e todos acenaram quando perceberam seu olhar, no que parecia até um movimento coreografado. Atrás deles, Piper e Ronin ocupavam os dois primeiros lugares no corredor. Piper mostrou-lhe os dois polegares e mandou um beijo. No terceiro assento, estava Dan. Ele estava bonito com calça e camisa de algodão; conversava animadamente com Ronin enquanto esperavam a partida começar.

Dan ficara esperando por ela na cozinha mais cedo, de banho tomado, vestido e pronto para sair. Ele lhe entregara a munhequeira com ametista no caminho até o estádio, e Charlie precisou pressionar os braços contra o corpo para não abraçá-lo. Ele também mostrara o boné que havia pedido para a Nike confeccionar para os convidados dela no camarote: todo branco, com um discreto logotipo da marca em branco atrás e um decididamente nada sutil EQUIPE SILVER enorme impresso em preto na frente. Toda a equipe de Charlie estava usando o acessório, exceto o mal-humorado sentado à esquerda de Dan: Marco. Quase todas as vezes em que Charlie dera uma espiada, Marco estava olhando para o celular ou para o público, para confirmar se as pessoas o tinham reconhecido. Numa das vezes, ele estava de olhos fechados. *Não vou esperar nem mais um dia*, pensou ela, enquanto entrava na quadra antes de sacar pela primeira vez. *Vou terminar hoje à noite.*

Um dos medos de Charlie era não só perder, mas perder tão feio que o primeiro *set* — ou, credo, a partida inteira — seria de pneu. Ela não respiraria direito até marcar pelo menos um *game* no placar, e marcou, confirmando com facilidade seu serviço para sair na frente no primeiro *set*, 1-0. As mulheres confirmaram os serviços pelo resto do *set*, até o placar estar 6-5 a favor de Charlie, e Natalya vencer o *game* seguinte para forçar um *tie-break*. Natalya conseguiu uma imensa vantagem de 5-1 no *tie-break*, mas Charlie virou para vencer com um *ace* e levar o primeiro *set*, 7-6. Quando Charlie comemorou, exultante, quase indo ao chão, sentiu a multidão comemorar com ela, o desejo deles para que ela vencesse e, pela primeira vez, teve a certeza de que *venceria*.

O segundo *set* foi cansativo, mas muito menos linear do que o primeiro. Natalya quebrou o serviço de Charlie logo no início e, embora Charlie conseguisse devolver a quebra, isso determinou um ritmo estranhamente desconfortável para os próximos *games*. O vento aumentou um pouquinho, tornando as bolas um pouco menos previsíveis, e a temperatura parecia ter caído alguns graus em minutos. Uma grande quantidade de boleiros impecavelmente uniformizados surgiu nas laterais da quadra durante a troca de lado em preparação para uma possível chuva: rapidamente desenrolariam uma capa feita sob medida para manter a grama da quadra seca e, se necessário, começariam o processo de fechamento da infame cobertura da Quadra Central. A distração foi suficiente para afetar o jogo de ambas: Charlie não conseguia acertar um primeiro serviço decente, Natalya cometeu muitos erros não forçados fáceis. Mas rapidamente se recuperaram com uma série de *winners* fortes até o último *game* do *set*. Charlie literalmente entregou o *set* quando estavam empatadas, com duas surpreendentes duplas-faltas em sequência. A multidão gemeu. Ela não conseguiu olhar para seu camarote. O segundo *set* foi para Natalya, 7–5.

Charlie sentou-se em sua cadeira na lateral da quadra, depois de perder o segundo *set*, e respirou. Ela não estava em pânico, mas sim com raiva de si mesma. Já haviam se passado quase duas horas, e ela estava orgulhosa de ainda se sentir forte e com energia, sem os picos de adrenalina nauseantes que a haviam assombrado nas partidas passadas. Mas, agora, tinha um *set* inteiro pela frente. Pensando pelo lado positivo, com exceção das duplas-faltas, Charlie tinha feito um jogo lindo. Na verdade, era Natalya que, apesar de ter conseguido vencer o segundo *set*, parecia incomodada e irritada. Charlie a via inspecionar a empunhadura da raquete e manusear um novo rolo de fita *grip*, que ela tentava abrir com os dentes. A frustração da adversária ficava mais óbvia a cada instante, conforme ela mordia e mastigava e apertava a embalagem, e Charlie não conseguia desviar o olhar. Sem dúvida, Natalya tinha seis raquetes idênticas na bolsa com fita *grip* recém-aplicada, prontas para usar, mas, por algum motivo, ela continuava lutando com aquela na sua mão. Quando o juiz de cadeira avisou que o tempo acabara e as mulheres deviam começar o terceiro e último *set*, Natalya jogou a raquete no chão com tanta força que levantou um pequeno torrão de grama. Teoricamente, ela deveria ser punida por conduta antidesportiva, mas os juízes sem dúvida eram cautelosos com penalidades durante uma final de Slam. Charlie saltava levemente nas pontas dos pés e andava de lado ao longo da linha de base para relaxar a musculatura enquanto esperava a adversária, que finalmente pegara uma raquete nova na bolsa. Uma onda de esperança percorreu Charlie enquanto ela pressionava a ametista Swarovski contra a boca. Era óbvio que Natalya começava a desmoronar. Estava na hora de atacar.

Mais uma vez, ambas confirmaram o serviço e depois quebraram o serviço da outra exatamente nos mesmos momentos, levando o placar a 4-4. Charlie sentiu uma pontada momentânea de pânico quando Natalya avançou para 5-4 com *winners* consecutivos na linha, mas conseguiu empatar no serviço seguinte. Depois de confirmar os próprios serviços mais uma vez, as mulheres acabaram empatadas em 6-6. Todd tinha martelado na cabeça dela o risco de não fechar logo o terceiro *set*: a regra de Wimbledon não permitia um *tie-break* no último *set*, então Charlie precisava vencer por dois *games* de diferença, não importando quanto tempo levasse. Enquanto ela se sentava na lateral da quadra, tentando acalmar a respiração depois de doze *games* particularmente cansativos, tentou não se lembrar do aviso de Todd: *Não deixe a coisa se arrastar no terceiro. Você está em forma, mas só tem um ano de recuperação. E o histórico de Natalya em partidas longas é lendário, cacete.* O relógio da partida já marcava três horas e seis minutos: entraria para a história de Wimbledon, Charlie sabia, e certamente era a partida mais longa de sua carreira profissional. Estava começando a sentir cãibras nas pernas, embora não fossem insuportáveis, e se sentia mais ofegante do que gostaria, mas, considerando tudo, se sentia bem. Estava jogando seu melhor tênis, sem sombra de dúvida. Não importava o que acontecesse, ela podia ficar orgulhosa de como havia jogado.

Quando o juiz avisou que o tempo acabara, Charlie se levantou de um pulo, demonstrando mais energia do que realmente sentia, e deu uma corridinha perto da cadeira para relaxar as coxas. Ela olhou rapidamente para o camarote dos jogadores e viu Dan de pé, as mãos dobradas ao redor da boca para criar um pequeno megafone, literalmente gritando o nome dela enquanto as hordas de fãs quietos e educados sentados ao redor dele olhavam com partes iguais de diversão e desaprovação, quando sentiu Natalya andando de lado perto dela.

— Está vendo seu namorado lá em cima? — perguntou Natalya, modulando a voz perfeitamente, para que apenas Charlie pudesse ouvi-la.

Um olhar rápido para o camarote revelou Marco sentado, tranquilo e em silêncio, vendo Charlie e Natalya.

— Marco? — perguntou ela, mais surpresa por Natalya estar falando com ela do que por interesse genuíno na conversa. Aquelas eram as primeiras palavras que as mulheres trocavam desde que haviam entrado na quadra.

— Sim. Nosso Marco. Eu só queria agradecer por me emprestá-lo na noite passada — disse Natalya, um sorriso se abrindo lentamente em seu rosto.

— Srta. Silver e Srta. Ivanov, por favor assumam seus lugares. O jogo começará agora.

Charlie ficou estupefata. Natalya tivera a audácia de tentar irritá-la a poucos pontos do final de sua partida épica. *Nosso Marco*.

Antes de correr para a linha de base, Natalya rapidamente se inclinou para Charlie mais uma vez.

— Claro que eu não preciso dizer, mas ele é bom de cama — sussurrou ela, secamente. — Tipo, bom *mesmo*.

— Srta. Ivanov? Srta. Silver? — chamou o juiz.

Enquanto Charlie caminhava para seu lado da quadra, uma imagem de Natalya pairando nua sobre Marco flutuou em sua cabeça. Apenas a sensação das próprias unhas enterradas nas palmas das mãos a trouxe de volta para o presente.

Foco!

Charlie começou a gritar mentalmente.

Esta é a final. De. Wimbledon. Você vai terminar com Marco de qualquer maneira. Ela pode ter mentido só para te irritar. Você nem gosta dele, então não desperdice a final de Wimbledon por causa dele! Foco. Foco. Foco!

Charlie posicionou os dedos dos pés diretamente contra a linha de base, quicou a bola três vezes e a arremessou no ar. *Arremesso perfeito*, pensou, ao lançar todo o corpo para cima para atacar a bola enquanto esta pairava no ponto mais alto. A bola cruzou por cima da rede com força, direto no canto mais distante da área de saque, onde Natalya chegou a encostar a raquete nela, mas só conseguiu espirrá-la para o corredor.

15-0, Charlie.

O próximo serviço de Charlie também foi perfeito, aterrissando direto e forte no meio da área de saque. A devolução de Natalya foi mais fraca que o normal, e Charlie arremeteu contra ela para conseguir um brilhante *winner* cruzado.

30-0.

Natalya se curvou para arrumar as meias e mostrou para Charlie — e para todo o público — a bunda perfeita. Charlie não se conteve: olhou para Marco e, claro, flagrou-o olhando diretamente para a bunda da outra. Quando Natalya serviu para o ponto seguinte, Charlie errou a devolução, acertando com a armação da raquete em vez das cordas.

Eu a odeio, pensou ela, sentindo uma onda de raiva e adrenalina subir do estômago para a garganta. *Eu a odeio, eu a odeio, eu a odeio.*

Charlie perdeu o ponto seguinte. Ela entrou no jogo com uma bola curta, com um *approach* excelente, mas depois errou uma bola alta fácil, que acabou meio metro fora da quadra.

30-30.

Errar aquela última bola mexera com Charlie de uma maneira que não havia acontecido nas últimas três horas. Se continuasse assim, perderia a partida — o torneio todo — por causa de uma adversária sem ética e de um homem de quem nem gostava. E, se isso acontecesse, não poderia culpar ninguém além de si mesma. *Eu não vou seguir por essa linha*, disse para si mesma ao dar um *slice* no *backhand* e ver Natalya sofrer para alcançá-lo.

Nos quatro pontos seguintes, Charlie jogou o melhor tênis da sua vida. Seu foco estava direcionado como uma mira laser, e as rebatidas e a movimentação em quadra eram impecáveis. Ela deixou de lado Natalya, Marco, as cãibras e o fôlego ofegante e se motivou a correr em todas as bolas. Nenhuma delas era rápida demais ou distante demais para se alcançada, e Charlie não se permitiu nenhum desleixo: cada ponto merecia cem por cento do seu esforço e da sua força.

Natalya também estava jogando muito bem. As duas corriam, deslizavam e se esticavam em um espetáculo de coragem e determinação sem precedentes, e a multidão aplaudia com admiração e animação.

Apesar de tudo, Natalya quebrou o serviço de Charlie para vencer o *game* e marcar 7-6. A regra mandava os jogadores trocarem de lado nos *games* ímpares. Charlie estava tão concentrada na importância do próximo *game* que não percebeu Natalya perto dela.

Quando se encontraram em frente à cadeira do juiz, Natalya deu uma ombrada em Charlie de propósito, tomando o cuidado de fazer parecer acidental. Imediatamente, um pensamento pipocou na cabeça de Charlie.

— Natalya? — chamou Charlie baixinho para ninguém ouvir, e sem mexer a boca, para que ninguém pudesse ler seus lábios pela TV.

— Humm?

— Tem uma coisa que você também precisa saber. Sobre Benjy.

O olhar de Natalya encontrou o de Charlie. Na mesma hora, ela percebeu que a adversária não fazia ideia do que ela ia dizer.

— O que é?

Charlie abriu a boca e procurou a melhor forma de dar a notícia bombástica que queria desesperadamente contar, mas nada saiu.

— Estou esperando.

— Senhoritas? Por favor, assumam seus lugares — disse o juiz, cobrindo o microfone com a mão.

A cena do barco, semanas antes, pipocou em sua cabeça: Benjy e Jake, ambos belos e sem camisa, dormindo tranquilamente lado a lado. Charlie podia ver a alegria e a felicidade óbvias de Jake tão nitidamente quanto se ele estivesse bem ali na sua frente agora.

Natalya chegou tão perto que Charlie podia sentir sua respiração. Elas tinham exatamente a mesma altura, e seus narizes quase se tocaram.

— Eu falei que Marco disse que eu tenho a bunda mais linda que ele já viu? Não? Você ficaria surpresa com o tanto que eu ouço isso — disse Natalya, agitando o rabo de cavalo com uma risada.

Natalya deu as costas para Charlie e, naquele momento, ela se lembrou de como foi vencer em Charleston depois de sacar antes que a adversária estivesse pronta. Ela imaginou o que o pai diria se soubesse as táticas a que tinha recorrido; perguntou-se o que sua mãe pensaria da mulher que se tornara. Mas, acima de tudo, ela pensou em Jake e no que representaria para o relacionamento do irmão se a notícia corresse o mundo antes que ele e Benjy estivessem prontos.

— Boa sorte — disse Charlie, porque foi só isso que lhe ocorreu. Ela venceria ou perderia este ponto com base em inúmeros fatores, mas trair a confiança de Jake não seria um deles.

Natalya revirou os olhos e voltou para a linha de base. Ela deu saltos laterais que fizeram o rabo de cavalo e a saia ondularem da forma mais adorável.

Charlie observou Natalya estender a raquete para o boleiro mais próximo e sorrir quando ele colocou duas bolas nas cordas. Natalya guardou uma sob a saia, aproximou-se da linha de base e posicionou os pés. Charlie alternava o peso nos pés, pronta para receber o serviço, mas, apesar disso, o primeiro serviço de Natalya acertou o canto da área de saque, e Charlie não chegou nem perto dela. Ela levou o ponto seguinte depois de acertar um *lob* perfeito por cima de Natalya, acertando na linha, mas então Natalya ganhou os dois seguintes. 40-15. Charlie quase podia ouvir os apresentadores de TV falarem para os espectadores, em dezenas de línguas mundo afora, que era *match point* para Natalya. O ponto do torneio. Charlie já sabia qual seria a manchete previsível se perdesse: "Outra prata para Silver."

Charlie encheu os pulmões de ar e expirou lentamente, sentindo os ombros relaxarem e o olhar se firmar. Ela, então, devolveu o serviço de Natalya com perfeição e, na sequência, um *forehand* e um *backhand*. Ambos foram impecáveis, cruzando a rede com força e rapidez, aterrissando exatamente onde ela pretendia. Rapidamente, ela subiu para a rede, onde sentia confiança, e acertou um excelente voleio no *backhand* de Natalya. Por uma fração de segundo, Charlie parou para admirar o próprio golpe — ele beliscara a linha e seria muito difícil Natalya devolvê-lo bem —, mas, logo em seguida, a devolução de Natalya passou voando pela rede com uma força surpreendente, e Charlie se esticou na direção da bola. A raquete nem encostou nela. Ela se virou a tempo de ver a bola acertar o chão atrás de si, poucos centímetros para dentro da linha de base, um *winner* impressionante e definitivo.

Natalya caiu no chão. O juiz anunciou a vitória, a primeira da Srta. Ivanov em Wimbledon, sob aplausos retumbantes. Toda a

Quadra Central se levantou, aclamando as duas jogadoras pelo que tinha sido uma das finais mais emocionantes na história de Wimbledon. Os cliques das câmeras na lateral da quadra estavam num ritmo louco. Os vários juízes começaram a preparar a apresentação da vencedora. Quando Charlie olhou de relance para o camarote dos jogadores, viu os amigos de Natalya se abraçando. Jake e seu pai estavam cabisbaixos. Todd passava as mãos pelos cabelos. Marco fez uma reverência para as duas garotas. Piper e Ronin estavam de pé, aplaudindo educadamente. Apenas Dan parecia orgulhoso dela, querendo que Charlie olhasse para ele. Quando seus olhares se cruzaram, ele apontou para ela e seus lábios disseram: "Sua partida foi *excelente*".

Em seguida, veio uma onda de percepção, quase como se Charlie não tivesse entendido até então: a partida tinha terminado, e ela havia perdido.

A decepção que se seguiu foi rápida e lancinante, mas, ainda assim, ela conseguiu sair da Quadra Central com os ombros eretos e a cabeça levantada. Ela jogara honestamente. Ela jogara com integridade. Ela não tinha sido boa o suficiente para vencer um Slam, pelo menos ainda não. Mas era boa o suficiente para mandar à merda o sutiã esportivo com cristais, as adversárias insuportáveis, os namorados que pulavam a cerca, os treinadores abusivos e toda a confusão que ela havia se permitido absorver e que a envenenaram por tanto tempo. Ela era boa o suficiente para acabar com aquilo tudo.

Charlie enfrentou com simpatia e dignidade as entrevistas pós--partida, pausando com frequência para agradecer à família e à equipe e para cumprimentar Natalya por um torneio bem-vencido. Ela levantou bem alto seu troféu de segundo lugar, acenou para a plateia em agradecimento e saiu da quadra rapidamente, para que Natalya pudesse desfrutar daquele momento. Charlie tinha dado cem por cento e, embora soubesse que tinha cometido alguns erros com as duplas-faltas — e quem não cometia alguns erros numa final digna de entrar para o Livro dos Recordes? —, ela jogara com toda a sua habilidade. Natalya simplesmente fora melhor. Ela merecera vencer. Isso não aliviou a decepção de Charlie, mas, dessa vez, ela não estava dominada pelo arrependimento, pela raiva ou pela dúvida. Fosse pela adrenalina ou pelo alívio ou pelas endorfinas circulando, Charlie não sentia dor nenhuma a caminho do vestiário: nenhuma dor muscular, nada dolorido, nenhum desconforto por causa das lesões anteriores. Logo sentiria tudo isso, claro. Você não bate o recorde de duração numa partida final de Wimbledon sem pagar um preço, mas, naquele momento, ela se sentia estranhamente em paz: competira no nível mais alto, dera tudo de si na partida sem recorrer a um comportamento indigno para conseguir vantagem. Pela primeira vez em mais tempo do que conseguia lembrar, Charlie não tinha nada por que se desculpar.

Talvez fosse a comoção no Corredor dos Campeões ou a exaustão começando a se anunciar em seu corpo, mas ela quase não percebeu uma mão grande no seu braço até sentir um aperto tão forte que quase gritou de dor. Alarmada, virou-se rapidamente para ver Todd olhando para ela com puro ódio.

— Que *porra* você fez lá fora? — perguntou ele num grito-sussurro tão alto que toda a área ficou imediatamente em silêncio.

Charlie ficou tão chocada que não disse uma palavra.

— Está me ouvindo? Alô? Alô, *perdedora* de Wimbledon? Quer me explicar como alguém em sã consciência pode jogar um *set* inteiro pelo ralo com duplas-faltas? Por favor, me dê a sua análise brilhante, porque eu já dei *perda total, caralho*.

Qualquer um dos juízes, treinadores ou jornalistas que não tivesse ouvido a primeira parte do chilique de Todd agora estava prestando atenção. O corredor ficara tão silencioso que Charlie se perguntou se a multidão lá na quadra também o ouvira. Ainda assim, ela estava tão surpresa que não conseguia falar, não conseguia nem pedir para soltar seu braço, que ele apertava forte, machucando-a.

— Não uma, mas *duas* duplas-faltas! O que foi, estava fumando maconha de novo antes da partida? Ou fodendo por aí com o seu namorado? O que foi, Silver? Porque, juro pela minha vida, ainda não consegui entender que *porra* aconteceu lá fora.

Foi o som da voz de Dan que finalmente a tirou do choque.

— Solte o braço dela — rosnou ele, baixo o suficiente para que apenas ela e Todd ouvissem, mas com uma tensão que fez os dois erguerem o olhar.

— Sai daqui, caralho, não estou falando com você — disse Todd. Ele soltou o braço de Charlie, mas aproximou seu rosto ainda mais do dela.

Dan foi para cima dele no mesmo instante, sua mão travada no ombro de Todd. Em algum lugar atrás de si, Charlie ouviu os outros murmurarem como se chegassem à mesma conclusão: os dois iam começar a brigar. Rapidamente, Charlie se virou para Dan e lançou-lhe um olhar: *obrigada, mas está tudo sob controle*. Ele hesitou por um instante, depois recuou alguns passos.

— Eu pretendia fazer isso em particular, mas, como você parece preferir dar espetáculos, vamos resolver isto agora. Todd, agradeço por seu tempo e experiência, mas não preciso mais dos seus serviços.

Por uma fração de segundo, Todd travou, mãos suspensas no ar, a boca aberta. Então lambeu os lábios uma, duas, três vezes.

— É, até parece — resmungou ele. — Você tem sorte de eu ter concordado em te treinar, para início de conversa. Você não pode me demitir.

— Acabei de fazer isso — respondeu Charlie.

— Vá tomar um banho e me encontre na área de descanso. Você e eu temos muito o que conversar. A primeira coisa da lista é essa sua atitude de merda.

— Eu tentei ser educada, mas não sei bem como dizer de outra forma. Você está demitido. Acabou. Nós dois não temos mais nada a dizer um ao outro. Nem agora, nem nunca mais. — Charlie se virou para a pequena multidão que se reunira para ouvir, fingindo que não ouviam. — Fiquem à vontade para espalhar a notícia: eu demiti Todd Feltner, e adorei cada minuto.

22

rastejar, pedir, implorar e subornar

NOVA YORK
AGOSTO DE 2016

Com um roupão de piquê e uma toalha enrolada na cabeça, Charlie espiou pela luneta no parapeito da janela da suíte. Do vigésimo andar, as copas das árvores se agrupavam e transformavam o Central Park num campo verde contínuo, com apenas algumas manchas de água e pessoas do tamanho de formiguinhas caminhando ou andando de bicicleta. Todos os dias, nas últimas duas semanas, Charlie via o sol projetar sombras distintas de verão nas árvores. Quem dizia que Nova York não tinha nada de bucólica nunca tinha se hospedado em uma cobertura do Ritz-Carlton com vista para o parque em pleno verão.

Uma batida à porta a fez olhar rapidamente para o relógio. Quase oito da manhã. Ela foi até a porta, olhou pelo olho mágico e a abriu.

— Achei que você era o meu café da manhã! — disse Charlie, lançando-se sobre Piper, que estava de pé no corredor do hotel.

A amiga parecia levemente amarrotada, mas ainda glamorosa em jeans boca de sino e camisa de seda para dentro da calça. Óculos enormes seguravam seu cabelo para trás.

— Ah, quer dizer que você pediu alguma coisa? Estou morrendo de fome.

Piper cumprimentou Charlie com um beijo no rosto e a empurrou para fora do caminho, sem perceber que sua gigantesca bolsa acertara Charlie diretamente no peito.

— Sim, e você deu sorte, porque eu pedi muita coisa. Entre — disse ela, embora Piper já tivesse jogado a bolsa no vestíbulo de mármore da suíte e ido direto para as janelas.

— Espetacular — declarou ela, olhando para o parque por um segundo antes de virar a luneta na direção do arranha-céu mais próximo. — Já viu alguém pelado?

— Não acredito que você pegou um corujão só por minha causa. Ei, vem cá, quero ver seu anel!

Piper levantou a mão esquerda e deu de ombros.

— Escolhemos alianças simples só para irritar a minha mãe. É muito ridículo?

— É, totalmente. Mas casar escondido também é, e você foi mesmo assim.

Piper olhou diretamente para Charlie.

— Você ficou com raiva de mim? Você sabe que só fizemos isso porque não aguentávamos mais nossas famílias. A ideia de nossas mães planejando o cardápio de um almoço formal e abominável para todos os amigos delas... — Piper estremeceu. — Nós não conseguiríamos. Mas você sabe que eu senti a sua falta lá, né?

Charlie sorriu.

— Eu sei. Fiquei arrasada por não poder usar um vestido rosa-queimado comprido até o chão. E como eu lamento não ter que escrever um discurso e pesquisar "piadas de brinde de casamento" no Google. Você destruiu meu coração, de verdade.

— É, pensando por esse lado, você definitivamente me deve uma. Estou casada e feliz, a caminho de um vinhedo na América do Sul, e nós duas nunca precisamos ter uma única conversa sobre penteados e *strippers* vestidos de policiais. Todo mundo saiu ganhando.

— Cadê o Ronin?

— Provavelmente já está dormindo. Ele foi providenciar o nosso quarto. Décimo quarto andar, acho, mas com certeza não tem uma vista destas. Elas são reservadas exclusivamente para tenistas número dois do mundo.

Charlie riu. Piper se jogou num sofá na sala de estar, pegou um exemplar dobrado da *Page Six* na mesinha de centro e o entregou para Charlie.

— Não me diga que você está lendo isto, por favor.

— Claro que estou. Mas não dou a mínima, juro para você.

Os jornais de Nova York foram à loucura cobrindo as estripulias de Marco e Natalya juntos por toda a cidade. Nos últimos dias, desde que foram eliminados nas semifinais, eles tinham sido fotografados em restaurantes, lojas, boates e até numa luxuosa *sex shop* no Lower East Side. Pelas fotos, parecia que não faziam nada o dia inteiro além de gastar dinheiro, dar amassos e se agarrar, mas era fácil até demais para Charlie imaginar a realidade por trás das câmeras.

Piper abriu uma garrafa de água Fiji e tomou um grande gole.

— Nervosa?

— Pode-se dizer que sim.

— Arthur Ashe, horário nobre, final feminina. Palco bem importante — disse Piper, tocando os lábios com um dedo. — O maior deles, na verdade.

O coração de Charlie bateu um pouco mais rápido.

— Quase nem acredito que está acontecendo.

Bateram à porta ao mesmo tempo em que o celular de Charlie tocou.

— É o café da manhã. Pode pegar e assinar o recibo? — pediu ela a Piper enquanto atendia a ligação. — Alô?

— Como está se sentindo? — A voz de Jake chegou agitada: misturava pânico, empolgação, animação.

— Segurando as pontas. Piper acabou de chegar aqui. Onde você está?

— A caminho de Flushing Meadows para me encontrar com o pessoal da American Express. Precisamos decidir quem vai ficar no seu camarote hoje à noite e quem vai ficar na suíte deles.

— Charlie! Visita! — gritou Piper.

Charlie sabia, pelo tom da voz dela, que não era a comida chegando. Então, um segundo depois, ela ouviu a risada de Dan.

— Jake? Já te ligo de volta. — Ela clicou para desligar o celular enquanto ele protestava e sentiu uma breve pontada de culpa, mas, quando viu Dan vestido para o treino, com a raqueteira no ombro, Charlie se esqueceu de Jake na mesma hora.

— Oi — disse ele, sua voz não revelando nada. — Eu... eu não sabia que você estava acompanhada.

— Eu não diria que sou companhia, *Dan* — disse Piper.

A campainha da suíte tocou novamente.

— Agora tem que ser a comida — disse Charlie.

Dan lançou um sorriso rápido para ela.

— Por que eu não vou atender à porta? — disse Piper, olhando de um para o outro.

No momento em que ela desapareceu no vestíbulo, Dan atravessou o quarto até Charlie e a abraçou. A camiseta do US Open dele cheirava a sabão em pó, desodorante e protetor solar. Era tão bom aconchegar o rosto junto ao calor do pescoço de Dan que Charlie precisou se controlar para não se atirar nele. Nenhum dos dois percebeu a volta de Piper até ela empurrar o carrinho de comida para a sala de estar. Os dois se afastaram rapidamente, como se tivessem sido flagrados aos amassos no porão pelos pais.

— O que foi? Acham mesmo que isso não estava escrito na testa de vocês? — disse Piper, pegando um croissant de chocolate da cesta de pães. Ela deu uma mordida, engoliu e se serviu de uma xícara de café preto. — Mais um motivo para fugir.

— Fugir? — cuspiu Charlie, com o rosto já vermelho. — Piper, nós não estamos nem... Não é como se...

Dan só ficou ali de pé, os braços cruzados desajeitadamente, olhando o Central Park pelas janelas.

— Eu estava falando de mim. Outro motivo para *eu* fugir. O croissant. Não ter que passar fome por um ano para caber em um vestido de noiva de princesa, só isso. Vocês querem me contar alguma coisa? — Piper arregalou os olhos, fingindo inocência.

— Não é hora para isso... — Charlie sabia que não conseguiria esconder nada de Piper, mas certamente não estava pronta para ter esta conversa na frente de Dan.

— Eu, ah, preciso ir para o estádio daqui a pouco. Eu só parei para, é, ver se você queria que eu levasse alguma coisa. Sua raqueteira?

Com isso, Piper começou a rir.

— A raqueteira? Você dois são fofos, de verdade. Não sei o que está acontecendo aqui, mas não é da minha conta. Pelo menos não até mais tarde, quando formos todos brindar a uma vitória no US Open ou afogar a derrota em rios de vodca. E, sim, você vai tomar uma bebida de um jeito ou de outro, Charlie. E aí eu vou querer cada detalhezinho. Mas, até lá, basta dizer que eu acho que vocês dois ficam fofos juntos.

— Piper... — avisou Charlie, olhando de lado.

— Obrigado? — respondeu Dan. Ele se virou para Charlie, que percebeu que não estava nem um pouco constrangida ali de pé, de roupão, com o cabelo molhado. — Quer que eu espere por você ou nos encontramos lá?

Charlie virou o rosto para ele e olhou diretamente em seus olhos. Como ela nunca tinha percebido aquele tom incomum de cinza antes? Ou como ele lia um livro, um livro de verdade, impresso em papel, do jeito tradicional, em todas as refeições que fazia sozinho? Ou como estalava os dedos quando estava nervoso, mas parava no instante em que percebia alguém olhando?

Charlie deu um selinho nele.

— Pode ir. Vou ficar por aqui por mais uma hora e depois vou encontrar Marcy no restaurante dos jogadores. Mando mensagem quando estiver a caminho.

Ele assentiu, beijou-a mais uma vez, acenou para Piper, que estava no sofá fingindo indiferença àquela cena toda, e saiu. Charlie não conseguiu evitar um sorriso. Meses atrás, ela se esgueirava por aí, desesperada pela atenção inconstante de Marco. Ela ficou maravilhada com a surpresa de Marco quando terminara o relacionamento. Ele, a exemplo de Todd, provara que ela estava tomando a decisão certa.

Charlie olhou para Piper, mas não disse nada.

— O quê? — A amiga deu de ombros. — Você acha que isso é surpresa? Nem de longe! Era uma questão de quando, não de se.

— Ah, para com isso. — retrucou Charlie. Ela se sentou ao lado de Piper e puxou uma almofada para o colo.

— Você e Dan? Por favor. Qualquer cego conseguia ver que não ia demorar.

— Eu sou mesmo tão previsível assim?

— É.

— Obrigada.

— Charlie! Um pouco de consciência, por favor. Marco Vallejo? Zeke Leighton? Não eram o que eu, ou qualquer outra pessoa, consideraria um bom namorado. Mas Dan, com olhos de gatinho e ética de trabalho puritana? Que por acaso também é alto, gentil e muito bonito? Nem precisa pensar muito.

— Estamos indo devagar — disse Charlie, pegando um pedaço de melão de uma tigela de salada de frutas.
— Devagar quanto?
— Demais.
Piper inclinou a cabeça.
— Você ainda não dormiu com ele.
— Sim.
— Sim, você está me contando isso, ou sim, claro que já dormiu?
— Nós só achamos que é melhor não ter pressa. Sabemos que estamos... não sei... a fim um do outro. Só não precisamos pular na cama por enquanto.
— Jura.
— Nem faz *tanto* tempo assim. Um mês. Nós nem nos beijamos antes de Toronto. Quatro semanas atrás. As coisas avançaram um pouco em Cincinnati, um pouco mais em New Haven, e aqui estamos.
— Então até onde foram até agora? Peitinho? Mão na coisa?
Charlie mostrou o dedo do meio para Piper.
— Pode rir, não ligo. Agora você está casada e destinada a uma vida de tédio sem sexo para todo o sempre. Pelo menos eu posso esperar alguma coisa.
— Bem lembrado.
Charlie tomou um gole do café totalmente cafeinado, a primeira mudança que instituíra depois de demitir Todd.
— Ele é um cara ótimo, P. Inteligente, leal, gentil, o pacote completo. Mas sabe a melhor parte? Tudo fica fácil quando estou com ele. Dan tem o dom de destrinchar as coisas mais complicadas no que realmente importa. Sem joguinhos, sem drama, sem *será que ele vai mandar mensagem?*. Sem aquelas besteiras de *será que ele gosta de mim?*. É mesmo um alívio.
— Parece mesmo. Fico feliz por você, Charlie. Você merece namorar um não babaca.

— Assim eu fico vermelha. — Charlie olhou a hora no celular. — Tenho que correr. Temos um treino rapidinho hoje, mas vou me encontrar com Marcy antes disso.

Piper se levantou e colocou a bolsa enorme de volta no ombro.

— Imagino que você vá rastejar, pedir, implorar e suborná-la para voltar?

— Sim, basicamente é isso.

As duas se abraçaram. Piper segurou as mãos de Charlie.

— Vá lá e detone hoje à noite, Silver. Já está na hora de você vencer um troço desses, caramba.

Charlie colocou a raqueteira em uma mesa perto da janela, uma com ampla vista das quadras de treino vazias. As centenas de jogadores que já haviam sido eliminados nas rodadas anteriores tinham ido embora de Flushing Meadows. Alguns fizeram uma pausa e foram para casa; outros viajaram para onde seus treinadores estavam baseados para alguns dias de trabalho intensivo; outros, ainda, se arrastaram para o próximo torneio, preparando-se para a cansativa etapa asiática do circuito, a parte final antes de terem seis ou oito semanas de descanso no fim do ano. Todos que não estivessem lesionados ou aposentados recomeçariam em janeiro na Austrália. E, embora tenha havido semanas durante o verão em que Charlie achou que não estaria entre eles, ela decidira que, não importava o que acontecesse nesta partida final, queria se dar mais um ano.

O restaurante dos jogadores, como quase todos os lugares no Open naquele dia, estava quase vazio. Normalmente era um alvoroço, com jogadores e suas equipes de empresários, treinadores, parceiros de treino, agentes, parentes e amigos. As telas planas penduradas no teto costumavam mostrar todas as partidas que aconteciam ali ao vivo, enquanto mães e babás corriam atrás de crianças pequenas no meio das mesas, tentando dar-lhes achocolatado e biscoitos de queijo. Você não dava dois passos sem ouvir pelo menos três línguas. Por todo lado, as pessoas se acotovelavam por algum espaço e se chamavam uns aos outros em espanhol, croata, sérvio, alemão, chinês, russo, francês e com todos os sotaques imagináveis em inglês. Digitavam ocupadas em laptops ou no iPhone conforme negociavam todo tipo de acordo comercial, ajustavam cronogramas e faziam reservas de voos, que depois eram cancelados e reservados de novo. Ela adorava a energia do restaurante dos jogadores, especialmente em um Slam, sabendo que, depois de tantos anos no circuito, ela podia passar por qualquer mesa e reconhecer pelo menos uma dúzia de pessoas.

Mas, hoje, dava nos nervos ver tudo tão quieto.

Fazendo um cálculo rápido do que já tinha comido no café da manhã (omelete de claras vegana com torrada de centeio, salada de frutas, queijo cottage e café) e considerando a hora do seu treino (três da tarde) e da partida (sete da noite), Charlie escolheu um *parfait* de iogurte grego, granola enriquecida de proteínas e uma banana.

— Boa sorte hoje à noite — disse a caixa, que parecia ter vinte e poucos anos, enquanto entregava o recibo para ela.

Charlie sorriu e agradeceu. Quando voltou para a mesa, Marcy já estava sentada.

— Posso pegar alguma coisa para você? — perguntou Charlie, colocando a bandeja na mesa. — Quer o *wrap* de peru com a Coca Diet de sempre?

Marcy sacudiu a cabeça.

— Não quero nada, obrigada. Já peguei um chá. — Ela envolveu o copo fumegante com as mãos, como quem bebe um chocolate quente num dia muito frio, apesar de, lá fora, a temperatura passar dos trinta graus.

Charlie se sentou numa cadeira bem na frente de sua antiga treinadora.

Marcy tomou um gole do chá.

— Charlie, nem sei nem por onde começo a descrever o quanto estou orgulhosa de você. Ano passado, nesta época, você estava numa clínica de fisioterapia. Agora está a poucas horas de jogar a final de um Grand Slam. Isso é incrível, de verdade. Você merece muito tudo isso.

— *Você* merece — disse Charlie. Ela sentiu o nó se formando na garganta. — Todd fez muita coisa pela minha imagem, e ter o Dan viajando conosco tornou os treinos mais produtivos, mas foi *você* quem me ensinou tudo. Você continuou de onde meu pai tinha parado e levou meus golpes e o meu jogo para outro nível. Você me ensinou a comer bem sem ser neurótica, a ficar em forma sem ser totalmente obcecada, a como agir dentro e fora das quadras. Já imaginou o que você teria feito comigo se ainda fosse minha treinadora em Charleston e eu tivesse vencido a partida por sacar antes de a minha adversária estar pronta?

Marcy sorriu. Ela sabia exatamente o que Charlie estava dizendo.

— Está brincando? Eu teria feito você devolver a droga do título.

— Exatamente. Todd encorajava esse tipo de estratégia.

— Não me surpreende.

— Eu me odiei depois daquela partida. Eu o odiei também.

— Sinto muito ouvir isso, Charlie. Você é mais do que capaz de vencer de forma justa, não precisava de uma manobra como aquela.

— Agora eu sei disso, e foi um dos motivos para eu demitir Todd. Vai, pode falar. Você me avisou.

— Eu avisei. Mas não se torture tanto por isso, Charlie.

— Bom, enfim. Tudo isso foi meu jeito longo e enrolado de dizer que sinto muito.

— Você não me deve desculpas. Trabalhamos juntas por quase dez anos. Levar você de júnior para profissional foi uma das coisas mais gratificantes que eu já fiz, mais até do que quando aconteceu comigo. Tudo bem você querer uma perspectiva nova, é saudável.

— Em tese.

— Às vezes na prática também. Parece que Todd não foi a escolha certa, mas existem muitos treinadores ótimos por aí.

— Eu quero você — soltou Charlie, embora tivesse planejado todo um discurso, até o tinha escrito para dizer exatamente o que queria dizer, sem esquecer nada. — Quero trabalhar com você de novo.

Marcy ficou em silêncio.

— Sei que você deve me odiar, Marce, ou no mínimo achar que eu sou uma idiota, e eu fui mesmo, completamente, por terminar o que tínhamos. Mas tem algum jeito de você considerar voltar para a minha equipe? *Só por um ano. Um ano.* Depois disso, vou voltar para a faculdade. E, neste próximo ano, vou ralar até não aguentar mais para tentar vencer os torneios que ainda não venci, mas também quero reservar um tempo para conhecer esses países incríveis que eu visito a cada doze meses, mas nunca vi de verdade. Sei que é pedir muito, especialmente depois de tudo, mas... volta a trabalhar comigo?

Quando viu o sorriso triste de Marcy, Charlie soube que isso não ia acontecer.

— Sinto falta de ver *Ame-a ou Deixe-a* com você — disse Charlie.

Marcy soltou uma de suas risadas baixas em *staccato*.

— Também sinto. Tem visto *Fixer Upper*? Chip e Joanna me irritavam demais antes, mas eu meio que curto os dois agora.

— Eu também! Estou meio cheia da obsessão dela com armários claros e tampos escuros, mas é uma coisa que dá para perdoar.

— Charlie? — Marcy pigarreou, depois tomou um gole de chá para criar coragem. — Não posso voltar a ser sua treinadora.

Charlie sentiu as bochechas ficarem vermelhas. Claro que Marcy não queria voltar, depois da forma como Charlie a tratara. Ela se sentia uma idiota só por ter perguntado.

— Adoraria trabalhar com você de novo. Mal parecia trabalho, né? Mas estou tirando um... tempinho para mim. Estou grávida.

Charlie sentiu uma onda de alívio.

— Você está *grávida*? De verdade?

— Na quarta tentativa, a fertilização *in vitro* deu certo. Acabei de chegar nas doze semanas, deve nascer em fevereiro.

— Ai, meu Deus. Parabéns! Sei que vocês estão tentando há tanto tempo, e não quis perguntar como estava indo... Estou muito feliz por vocês!

O rosto de Marcy se iluminou todo.

— Obrigada. Estamos nas nuvens! Mas, como você deve imaginar, Will vai me manter na rédea curta pelos próximos seis meses. Nada de viagens internacionais, e nenhuma viagem *mesmo* depois do sétimo mês. Então, como pode ver, não estou apta para o trabalho no circuito neste momento.

Charlie riu.

— É, sou obrigada a concordar.

— Mas, Charlie... Se pudesse, eu iria.

— Está falando sério? — perguntou ela.

— Estou. Voltaria num piscar de olhos. Aqueles foram alguns dos melhores anos da minha carreira.

— Da minha também — concordou Charlie, secando uma lágrima desgarrada.

— Ei! Nada de chorar no dia da final. Isso é tudo de bom. Como está se sentindo para mais tarde?

Charlie sorriu através das lágrimas. Ela sabia que apenas parte da emoção era por conta de Marcy, que boa parte se devia a estar tomada pela realidade de chegar à final do US Open. Por ser americana, e a favorita. Ela estaria jogando sob os holofotes naquela noite, na sua terra, com vinte e três mil pessoas gritando seu nome muitas e muitas e muitas vezes. Era quase coisa demais para absorver. Charlie tomou um gole de água.

— Nem sei como estou. Fisicamente, eu me sinto forte e pronta. Emocionalmente, estou um caco. Acho que também estou aliviada por jogar contra a Karina, e não contra a Natalya.

— Eu estava na suíte da Emirates para a semi contra a Natalya. Você simplesmente *desfez* o jogo dela. Desmontou ponto por ponto. Você controlou o ritmo da partida e não deu espaço nenhum para ela. Você estava concentrada, metódica e totalmente no controle. Não preciso dizer que vencer *sets* seguidos numa semi de Slam é mais do que impressionante, e, se você conseguiu fazer isso, e contra Natalya Ivanov, consegue fazer hoje também.

— Obrigada — disse Charlie. Ela se ajeitou na cadeira e endireitou os ombros. — Obrigada por tudo que fez por mim. Sempre. Sua bebê tem muita sorte de ter você como mãe.

— Sua?

— Vai ser menina, com certeza.

— *É* menina.

— Você já sabe? — perguntou Charlie, com os olhos arregalados.

— Eles agora fazem um exame de sangue para mamães mais velhas, como eu. Sim, é menina. Quem sabe um dia você me ajuda a ensiná-la a jogar?

Charlie deu a volta na mesa, sentou-se na banqueta ao lado de Marcy e deu-lhe um abraço bem apertado.

— Vai ser uma honra.

23

charlotte silver
pronta para jogar

US OPEN
AGOSTO DE 2016

Charlie observava Karina Geiger responder às perguntas da repórter da ESPN. As duas estavam de pé no longo corredor que ia do vestiário até a quadra no Arthur Ashe Stadium. À volta delas, estavam fotos em preto e branco emolduradas de todos os campeões que já haviam jogado naquela quadra, seja um ano, uma década ou meio século antes: Steffi, Pete, Andre, Roger, Stefan, Jennifer, Marco, Chrissy, Martina, Rinaldo, John, Serena, Jimmy, Natalya, Venus, Rafa, Andy, Maria. Não era especialmente bonito ou impressionante, só um corredor sem janelas que pareceria escuro e um tanto industrial, não fossem as lendas que olhavam para baixo de todas as direções.

— O que você pretende conseguir fazer nessa partida de hoje? — perguntou a repórter para Karina, enfiando o microfone sob o queixo dela.

Karina, normalmente simpática, não conseguiu evitar o olhar de desdém.

— "Conseguir fazer"? — perguntou ela, com um sotaque forte e um olhar incisivo para a repórter. — Bom, eu não vim aqui hoje trabalhar meu *backhand* — completou, e colocou de volta os fones de ouvido enormes.

— Boa sorte, Karina! — gritou a repórter, mas ela já tinha jogado a raqueteira no ombro e seguido para a porta, onde ficaria saltando e andando de um lado para outro, esperando Charlie terminar a entrevista para que ambas pudessem ser formalmente anunciadas na quadra.

— E aqui temos Charlotte Silver, número dois do mundo e favorita em Flushing Meadows hoje. Charlotte, como está se sentindo neste momento?

Os repórteres adoravam essa pergunta, e todos os jogadores da história do esporte respondiam com uma variação de uma resposta básica: "Estou me sentindo muito confiante no meu jogo no momento. Estou pronto."

E foi exatamente isso que Charlie disse. Ela ficou surpresa, como sempre ficava, quando a repórter assentiu com a cabeça, cheia de entusiasmo, como se Charlie tivesse feito uma revelação incrível.

— Deve ser uma experiência e tanto estar aqui na companhia dessas lendas — afirmou a mulher, seus lábios com batom passando a poucos centímetros do microfone.

Charlie esperou a pergunta, mas, como acontecia com frequência, não havia nenhuma.

— Sim, com certeza — disse Charlie, olhando diretamente nos olhos da mulher. Ela podia ver o cinegrafista aproximando a imagem para um *close* por sobre o ombro da repórter. — E esta é uma noite especialmente emocionante para mim. Vai ser meu penúltimo US Open.

Charlie sentiu o silêncio se abater pelo corredor antes de ouvi-lo.

— Isso significa... Você está dizendo... É um anúncio de aposentadoria? — gaguejou a repórter.

Charlie inclinou-se para a frente e pegou Dan piscando para ela. Ele e Jake já sabiam do plano, mas era a primeira vez que seu pai ouvia. Ela pegou o microfone e, em vez de responder à repórter, olhou para o lado, diretamente para seu pai.

— Sim, é. Vencendo ou perdendo hoje, só vou jogar profissionalmente por mais um ano. O US Open do ano que vem será o meu último torneio importante.

A surpresa no rosto do Sr. Silver só não era maior do que a da repórter, que claramente não estava preparada para se desviar do roteiro pré-jogo de sempre. Ela tossiu por um minuto, começou a fazer uma pergunta e então parou.

— É incomum, não, uma jogadora que só tem vinte e cinco anos e, na opinião geral, está no auge da carreira, declarar que vai se aposentar? — perguntou a mulher, finalmente. — Alguma explicação para sua decisão? Qual o próximo passo para Charlotte Silver?

— Desculpe, mas tenho uma partida para jogar — respondeu Charlie.

— Sim, sim — murmurou a repórter, esquecendo o motivo da entrevista depois da notícia bombástica. — Desejo-lhe muita sorte hoje. E sempre.

Charlie imediatamente sentiu a mão de seu pai segurar seu ombro. Ela se virou para encará-lo e jogou os braços em volta do pescoço dele.

— Chegou a hora — disse ela.

— Tem certeza? — perguntou ele, baixinho, de forma que só a filha ouviu.

Ela se afastou um pouquinho e assentiu.

— Sim. Mais um ano. Finalmente parece que já deu.

Os olhos de seu pai se enrugaram com o sorriso.

— Mais do que deu. É incrível o que você conquistou, como trabalhou duro, mas a melhor parte é que você percebeu isso sozinha. Isso é tudo o que eu sempre quis para você.

— Eu sei, papai. E eu agradeço, mais do que você imagina.

— Charlotte? Karina? Hora das apresentações — chamou Isabel, verificando o gigantesco relógio digital em contagem regressiva acima da entrada da quadra.

Seu pai deu-lhe um beijo na bochecha. Atrás dele, Dan sorriu para ela e lançou-lhe um olhar de "eu já sabia", enquanto Jake fazia sinal de positivo. Um juiz do torneio fez sinal para as equipes de Charlie e Karina o seguirem por outra saída, onde seriam acompanhadas até os respectivos camarotes. A porta para a quadra era apenas para os jogadores. As mulheres teriam de atravessá-la sozinhas.

Charlie ouviu o locutor mencionar os destaques e as conquistas da carreira de Karina: chegou a número um do mundo; chegou às finais de um Grand Slam seis vezes e venceu três delas; mulher mais jovem nos últimos dez anos a vencer dois Slams consecutivos. A tela mostrava o barulhento público americano torcendo, como fariam com qualquer participante de uma final, mas era óbvio que estavam ansiosos para ver Charlie. Quando o locutor começou a falar as estatísticas de Charlie, a multidão abafou sua voz. Charlie tentou ouvir o que ele falava dela, ouvir como resumira os últimos vinte e tantos anos de sua vida em um único parágrafo, mas o barulho e a emoção eram fortes demais. Quando finalmente chegou a hora de dar os primeiros passos na lendária quadra, ela estava tão emocionada que Isabel precisou dar-lhe um empurrão firme.

Os aplausos eram ensurdecedores. Parecia que haviam começado nas seções mais próximas à entrada de Charlie e passado de camarote em camarote, de seção em seção, de um lado ao outro, com a força de um furacão. Não havia uma única pessoa sentada em todo o estádio: parecia que cada uma das vinte e três mil pessoas que haviam saído naquele agradável dia de agosto estava de pé, gritando e aplaudindo. Quando ela levantou a mão e acenou, eles rugiram em resposta. Charlie sentia as reverberações no peito, os sons de uma empolgação que quase beirava a histeria.

Enquanto alinhava suas raquetes junto à cadeira e abria a primeira de suas garrafas de Gatorade, Charlie olhou de relance para seu camarote. Na primeiríssima fila, estavam Jake e Benjy, sentados lado a lado. Sem dúvida, as câmeras do estádio estavam aproveitando ao máximo aqueles dois: a nova edição da *Sports Illustrated* tinha acabado de sair, a primeira na história com um atleta abertamente gay na capa. Benjy fora retratado com uniforme e capacete do Dolphins, pintura de guerra sob os olhos, encarando a câmera com os braços musculosos cruzados sobre o peito imenso. A manchete acima da foto era "ACOSTUME-SE" em uma fonte branca enorme e, logo abaixo, em letras menores: "*Quarterback* favorito do futebol americano sai do armário e não dá a mínima para o que você acha disso". Como esperado, a mídia tinha ido à loucura quando Benjy fizera o anúncio no início do verão, mas, depois de algumas semanas de cobertura ininterrupta e declarações de apoio cuidadosamente estudadas da NFL, a história estava começando a esfriar. Charlie nunca vira Jake tão feliz. Ao lado deles, estavam seu pai e Eileen. Uma pequena cerimônia, apenas para a família, estava planejada para o mês seguinte. Charlie já escolhera o presente: duas passagens para os dois rodarem o mundo, explorarem, relaxarem e, quem sabe, a visitarem em cidades distantes.

Na fileira atrás deles, estavam Piper e Ronin, que pegariam um voo no meio da noite para a lua de mel na América do Sul. Piper percebeu o olhar de Charlie e arregalou tanto os olhos que ela caiu na risada. Charlie meneou a cabeça. Piper lançou-lhe um olhar de *Sério mesmo?* e olhou furtivamente para direita, onde estava ninguém menos que Zeke Leighton, acenando alegremente para Charlie e fazendo caretas para as câmeras. Toda vez que a câmera o encontrava e jogava sua imagem nas imensas telas que circundavam o estádio, a multidão ia à loucura. Na terceira e última fila, sozinho, estava Dan. Ela sabia que seu pai e Jake e, provavelmente, Piper também, haviam-no convidado para se sentar com eles, mas ele gostava de se sentar atrás dos outros e examinar cada ponto com a atenção de um cirurgião em ação. Ele calcularia e analisaria. E a faria *querer* vencer. Quando terminasse, tivesse ela vencido ou perdido de lavada, ou algo no meio-termo, Dan a abraçaria e perguntaria se ela queria experimentar o novo restaurante coreano sobre o qual tinha lido. Charlie o viu massageando a testa em círculos nervosos, mas sorriu para ele mesmo assim.

O aquecimento passou tão rápido que o cara e coroa quase pegou Charlie de surpresa. Quando o juiz de cadeira indicou que Charlie ganhara, ela automaticamente escolheu sacar. Karina lançou-lhe um único olhar torto e começou a voltar para sua cadeira. As mulheres teriam um último minuto de silêncio antes de a partida oficial começar, mas Charlie a chamou.

Os boleiros e boleiras, os juízes de linha, o juiz de cadeira e os milhares de fãs viram Karina se virar lentamente. Seu corpo enorme, todo musculoso, era surpreendentemente ágil e cobriu a distância até a rede com três passos largos. Ela arqueou uma sobrancelha.

Charlie se aproximou da rede e chegou mais perto de Karina do que qualquer uma das duas gostaria. Ela estava muito ciente das câmeras e queria evitar que alguém ouvisse.

— Sinto muito pelo que fiz em Charleston — disse Charlie, inclinando-se, seus lábios quase tocando a orelha da adversária, o coração batendo rápido. — Foi uma merda vencer daquele jeito.

Karina recuou dois passos e olhou Charlie bem nos olhos. Elas sustentaram o olhar por alguns segundos antes de a adversária menear a cabeça.

— Obrigada.

De volta à cadeira, Charlie deu um gole no Gatorade e uma mordida na banana. Trinta segundos para começar. Ela deu uma última olhada para seu camarote e sentiu uma enorme onda de gratidão pelas pessoas em sua vida. Depois, aproveitando seus últimos segundos, puxou a foto plastificada que mantinha na raqueteira desde que se lembrava e apoiou-a no braço da cadeira. Hoje, sua mãe assistiria do melhor lugar da casa.

Charlie correu para seu lugar na linha de base, enquanto Karina andava para o dela. Ela saltou na ponta dos pés, esperando os nervos se acalmarem, a sensação familiar e viciante de calma tomar conta dela. Do outro lado da rede, sua adversária respirava fundo, obviamente tentando controlar a própria sobrecarga de adrenalina. O juiz de cadeira se inclinou para a frente.

— Primeiro *set*. Charlotte Silver pronta para servir — anunciou ele em um tom de voz autoritário. — Joguem.

Ela respirou fundo e tentou soltar o ar o mais lentamente que pôde. Estava acontecendo. Charlie firmou os pés, quicou a bola três vezes e, com a mente limpa, arremessou-a ao ar. A bola desapareceu nas luzes do estádio, e Charlie sentiu uma fisgada de pânico e incerteza, mas, ainda assim, lançou o corpo para cima, uma combinação de memória muscular e fé e esperança fervorosa, sabendo que estava pronta para tudo.

agradecimentos

Este livro não seria possível sem a ajuda e a orientação de Ari Fleischer e de Micky Lawler, duas pessoas que claramente amam o tênis e os jogadores que dedicam a vida ao esporte. Obrigada, Ari, por me dar um curso-relâmpago sobre tênis profissional e por acessar sua vasta rede de contatos para me indicar as direções certas. E Micky: você generosamente me ofereceu seu tempo, experiência, humor, ideias e amizade de tantas formas que nem sei se conseguiria mencionar todas elas. Uma das melhores coisas de escrever um livro novo é conhecer gente nova, e isso nunca foi mais verdadeiro do que com você.

Obrigada, Daniela Hantuchová, tenista que tanto admiro, por dividir comigo detalhes da sua carreira. Você me deu um vislumbre de como é competir no nível mais alto — os esquemas de nutrição e de condicionamento físico, o cronograma de viagens, as alegrias e dificuldades da vida no circuito — e me surpreendeu com sua elegância dentro e fora da quadra. Sempre vou torcer por você (normalmente alto demais — VAI, DANI!) da beira da quadra.

Tenho uma enorme dívida de gratidão para com todos no mundo do tênis que reservaram um tempo para se encontrar comigo. Na Women's Tennis Association, obrigada a Ann Austin, Laurence Applebaum, Catherine Sneddon, Stacey Allaster, Megan Rose, Jeff Watson, Amy Hitchinson e Kathleen Stroia por sua valiosa ajuda com minha pesquisa. Obrigada a Kelly Wolf, por ajudar a organizar minha fenomenal viagem a Wimbledon, e a Peter-Michael Reichel e Sandra Reichel, por sua generosidade enquanto eu estava lá. Elizabeth e Michael Byrne, obrigada por abrirem sua bela casa na Wimbledon Village e me receberem tão calorosamente. Espero poder repetir a visita em breve. Obrigada a Anne Worcester e a Rosie Rodriguez, por sua hospitalidade no CT Open, e ao Dr. David Cohen, cirurgião ortopedista e adorado cunhado, por sua orientação médica e confirmação de fatos. Finalmente, um enorme agradecimento a Jared Pinsky por responder a todas as minhas perguntas sobre parceiros de treino, e a Yana Soyfer e Carrie Lubitz, por me ajudarem a entender as vantagens e os inconvenientes de passar a infância jogando tênis nos mais altos níveis.

A Sloan Harris, da ICM, meu amigo e agente, obrigada por sua capacidade (já finamente burilada depois de oito anos juntos) de falar de saltos e pulseiras de tênis com a mesma fluência de contratos e outras coisas chatas de negócios. Heather Karpas, obrigada por ouvir minhas ideias e ser uma conselheira confiável e, em mais ocasiões do que eu gostaria de admitir, uma salva-vidas. Kristyn Keene, mando um enorme abraço e agradeço por ser sempre entusiasmada e estar disponível e por sempre ter as respostas certas.

Obrigada a toda a minha família na Simon & Schuster. Já faz doze anos que tenho a honra de ser publicada por uma equipe tão incrível. Carolyn Reidy e Jon Karp, obrigada por acreditarem e apoiarem não só meus livros, mas também toda a minha carreira. Obrigada a Richard Rhorer, Sarah Reidy, Zack Knoll, Ebony LaDelle, Jackie Seow, Emily Graff, Lisa Silverman, Katie Rizzo, Elizabeth Breeden e Samantha O'Hara, por todo o trabalho que fazem todos os dias para ajudar a produzir e lançar meus livros — e todos os outros que adoramos ler. Acima de tudo, obrigada a Marysue Rucci, que é muito mais do que uma editora. Obrigada por ser uma líder de torcida, uma conselheira e uma professora. Desde as primeiras dicas para o rascunho até a publicação, você supervisionou este livro com amor e cuidado, e sou muito grata por tê-la como minha amiga e parceira editorial de confiança.

Tenho muita sorte de trabalhar com a melhor equipe do Reino Unido. A Lynne Drew, da HarperCollins, obrigada por seus comentários editoriais astutos e por seu apoio constante a todos os meus livros. Sua amizade significa muito para mim. Um enorme agradecimento também a Charlotte Brabbin, Elizabeth Dawson, Jaime Frost, Heike Schuessler e a todas as equipes da HarperCollins no Reino Unido e na Austrália. Na Curtis Brown, obrigada a Vivienne Schuster e a Sophie Baker, pela miríade de orientações ano após ano.

Obrigada a todos os meus amigos, novos ou da vida toda: adoro todos vocês. Ika e Alexander Green, obrigada pela inspiração e pelo entusiasmo nas primeiras leituras. Agradeço a Kyle White e a Ludmilla Suvorova, pelo apoio interminável, e a Jenn Falik, por me ajudar a navegar por um mundo inteiramente novo. Oddette Staple, você nos mantém juntos. Obrigada por tudo o que faz.

Sou muito grata por minha família, próxima e distante. À minha mãe, Cheryl, por seu amor e apoio, e ao meu pai, Steve, por me apresentar ao tênis quando eu era pequena e compartilhar do meu amor pelo esporte. Judy e Bernie, obrigada a ambos por sua gentileza e ajuda. Jackie e Mel: nem todo mundo tem a sorte de ter segundos pais, e eu me orgulho de dizer que amo os meus. Aos meus irmãos e amigos próximos: Dana, Seth, Dave e Allison, obrigada por serem uma parte tão grande da minha vida de todas as melhores maneiras.

E, o mais importante, obrigada ao meu marido. Mike, você torna tudo isso possível. Foi você quem insistiu para eu escrever sobre algo que amo, e me ajudou a levar este livro de um primeiro rascunho bruto a uma edição final polida. Sou eternamente grata por tudo que você faz por mim, por nós, por nossa família. Te amo.

E, finalmente, a meus queridos e fascinantes R e S, vocês são tudo para mim.

Este livro foi composto na tipologia Adobe Garamond Pro,
em corpo 12/16,5, e impresso em papel off-white,
no Sistema Cameron da Divisão Gráfica
da Distribuidora Record.